Anatolischer Totentanz

Das Buch

Während in Istanbul ein Serienmörder die Homosexuellenszene in Angst und Schrecken versetzt, wird Inspektor Çetin İkmen nach Kappadokien, ins tiefste Zentralanatolien, gerufen. Dort ist in einer Kalksteinhöhle eine mumifizierte Leiche gefunden worden. Die Frau starb an einer Schusswunde; ihr Körper hat über zwanzig Jahre unentdeckt in dem uralten Höhlensystem gelegen. Mit der Enthüllung der Identität der Frau kommen auch alte Rivalitäten ans Licht. Denn die Tote wurde als junges Mädchen zur Ehe gezwungen, gegen den Widerstand ihres damaligen Verehrers. Und als bekannt wird, dass die Tote schwanger war, beginnt die Gerüchteküche zu brodeln. İkmen Ermittlungen kommen nur mühevoll voran, denn für die Dorfgemeinschaft sind Legende und Folklore so gut wie die Wahrheit. Und ihm wird klar: Wer in der Vergangenheit gemordet hat, schlägt auch in der Gegenwart zu.

Die Autorin

Barbara Nadel wuchs im Londoner East End auf und ist ausgebildete Schauspielerin. Seit Jahren unterrichtet sie Psychologie und setzt sich als Pressesprecherin eines Verbandes für psychisch Kranke ein. Die vielfach ausgezeichnete Schriftstellerin wohnt im englischen Essex, bereist die Türkei seit über zwanzig Jahren und hat Istanbul zu ihrer Wahlheimat erklärt.

Von Barbara Nadel sind in unserem Hause bereits erschienen:

Arabeske
Im Gewand der Nacht
Schleier des Todes
Stille Wasser
Tod am Bosporus

Barbara Nadel

Anatolischer Totentanz

Kriminalroman

Aus dem Englischen von
Franca Fritz und Heinrich Koop

List Taschenbuch

Besuchen Sie uns im Internet:
www.list-taschenbuch.de

Deutsche Erstausgabe im List Taschenbuch
List ist ein Verlag der Ullstein Buchverlage GmbH, Berlin.
1. Auflage Oktober 2008
2. Auflage 2008

Titel der englischen Originalausgabe: *Dance with Death*
(Headline Book Publishing, London)
Umschlaggestaltung und Konzeption:
RME Roland Eschlbeck und Kornelia Rumberg
Bildmotiv: © plainpicture/R. Jenkins
Satz: LVD GmbH, Berlin
Gesetzt aus der Sabon
Papier: Munkenprint von Arctic Paper Munkedals AB, Schweden
Druck und Bindearbeiten: CPI – Clausen & Bosse, Leck
Printed in Germany
ISBN 978-3-548-60841-9

Dieses Buch ist all jenen gewidmet, die
während des Ramadans 2003 so großzügig
ihr Iftar-Mahl mit mir teilten.

Die wichtigsten Personen

Çetin İkmen – Inspektor der Istanbuler Polizei
Mehmet Süleyman – Inspektor der Istanbuler Polizei, ehemaliger Assistent von Çetin İkmen
Polizeipräsident Ardiç – direkter Vorgesetzter von Çetin İkmen und Mehmet Süleyman
Ayşe Farsakoğlu – Oberwachtmeisterin und Assistentin von Çetin İkmen
İzzet Melik – Oberwachtmeister und Assistent von Mehmet Süleyman
Dr. Arto Sarkissian – Pathologe der Istanbuler Polizei

In Istanbul
Fatma İkmen – Çetins Frau und Mutter seiner neun Kinder
Hülya İkmen Cohen – Çetins und Fatmas Tochter
Berekiah Cohen – Hülyas Ehemann
Balthasar und Estelle Cohen – Berekiahs Eltern
Zelfa Halman Süleyman – Psychiaterin, Mehmet Süleymans Frau und Mutter seines Sohnes Yusuf
Abdullah Aydın – Opfer des »Spanners«
Mürsel Bey – zwielichtiger Stammgast im Saray Hamam

In Kappadokien
Menşure Tokatlı – Çetin İkmens Cousine, Hotelbesitzerin
Altay Salman – Polizeihauptmann und Ausbilder der berittenen Polizei
Ferhat Salman – Altay Salmans Neffe und Gefreiter der Jandarma
Inspektor Erten – Polizeibeamter aus Nevşehir

Haldun Alkaya – Vater der getöteten Aysu Alkaya
Kemalettin Senar – Aysu Alkayas große Liebe
Turgut Senar – Bruder von Kemalettin Senar, Fremdenführer
Nalan Senar – Mutter von Kemalettin und Turgut Senar
Nazlı Kahraman – Tochter des Geschäftsmanns Ziya Kahraman, der mit Aysu Alkaya verheiratet war
Baha Ermis – Nazlı Kahramans Vorarbeiter
Dolores Lavell – amerikanische Touristin
Tom Chambers – junger britischer Tourist
Rachelle Jones – Australierin, die in Muratpaşa lebt

Erklärungen
Bey: türkische Anredeform für »Herr«, häufig nachgestellt
Hanım: türkische Anredeform für »Frau«, häufig nachgestellt
Jandarma: paramilitärisch organisierte türkische Gendarmerie, die auf dem Land für Sicherheit und Ordnung sorgt

»Ich glaube nicht, dass ich zusammen mit ihm hier sein sollte«, flüsterte das hübschere der beiden Mädchen nervös.

Ihre Freundin, die solche übertrieben vorsichtigen Bemerkungen schon gewöhnt war, erwiderte: »Es ist doch nur Ferhat.« Die beiden drehten sich zu dem jungen Mann in Uniform um, der mit einer Taschenlampe die Decke anstrahlte.

»Mama hätte mir niemals erlaubt, ohne ihn hierherzukommen«, sagte das zweite Mädchen. »An so einem Ort könnte wer weiß wer rumlungern.«

»Ja, schon. Aber er ist ein Jandarma, Hande. Meine Mutter würde ausflippen ...«

»Ferhat ist mein Cousin, Türkân«, erwiderte Hande mit fester Stimme. »Er würde uns niemals irgendwas antun. Er ist ein anständiger Junge.«

Türkân, die ein leuchtend buntes Kopftuch trug, murmelte beschämt: »Tut mir leid.«

»Ist schon okay«, meinte ihre Freundin, deren Haar unverhüllt war. »Ich versuche doch gar nicht, dich zu irgendwas zu überreden, was gegen den Islam verstößt, Türkân, ehrlich. Aber wenn wir schon hier draußen sein wollen, müssen wir doch auch an unsere Sicherheit denken, oder?«

»Ja.«

»He, kommt mal rüber und seht euch das an«, rief Ferhat und leuchtete mit der Taschenlampe in ein scheinbar endlos tiefes schwarzes Loch.

Die beiden Mädchen gingen vorsichtig über den unebenen Boden zu ihm.

»Was ist das?«, fragte Hande und legte ganz leicht eine Hand auf den Arm ihres Cousins.

»Ich glaube, das könnte ein Fresko sein«, sagte Ferhat. »In den Höhlen hier werden immer wieder welche entdeckt.«

»Diese alten Christen müssen ziemlich fleißig gewesen sein!«, meinte Hande.

Ferhat lachte. »Genau wie Herr Dimitri. Erinnerst du dich noch an ihn, Hande? Den alten Griechen, der den Blumenladen in unserer Straße hatte? Der hat ständig gearbeitet, Tag und Nacht.«

»Oh ja«, rief Hande und ihre Augen leuchteten auf. »Er hatte immer die schönsten Blumen, nicht wahr?«

»Stimmt.«

»Die schönsten Blumen von Istanbul.«

Für einen Moment gaben sich beide schweigend ihren Erinnerungen hin. Hande war erst vor etwas mehr als einem Jahr von Istanbul nach Kappadokien übergesiedelt, in den kleinen Ort Muratpaşa. Ihr Vater, der als Ausbilder bei der berittenen Polizei arbeitete, war in diese Region versetzt worden, um eine neue Einheit vor den Toren der Provinzhauptstadt Nevşehir zu übernehmen. Er schien sehr glücklich mit seinen vielen Pferden und seinen eifrigen, wenn auch ungehobelten Rekruten, in dieser Männerwelt der wilden Ritte, der endlosen Fußballgespräche und des Rakis. Hande und ihre Mutter hatten sich dagegen weniger gut eingelebt. Sie konnten sich nicht an die Einschränkungen des Dorflebens gewöhnen und vermissten die glanzvollen Geschäfte Istanbuls, die Musik in den Straßen und die vielen Zerstreuungen, die die Großstadt bot. Bis zu dem Tag, an dem Ferhat zufälligerweise zur Gendarmerie in Muratpaşa versetzt worden war, hatten Hande und ihre Mutter sich mit den Touristen, die die seltsame Mondlandschaft Kappadokiens besichtigten, wohler gefühlt als mit der örtlichen Bevölkerung. Türkân war eine gute Freundin und das einzige Mädchen, mit der Hande in der Schule wirklich etwas anfangen konnte, aber selbst sie war vollkommen anders als Hande, wie dieser Ausflug wieder einmal bewies. Obwohl Türkân sich für die Fresken interessierte, die Ferhat mit der Taschenlampe beleuchtete, fühlte sie sich in seiner Gegenwart nicht recht wohl.

»Ich geh schon mal nach draußen und seh nach, ob es regnet«, meinte sie nun.

»Wie du willst«, erwiderte Hande. »Aber pass auf, dass du nicht hinfällst und dir weh tust.«

Türkân lächelte. Wie unsicher Hande sich in dieser Umgebung fühlte! »Ist schon okay«, sagte sie. »Ich kenne die Höhlen und sie kennen mich.«

Dann tastete sie sich durch den roh behauenen Torbogen in Richtung Ausgang und ließ Hande und Ferhat allein in einem der für die Gegend typischen Feenkamine zurück. In diesen Felsformationen aus vulkanischem Tuffgestein lebte, arbeitete und betete die Bevölkerung Kappadokiens seit Jahrtausenden. Wie Hande und Ferhat seit ihrem Umzug hierher entdeckt hatten, gab es Zehntausende dieser Tuffkegel, die steil in die Landschaft emporragten, und viele von ihnen waren mit Wandmalereien und Schnitzereien verziert.

Nachdem sie sich das Fresko mit den unscharfen, verwitterten Gestalten genau angesehen hatten, beschlossen Ferhat und Hande, das Labyrinth von Feenkaminen noch ein wenig genauer zu erkunden, und betraten einen kleinen Tunnel zu ihrer Linken.

»Meinst du nicht, wir sollten Türkân Bescheid sagen?«, fragte Hande, ließ sich aber von ihrem Cousin weiterziehen.

»Das dauert doch nur ein paar Minuten«, erwiderte Ferhat. »So lange kann sie ja wohl warten, oder?«

Ferhat war von der örtlichen Bevölkerung nicht sonderlich angetan. Die meisten Leute lebten streng religiös, ganz im Gegensatz zu ihm, und der Rest interessierte sich scheinbar nur dafür, möglichst schnell möglichst viel Geld zu verdienen. Außerdem wirkte mancher Dorfbewohner ausgesprochen merkwürdig, was Ferhats Freund und Gendarmerie-Kollege Abdulhamid auf Inzucht zurückführte. »Das gibt's in Dörfern oft«, hatte der aus Izmir stammende Jandarma gesagt. »Die verwandtschaftlichen Beziehungen sind einfach zu eng, wenn du verstehst, was ich meine. Und dann noch in dieser Gegend, mit all den Schwänzen ...« Sämtliche jungen Jandarma hatten bei diesen Worten laut losgeprustet. Auch wenn die Einheimischen die Felsgebilde Feenkamine nannten, wusste im Grunde jeder – selbst junge Mädchen wie Hande und Türkân –, woran sie wirklich erinnerten.

Am anderen Ende des Tunnels fanden Ferhat und Hande sich nicht in einem weiteren Tuffkegel, sondern in einer Höhle wieder. Hier war es wesentlich dunkler und es roch erdiger und fauliger als in den Feenkaminen. Ferhat schaltete die Taschenlampe wieder ein und ließ den Lichtstrahl über die Wände eines erstaunlich großen Raums streichen.

»Diese Höhlen führen bestimmt noch kilometerweit in den Fels hinein«, sagte er.

»Irgendwie riecht es hier komisch«, meinte Hande und rümpfte die Nase. »Komm, wir gehen zu Türkân zurück.«

»Ich dachte, wir sind auf Erkundungstour«, erwiderte Ferhat. »Nur weil sie glaubt, ich wollte sie anfassen oder sonst was ...«

»Ferhat!«

»Schon gut«, sagte er, ging in die Hocke und leuchtete in einen noch engeren Tunnel. »Tut mir leid, Hande, aber diese Gegend hier macht mich völlig fertig. Alle tun so, als wären wir Jandarma eine Bedrohung. Sogar die Touristen machen einen Bogen um uns! Dabei sind wir doch auch zu ihrem Schutz da.« Im nächsten Moment kroch Ferhat in den Tunnel und verschwand darin.

»Ferhat!«

»Alles in Ordnung«, hörte Hande ihn aus dem schwarzen Loch rufen. »Bin gleich zurück.«

»Aber hier ist es so dunkel!«, rief Hande. »Du kannst mich doch nicht einfach allein lassen!«

»Dauert nur einen Moment!«, hörte das Mädchen seine gedämpfte Stimme durch das Gestein. »Es wird dich schon nicht umbringen, wenn du mal ’ne Minute warten musst.«

Hande überlegte, ob sie sich irgendwo hinsetzen sollte, blieb dann aber lieber stehen. In der Höhle stank es und wer wusste schon, welche Kreaturen sich in ihren düsteren Ecken verbargen? Die Einheimischen hatten ihr von Fledermäusen und Wölfen erzählt, die in den weitläufigen Tälern der Feenkamine lebten. Und dann gab es natürlich noch die Geschichten von Märchengestalten – bösartigen Peris und Dschinns, die in der Dunkelheit lauerten und einem die Seele raubten. Natürlich war das alles Unsinn, doch nachdem erst eine und dann zwei Minuten verstrichen waren, spürte Hande, wie langsam Panik in ihr aufstieg.

»Ferhat?«, rief sie leise, dann, als keine Antwort kam, mit deutlich lauterer Stimme: »Ferhat!«

Aber aus dem engen Tunnel, dessen Eingang sie inzwischen kaum noch erkennen konnte, drangen kein Laut und kein Lichtstrahl. Was war nur los? Da sie keinerlei Geräusche gehört hatte, konnte sie sich nicht vorstellen, dass ihr Cousin gestürzt war. Ob er sich vielleicht doch noch weiter entfernt hatte? Er hatte zwar versprochen, gleich zurückzukommen, aber möglicherweise hatte er irgendetwas entdeckt, was ihn besonders interessierte …

»Ferhat!« Hande wurde allmählich ärgerlich. »Ferhat, ich bin hier ganz allein im Dunkeln!«

Doch auch jetzt kam keine Antwort. Hande fragte sich, ob sie vielleicht versuchen sollte, ohne ihn den Rückweg anzutreten. Aber da sie auch den Tunnel, durch den sie gekommen waren, nicht mehr erkennen konnte, brach sie vor Wut und Angst in Tränen aus. Schließlich war sie erst dreizehn, im Grunde noch ein Kind – auch wenn sie als Großstadtmädchen eher gestorben wäre, als das zuzugeben. Falls Ferhat später irgendjemandem erzählen sollte, dass sie geweint hatte, würde sie einfach alles abstreiten. Mädchen aus Istanbul machten so etwas schließlich nicht.

»Hande!«

Das Licht der Taschenlampe ließ die Tränen auf ihren Wangen glitzern, noch ehe das Mädchen auch nur daran denken konnte, sie wegzuwischen. Aber das war auch egal, denn Ferhat war wieder da, und das war plötzlich das Einzige, was zählte.

»Hande«, rief er atemlos, »wir müssen sofort zur Wache!«

Ihr Cousin wirkte irgendwie verändert und nicht nur, weil er auf einmal so blass aussah.

»Ferhat?«

Er packte sie am Handgelenk und zog sie eilig hinter sich her.

»Ferhat, was ist los? Was ...«

Doch er zerrte sie ohne ein Wort weiter. Als sie wieder im Freien standen, gab er Türkân ein Zeichen, sie solle mit ihnen kommen. Inzwischen hatte es angefangen zu regnen und die Mädchen hätten sich lieber in einem der Feenkamine untergestellt, bis sich das Wetter besserte. Aber Ferhat sagte, sie müssten zurück zum Jeep, und zwar schnell.

»Nun kommt schon!«, rief er den Mädchen zu, die auf dem felsigen unebenen Boden rund um die Tuffkegel Mühe hatten, mit ihm Schritt zu halten.

»Was ist los?«, fragte Türkân, während sie und Hande dem jungen Jandarma hinterhersahen, der den Hang zu seinem Jeep hinuntersprintete.

»Keine Ahnung«, sagte Hande. »Irgendetwas da unten in der Höhle muss ihm Angst eingejagt haben.«

Als die beiden Mädchen den Wagen erreichten, hatte Ferhat bereits Funkkontakt mit der Gendarmerie aufgenommen.

»Hauptmann Göktaş?«, rief er. »Ja, genau ... ich habe eine Leiche gefunden ...«

Türkân und Hande sahen einander mit großen ängstlichen Augen an.

»In einer Höhle am nördlichen Ende des Tals der Mönche«, fuhr Ferhat fort.

»Ferhat ...«

Rasch hob der junge Mann die Hand, um seine Cousine zum Schweigen zu bringen, und sprach dann erneut in das Funkgerät. »Also, ehrlich gesagt, weder noch ... Nein, die Leiche ist zwar alt, aber es handelt sich nicht um ein Skelett. Ich denke, es ist eher eine Art Mumie.«

Eine Mumie? In dem Tunnel, in den Ferhat sich hineingezwängt hatte? In der Nähe der Höhle, in der sie die ganze Zeit allein in der Dunkelheit gestanden hatte? Erschrocken presste Hande eine Faust gegen die Lippen und begrub den Kopf in den Falten von Türkâns Kopftuch. Türkân blickte zu Ferhat hinüber und entdeckte auch in seinen Augen Furcht. Dann strich sie ihrer Freundin beruhigend übers Haar.

Etwas Unheimliches war im Land der Feenkamine geschehen und zum ersten Mal hatte Hande, das Stadtmädchen, deutlich mehr Angst als Türkân – denn die wusste schließlich, wie alle Bewohner Kappadokiens, dass in dieser verwunschenen Landschaft nichts unmöglich war.

1

Es war einer jener seltenen Herbsttage in Istanbul, an denen die Sonne noch genügend Kraft besaß, dass man wunderbar im Freien sitzen konnte – in einem der alten Parks, auf dem Balkon oder im eigenen Garten. Und genau in einem solchen Privatgarten, der zu einem ziemlich heruntergekommenen osmanischen Haus im Bosporusstädtchen Arnavutköy gehörte, erklang nun das muntere Geplauder mehrerer Männer, die vielleicht nicht im Frieden mit der Welt lebten, aber ganz gut mit ihr zurechtkamen. Ein eleganter alter Herr saß an einem Tisch und beobachtete zwei gut aussehende Männer in den Vierzigern, die entspannt auf Gartenliegen ruhten und sich unterhielten. Der größere und attraktivere der beiden trug eine Badehose und rauchte.

»Hör zu, wenn du unbedingt in einen Club gehen willst, dann lass dich nicht aufhalten«, sagte er zu dem etwas Älteren, der ihn belustigt musterte.

»Mehmet, wie lange bist du jetzt schon nicht mehr ausgegangen?«

»Keine Ahnung. Über so was denke ich nicht nach«, erwiderte Mehmet eine Spur gereizt.

»Murad will doch nur dein Bestes, Mehmet«, warf der betagte Mann am Tisch ein. »In deinem Alter sollte man nicht so einsam sein.«

»Vater, ich bin nicht einsam«, sagte Mehmet und warf Murad einen überheblichen Blick zu. »Aber wenn mein Bruder sich in irgendwelchen Clubs mit Frauen, die nur halb so alt sind wie er, zum Narren machen möchte, dann ist das sein Problem.« Er drückte die Zigarette im Aschenbecher aus und zündete sich sofort die Nächste an.

Muhammed Süleyman musterte seine Söhne mit einem leicht amüsierten Blick. Beide waren seit einiger Zeit ohne Frau und, wie es schien, nicht eben glücklich darüber. Doch Murad, der Ältere, gestand es sich wenigstens ein. Seit dem furchtbaren Erdbeben von 1999 verwitwet, sorgte er allein für seine Tochter Edibe, eine Aufgabe, die ihn lange Zeit ausgefüllt hatte. Doch nun, vier Jahre nach dem Tod seiner Frau, erkannte er allmählich, dass er noch mehr vom Leben erwartete als nur Beruf und Vaterpflichten. Mehmet hingegen ging ganz in seiner Arbeit als leitender Polizeibeamter auf. Er lebte seit einem Jahr getrennt von seiner Frau, liebte sie aber noch immer und konnte es kaum ertragen, den gemeinsamen Sohn nur selten zu Gesicht zu bekommen. Nach Einschätzung seines Vaters war Mehmet ein zutiefst unglücklicher Mann, dem es offenbar nicht gelang, sich gelegentlich zu entspannen oder zu amüsieren. Die Tatsache, dass seine beiden Jungen nun wieder im elterlichen Haus wohnten, erschien Muhammed alles andere als ideal – was hauptsächlich an deren Mutter lag, die ständig etwas an ihren Söhnen auszusetzen hatte, von der Frage der richtigen Brotsorte bis hin zur Wahl einer potenziellen neuen Ehefrau. Glücklicherweise war Nur Süleyman gerade aus dem Haus gegangen, um einzukaufen. Arme Jungs, dachte Muhammed traurig, ihr hättet etwas Besseres verdient.

»Und, wie kommst du mit deinem neuen Assistenten zurecht?«, fragte Murad fröhlich. Wenn Mehmet missmutig gestimmt war, empfahl es sich, das Thema zu wechseln, und seine Arbeit lieferte normalerweise einen unverfänglichen Gesprächsstoff.

»Dieser İzzet Melik ist ein unerträglicher Bauer!«, schnaubte Mehmet.

»Ach, komm schon, Junge«, warf sein Vater ein, »die moderne Türkei ist schließlich keine Klassengesellschaft mehr. Ich weiß, unsere Familie gehört einer altehrwürdigen Schicht an, aber …«

»Ich meinte das im übertragenen Sinne, Vater«, sagte Mehmet. »Vermutlich geht es İzzet Meliks Familie in Izmir finanziell wesentlich besser als uns, obwohl er der Mittelschicht angehört. Aber der Mann ist einfach ungehobelt, er hat keinerlei Geschmack, und ich kann nicht leiden, wie er unsere Mitarbeiterinnen behandelt. Das ist wirklich primitiv und abstoßend. Meine Abneigung gegen ihn hat nichts damit zu tun, wer wir sind – oder einmal waren.«

Bis zu dem Zeitpunkt, als die Überreste des Osmanischen Reichs 1923 zur Republik erklärt wurden, waren die Süleymans äußerst wohlhabend gewesen. Durch Heirat mit diversen Sultanen verwandt, hatten sie einst große Ländereien am Bosporus besessen, die jedoch verkauft wurden, als Mehmet noch ein kleines Kind war. Muhammeds Vater war ein Fürst gewesen und es gab noch immer einige, meist ältere Leute, die dessen Sohn mit dem fürstlichen Titel »Effendi« ansprachen.

»Wirklich schade, dass İsak gekündigt hat«, meinte der alte Mann. »Er schien mir ein netter Kerl zu sein.«

»Ja …«

Oberwachtmeister İsak Çöktin, ein kurdischer Jeside, hatte vor etwa einem Jahr seinen Dienst bei der Istanbuler Polizei quittiert. Nachdem sein Privatleben und sein Beruf im Jahr zuvor auf fatale Weise miteinander kollidiert waren, hatte er sich nicht länger in der Lage gesehen, seine Pflichten als Polizist zu erfüllen. Danach hatte Inspektor Mehmet Süleyman zunächst eine junge Assistentin ertragen müssen, die den Aufgaben der Kriminalpolizei nicht gewachsen war, und jetzt İzzet Melik. Aber die Aufklärung von Mordfällen war nun einmal nicht jedermanns Sache. Wie Mehmets ehemaliger Vorgesetzter, Inspektor Çetin İkmen, immer zu sagen pflegte: »Ein Mord kann auf jede krankhafte und widerwärtige Art begangen werden, die man sich nur vorstellen kann – und auf viele Arten, die unsere Vorstellungskraft übersteigen. Es ist keine leichte Aufgabe, die Täter ihrer gerechten Strafe zuzuführen.«

»Vielleicht fühlt sich İzzet Melik durch unseren derzeitigen Fall aber auch einfach unterfordert«, sagte Mehmet. »Wer weiß, wozu er fähig ist, wenn sich der Druck erhöht.«

Bei Süleymans aktuellem Fall handelte es sich nicht um einen Mord. Ein Unbekannter hatte zunächst junge, ledige Männer heimlich in ihren Schlafzimmern beobachtet, doch mittlerweile hatte sich die Situation verschärft, und es war zu sexuellen Übergriffen gekommen. Noch war niemand getötet worden, aber Mehmet Süleyman wusste aus Erfahrung, dass sich solche Geschichten immer weiter hochschaukelten. Außerdem war der Angreifer – den Aussagen zufolge ein großer, kräftiger Mann – offensichtlich bewaffnet. Und eines der männlichen Vergewaltigungsopfer hatte ein derart schweres Trauma erlitten, dass ihn sein Psychiater wegen Suizidgefahr unter Beobachtung stellen musste.

Muhammed Süleyman steckte eine Zigarette in seine silberne Zigarettenspitze und wartete darauf, dass jemand ihm Feuer gab. Da es sich dabei um eines der letzten Relikte aus der von Dienern bevölkerten Vergangenheit des alten Mannes handelte, drückten seine Söhne in der Regel ein Auge zu und kamen der unausgesprochenen Bitte klaglos entgegen. Murad war aufgestanden und gab seinem Vater gerade Feuer, als es an der Haustür klingelte.

»Ich gehe schon«, sagte er nach einem Blick auf seinen Vater, der keine Reaktion zeigte, und seinen spärlich bekleideten Bruder.

»Wenn es euer Onkel Beyazıt ist, warn uns bitte vor«, bat Muhammed seinen Sohn. »Du weißt ja, wie er ist. Wenn er uns hier tagsüber rauchen sieht …«

»Nimmt er es denn noch immer so genau mit dem Ramadan?«

»Mein Bruder nimmt es mit allem sehr genau«, sagte Muhammed düster. »Andererseits kann ich mich erinnern, dass auch du mal ein gläubiger Moslem warst, Mehmet. Und das ist noch gar nicht so lange her.«

»Ja, als Großvater noch lebte«, erwiderte Mehmet mit einem Seufzer.

Als Murad im Haus verschwunden war, wandte sich der alte Mann erneut an seinen jüngeren Sohn: »Es wäre schön, wenn du ab und zu mit deinem Bruder ausgehen würdest, Mehmet, und sei es auch nur, um ihm mal einen schönen Abend zu gönnen.«

»Ich weiß.« Mehmet seufzte und lehnte sich auf seiner Liege zurück.

»Und außerdem werdet ihr euch bestimmt nicht zum Narren machen – wenn es das ist, was du befürchtest«, meinte Muhammed nun lächelnd und korrigierte den Sitz seiner Krawatte. »Ihr seid beide attraktive Männer, gut aussehend, kultiviert und liebenswürdig – eben meine Söhne.«

Amüsiert nahm Mehmet die Sonnenbrille ab und betrachtete den alten Mann. »Natürlich, Vater.«

Der Klang sich eilig nähernder Schritte veranlasste Mehmet, nach einem Kleidungsstück Ausschau zu halten, mit dem er sich bedecken konnte. Doch noch ehe er etwas gefunden hatte, spürte er plötzlich, wie sich zwei kleine Arme um seinen Hals schlangen.

»Papa!«

»Yusuf!«

Der Junge war zwar erst zweieinhalb Jahre alt, konnte aber so schnell laufen wie ein wildes Tier. Mehmet drückte seinen Sohn fest an sich und bedeckte ihn mit Küssen. Erst als Murad sich vernehmlich räusperte, sah Mehmet auf und entdeckte seine Frau.

»Wir waren gerade in der Nähe«, sagte sie. »Ich dachte, es wäre nett …«

»Oh ja. Vielen Dank.«

Mehmets Frau ging nun zu ihrem Schwiegervater hinüber, nahm eine seiner Hände, küsste sie und sagte: »Muhammed Bey.«

»Zelfa, meine Liebe, wie schön, dich zu sehen«, erwiderte der alte Mann. »Ich hoffe, dein reizender Vater ist wohlauf?«

»Ja, danke, es geht ihm gut.«

Mehmet richtete sich ein wenig auf, küsste seinen Jungen noch ein paar Mal und schaute dann seine Frau an, die, wie er plötzlich feststellte, deutlich abgenommen hatte. Da sie ohnehin ein paar Jahre älter war als er, wirkte sie fast schon ein wenig abgehärmt. Besorgt runzelte er die Stirn.

»Was ist?«, fragte sie, als sie seinen Blick bemerkte.

»Ach, nichts«, erwiderte er lächelnd. »Wie geht es dir?«

»Möchtest du eine Tasse Tee, Zelfa?«, warf Murad ein, noch ehe sie Mehmets Frage beantworten konnte. Schließlich musste vor allem der türkischen Gastfreundschaft Genüge getan werden. »Das heißt, falls du nicht fastest …?«

»Nein, nein, ich faste nicht. Und ich hätte gern eine Tasse Tee, danke, Murad.«

»Vater?«

»Oh ja, Murad, Tee wäre …«

»Nein, ich meinte, möchtest du nicht mit ins Haus kommen und mir helfen?«, erwiderte Murad, wobei er seinem Vater mit Blicken klarzumachen versuchte, dass sie Mehmet und seine Familie einen Moment ungestört lassen sollten.

»Oh ja, natürlich …«

Nachdem die beiden verschwunden waren, setzte Mehmet seinen Sohn auf den Rasen. Der Kleine hatte eine Vorliebe für den Hauskater Aslan, der sich von ihm fast alles gefallen ließ. Danach bot Mehmet seiner Frau Murads Liege an, lehnte sich zurück und blickte in den Himmel.

Zelfa, deren verstorbene Mutter aus Irland stammte, kam direkt zur Sache. »Ich denke, wir sollten uns scheiden lassen«, sagte sie auf Englisch.

Mehmet drehte sich abrupt zu ihr um. Er fühlte sich verletzt und beleidigt zugleich und Zorn stieg in ihm auf. »Hast du einen anderen?«, stieß er hervor. »Hast du deshalb so viel abgenommen?«

»Nein!«, rief sie, das Gesicht rot vor Wut. »Herrgott noch mal, Mehmet, wie kann man nur so chauvinistisch sein?!«

»Also …«

»Ich habe abgenommen, weil ich auf der Arbeit Stress habe und wie ein Schlot rauche«, sagte sie und suchte wie zur Bestätigung in ihrer Handtasche nach Zigaretten. »Mein Vater ist nächste Woche nicht in der Stadt, deshalb dachte ich, falls es dir passt, könntest du abends mal vorbeikommen, damit wir das Ganze in Ruhe besprechen.«

»Und was ist mit ihm?« Mehmet deutete mit dem Kopf in Richtung des Jungen, der gerade einen Ball für den Kater ins Blumenbeet warf.

»Ich dachte, du hast vielleicht Lust, ihn ins Bett zu bringen. Danach könnten wir dann reden.«

Mehmet zuckte die Achseln. »Wie du willst.«

Er konnte ja so ein arroganter Mistkerl sein! Schließlich war er es doch gewesen, der die ganze Situation heraufbeschworen hatte – er hatte es mit einer Hure getrieben, er hatte sie betrogen! Und dennoch wusste Zelfa, die immerhin von Beruf Psychiaterin war, dass sie sich im Grunde gar nicht von ihm scheiden lassen wollte, trotz allem, was er ihr angetan hatte. In Wirklichkeit wollte sie in diesem Augenblick nur eines: sich zu ihm hinüberbeugen und jeden Zentimeter seines Körpers ablecken.

»Ich kann einfach nicht zurück«, sagte Zelfa. »Ich kann dir nicht mehr vertrauen. Und wenn ich das nicht kann, was hat das Ganze dann noch für einen Zweck?«

Mehmet seufzte, zündete sich eine Zigarette an und meinte schließlich: »Passt dir Mittwochabend?«

»Mittwoch wäre prima.«

»Okay.«

Damit wandte er sich ab, beobachtete, wie sein Sohn mit dem Kater spielte, und verlor kein weiteres Wort an seine Frau.

Als Zelfa und Yusuf sich verabschiedet hatten, meinte Mehmet zu seinem Bruder, es sei eine hervorragende Idee, gemeinsam in einen Club zu gehen.

Menşure Tokatlı war keine Frau, die mit sich spaßen ließ. Die schlicht gekleidete alte Jungfer war die Tochter des verstorbenen Faruk Tokatlı, eines der wichtigsten Männer in den Anfangstagen des kappadokischen Fremdenverkehrs und dafür verantwortlich, dass auch abgelegenere Täler touristisch erschlossen wurden. Er hatte mehrere Feenkamine in Muratpaşa in Pensionen sowie in ein Hotel verwandeln lassen, und all das gehörte nun der energischen Menşure. Hauptmann Salman von der berittenen Polizei in Nevşehir hatte mehr als nur Respekt vor ihr.

»Es geht um Ihre Tochter Hande«, sagte die über Fünfzigjährige ohne Umschweife, als sie den Hauptmann vor einem Teppichgeschäft abfing.

Hauptmann Salman ließ seinen Zigarettenstummel zu Boden fallen und führte rasch eine Hand an seine Kappe, um zu salutieren. »Menşure Hanım.«

»Sie war dabei, als dieser Junge, ihr Cousin, die Leiche im Tal der Mönche entdeckt hat, richtig?«

»Ja, Hanım, bedauerlicherweise ...«

»Also, ich will lediglich wissen, ob sie den Leichnam gesehen hat. Man erzählt uns ja nicht, ob es sich um einen Mann oder eine Frau handelt. Und ich möchte wirklich gern ...«

»Ich denke, da sollten Sie sich besser an die Gendarmerie wenden, Hanım …«

»Das habe ich schon versucht«, erwiderte die Frau gereizt, »aber die stellen sich dermaßen an … Nein, Hauptmann Salman, ich muss auf andere Weise an meine Informationen kommen, weswegen ich an Hande dachte. Oder eher an Sie, weil Sie als ihr Vater sicher wissen, was sie weiß.«

»Ja.« Hauptmann Salman schaukelte auf den Absätzen seiner glänzenden Reitstiefel vor und zurück. »Darf ich fragen, Hanım, warum Sie das interessiert?«

»Mich persönlich interessiert es überhaupt nicht«, erwiderte Menşure. »Aber für ein Mitglied meiner Familie könnte es von Interesse sein und in dem Fall wäre es äußerst wichtig, dass er möglichst schnell herkommt und auch wieder verschwindet. Ich kann mir nicht erlauben, ihn während des Ramadans allzu lange zu beherbergen.«

»Und warum nicht?«, fragte Hauptmann Salman. »Ist er Ausländer oder …«

»Nein, er wohnt in Istanbul und raucht während der Fastenstunden unverhohlen in der Öffentlichkeit, wie Sie offensichtlich ja auch. In Istanbul mag das kein Problem sein, aber hier sieht das doch etwas anders aus, und ich möchte wirklich nicht, dass er meine Nachbarn vor den Kopf stößt. An Ihrer Stelle würde ich übrigens auch Rücksicht darauf nehmen. Also, Hauptmann Salman, können Sie mir nun helfen oder nicht?«

»Hanım, wenn ich wüsste, warum Ihr Verwandter etwas über den Leichnam erfahren muss …«

»Das kann ich Ihnen nicht sagen«, erwiderte Menşure kurz angebunden. »Das ist allein seine Angelegenheit. Aber wenn ich Ihnen seinen Namen verrate, würde das die Lage vielleicht ändern. Schließlich kommen Sie selbst von der Istanbuler Polizei …«

Hauptmann Salman runzelte die Stirn. Anscheinend hatte

sie vor, ihn mit irgendeinem großen Namen zu beeindrucken. Um wen konnte es sich handeln? Um irgendein hohes Tier? Vielleicht sogar den Polizeipräsidenten? Einen kurzen Moment lang stellte Hauptmann Salman die wildesten Vermutungen an.

»Also gut, Hanım«, sagte er schließlich, »Sie können es ja mal versuchen.«

Als sie ihm den Namen nannte, verzog Hauptmann Salmans Gesicht sich zu einem breiten Grinsen. Dann erzählte er ihr sofort, was sie wissen wollte.

»Oh, was für ein großer Junge! Was für ein Prachtkerl!«

Wenn man sah, wie hoch der kleine Timur in die Luft geschwungen wurde, musste man sich wundern, dass er nicht anfing zu schreien, dachte seine hübsche junge Mutter. Aber schließlich befand er sich in den Händen seines Großvaters, der beim Anblick des Jungen jedes Mal wachsweich wurde und sich in einen Mann mit einem IQ von zwanzig verwandelte.

»Papa, ihm wird noch ganz schwindlig«, sagte Hülya, während sie ihren Vater dabei beobachtete, wie er mit seinem Enkel durchs Zimmer tanzte.

»Nein, nein, es geht ihm gut, nicht wahr, mein kleiner Wonneproppen?«, erwiderte Çetin İkmen und der kleine Timur gluckste vergnügt.

In dem Moment betrat eine etwas ältere, stämmige Frau den Raum, die Haare mit einem Kopftuch hinter den Ohren zusammengefasst, und schnalzte mit der Zunge.

»Ich weiß wirklich nicht, wer von den beiden kindischer ist, der Kleine oder dein Vater«, wandte Fatma İkmen sich an ihre Tochter.

»Ich glaube, Papa«, meinte Hülya lächelnd.

»Wahrscheinlich hast du recht.«

Die beiden lachten. Der Anblick des in seinen Enkel vernarrten Çetin İkmen war einfach zu komisch. Er und Fatma hatten neun Kinder großgezogen, doch Timur – benannt nach Çetins Vater – war ihr erstes Enkelkind und daher etwas ganz Besonderes.

»Berekiahs Vater ist nicht annähernd so verrückt wie Papa, aber in den letzten Wochen, seit Timurs Geburt, haben wir eine sanftere Seite an ihm entdeckt«, erzählte Hülya über den Vater ihres Mannes, mit dem die junge Familie zurzeit unter einem Dach lebte. »Aber schließlich geht es ihm auch nicht so gut …«

»Allah stellt uns alle auf die Probe«, sagte Fatma. Es fiel ihr nicht leicht, mit dem Schwiegervater ihrer Tochter, Balthasar Cohen, Mitleid zu empfinden. Obwohl seine Polizeilaufbahn nicht so erfolgreich verlaufen war wie die ihres Mannes, hatte Balthasar immer großen Erfolg beim weiblichen Geschlecht gehabt. Jahrelang hatte er seiner Frau, Fatmas Freundin Estelle, das Leben schwer gemacht, was erst ein Ende fand, als er bei dem schrecklichen Erdbeben von 1999 unter dem Wohnhaus seiner damaligen Geliebten begraben wurde und beide Beine verlor. Und nun hatte sein Sohn Berekiah eine Nicht-Jüdin zur Frau genommen und sein Enkel wuchs als Muslim auf. Allah stellte Balthasar Cohen wirklich auf die Probe, dachte Fatma erneut. Im nächsten Moment klingelte das Telefon im Flur und sie ging hinaus, um den Hörer abzunehmen.

Als Fatma das Zimmer verlassen hatte, wandte Hülya sich an ihren Vater: »Und, Papa, hast du viel zu tun?«

Inspektor Çetin İkmen drückte den Säugling an seine Brust. »Nein, im Grunde nicht. Wahrscheinlich sollte ich mich freuen, schließlich ist niemand umgebracht worden. Im Augenblick helfe ich Mehmet Süleyman bei seinen Ermittlungen, aber … Er hat schon wieder einen neuen Assistenten, mal sehen, ob es diesmal klappt.« Dann wechselte er das Thema. »Wie geht's denn mit eurem Haus voran?«

»Ach, sehr langsam«, seufzte Hülya. Einer von Berekiahs Onkeln hatte dem jungen Paar ein Haus im ehemaligen Griechenviertel Fener am Goldenen Horn gekauft. Nun musste das heruntergekommene Gebäude aufwendig saniert werden, was Hülyas Ehemann einen Großteil seiner Freizeit kostete.

»Zu langsam, nicht wahr?«, fragte İkmen, obwohl er die Antwort im Grunde schon kannte.

»Ja.«

Balthasar Cohen war nicht nur sehr krank, sondern auch ein überaus schwieriger Zeitgenosse. Dass sein Enkel als Muslim aufwuchs, machte ihm genauso schwer zu schaffen wie die Tatsache, dass es vorbei war mit seinen sexuellen Abenteuern. İkmen war selbst kein allzu religiöser Mensch und konnte nicht verstehen, warum seine Frau den Ramadan so strikt einhielt. Aber als vernunftbegabter Säkularist hatte er sich damit arrangiert.

Fatma kehrte ins Wohnzimmer zurück. »Çetin, deine Cousine Menşure ist am Telefon«, sagte sie und nahm ihrem Mann den Kleinen ab.

»Will sie mich sprechen?«

»Wen sonst?«, erwiderte Fatma.

İkmen nahm seine Maltepe-Zigaretten und sein Feuerzeug vom Tisch und ging in den Flur.

»Ist Menşure die Cousine, der die vielen Feenkamine in Göreme gehören?«, fragte Hülya, nachdem ihr Vater den Raum verlassen hatte.

»Ihr gehören zwar mehrere Feenkamine, aber nicht in Göreme, sondern in Muratpaşa, einem viel kleineren Ort«, berichtigte Fatma ihre Tochter. »Menşures Vater, Onkel Faruk, war mit der Schwester deines Großvaters Timur verheiratet. Die beiden waren äußerst geschäftstüchtig und haben viel Geld verdient. Menşure hat diverse Pensionen, Reiseunternehmen und dergleichen geerbt, aber nie geheiratet. Ich frage mich, was sie von deinem Vater will?«

Schweigend saßen die beiden Frauen da, bis İkmen, eine Maltepe zwischen den Lippen, ins Wohnzimmer zurückkehrte.

»Fatma«, setzte er an und lehnte sich gegen das alte verschlissene Sofa, »was hältst du davon, wenn ich für ein paar Tage nach Muratpaşa fahre?«

»Warum? Hat Menşure dich zu einem kleinen Ferienjob eingeladen?«, erwiderte Fatma mit säuerlichem Unterton. Abgesehen von Çetins Bruder Halıl meldete sich die Verwandtschaft ihres Mannes nur selten bei den İkmens, und wenn, dann meist nur, wenn sie etwas von Çetin wollte – seine Zeit oder irgendwelche Informationen. Da Fatma ihren schwer arbeitenden Mann selbst nur selten zu Gesicht bekam, war sie über seinen Wunsch, in die Einöde Kappadokiens zu fahren, nicht sonderlich erfreut.

»Nein«, meinte İkmen ruhig, »nicht direkt. Menşure hat gewisse Probleme ...«

»Warum fahrt ihr beiden denn nicht zusammen ein paar Tage zu ihr?«, rief Hülya aufgeregt. »Berekiah und ich könnten auf die Wohnung und auf Gül und Kemal aufpassen. Ihr würdet euch bestimmt gut erholen!«

»Also, äh ...«

»Mir scheint, dein Vater möchte lieber alleine nach Kappadokien reisen«, sagte Fatma. »Wahrscheinlich geht es um irgendeine berufliche Angelegenheit ...«

»Nein, äh, es ...«

»Worum dann?«

İkmen schluckte und zog kräftig an seiner Zigarette. »Es ... also gut, es geht zumindest teilweise um etwas Berufliches, Fatma. Man hat dort eine Leiche gefunden ...«

»Ach so, und jetzt ruft die örtliche Jandarma dich zu Hilfe, Çetin«, sagte sie mit vor Ironie triefender Stimme. »Ohne dich werden sie den Fall natürlich niemals lösen können!«

»Fatma, es handelt sich um einen alten Leichnam«, erwiderte er. »Es könnte jemand sein, den ich gekannt habe.«

»Von deinen vielen Ferienaufenthalten bei Tante Şerefe? Wie oft bist du bei ihr gewesen? Zwei Mal? Oder war das dein Bruder, der sie zwei Mal besucht hat, und du ...«

»Wenn ich mir eine Woche freinehmen kann, fahre ich nach Muratpaşa!«, sagte İkmen und hob eine Hand, um den Redeschwall seiner Frau zu unterbrechen. »Ich muss es einfach tun!«

Damit machte er auf dem Absatz kehrt, strich dem kleinen Timur kurz über die Wange und marschierte hinaus auf den Balkon.

Hülya beugte sich zu ihrer Mutter vor und meinte: »Mach dir keine Sorgen, Mama. Papa wird schon nichts anstellen, dafür ist er gar nicht der Typ. Ich bin mir sicher, das Ganze ist völlig harmlos.«

»Ach, das weiß ich doch«, sagte ihre Mutter und tupfte sich kurz die Augen mit einem Zipfel ihres Kopftuchs. Sie weinte eher vor Wut und Frustration als vor Kummer. »Die gute Cousine Menşure hat so viel Sexappeal wie ein Strauß Trockenblumen. Nein, ich mache mir nur Sorgen, dass dein Vater in Schwierigkeiten geraten könnte. Ich weiß, wie er ist, wenn er sich erst mal in einen Fall verbissen hat. Er redet sich um Kopf und Kragen, verärgert die Leute, bringt sich selbst in Gefahr ...«

»Aber so war er doch schon immer ...«

»Ja, aber da war er nicht Hunderte Kilometer von zu Hause entfernt«, sagte Fatma mit erhobener Stimme, »an einem Ort, an dem ich nicht bei ihm sein kann, wenn er mich braucht. Die Menschen in diesen Dörfern sind sehr religiös und Allah allein weiß, auf wie viele Arten dein Vater sie vor den Kopf stoßen wird! Er trinkt Alkohol, raucht auf der Straße ...«

Verärgert schüttelte Fatma den Kopf. Hülya erwartete,

dass ihr Vater nun wieder hereinkommen und ein paar tröstende Worte sagen würde, doch das tat er nicht. Er blieb reglos auf dem Balkon stehen und starrte in den diesigen Sonnenuntergang hinter der Blauen Moschee. Schon bald würden die Gläubigen zum Gebet gerufen werden und die Nacht würde den Rest eines Tages schlucken, der bis vor ein paar Minuten eigentlich ganz annehmbar gewesen war.

2

Abdullah gefiel das neue Schlafzimmer nicht, das sein Vater für ihn hergerichtet hatte. Es lag in der sechsten Etage und nach einem anstrengenden Tag an der Universität hatte er keine Lust, die schwere Büchertasche sechs Stockwerke hochzuschleppen.

»Aber du kannst doch nicht von den Touristen erwarten, dass sie so viele Treppen steigen«, hatte sein Vater, Selcuk Aydın, gesagt, als Abdullah zu bedenken gab, dass einige der Gäste der Pension »Kaiser Justinian« vielleicht gerade Wert auf die wundervolle Aussicht über die Stadt und ihre Wasserwege legen würden, die sich von diesem Zimmer aus bot.

»Papa, die Touristen sitzen doch sowieso jeden Abend auf der Dachterrasse über mir!«, hatte Abdullah erwidert.

»Ja, aber das tun sie freiwillig, oder?«, entgegnete sein Vater triumphierend. »Sie müssen sich keine Gedanken machen, wie sie ihre Koffer da hinaufbekommen.«

»Aber das Personal bringt das Gepäck doch eh auf die Zimmer ...«

»Ich habe eine Pension, die die von diesem Mistkerl Ali Serpil nebenan um zwei Geschosse überragt. Meine Gäste genießen die beste Aussicht!«, rief sein Vater aufgebracht. »Du bleibst in dem Zimmer, und sobald Serpil irgendetwas auf seine so genannte Terrasse draufsetzt, wirst du mich sofort informieren! Dann bin ich in weniger als einer Minute bei der Gemeindeverwaltung!«

Wenn sich sein Vater doch nur ausschließlich mit dem Besitzer der benachbarten Pension anlegen würde, dachte Abdullah. Doch Selcuk Aydın störte sich auch an dem Gästehaus und dem dazugehörigen Hotel gegenüber, ganz zu schweigen von dem Fünfsternehotel »Four Seasons« am Ende der Straße. Laut Selcuk Bey waren sie allesamt »viel zu groß und kopflastig für ihre Fundamente«. Die Tatsache, dass es sich beim »Four Seasons« um ein höchst solides Bauwerk aus osmanischer Zeit handelte, schien ihm entgangen zu sein. »Mein Haus ist das Einzige, das für diese Höhe geschaffen ist«, pflegte er zu sagen. Doch andere Hotel- und Pensionsbesitzer im historischen Stadtteil Sultanahmet waren da ganz anderer Ansicht. Vor allem hinter der Blauen Moschee war ein regelrechter Krieg um die beste Aussicht ausgebrochen und Abdullah mit seiner schweren Büchertasche war nur eines der vielen Opfer.

An diesem Sonntag hatte Abdullah jedoch keine Vorlesungen gehabt, sondern seinem Vater und seinen Brüdern in der Pension und bei der Bewirtung der Gäste geholfen. Und da er – wie die meisten Muslime, die während des Ramadans fasteten – vor dem Zubettgehen stets ausgiebig aß, stieg er erst weit nach Mitternacht mit vollem Bauch die Stufen zu seinem Zimmer hinauf. Er sprang noch rasch unter die Dusche und sank dann müde ins Bett, wo er fast sofort einschlief.

Irgendetwas weckte ihn – kein Geräusch, eher ein Gefühl. Irgendetwas Kaltes berührte sein Ohr. Als sich der Nebel in seinem Gehirn lichtete, sah er, dass es draußen noch immer stockdunkel war. Langsam wurde ihm bewusst, dass das kalte Gefühl an seinem Ohr nicht von dem kühlen Wind stammte, der durch das weit geöffnete Fenster hereinwehte. Der Mann – es musste sich um einen Mann handeln, denn die Zeitungen hatten ausführlich darüber berichtet – lag neben ihm auf dem Bett und hielt ein Messer an Abdullahs Ohr.

»Dreh dich um«, befahl eine seltsam weiche Stimme.

Abdullah ahnte instinktiv, was als Nächstes kommen würde, und spürte, wie er heftig zu schwitzen begann.

»Nein …«

Woher er die Kraft nahm, sich zu widersetzen, wusste er selbst nicht.

»Willst du mich zurückweisen, du dreckiger kleiner Homo?«

»Ja …« Abdullahs Herz schlug wie wild. Warum hatte er das nur gesagt? Warum? In weiter Ferne funkelten verführerisch die Lichter der Istanbuler Stadtviertel Tophane und Cihangir.

Scheinbar mühelos drehte der Mann Abdullah auf den Bauch und machte Anstalten, sich auf ihn zu setzen. Da er eine Skimaske trug, konnte Abdullah sein Gesicht nicht sehen. Trotz seiner Angst spürte der junge Mann, dass er zumindest versuchen musste herauszufinden, wer ihn vergewaltigen wollte. Unter Aufbietung all seiner Kraft warf er sich herum und riss dem Eindringling die Maske vom Gesicht.

Das Messer, das bis zu diesem Moment in der Hand des Angreifers gelegen hatte, drang tief in Abdullah Aydıns Brust.

»Falls ich den Antrag genehmige, wann würden Sie Ihren Urlaub denn antreten wollen?«, fragte der korpulente Mann mit der kalten Zigarre in der Hand den hageren Mann vor ihm, der eine Zigarette rauchte.

»Morgen, Sir«, sagte Çetin İkmen. »Bitte.«

»Sie kommen also einfach am Montagmorgen zu mir und verkünden mir ohne jede Erklärung, dass Sie nach Kappadokien reisen wollen …«

»In einer Familienangelegenheit«, warf İkmen ein.

Polizeipräsident Ardiç musterte sein Gegenüber aus geröteten Augen.

»Ich habe noch jede Menge alten Urlaub«, fuhr İkmen fort, »ich …«

»Sie wissen doch, dass unser Spanner von Vergewaltigung

zu versuchtem Mord übergegangen ist«, sagte Ardiç düster. »Süleyman und Melik sind gerade bei seinem jüngsten Opfer im Krankenhaus, damit sie mit ihm reden können, sobald er aufwacht – falls er je wieder aufwacht. Es überrascht mich, dass Sie das nicht wussten, İkmen. Dabei haben Sie Süleyman bei diesem Fall doch unterstützt, oder?«

»Ja, das stimmt.«

Ardiç gestikulierte wild mit seinen großen, fleischigen Händen. »Und?«

»Und was?«

»Und finden Sie nicht, dass es unpassend wäre, wenn Sie jetzt einfach ...«

»Es handelt sich um eine dringende Familienangelegenheit!«, brachte İkmen vor. »Andernfalls würde es mir nicht im Traum einfallen, Sie in dieser Situation um Urlaub zu bitten ...«

»Sagen Sie mal, İkmen, wie wollen Sie überhaupt zu diesem Dorf inmitten der Feenkamine kommen?«, fragte Ardiç und klopfte mechanisch seine kalte Zigarre auf dem Rand des Aschenbechers ab.

»Heute Abend um acht geht ein Bus direkt nach Muratpaşa. Ich wäre morgen früh gegen sieben dort.«

»Daraus darf ich wohl schließen, dass Sie bereits gepackt und die Fahrkarte erworben haben.«

Wie ein ertappter Schuljunge senkte İkmen den Kopf. »Ja, das stimmt.«

Mit einem Ächzen, wie man es bei Tennisturnieren oft hört, hievte Ardiç sich aus seinem Stuhl und humpelte mit schmerzverzerrtem Gesicht zum Fenster. Auf dem kleinen Dachvorsprung über dem Haupteingang hockten ein paar Tauben und pickten Krumen auf. Ardiç hielt stets Brot und Saatkörner bereit, um dafür zu sorgen, dass die Tauben an sein Fenster kamen. »Wissen Sie, İkmen«, sagte er und warf noch ein paar Krumen auf das mit Taubenkot übersäte

Flachdach, »viele Menschen halten diese Vögel für eine Plage. Nicht zuletzt meine Frau. Aber ich mag Tauben. Sie sind gefräßig, lästig und allgegenwärtig. Ein solcher Überlebenstrieb schenkt einem Hoffnung in dieser Welt der Selbstmordattentate und völlig idiotischen Kriege.«

»Stimmt.«

Der Anschlag auf das World Trade Center in New York und der Krieg im Irak, der längst hätte vorbei sein sollen, hatten Ardiç verändert. Er konnte zwar immer noch vor Wut explodieren, doch seine Tobsuchtsanfälle gehörten weitgehend der Vergangenheit an. Natürlich waren diese Ereignisse Kismet und mussten folglich akzeptiert werden, doch trotz seiner Bemühungen, ein guter Muslim zu sein, kamen Ardiç immer häufiger Zweifel. In diesem Jahr fiel ihm der Ramadan besonders schwer, weswegen er sich auch so grimmig an seine kalte Zigarre klammerte.

»Wie viele Kinder haben Sie noch mal, İkmen?«, fragte er, den Kopf aus dem Fenster gestreckt, und blickte in den blauen Himmel.

»Neun. Und ein Enkelkind.«

»Nehmen Sie es mir nicht übel, İkmen, aber ich habe Sie eine ganze Weile auf ähnliche Weise gesehen wie diese Vögel hier.« Langsam wandte Ardiç sich vom Fenster ab und setzte sich wieder an seinen Schreibtisch. »Sie pflanzen sich unaufhörlich fort, Sie sind ebenso bewundernswert wie allgegenwärtig, Sie sehen zwar nicht umwerfend aus, aber ... Von mir aus fahren Sie nach Kappadokien, wenn Sie unbedingt dorthin müssen. Die Familie ist wichtig; sie ist ein Geschenk Allahs.«

»Ich danke Ihnen.«

İkmen hatte keine Sekunde daran gezweifelt, dass Ardiç ihm letztlich freigeben würde. Zwar hatte er damit gerechnet, eine Weile mit seinem Vorgesetzten diskutieren zu müssen, aber offensichtlich war das gar nicht erforderlich.

»Dann gehe ich jetzt mal meinen Schreibtisch aufräumen ...«

»Sie setzen sich noch mal mit Süleyman in Verbindung«, unterbrach Ardiç ihn und blickte wieder zum Fenster. »Er ist im Taksim-Krankenhaus.«

İkmen , der schon fast an der Tür war, sagte: »In Ordnung.«

»Und noch etwas, İkmen ...« Ardiç drehte sich plötzlich um und musterte ihn mit einem ernsten Blick.

»Ja?«

»Sie wissen doch, dass die Feenkamine im Grunde gar nicht wie Feenkamine aussehen, oder?«

»Äh ...«

İkmen war sich nicht sicher, was sein Vorgesetzter ihm sagen wollte, doch seinem Gesichtsausdruck nach zu schließen, musste es sich um etwas sehr Ernstes handeln.

»Sie sehen aus wie männliche Geschlechtsteile«, sagte Ardiç, ohne eine Miene zu verziehen. »Aber bringen Sie mal einen Kappadokier dazu, das zuzugeben! Pah!«

Dann entließ er İkmen mit einer abfälligen Handbewegung. Es kostete den Inspektor große Mühe, nicht laut loszuprusten, bis er in seinem eigenen Büro war. Doch dann konnte er sich nicht mehr zurückhalten ...

Im Grunde war es nicht İzzet Meliks Schuld, dachte Süleyman und beobachtete den Oberwachtmeister, der vor lauter Durst an seinen Zähnen saugte. Die Tatsache, dass ihn alles an İzzet ärgerte, einschließlich dessen Angewohnheiten, war zwar bedauerlich, aber schließlich konnte Süleyman ihm daraus keinen Vorwurf machen. Selbst die Art und Weise, wie der Mann redete, wie er aß oder rauchte, zerrte an seinen Nerven. Allerdings gab es etwas, was den Inspektor noch mehr aufregte als alles andere und was er in einem gewissen Rahmen steuern konnte: die persönlichen Ansichten und Überzeugungen seines Assistenten, von denen manche, wie er fand, völlig indiskutabel waren.

»Die Opfer dieses Mannes sind bestimmt alle schwul«, sinnierte İzzet, während er mit seinem Vorgesetzten vor Abdullah Aydıns Krankenzimmer saß. »Der Junge da drin, der muss einfach schwul sein.«

Heldenhaft unterdrückte Süleyman den Impuls, seinem Assistenten zu sagen, er solle die Klappe halten. Stattdessen meinte er mühsam beherrscht: »Wie kommen Sie darauf, Melik?«

»Also, wenn ein Mann versuchen würde, mit mir Sex zu haben, würde ich kämpfen, als ginge es um mein Leben«, erwiderte İzzet mit einem beinahe fanatischen Funkeln in den Augen.

»Nun, vielleicht hat Abdullah Aydın ja genau das getan«, sagte Süleyman. »Schließlich ringt er da drinnen mit dem Tod.«

»Vielleicht hat der Spanner ihn in den Arsch gefickt, ehe er ihm das Messer in die Brust stach ...«

»Sehr unwahrscheinlich«, sagte Süleyman so ruhig wie möglich, obwohl er sich an der groben Ausdrucksweise seines Mitarbeiters stieß. »Wenn irgendeine Form von Penetration stattgefunden hätte, hätte Mr Lewis sicher etwas gehört. Schließlich befand er sich ganz allein auf der Dachterrasse und es war schon ziemlich spät.«

»Hm.«

Doch Melik war noch nicht überzeugt, das merkte Süleyman. Schon die ersten Opfer des Spanners – diejenigen, die er nur beobachtet und vor denen er masturbiert hatte – waren von Süleymans Assistenten mit kaum verhohlener Verachtung behandelt worden. Und George Lewis, den etwas älteren Touristen aus Neuseeland, der auf Abdullah Aydıns Schreie herbeigeeilt und dadurch sehr wahrscheinlich dessen Leben gerettet hatte, titulierte er als »alter

Homo«, weil dieser keine Frau hatte. Nicht einmal die Tatsache, dass Lewis Witwer war, konnte İzzet Melik von seiner Meinung abbringen.

»Ihnen ist schon bewusst, Melik, dass es hier nicht notwendigerweise um Sex geht, oder?«, fragte Süleyman.

Der Oberwachtmeister runzelte seine ohnehin zerfurchte Stirn. »Wie meinen Sie das?«

Wie meinen Sie das, *Inspektor*?, wäre angebracht gewesen, dachte Süleyman, beschloss aber, es dabei bewenden zu lassen. Schließlich wollte er diesem Neandertaler neben sich einen wichtigen Gedanken nahebringen – korrektes Verhalten gegenüber Vorgesetzten würde warten müssen. »Wenn ein Mann einen anderen Mann zu einem Sexualakt zwingt, übt er in erster Linie Macht aus«, sagte Süleyman. »So wie Männer Macht über Frauen ausüben, wenn sie sie vergewaltigen, bringen Männer, die Männer vergewaltigen, ihre Haltung gegenüber dem eigenen Geschlecht zum Ausdruck. Solche Männer leiden häufig unter einem Gefühl der Unzulänglichkeit, der Machtlosigkeit innerhalb ihres eigenen Umfelds.«

»Oh, bravo!«, sagte eine dunkle, rauchige Stimme. »Psychologie in Vollendung!«

Süleyman schaute hoch und blickte in Çetin İkmens lächelndes Gesicht. Er stand sofort auf und umarmte den kleineren Mann herzlich.

»Eine schlimme Geschichte«, sagte İkmen.

»Ja …«

»Aber kann es nicht sein, dass der Spanner seine Opfer einfach nur ficken will?«, warf Melik sichtlich verwirrt ein.

»Das wäre natürlich möglich«, erwiderte İkmen freundlich. »Aber wir müssen schließlich jede Möglichkeit in Betracht ziehen, nicht wahr? Hören Sie, Oberwachtmeister, ich muss mit Inspektor Süleyman einen Moment unter vier Augen sprechen. Wären Sie so freundlich, ein paar Minuten nach draußen zu gehen und vielleicht eine Zigarette zu rauchen?«

»Aber Inspektor, es ist Ramadan. Ich ...«

»Oh, natürlich, natürlich. Vielleicht könnten Sie sich dann einfach eine Weile die Füße vertreten und sich die Krankenschwestern ansehen oder was weiß ich ...«

Sobald sich Meliks gedrungene Gestalt über den Flur entfernte, kam İkmen zur Sache.

»Ich muss für ein paar Tage nach Kappadokien. Es könnte sein, dass man Alison gefunden hat.«

»Çetin ...«

»Ich weiß, dein Fall ist sehr ernst und du hast deine liebe Mühe mit diesem reaktionären Oberwachtmeister, aber es geht um Alison, Mehmet. Max' und meine Alison.«

Süleyman sah İkmen, der den Tränen nahe war, in die Augen, seufzte und lächelte dann. Natürlich war es, gelinde gesagt, alles andere als günstig, dass sein Mentor ausgerechnet jetzt für eine Weile verreisen wollte, aber da es um Alison ging, konnte Süleyman sich kaum beschweren. In den siebziger Jahren hatte İkmen die junge britische Rucksacktouristin kennen und lieben gelernt, aber als verheirateter Mann und Familienvater darauf verzichtet, diese Schwärmerei voranzutreiben – in der Tat war die Sache nie über einen Kuss hinausgegangen. Trotzdem war İkmens Freund Max Esterhazy, ein Englischlehrer, der sich ebenfalls in Alison verliebt hatte, schrecklich eifersüchtig gewesen. Offensichtlich hatte das junge Mädchen İkmen ihrem eigenen Landsmann vorgezogen, was den Engländer schwer getroffen hatte – so schwer, dass der in der Kunst der schwarzen Magie bewanderte Mann zwanzig Jahre lang İkmen seinen vermeintlichen Verrat übel genommen und auf Rache gesonnen hatte. Als er schließlich eine in seinen Augen geeignete Strafe für den Türken gefunden hatte, verfolgte er sein Ziel mit fanatischem Eifer: Er entführte İkmens

Tochter Çiçek und band sie in ein bizarres Ritual ein, das angeblich dazu dienen sollte, Istanbul vor »bösen Mächten« zu schützen. Letztlich hatte er sein Ziel jedoch nicht erreicht und war unter mysteriösen Umständen gestorben.

Kurz nachdem Alison die Stadt am Bosporus verlassen hatte, um entlang der Hippie-Route weiterzuziehen, verlor sich ihre Spur. Das letzte Mal hatte man sie im August 1978 in Nevşehir, der Provinzhauptstadt Kappadokiens, gesehen. Alison war und blieb eine nicht abgeschlossene Episode in İkmens Leben. Obwohl er natürlich nicht mehr in sie verliebt war, dachte er oft darüber nach, was wohl mit ihr geschehen sein mochte. Süleyman, der ebenfalls dazu beigetragen hatte, dass Max Esterhazy sein geisteskrankes Ritual nicht zu Ende führen konnte, war einer der wenigen, die von der Verbindung zu Alison wussten.

»Meine Cousine Menşure hat mich angerufen, um mir zu erzählen, dass die Jandarma in einem der Feenkamine eine weibliche Mumie gefunden haben«, fuhr İkmen fort. »Mehr weiß ich auch nicht. Aber allein die Möglichkeit, dass es sich um Alison handeln könnte ...«

»Natürlich musst du nach Kappadokien fahren«, sagte Süleyman entschlossen. »Hat Ardiç seine Erlaubnis gegeben?«

»Ja.« İkmen blickte zu Boden, als sei ihm die Sache peinlich. »Ich reise heute Abend ab.«

»Verstehe. Weiß Fatma ...«

»Nein.« İkmen runzelte die Stirn. Er war es nicht gewohnt, seiner geliebten Fatma irgendetwas zu verschweigen, aber angesichts der Umstände erschien es ihm das Beste zu sein. »Ich habe ihr nur gesagt, dass man dort einen Leichnam gefunden hat, über den ich etwas wissen könnte – sie kennt aber keinen Namen. Außerdem habe ich ihr erzählt, dass ich Menşure bei ein paar geschäftlichen Problemen helfen soll. Offenbar hat sie vergessen oder sie will sich nicht daran erinnern, dass Menşure der letzte Mensch wäre, der irgendjemanden um Hilfe bitten würde. Ihre Mutter, Tante Şerefe, war genauso, stark und entschlossen wie eine Löwin. Natürlich weiß Ardiç von all dem nichts. Nur du, mein Freund, kennst die ganze Wahrheit.«

Süleyman legte seinem ehemaligen Vorgesetzten die Hand auf die Schulter. »Ich fühle mich zutiefst geehrt, dass du dich mir in dieser Angelegenheit anvertraut hast, Çetin.«

Der ältere Mann zuckte die Achseln. »Du bist mein Freund«, erwiderte er. »Ich arbeite sehr gern mit dir zusammen und es tut mir leid, dass ich wegmuss. Aber ich habe keine andere Wahl.«

»Ich verstehe.«

Die beiden Männer umarmten einander zum Abschied, dann machte İkmen sich auf den Heimweg. Süleyman blieb allein zurück, lauschte den piepsenden Geräuschen der Monitore, die aus Abdullah Aydıns Krankenzimmer zu ihm auf den Flur drangen, und fragte sich, ob es sich bei der Leiche wohl wirklich um diese Alison handelte. Was würde İkmen machen, wenn sie es nicht war – oder wenn sie es doch war … Eine alte Liebe büßte gelegentlich auch nach Jahren nichts von ihrer Macht ein, wie er selbst nur allzu gut wusste. Der gemeinsame Ausflug mit seinem Bruder in einen Club hatte damit geendet, dass Süleyman beinahe sofort wieder nach Hause gefahren war. Irgendwie schien er nicht in der Lage zu sein, das Gesicht seiner Exfrau aus seinen Gedanken zu verbannen.

3

Die wörtliche Bedeutung der ursprünglich aus dem Persischen stammenden Bezeichnung Kappadokien lautete »Land der schönen Pferde« – eine Tatsache, die Çetin İkmen durchaus bekannt war. Warum die Perser die anderen offensichtlichen Vorzüge übersehen hatten, die diesen Landstrich immerhin schon seit etwa dreißig Millionen Jahren auszeichneten, blieb ihm ein Rätsel. Vielleicht waren sie einfach nur überwältigt gewesen vom Anblick der Vollblutpferde, die hier in großen Herden lebten, oder aber sie hatten sich nicht getraut, auf die teilweise extrem anstößig wirkenden Felsformationen anzuspielen. Denn von den vielen Tuffkegeln mit ihren gefährlich auf den Spitzen thronenden Kappen aus Vulkangestein, den so genannten Feenkaminen, besaßen etliche eine verblüffende Ähnlichkeit mit erigierten Penissen.

Die zerklüftete Mondlandschaft Kappadokiens hatte ihren Ursprung in der Kollision zweier tektonischer Platten sowie in den zahlreichen Ausbrüchen der inzwischen erloschenen Vulkane Erciyes Dağı und Hasan Dağı, die das Land mit einer Ascheschicht überzogen. Diese wiederum verdichtete sich zu Tuffgestein, aus dem sich im Laufe der Jahrtausende durch Erosion bizarre Felsformationen bildeten. Die gespenstische und karge Region galt schon seit Urzeiten als Land der Dschinns und Feen, für die angeblich eine höhere Macht die speziellen Kamine geschaffen hatte.

All das ging İkmen durch den Kopf, während der Bus in die Provinzhauptstadt Nevşehir rollte. Elf Stunden waren vergangen, seit sie den Istanbuler Busbahnhof Esenler verlassen hatten. İkmen fühlte sich erschöpft und ärgerte sich noch immer über die riesige Proviantasche, die Fatma ihm für die Fahrt aufgedrängt hatte. Es war einfach viel zu viel; selbst wenn er nicht über Nacht gefahren wäre, hätte er sich niemals mit diesen Unmengen von Börek, Brot, Gurken in Joghurtsoße und Auberginensalat vollstopfen wollen. Viel lieber hätte er geraucht, doch da das Rauchen in öffentlichen Verkehrsmitteln inzwischen untersagt war, hatte er sich auf die regelmäßigen Pausen am Straßenrand beschränken müssen. Folglich hatte er während der ganzen Fahrt kein Auge zugetan und war nicht in der Stimmung, sich das bieten zu lassen, was nun geschah.

»Okay, das wär's. Endstation, alle aussteigen!«, rief der Busfahrer und wedelte mit den Armen, als wolle er die Passagiere persönlich aus seinem Fahrzeug hinaus auf die Straßen von Nevşehir treiben.

Der britische Student, der sich fast die ganze Nacht mit İkmen unterhalten und ihm von seinen Zukunftsplänen als Altertumsforscher erzählt hatte, wobei er große Mengen von Fatmas Proviant verputzte, wandte sich erstaunt an den Polizeibeamten: »Was ist los?«

İkmen legte dem jungen Mann eine Hand auf die Schulter und erwiderte auf Englisch: »Machen Sie sich keine Sorgen. Nichts von Bedeutung.«

Dann schob er sich an den verschlafenen Fahrgästen vorbei durch den schmalen Gang nach vorne. Der Busfahrer, der an Bord rauchte, lehnte träge über dem Lenkrad und blickte erst auf, als İkmen ihm auf die Schulter klopfte.

»Was soll das heißen, ›alle aussteigen‹? Manche von uns haben Fahrkarten bis Muratpaşa.«

»Sie müssen hier umsteigen, um nach Muratpaşa zu kommen«, erwiderte der Fahrer achselzuckend. »Es gibt Minibusse.«

»Ja, aber ich und einige der anderen Fahrgäste haben Tickets bis nach Muratpaşa gekauft.«

Eine attraktive, asiatisch aussehende Frau, die ihrem Akzent nach zu urteilen vermutlich aus Amerika stammte, machte Anstalten, den Bus mit ihrem Gepäck zu verlassen.

»Haben Sie eine Fahrkarte bis Muratpaşa gelöst, Miss?«, fragte İkmen sie in fließendem Englisch.

»Ja, schon«, sagte die Frau, »aber wenn hier Endstation ist …«

»Bitte setzen Sie sich wieder hin«, sagte İkmen freundlich, »ich werde dafür sorgen, dass wir bis Muratpaşa gebracht werden.«

»Oh, wunderbar. Danke.«

Während die Frau zu ihrem Sitz zurückkehrte, fragte der Fahrer: »Was soll das hier eigentlich werden?«

»Ich habe schon von diesem Fahrkartenbetrug gehört«, erwiderte İkmen wütend.

»Was für ein Betrug?«

»Dass Passagiere bis Muratpaşa bezahlen, aber nur bis Nevşehir gebracht werden«, fuhr İkmen fort. »Also, was ist los? Werden Sie von der Minibusgesellschaft dafür bezahlt, oder was?«

»Nein.«

»Na, dann können Sie uns ja …«

»Nein!« Der Busfahrer wedelte mit seiner Zigarette vor İkmens Nase herum und brüllte: »Verpiss dich! Raus aus meinem Bus! Was glaubst du eigentlich, wer du bist?«

İkmen steckte eine Hand in seine Jackentasche und holte etwas hervor, das die Einstellung des Busfahrers schlagartig veränderte.

Als er wieder auf seinem Platz saß, sah ihn der britische Student bewundernd an. »Wie haben Sie das hingekriegt?«, fragte er. »Das war wirklich cool.«

Daraufhin zeigte İkmen ihm seinen Polizeiausweis. Der junge Mann lachte nervös auf.

Da sie als Hotelbesitzerin ihren Gästen bereits dadurch einen Gefallen erwies, dass sie ihnen Unterkunft gewährte, erschien es Menşure Tokatlı nur logisch, sie nicht auch noch vom Bus abzuholen. Und weil das nun wirklich jeder in diesem Zweitausend-Seelen-Dorf wusste, sorgte jegliches Abweichen von der Norm für reichlich Gesprächsstoff.

»Ich frage mich, auf wen sie wohl wartet«, meinte die große blonde Frau in australischem Englisch zu ihrer kleineren älteren Begleiterin.

»Wer weiß?«, erwiderte diese ebenfalls auf Englisch. »Vielleicht sollten wir sie fragen.«

»Das ist nicht dein Ernst!«, rief die Blonde. »Himmel, Marion, wenn ich ihr zu nahe komme, verwandelt sie mich in eine Salzsäule!«

»Sie ist auch nur ein Mensch, Rachelle«, sagte Marion mit eindeutig britischem Akzent und ließ sich langsam auf einer der Bänke vor dem Busbahnhof nieder, eine Hand ins Kreuz gedrückt. »Die Arbeit in diesem verflixten Café bringt mich noch mal um.«

»Menşure Tokatlı ist eine unheimliche Frau«, warf Rachelle ein, während sie sich neben ihre Freundin setzte und sich eine Zigarette anzündete. »Als ich noch mit Kenan verheiratet war, hat sie ständig über unsere Mauer geschaut, um zu sehen, was wir so machen. Ich schwöre bei Gott, sie war dabei, als unser Ali gezeugt wurde.«

Marion lachte. »Oh, Rachelle, schließlich hattet ihr eine Pension neben ihrem Hotel. Du bist doch nun wirklich lange genug in der Türkei, um zu wissen, wie wichtig es für die Menschen hier ist, über das Leben ihrer Nachbarn informiert zu sein – vor allem in einem Dorf. Und du solltest inzwischen auch wissen, dass Rauchen in der Öffentlichkeit während des Ramadans nicht sehr respektvoll ist.«

»Ja, ich weiß. Ich bin ein böses, böses Mädchen«, erwiderte die Australierin, drückte ihre Zigarette allerdings nicht aus. Plötzlich blickte sie über den Vorplatz des Busbahnhofs. »Oh Gott! Ich glaube, sie kommt zu uns rüber!«, stieß sie aufgeregt hervor.

Nun entdeckte auch Marion die schlanke Gestalt von Menşure Tokatlı, die in besorgniserregendem Tempo auf sie zustiefelte.

»Oh Gott!«, wiederholte Rachelle. »Was zum Teufel will sie von uns?«

Obwohl die Australierin englisch gesprochen hatte, hatte Menşure Tokatlı jedes Wort verstanden und ging direkt darauf ein. »Ich will nur Ihren und Marion Hanıms endlosen Spekulationen ein Ende setzen, Rachelle Jones.«

»Ja, aber ...«

»Ich warte auf meinen Cousin Çetin aus Istanbul«, fuhr Menşure fort. »Ich habe ihn im Zusammenhang mit dieser schrecklichen Leiche hierhergebeten, von der ich zunächst annahm, dass er sich möglicherweise für sie interessieren könnte. Aber da wir inzwischen ja alle wissen, dass es sich dabei um diese Alkaya-Geschichte handelt, sollte ich ihn wahrscheinlich umgehend nach Istanbul zurückschicken. Er ist ein viel beschäftigter Mann. Eigentlich hätte ich ihn gestern schon telefonisch informieren sollen, aber ...«

»Hanım?«

Menşures Worte ergaben nicht viel Sinn. Lediglich »diese Alkaya-Geschichte«, die sie erwähnt hatte, ließ sich leicht entschlüsseln. Bei dem Leichnam, auf den Hauptmann Salmans Tochter und ihr Cousin im Tal der Mönche gestoßen waren, handelte es sich, wie ganz Muratpaşa seit dem gestrigen Nachmittag wusste, um die sterblichen Überreste eines Dorfmädchens namens Aysu Alkaya. Sie war vor rund zwanzig Jahren plötzlich spurlos verschwunden, und nun hatte ihr betagter Vater sie identifiziert. Aber was das alles mit Menşure Tokatlıs Cousin aus Istanbul zu tun hatte, blieb den beiden Frauen ein Rätsel.

»Ich möchte, dass er eine Weile hierbleibt. Er ist ehrlich und unparteiisch«, sagte die ältere Frau eher zu sich selbst. Dann wandte sie sich wieder an die beiden Frauen auf der Bank: »Çetin ist ein hochrangiger Polizeibeamter in Istanbul. Vielleicht empfindet er die Alkaya-Geschichte als angenehme Abwechslung. Ja.«

Mit diesen Worten machte sie auf dem Absatz kehrt und marschierte zurück zum Büro der Busgesellschaft, das am anderen Ende des Vorplatzes lag.

Rachelle zog ihre Strickjacke fester um ihren Körper und murmelte: »Verdammt, noch mehr Polizei! Das hat uns gerade noch gefehlt!«

Marion lächelte. »Aber über die neue Ausbildungsstätte für die berittene Polizei habe ich dich noch nicht klagen hören.«

»Ach, das ist doch was völlig anderes«, entgegnete Rachelle und wedelte mit ihrer Zigarette. »Einem Mann mit knackigem Hintern in engen Reithosen kann ich fast alles verzeihen – einschließlich der Tatsache, dass er bei der Polizei ist.«

»Oh, Rachelle.« Marion schüttelte den Kopf und lachte. »Du bist wirklich sehr ungezogen!«

»Nein, ich bin furchtbar gelangweilt, sonst nichts«, erwiderte Rachelle. »Versteh mich nicht falsch, Ali ist ein wunderbarer Junge und ich führe den ›Tasmanian Devil‹ wirklich gerne. Aber ich könnte durchaus ein wenig Gesellschaft vertragen, wenn du verstehst, was ich meine.«

»Du weißt doch, dass die Menschen während des Ramadans möglichst nur reine Gedanken hegen sollten«, entgegnete Marion ernst.

Rachelle drückte ihre Zigarette aus und steckte sich sofort eine neue an.

»Ja, weiß ich. Aber das hat nichts mit mir oder dir zu tun. Wir sind Ausländerinnen, wir mischen uns nicht ein. Außerdem: Was willst du machen, Marion? Mich mit dem bösen Blick bestrafen?«

Rachelle Jones lebte seit über zwanzig Jahren in Muratpaşa. Sie war als normale Rucksacktouristin in die Türkei gekommen, aber im Gegensatz zu den meisten anderen Mädchen aus Sydney hatte sie einen Türken kennen gelernt und nicht nur mit ihm geschlafen, sondern ihn auch geheiratet. Inzwischen war die Ehe in die Brüche gegangen und Rachelle betrieb zusammen mit ihrem neunzehnjährigen Sohn Ali eine Pension namens »Tasmanian Devil«. Aber auch nach so langer Zeit in der Türkei hatte sie sich an einiges immer noch nicht gewöhnt. So war es zum Beispiel nicht leicht, einen geeigneten männlichen Begleiter zu finden, und auch der Fastenmonat, der sie bei jeder Zigarette daran erinnerte, wo sie sich befand, bereitete ihr Schwierigkeiten. Auch Marion lebte bereits seit vielen Jahren in der Türkei; sie war mit einem Einheimischen namens Adem verheiratet und betrieb mit ihm das Café »Cappudocia Coffee Bean«. Marion vermisste England kein bisschen und fühlte sich in Muratpaşa pudelwohl, aber sie konnte durchaus verstehen, warum Rachelle manchmal so frustriert war.

Ein blauweißer Überlandbus bog auf den Vorplatz, kaum beachtet von einer Gruppe Einheimischer, die vor dem Büro der Touristeninformation saßen, eine Partie Tavla spielten und Tee tranken. Falls überhaupt Touristen in dem Bus saßen, konnten es jedenfalls nicht viele sein. Und da Menşure Tokatlı in der Nähe war, rechneten sich die Männer kaum Chancen aus, mit ihren diversen Geschäften und Gewerben auf Interesse zu stoßen. Rachelle kniff die Augen zusammen, um die aussteigenden Passagiere besser sehen zu können, und murmelte: »Wenn dieser Cousin aus Istanbul kommt, ist er bestimmt gar nicht mal so übel. Ich meine, wenigstens riecht er bestimmt nicht nach Ziegen, oder?«

Marion lachte. »Ach, Rachelle, es gibt in diesem Dorf wirklich ein paar sehr liebenswerte Menschen. Das weißt du ganz genau.«

»Ja, ja. Ich weiß, wie zauberhaft es hier ist, aber …« Sie zuckte die Achseln. Sie brauchte den Satz gar nicht zu beenden; Marion wusste genau, was sie meinte.

Die beiden Frauen sahen zu, wie mehrere Europäerinnen, eine asiatische Frau und eine Dame mit Kopftuch und vielen Tüten und Bündeln aus dem Bus stiegen. Dann herrschte einen Moment lang Stille. Menşure Tokatlı blinzelte ängstlich in den Bus und Rachelle fragte sich schon, ob dieser Cousin überhaupt mitgekommen war. Doch dann kletterten ein kleiner, hagerer Mann und ein wesentlich größerer, blasser Junge aus dem Fahrzeug und Menşure ergriff die Hand des Mannes und lächelte. Mit seinen billigen Schuhen und der Zigarette im Mundwinkel wirkte der Mittfünfziger fast ein wenig schäbig.

»Also, wenn das alles ist, was Istanbul zu bieten hat«, sagte Rachelle und musterte Çetin İkmen belustigt. »Du liebe Güte!«

»Nicht ganz so prickelnd wie die Kerle von der Reitschule«, meinte Marion augenzwinkernd.

»Machst du Witze?« Rachelle lachte. »Die Jungs sind einfach scharf! Und dieser Hauptmann Salman … Also, der könnte jederzeit mein Pony reiten!«

»Rachelle!«

Doch die Australierin war bereits aufgestanden und machte sich auf den Weg zurück zu ihrer Pension. Menşure Tokatlı hatte sich aus ihren Feenkaminen ins Dorf hinunterbegeben, um jemanden vom Bus abzuholen, und ein neuer Polizist aus Istanbul sowie eine Handvoll Touristen waren im Ort eingetroffen; mehr Aufregung konnte Muratpaşa im Herbst nun wirklich kaum vertragen. Marion beobachtete, wie Menşure ihren Cousin und sämtliche Touristen in ihren Landrover quetschte und davonbrauste. Die Frau fuhr wie eine Irre – aber warum auch nicht, bei dem wenigen Verkehr? Marion erhob sich mühsam von der Bank und schlenderte zum »Cappudocia Coffee Bean« zurück, um noch mehr Tische zu rücken. Adem versuchte ständig, das Erscheinungsbild des Cafés zu verändern, in dem Bemühen, mehr Gäste anzulocken. Warum er das tat, konnte Marion nicht so recht nachvollziehen. Das »Coffee Bean« war fast das einzige Café am Ort, das sich in der Nachsaison behaupten konnte. Schließlich gab es keinen Fremden, der nicht wusste, dass er dort zu jeder Tageszeit etwas zu essen und zu trinken bekam, Ramadan hin oder her.

Obwohl er es sich nur ungern eingestand, musste Süleyman zugeben, dass İzzet Melik möglicherweise recht gehabt hatte mit seiner Vermutung über die Opfer des Spanners. Und während er persönlich es weit von sich gewiesen hätte, die jungen Männer allesamt als Schwule zu bezeichnen, befand sich immerhin auch kein echter Macho darunter. Ein typisches Beispiel war der zwanzig Jahre alte Duruşan Efe, eines der ersten Objekte der Begierde des Gesuchten. Genau wie dessen jüngstes Opfer, Abdullah Aydın, wohnte auch Duruşan im Viertel Cankurtaran hinter der Blauen Moschee, und zwar ebenfalls noch bei seinen Eltern – allerdings nicht in einer Pension, sondern über dem Teppichgeschäft seines Vaters.

Süleyman und İzzet Melik hatten den Zwanzigjährigen zunächst gemeinsam befragt, doch nun beschloss Süleyman, sich den Jungen fern der Polizeiwache und des elterlichen Teppichgeschäfts ein weiteres Mal vorzunehmen. Es war ein besonders schöner, wenn auch nicht sehr warmer Tag und der Inspektor saß mit Duruşan in einem Teegarten gegenüber dem Hippodrom und dem neobyzantinischen »deutschen Brunnen«, den Kaiser Wilhelm II. bei seinem Staatsbesuch 1895 Sultan Abdülhamit II. geschenkt hatte. Damals waren die beiden Herrscher ein Bündnis eingegangen, das das Osmanische Reich später in den Ersten Weltkrieg führte.

Süleyman bot dem jungen Mann eine Zigarette an, die dieser ein wenig trotzig nahm.

»Ich weiß wirklich nicht, warum Sie noch mal mit mir reden wollen«, sagte Duruşan. »Ich habe Ihnen bereits alles gesagt, was ich weiß.«

»Mag sein«, erwiderte Süleyman. »Aber Sie haben doch bestimmt von dem letzten Vorfall gehört. Das Opfer ist schwer verletzt und schwebt noch immer in Lebensgefahr. Wir müssen diesen Tater unbedingt schnappen, Duruşan.«

»Ja, schon. Aber was hat das mit mir zu tun?«

Duruşan Efe sah zwar nicht besonders gut aus – dafür war seine Nase viel zu groß –, aber er war hochgewachsen und schlank und, wie Süleyman fand, eine Spur zu gepflegt für einen durch und durch heterosexuellen Mann.

»Duruşan«, setzte Süleyman erneut an und beugte sich zu dem jungen Mann vor, »ich weiß, dass das alles nicht einfach für Sie ist, aber ich muss Sie bitten, mir zu vertrauen ...«

»Was meinen Sie damit?« Aus Duruşans Gesicht wich schlagartig alle Farbe. »Wovon reden Sie überhaupt?«

»Ich oder vielmehr wir, die Polizei, denken, dass der Täter es möglicherweise vorrangig auf junge Homosexuelle abgesehen hat ...«

»Ich bin nicht schwul, Inspektor!« Duruşan deutete mit einem Arm in Richtung seines Elternhauses. »Fragen Sie doch meine Freunde oder meine Mutter!«

»Duruşan, hören Sie ...«

»Ich bin nicht schwul!«, zischte der Junge und kam Süleymans Gesicht dabei sehr nah. »Und selbst wenn ich es wäre, glauben Sie wirklich, ich würde es Ihnen erzählen? Ich weiß, was ihr mit solchen Leuten macht. Ich hab gehört, ihr macht euch einen Spaß daraus, es den Familien zu erzählen.«

Süleyman zuckte die Achseln. »Das mag für manche Polizisten gelten, aber nicht für mich. Ich interessiere mich nur für diesen Verbrecher. Ich will ihn fassen, ehe er jemanden umbringt.« Er seufzte. »Doch dabei brauche ich Hilfe, Duruşan. Ich bin mir nicht ganz sicher, aber ich glaube, er sucht sich seine Opfer sorgfältig aus, bevor er zuschlägt. Mag sein, dass er die Jungen auf der Straße entdeckt, sie verfolgt und dann mitten in der Nacht zu ihren Fenstern hinaufklettert. Aber er könnte auch gezielt Orte aufsuchen, an denen sich Homosexuelle treffen. Also …«

»Ich werde Ihnen gar nichts erzählen.« Duruşan stellte sein Teeglas auf den Tisch, stand auf und griff nach seiner Jacke, die über der Stuhllehne hing.

Süleyman lehnte sich zurück und beobachtete ihn. »Wenn Sie nichts zu verbergen haben, gibt's auch nichts zu erzählen, oder?«

»Nein. Aber, äh …« Duruşan erkannte, dass er einen Fehler gemacht hatte, und lief rot an.

»Also, was können Sie mir erzählen, Duruşan?«

»Ich habe Ihnen doch schon gesagt, ich …«

Erneut beugte Süleyman sich vor. »Ich bin nicht blöd, Junge«, sagte er. »Ich weiß, was Sie sind, und es ist mir ehrlich gesagt vollkommen egal. Aber wenn Sie wollen, dass andere junge Männer wie Sie von diesem Monster nichts mehr zu befürchten haben, dann schlage ich vor, dass Sie mit mir zusammenarbeiten.«

Duruşan setzte sich wieder und trank einen Schluck aus seinem halbleeren Teeglas.

»Ich will nicht, dass meine Eltern davon erfahren, oder sonst irgendjemand«, sagte er leise.

»Abgemacht.«

»Und ich würde es vorziehen, wenn Sie auch Ihrem Kollegen nichts davon erzählen würden. Der hat mir nämlich überhaupt nicht gefallen.«

Allah! İzzet Melik, dieser taktlose Bauer, entwickelte sich allmählich zu einer regelrechten Belastung.

Süleyman zündete sich eine Zigarette an, ehe er antwortete. »Ich werde jede Information vertraulich behandeln«, sagte er. »Das Ganze bleibt zwischen Ihnen und mir.«

»Wirklich?« Duruşan runzelte die Stirn. So jung und so verängstigt! Aber war das nicht das Schicksal vieler junger Schwuler außerhalb der wohlhabenden und aufgeklärten Stadtviertel Istanbuls, fragte Süleyman sich.

»Also gut«, sagte Duruşan nach einer Weile. »Niemand erfährt davon, weder meine Eltern noch sonst wer ... Und Sie führen auch keine Razzien an den Orten durch, die ich Ihnen nenne, abgemacht?«

»Duruşan, ich möchte lediglich wissen, wo Sie andere Männer treffen, und diese Lokalitäten dann überprüfen. Es ist doch so: Wenn mehrere Opfer uns die gleichen Treffpunkte nennen, dann können wir uns dort vielleicht nach anderen Männern umsehen, die diese Orte ebenfalls frequentieren.« Und dann fügte er mit einem bewusst stählernen Funkeln in den Augen hinzu: »Ich will diesen Mann schnappen und ihn wegschließen, damit er nie mehr irgendjemandem weh tun kann. Aber bis dahin ist kein junger Mann in dieser Stadt sicher. Verstehen Sie, was ich meine, Duruşan?«

Duruşan nickte und endlich kam es zu der Art von Gespräch, die Süleyman im Sinn gehabt hatte. Der Junge war natürlich nervös und Süleyman wusste, dass auch die anderen Opfer des Spanners ähnlich misstrauisch reagieren würden. Aber im Augenblick konnte er nichts anderes tun. Die forensischen Ergebnisse waren überaus dürftig, da die Spurensicherung an den verschiedenen Tatorten keinerlei übereinstimmendes DNA-Material gefunden hatte. Vielleicht würde ja die Beschattung von Treffpunkten wie etwa des Schwulenhamams, den Duruşan erwähnt hatte, sie auf eine heiße Spur führen. Eines allerdings stand schon im Vorhinein fest: Sollte Süleyman sich zu diesem Schritt entschließen, würde İzzet Melik ganz sicher nicht zum Ermittlerteam gehören.

4

Menşure hatte İkmen in einem ihrer größeren Höhlenzimmer untergebracht. »Im Erdgeschoss«, hatte sie gemeint. »Du rauchst zu viel für die Zimmer oben.« Doch selbst von hier unten bot sich ihm eine wunderbare Aussicht über das Tal von Muratpaşa mit seinen beinahe in Reih und Glied stehenden Tuffkegeln in weißen, rosa und sogar grünen Schattierungen.

Nachdem er seine wenigen Kleidungsstücke in den Schrank gehängt hatte, öffnete İkmen die Tür zu der kleinen Terrasse und trat hinaus in die staubige Luft von Muratpaşa. Das erste Mal war er als Kind hier gewesen, zu Besuch bei Tante Şerefe und Onkel Faruk. Sowohl die inzwischen in ein Hotel umgewandelte Pension als auch seine Cousine Menşure waren damals wesentlich kleiner gewesen, und außer einem Krämerladen und ein paar Bäckereien hatte es unten im Dorf nichts gegeben, jedenfalls keine Teppichgeschäfte oder Restaurants mit englischen Namen wie »Turkish Delight« und »The Bedrock Pub«. In den siebziger Jahren, als Alison die Region bereiste, hatte das Dorf im Grunde noch genauso ausgesehen wie zwanzig Jahre zuvor. Falls sie jemals bis Muratpaşa gekommen war ... Menşure hatte İkmen direkt nach seiner Ankunft von den neuesten Erkenntnissen über den Leichnam berichtet. Also konnte es nicht die junge Britin sein – eine Tatsache, die ihn einerseits enttäuschte, andererseits aber auch erleichterte. Immerhin bestand so die Möglichkeit, dass Alison doch noch lebte.

İkmen setzte sich auf einen der wackligen Terrassenstühle und schloss die Augen. Menşure hatte gesagt, sie werde gleich mit Tee und Börek zu ihm kommen. Außerdem wollte sie ihm noch etwas über das Mädchen erzählen, dessen Leichnam man gefunden hatte – eine, wie seine Cousine meinte, interessante und verblüffende Geschichte. Wenn er sich nicht sehr irrte, war Menşure daran gelegen, dass er sich in diesen »Fall«, oder wie auch immer man es bezeichnen wollte, einschaltete. Was natürlich nicht möglich war: Er befand sich außerhalb seines Zuständigkeitsbereichs und angesichts der neuesten fatalen Entwicklung im Fall des Spanners wurde er dringend in Istanbul gebraucht. Er musste also schnellstmöglich wieder abreisen.

»Ich halte es für keine gute Idee, im Freien zu sitzen, wo jeder uns sehen kann.«

İkmen öffnete die Augen. Menşure war mit dem Tablett fast lautlos in sein Zimmer getreten.

»Oh, der Ramadan …«

»Du vergisst, dass es den Bauerntölpeln hier in Muratpaşa wirklich ernst damit ist«, meinte Menşure und stellte die Teegläser und den Börek auf den kleinen Tisch in İkmens Zimmer. »Komm rein und lass uns was essen.«

»Okay.«

Eine Weile sprachen sie über die Familie, das heißt, İkmen berichtete von seinen Kindern und Menşure erzählte von ihren verstorbenen Eltern und einer Cousine aus Ankara, die sie gelegentlich besuchte. Menşure Tokatlı war zwar allein, aber nicht einsam und im Grunde keine unglückliche Frau – solange sie ihren Willen bekam.

»Hör mal, Çetin, diese Geschichte mit der Alkaya-Leiche«, setzte sie schließlich an, »ich glaube, dass du …«

»Menşure, die Polizei von Istanbul ist hier überhaupt nicht zuständig«, warf İkmen ein und zündete sich eine Zigarette an. »Und außerdem werde ich dringend in meiner Dienststelle gebraucht. Ich bin nur hergekommen, weil ich dachte, dass es sich vielleicht um Alison handeln könnte …«

»Verstehe«, erwiderte sie ein wenig schroff. »Das liegt nun schon so viele Jahre zurück, Çetin. Du musst diese Alison endlich vergessen. Es hat mir nie behagt, dass ich davon wusste, während deine Frau keine Ahnung hatte.«

»Ich weiß«, sagte er. »Aber anfangs brauchte ich dich, damit du nach ihr Ausschau halten konntest. Die örtliche Polizei hat sich für meinen Geschmack nicht ausreichend darum gekümmert. Ich weiß, wir haben uns nie sehr nahegestanden, Menşure, aber ich habe dir immer vertraut.«

»Ich fühle mich geschmeichelt, Çetin, wirklich, aber ...«

»Menşure, ich liebe Fatma und werde sie immer lieben. Aber meine Frau ist, nun ja, stets erreichbar.«

»Was meinst du damit?«

»Ich meine, dass Alison als ausländische Touristin eigentlich unerreichbar für mich war, noch dazu in der damaligen Zeit. Ich habe mir nie etwas vorgemacht, was meine körperlichen Vorzüge angeht. Ich bin ein hässlicher Mann und doch war da diese wunderschöne Fremde, die mich ihrem sehr attraktiven Landsmann vorzog. Auch ich bin manchmal anfällig für Eitelkeiten. Das Ganze war sehr aufregend.«

»Und ziemlich pubertär, meinst du nicht?«

»Ja, schon«, seufzte İkmen, »aber ich muss herausfinden, was mit ihr geschehen ist, Menşure. Mit ihr und diesem unmöglichen Traum.«

»Wie ich schon sagte, Çetin, du musst nach vorne blicken. Hör mal, ich weiß ja, dass man dich in Istanbul braucht, aber lass mich bitte ausreden«, sagte Menşure und hob gebieterisch die Hand, um jeden Einwand im Keim zu ersticken. »Als Aysu Alkaya vor über zwanzig Jahren plötzlich spurlos verschwand, ging auf einmal ein Riss durch dieses Dorf, es gab wilde Gerüchte und gegenseitige Verdächtigungen, woran sich im Grunde bis heute nicht viel geändert hat. Und jetzt, wo Aysus Leiche aufgetaucht ist, wird die ganze Geschichte wohl noch einmal fürchterlich hochkochen.«

»Wie meinst du das?«, fragte İkmen.

Menşure Tokatlı rauchte zwar normalerweise nicht, doch ab und zu gönnte sie sich eine Zigarette. Jetzt zog sie eine aus İkmens Schachtel und er gab ihr Feuer.

»Aysu Alkaya war ein sehr hübsches Mädchen von neunzehn Jahren und der ganze Stolz ihres Vaters. Dieser Haldun ist ein nachsichtiger und für einen kleinen Bauern mit ein paar Weinstöcken und einer Handvoll Ziegen ziemlich liberaler Mann. Als der Junge, in den sich sein einziges Kind verliebt hatte, Interesse an Aysu bekundete, stellte Haldun sich auf eine Hochzeit ein.«

»Und woran ist die Sache dann gescheitert?«, fragte İkmen.

»Im Grunde an der Armut von Aysu und ihrem Vater«, erwiderte Menşure mit einem Seufzer. »Der Junge, Kemalettin Senar, kam aus einer viel wohlhabenderen Familie, war aber auch sehr jung ... Jedenfalls erregte Aysu irgendwie das Interesse eines unserer örtlichen Honoratioren, Ziya Kahraman. Ein siebzigjähriger Witwer, der bei Haldun Alkaya monatelang um die Hand von dessen Tochter anhielt.« Als sie die hochgezogenen Augenbrauen ihres Cousins sah, meinte Menşure: »Du weißt doch, so was kommt vor, Çetin, sogar in Istanbul. Na, jedenfalls verweigerte Haldun Ziya seine Zustimmung. Obwohl er arm war, wollte er für Aysu nur das Beste. Es kam zu Auseinandersetzungen und Streitigkeiten auf der Straße. Doch dann, plötzlich und völlig unerklärlich, willigte Haldun ein und Aysu heiratete Ziya Kahraman.«

İkmen drückte seine Zigarette aus und zündete sich sofort die nächste an. »Ein siebzig Jahre alter Mann mit einer Neunzehnjährigen. Igitt! Das wäre ja so, als würde Hülya meinen Vater heiraten!«

Menşure hob die Hand, wie um diesen Gedanken von sich fernzuhalten. »Aysu zog also zu Ziya und seiner unverheirateten Tochter Nazlı, die damals um die fünfzig gewesen sein muss.«

»Allah!«

»Und da Ziya Kahraman alt war, war er auch sehr traditionell. Aysu durfte das Haus, in dem sie Gerüchten zufolge als Nazlıs Dienerin gehalten wurde, nur selten verlassen. Die Situation hätte sich wahrscheinlich geändert, wenn sie ein Kind bekommen hätte« – İkmen verzog angewidert das Gesicht – »aber soweit wir wissen, war sie zum Zeitpunkt ihres Verschwindens nicht schwanger.«

»Was hat es mit diesem plötzlichen Verschwinden auf sich?«

Menşure zuckte die Achseln. »Eines Abends war sie noch im Haus der Kahramans und am nächsten Morgen war sie weg. Es ging das Gerücht, dass Ziya sie im Keller einsperrte, wenn er nicht bei ihr schlief. Damals gab es eine Menge Gerüchte. Aber irgendwie muss es dem Mädchen gelungen sein, aus dem Haus zu kommen, und danach wurde sie nicht mehr gesehen – bis jetzt. Damals haben die Jandarma und die Polizei aus Nevşehir sämtliche Dorfbewohner verhört. Vor allem bei der Befragung des armen Kemalettin waren sie, wie soll ich sagen, mit großer Begeisterung bei der Sache. Das halbe Dorf, einschließlich Aysus Ehemann, war davon überzeugt, dass der Junge sie irgendwie entführt hatte. Jahrelang haben die Kahramans und ihre Unterstützer den Jungen und seine Familie aller möglichen Verbrechen beschuldigt.«

»Und was passiert jetzt, wo die Leiche aufgetaucht ist?«, fragte İkmen. »Weißt du, auf welche Weise das Mädchen ums Leben kam, Menşure?«

»Nein.« Sie drückte ihre Zigarette aus und nahm einen Schluck Tee. »Aber ich weiß, dass die Polizei in Nevşehir von Mord ausgeht.«

»Und woher weißt du das?«

»Ich bin mit einem gewissen Hauptmann Salman bekannt, der in der neuen Polizeireitschule als Ausbilder arbeitet. Er kommt aus Istanbul …«

»Ja, ich weiß«, sagte İkmen. »Ich kenne ihn.«

»Ja.«

»Und deshalb …«

»Und deshalb hat Hauptmann Salman mir gesagt, ich solle dir ausrichten, dass die Polizei in Nevşehir glaubt, das Mädchen wurde ermordet. Noch weiß niemand im Dorf davon, aber lange lässt sich das nicht mehr geheim halten. Hauptmann Salman dachte, dass du die Fakten kennen solltest, wenn du bei diesem Fall helfen willst.«

»Davon war nie die Rede, Menşure. Ich bin hierhergekommen, weil … na, du weißt ja, weswegen. Aber ich kann hier wirklich nichts ausrichten und außerdem erwartet mich in Istanbul ein sehr schwieriger Fall.«

»Das verstehe ich. Aber dieses Dorf wird auseinanderbrechen, sobald die Wahrheit ans Licht kommt, Çetin«, sagte Menşure. »Man wird mit dem Finger auf bestimmte Leute zeigen, und solange keine vernünftigen Untersuchungen angestellt und Spuren gesichert werden, DNA-Proben oder was weiß ich, könnte jemand ernsthaft zu Schaden kommen. Die Polizei in Nevşehir tut sicher ihr Bestes, aber sie hat nicht annähernd deine Erfahrung …«

»Oder mein Budget«, erwiderte İkmen mit einem Seufzer. »Menşure, ich kann den Beamten in Nevşehir nicht vorschreiben, was sie zu tun haben. Sie werden ihre Arbeit mit den Mitteln erledigen müssen, die ihnen zur Verfügung stehen. Sie werden Entscheidungen treffen, die sie für angemessen halten.«

»Manche treffen ihre Entscheidungen danach, wie viel Geld man ihnen zahlt. Die Polizei ist hier sehr arm, Çetin. Im Vergleich dazu bist selbst du wohlhabend.«

»Menşure, ich kann mich da nicht einfach einmischen!«

İkmen stand auf und fuchtelte mit den Armen. »Ich habe in Kappadokien keinerlei Befugnisse! Und außerdem muss ich mich um mein eigenes Leben kümmern. Fatma ist ganz allein, und wie du sehr richtig gesagt hast, sollte ich zumindest versuchen, Alison endlich zu vergessen. Vielleicht muss ich akzeptieren, dass ich nie erfahren werde, was mit ihr geschehen ist. Aber ich denke, das sollte ich zu Hause tun.«

»Dann werden wir alle hier uns damit abfinden müssen, dass wir womöglich nie herausfinden, wer Aysu Alkaya umgebracht hat, richtig? Unschuldige Menschen werden mit böswilligen Verdächtigungen, anklagend erhobenen Zeigefingern und nächtlichen Ruhestörungen leben müssen! Als die Leiche gefunden wurde, habe ich sofort an dich gedacht, an dieses britische Mädchen und daran, wie verzweifelt du versucht hast, die Wahrheit herauszufinden. Trotz meiner Bedenken habe ich dein Geheimnis über viele Jahre bewahrt. Du könntest dich für meine Rücksichtnahme wenigstens erkenntlich zeigen.«

İkmen verlor die Geduld. Was fiel Menşure eigentlich ein, ihn auf diese Weise erpressen zu wollen! »Du hättest mir sagen können, dass es sich bei dem Leichnam nicht um Alison handelt, noch bevor ich in den Bus gestiegen bin! Du hast es gewusst und mich absichtlich nicht angerufen!«, brüllte er.

Menşure stand ebenfalls auf und stellte sich vor ihn. Sie war fast einen Kopf größer als er und einen Moment lang dachte İkmen, sie wollte ihn niederschreien. Stattdessen sagte sie mit sanfter Stimme: »Sprich wenigstens einmal mit Haldun Alkaya, Çetin. Bitte.«

İkmen seufzte, setzte sich wieder hin und vergrub den Kopf in den Händen. Was für ein seltsamer Tag – kein Schlaf, keine Alison, und nun bat Menşure ihn auch noch um einen Gefallen für einen ihm fremden Menschen. Nach einer Weile hob er den Kopf und schaute aus dem Fenster. Eine Frau mit langem, buntem Kopftuch zog eine Ziege die

Stufen zu einem Feenkamin hinauf, in einen Raum, von dem İkmen wusste, dass er traditionell als Wohnzimmer diente. Was um Himmels willen wollte sie dort mit der Ziege, fragte er sich. Doch dann wurde ihm klar, dass er darauf wohl keine Antwort finden würde. Dies war schließlich die ländliche Türkei, eine abgelegene Region, wo Peris lachten, Dschinns tanzten und nichts unmöglich war. Einen kurzen Moment lang verspürte er fast so etwas wie Aufregung.

Und ehe er sich eines Besseren besinnen konnte, schaute er seiner Cousine ins Gesicht und meinte: »Also gut. Ich rede mal mit diesem Alkaya, aber ich kann dir nichts versprechen. Hast du das verstanden, Menşure? Absolut nichts.«

»Ja, ich habe verstanden«, sagte sie mit einem Lächeln.

»Und wo ich schon mal hier bin, kann ich auch gleich ein paar Nachforschungen wegen Alison anstellen«, fuhr İkmen fort. »Schließlich muss ich wissen, dass die Vergangenheit endgültig hinter mir liegt, wenn ich nach vorne blicken soll. Ich meine, was ist, wenn sie in irgendeinem winzigen Dorf hier in der Gegend wohnt?«

Menşure musterte ihren Cousin mit zusammengekniffenen Augen. »Das halte ich für unwahrscheinlich«, sagte sie. »Aber tu, was du nicht lassen kannst.«

Es war ein langer Tag gewesen und am liebsten wäre Mehmet Süleyman direkt nach Hause gefahren und ins Bett gegangen. Doch seine Neugier hatte die Oberhand gewonnen und so stand er nun, umgeben von mehreren Männern, die sich verstohlen umblickten, im Schatten eines hoch aufragenden düsteren Gebäudes, aus dessen mattem Stahlkamin Dampf aufstieg.

Nach seinem Gespräch mit Duruşan Efe hatte Süleyman sich entschlossen, das erste Opfer des Spanners aufzusuchen. Şevket Tezer lebte in Kumkapı über dem Restaurant seines Onkels, mit Blick auf das Marmarameer. Der ziemlich kleine junge Mann wirkte völlig verängstigt und Süleyman erschien es fast schon grausam, den Ärmsten mit weiteren Fragen zu konfrontieren, aber es blieb ihm keine andere Wahl. Er hatte dem Jungen auf den Kopf zugesagt, dass er schwul sei, woraufhin Şevket in Tränen ausgebrochen war. İzzet Melik hatte offenbar recht gehabt: Zumindest zwei der Opfer waren schwul; dazu kam Ali Ceylan, in dessen Zimmer der Spanner nächtens eingedrungen war, um zu masturbieren. Alle drei zeigten sich zumindest »interessiert« an anderen Männern und hatten zwei übereinstimmende Treffpunkte genannt. Einer davon war der Saray Hamam, der versteckt in den steilen schäbigen Straßen von Karaköy lag.

Während Süleyman das bedrohlich wirkende schwarze Gebäude betrachtete, fragte er sich, warum es ihm nie zuvor aufgefallen war. Schließlich hatte er, nachdem seine erste Ehe mit seiner Cousine Suleika in die Brüche gegangen war, mehrere Jahre in Karaköy gewohnt, bei seinem alten Kollegen Balthasar Cohen. Als unersättlicher Schürzenjäger ohne jede Moral hatte der ihn sehr schnell mit den örtlichen Hurenhäusern, Animierlokalen und Nachtclubs bekannt gemacht, doch diesen Hamam hatte er ihm nicht gezeigt. Vielleicht wusste Cohen gar nichts von dessen Existenz: Zum einen war das hässliche Gebäude leicht zu übersehen, zum anderen hatte Balthasar sich definitiv nie für Männer interessiert. Eine Zeit lang hatte er seinen Freund Mehmet dieser Neigung verdächtigt, als der noch sehr jung und extrem gehemmt war. Doch das lag viele Jahre zurück und inzwischen war Mehmet Süleyman ein verheirateter Mann und Vater eines kleinen Jungen. Diese Welt hier war ihm vollkommen fremd ...

Gegen die verschlossene Tür der Eisenwarenhandlung auf der gegenüberliegenden Straßenseite gelehnt, beobachtete er, wie die Männer in der Nähe des Hamams sich scheinbar einer Standardprozedur unterzogen. Es begann damit, dass sie vor dem Gebäude herumlungerten und den Eindruck erweckten, als wüssten sie nicht, wo sie sich befanden, oder als wäre es ihnen egal. Der eine oder andere zündete sich eine Zigarette an, mit seinem eigenen Feuerzeug oder dem eines anderen Mannes. Dann machten die Männer ein paar Schritte in Richtung des Hamams, bevor sie schließlich zum Haupteingang eilten, der sich an der Seite befand.

Süleyman hatte sich inzwischen selbst eine Zigarette angezündet und sah gebannt zu: der Blickkontakt, das fast unmerkliche Spitzen der Lippen und dann das Okay-Zeichen mit Daumen und Zeigefinger, das in dieser Szene aber noch eine weitere, deutlich sexuelle Bedeutung besaß.

»Wissen Sie nicht, wie Sie sich entscheiden sollen?«

Süleyman drehte sich um und blickte in das Gesicht eines sehr attraktiven teuer gekleideten Mannes, der ungefähr im gleichen Alter war wie er selbst und genau wie sein Vater eine Zigarettenspitze benutzte.

Süleyman lächelte und erwiderte: »Stimmt.«

»Ich denke, Sie werden dort drinnen einer Reihe sehr ... unterhaltsamer Menschen begegnen«, sagte der Mann. »Und ich glaube, recht viele könnten Gefallen an Ihnen finden.«

»Ach.«

Der Mann besaß einen sehr sinnlichen Mund, den er offenbar gern zu einem Lächeln verzog, und durchdringende Augen, die Süleymans Körper nun mit einem geübten Blick von Kopf bis Fuß musterten.

»Aber es bleibt natürlich Ihnen überlassen ...«, fuhr der Fremde mit einem Achselzucken fort. »Letztlich ist es immer dem Einzelnen überlassen, nicht wahr?«

Und damit ging er auf das Gebäude zu, wobei sein schwerer dunkler Mantel seine große elegante Gestalt umwehte. Was war das für ein Mann, der sich ihm so locker genähert hatte, fragte Süleyman sich. Ein Anwalt? Ein hohes Tier aus der Werbe- oder Kommunikationsbranche? Doch ganz gleich, was er beruflich darstellte – offensichtlich wollte er den Hamam besuchen, und zwar am liebsten in Süleymans Begleitung. Einen Moment lang musste Süleyman lächeln. Er hatte zwar früher manchmal darüber nachgedacht, ob er möglicherweise homosexuell sein könnte, aber inzwischen war er sicher, dass das nicht zutraf; dennoch fühlte er sich ein wenig geschmeichelt, von einem so gut aussehenden Mann »angemacht« worden zu sein.

Er wollte gerade gehen, als er eine Gestalt in einem Torbogen entdeckte, etwa fünfzig Meter von ihm entfernt. Vor einem flimmernden Hintergrund aus weit entfernten Ausblicken auf die Galata-Brücke und das Goldene Horn stand ein großer Mann und beobachtete wie versteinert den Eingang des Hamams. Da er nicht direkt zu ihm hinüberschauen wollte, versuchte Süleyman, die reglose Gestalt wenigstens aus den Augenwinkeln im Blick zu behalten. Irgendwann würde er sich in Richtung des Hamams bewegen, dessen war Süleyman sich sicher. Für diese Männer war es nicht immer leicht, solche Treffpunkte aufzusuchen, wie der Polizist bereits mehrfach beobachtet hatte. Zwar war das Verlangen da, doch genauso stark waren die Schuldgefühle, die Scham und die vielen Vorurteile gegenüber Homosexuellen, die den Männern von klein auf daheim, in der Schule und bei der Arbeit eingetrichtert worden waren. Bis jetzt hatten jedoch sämtliche Männer, die Süleyman beobachtet hatte, ihre Ängste irgendwann überwunden und waren in den Hamam gegangen – mit Ausnahme dieses Mannes, der förmlich in seinem Torbogen festgewachsen zu sein schien. Er beobachtete nur, genau wie Süleyman.

Die Minuten verstrichen, erst eine halbe Stunde, dann eine ganze ... Süleyman wurde zwar nicht direkt angemacht, musste aber einer beträchtlichen Anzahl von Männern Feuer geben, ganz im Gegensatz zu dem stillen Beobachter im Torbogen. Außer Süleyman schien ihn niemand zu bemerken. Der Mann hatte seinerseits auch den Polizeibeamten bemerkt.

»Mehmet?«

Die Stimme klang vertraut und Süleyman drehte sich rasch um. »Berekiah!«

Es war der Sohn seines Freundes Balthasar, Berekiah Cohen, Çetin İkmens Schwiegersohn.

»Was treibst du hier?«, fragte der junge Mann.

Obwohl er nichts Illegales oder Unmoralisches tat, spürte Süleyman, wie er errötete. »Ich ... äh ... ich ...« – er senkte die Stimme, damit nur Berekiah ihn hören konnte – »ich bin im Dienst ...«

»Oh, verstehe.« Berekiah lächelte. Er war noch sehr jung und hatte ein wirklich hübsches Gesicht. Das war auch einem anderen Mann nicht entgangen, der sich ihnen nun lächelnd näherte und Berekiah mit hochgezogenen Augenbrauen fragend ansah. Doch der schien an derartige Reaktionen gewöhnt zu sein – schließlich kam er aus diesem Viertel. Er verzog nur das Gesicht und schüttelte den Kopf.

»Ich lass dich mal besser weitermachen, Mehmet«, sagte er und verschwand in Richtung des Mietshauses, in dem die Wohnung seines Vaters lag.

Trotz der Kälte war Süleyman ein wenig ins Schwitzen geraten. Er dankte Allah, dass es nur Berekiah gewesen war, der ihn hier gesehen hatte. Denn wenn es sich um den klatschsüchtigen Vater des Jungen gehandelt hätte, wären jetzt bereits die ersten Gerüchte im Umlauf, er hätte mit einem anderen Mann auf der Straße Sex gehabt. Süleyman seufzte erleichtert und drehte sich wieder um, um nach dem mysteriösen Mann im Torbogen Ausschau zu halten. Doch dort war niemand mehr. Irgendwann während seines kurzen Gesprächs mit Berekiah musste der Unbekannte verschwunden sein. In dem Moment, als Süleyman sich ebenfalls zum Gehen wandte, kam der attraktive Mann, der ihn vorher angesprochen hatte, aus dem Hamam. Er überholte Süleyman, der in Richtung Beyoğlu ging, lächelte und zeigte dabei seine schimmernd weißen Zähne.

Allah allein wusste, was Menşure diesem armen alten Mann über ihn erzählt hatte, dachte İkmen. Wahrscheinlich einen Haufen Unsinn darüber, wie berühmt und mächtig ihr Cousin aus Istanbul angeblich war. Doch was sie Haldun Alkaya auch immer mitgeteilt haben mochte – ihre Worte hatten dazu geführt, dass der gramgebeugte Mann İkmen äußerst demütig und ehrerbietig empfing.

Selbst als er als Kind hier mit den Eltern seine Ferien verbrachte, war İkmen kaum mit den wirklich armen Dorfbewohnern in Kontakt gekommen. Sein Onkel und seine Tante galten als wohlhabend, und sein Vater, dessen Vorfahren aus Kappadokien stammten, besaß Freunde in dieser Region, die ebenfalls begütert und gebildet waren. Behausungen wie Haldun Alkayas halb verfallener Feenkamin waren İkmen vollkommen fremd. Das Haus, das an einem steilen Hügel oberhalb der Straße nach Nevşehir lag, bestand aus einem einzigen kegelförmigen Kamin mit einem ummauerten Hof, dessen Wände mit Zweigen und Ästen bedeckt waren. Die Feenkamine lagen zwar normalerweise im Mittelpunkt eines Anwesens, bildeten üblicherweise aber nur einen Teil der kappadokischen Wohnhäuser. Manchmal wurden angrenzende Höhlen hinzugenommen oder man baute Steinhäuser an bestehende Kamine. Doch das setzte voraus, dass die Bewohner Geld besaßen – und das konnte man von Haldun Alkaya nun wirklich nicht behaupten; sein karger Tuffkegel bestand lediglich aus zwei Räumen, die nur von Kerzen und einem Herdfeuer beleuchtet wurden.

»Das Einzige, was ich je besessen habe, war meine Tochter«, sagte der alte Mann, während er seine selbstgedrehte Zigarette mit einem brennenden Stück Zeitungspapier anzündete. »Schon vor langer Zeit habe ich mich damit abgefunden, dass sie tot ist, Çetin Bey. Aber trotzdem ist es hart. Allahs Wege sind manchmal schwer zu verstehen.«

»Stimmt.«

In dem Raum gab es keine Stühle, nur Sattelhocker – jene traditionellen Sitzgelegenheiten, die in luxuriöserer und reicher verzierter Ausführung den Touristen zum Kauf angeboten wurden. Aber alte, »echte« Sattelhocker wie dieser konnten einen Großstädter mittleren Alters mit wenig Sitzfleisch nicht so recht begeistern. Das Ding war hart und furchtbar unbequem.

»Menşure Hanım hat mir alles über Ihre Tochter und ihr plötzliches Verschwinden erzählt«, sagte İkmen. »Aber können Sie mir erklären, Haldun Bey, warum Aysu Ziya Kahraman geheiratet hat? Soweit ich weiß, hegte sie doch zärtliche Gefühle für einen Jungen ihres Alters, und er empfand offenbar genauso für sie.«

»Ja, das stimmt.« Der alte Mann lächelte traurig. Sein Gesicht war, wie die Gesichter vieler alter, hart arbeitender Bauern, von tiefen Furchen durchzogen und dunkelbraun, trotz des herbstlichen Wetters. »Kemalettin Senar war wirklich ein sehr netter Junge«, sagte er. »Er hatte nur Augen für meine Aysu und sie für ihn. Aber ich bin ein armer Mann, Çetin Bey, Witwer seit dem Tag, an dem mein kleines Mädchen geboren wurde. Ihre spärliche Mitgift hat Nalan Senar nicht interessiert. Sie ließ keinen Zweifel daran, dass sie für ihren Sohn eine wesentlich bessere Partie als Aysu wollte. Sie selbst kam zwar auch aus einfachen Verhältnissen, aber sie hatte jemanden mit Geld geheiratet und hielt sich daher für etwas Besseres. Kemalettin ist übrigens bis zum heutigen Tag unverheiratet geblieben. Vielleicht hat Allah Nalan ja für ihren Hochmut und ihre Gier bestraft.«

İkmen lächelte. Die Mehrheit der Dorfbewohner war tief religiös, woran er durchaus gewöhnt war – auch wenn es ihm nicht unbedingt gefiel.

»Als Aysu erfuhr, dass Kemalettins Mutter sich gegen die Verbindung stellte, war sie sehr traurig«, fuhr der alte Mann fort. »Eine Weile fürchtete ich sogar, sie und der Junge könnten versuchen, zusammen wegzulaufen. Deshalb habe ich sie im Haus gehalten. Aber so etwas hätte auch gar nicht zu Aysu gepasst. Sie hat mich geliebt und hätte mich niemals verlassen. Sie war eine gute Tochter.«

Haldun Alkaya verstummte, Tränen schossen ihm in die Augen und er wischte sie mit dem Ärmel seines zerschlissenen Hemds weg.

»Ich habe das bisher noch niemandem erzählt, aber Aysu hat von sich aus angeboten, Ziya Kahraman zu heiraten, Çetin Bey«, sagte er nach einer Weile. »Sie wusste, dass er um ihre Hand angehalten hatte; und als ihr klar wurde, dass Kemalettins Familie sie niemals akzeptieren würde, willigte sie ein, Ziya zum Mann zu nehmen.«

»Aber er war doch viel älter als sie, oder nicht?«, fragte İkmen. »Haben Sie deswegen keine Bedenken gehabt? Schließlich sind Sie ein Mann mit Feingefühl, oder, Haldun Bey?«

»Ja, das bilde ich mir zumindest ein«, erwiderte Haldun. »Aber ich bin auch arm und damals, Çetin Bey, war ich ein armer Mann mit einer armen Tochter, die niemand zur Frau genommen hätte, abgesehen vielleicht von einem völlig mittellosen Bauern. Aysu war ein kluges Mädchen. Ziya Kahraman hatte es bis dahin nur zu einer Tochter gebracht, Nazlı, die von seiner ersten Frau stammte. Von seiner zweiten Frau hatte er sich scheiden lassen, da sie unfruchtbar war. Ziya Kahraman brauchte unbedingt einen Sohn, der sein Zitronenimperium übernehmen konnte …«

»Zitronenimperium?«

»Die Höhlen hier eignen sich gut zur Lagerung von Zitronen«, erklärte Haldun. »Ziyas Vater hatte ihm viele solcher Höhlen sowie die ausgedehnten Zitronenplantagen der Familie Kahraman an der Südküste bei Alanya vermacht. Nazlı Kahraman ist inzwischen eine sehr wohlhabende Frau. Aber das tut nichts zur Sache. Aysu sah einen Weg, wie wir der Armut entkommen konnten. Und aus dem Grund hat sie Ziya Kahraman geheiratet.«

»Aber haben Sie denn nicht versucht, sie davon abzuhalten?«, hakte İkmen nach, obwohl er wusste, dass so etwas im Muratpaşa der achtziger Jahre wahrscheinlich völlig undenkbar gewesen wäre. Schließlich würden viele Eltern ihren Töchtern selbst heute noch nicht erlauben, einen jüdischen Jungen zu heiraten – so wie İkmen es Hülya erlaubt hatte.

»Nein«, erwiderte der alte Mann. »Allah möge mir vergeben, aber ich muss gestehen, dass ich damals einen Anflug von Gier verspürte! Aysu zog also zu Ziya, zu ihm und seiner bösartigen Tochter, und danach habe ich sie nur noch zweimal zu Gesicht bekommen, ehe sie plötzlich verschwand. Sie haben mich nur durch das große Tor vor Ziyas Haus mit meiner Tochter reden lassen. Aysu erzählte mir, dass sie noch kein Kind erwartete, und dann hörte ich, wie Nazlı sie wie eine Dienerin herumkommandierte. Ziya hat die Ehe mit meiner Tochter vollzogen, doch als er entdeckte, dass sein Samen bei ihr – genau wie bei seiner zweiten Frau – keine Früchte trug, hat er sie umgebracht. Davon bin ich überzeugt.«

İkmen, der gerade seine Zigarettenschachtel aus der Jackentasche holen wollte, hielt inne und runzelte die Stirn. »Aber soweit ich weiß, schien die Polizei doch eher anzunehmen, dass Kemalettin sich eines Vergehens schuldig gemacht hatte.«

»Bei allem Respekt Ihnen gegenüber, Çetin Bey, aber das

war doch zu erwarten.« Der alte Mann seufzte. »Ziya Kahraman war mühelos in der Lage, sich Menschen zu kaufen. Während er gegenüber den Leuten, die für ihn arbeiteten, sehr knauserig war, zeigte er sich äußerst spendabel, wenn er jemanden brauchte oder etwas von einem wollte. Und seine Tochter ist genauso. Letztes Jahr hat sie, obwohl sie inzwischen über siebzig ist, einen fünfundzwanzigjährigen Mann geheiratet, den sie irgendwo an der Südküste kennen gelernt hat. Nein, nein, damals hat die Polizei sich fast überhaupt nicht mit Ziya Kahraman beschäftigt!«

»Und Sie glauben, dass er Ihre Tochter umgebracht hat?«, fragte İkmen, nahm eine Zigarette aus der Schachtel und zündete sie an.

»Ja. Davon bin ich felsenfest überzeugt. Das halbe Dorf denkt, dass Kemalettin Senar meine Tochter getötet hat, aber ich bin anderer Meinung. Ich weiß, dass der Junge nach ihrem Verschwinden etwas merkwürdig geworden ist, aber ich glaube, das kommt daher, dass er Aysu vermisst. Er hat sie so sehr geliebt! Jetzt lässt er sich nur noch treiben, führt Selbstgespräche und ...«

»Und was, Haldun Bey, glauben Sie, könnte ich in dieser Angelegenheit unternehmen?«, fragte İkmen. »Ich bin auch nur ein Polizeibeamter, genau wie die in Nevşehir ...«

»Ja, schon, aber Sie kommen aus Istanbul!«, erwiderte der alte Mann. »Und dort gibt es Untersuchungen, mit denen man beweisen kann, wer jemanden umgebracht hat, auch wenn der Mord viele Jahre zurückliegt. Ich habe in der Zeitung davon gelesen.« Seine Augen leuchteten einen Moment stolz auf. »Ich kann nämlich lesen und schreiben.«

İkmen lächelte. Als Bewohner Istanbuls vergaß man allzu leicht, dass Fähigkeiten wie Lesen und Schreiben von einigen Bürgern der Türkei immer noch als Errungenschaften betrachtet wurden, derer man sich rühmen durfte.

»In Nevşehir wird man solche Untersuchungen mit meiner Tochter nicht durchführen«, fuhr Haldun fort. »Die Polizisten haben nur gesagt, dass sie versuchen wollen herauszufinden, *wie* sie gestorben ist. Ich habe noch gefragt: ›Und was ist mit diesem Test, mit dem man den Mörder finden kann?‹ Aber der Inspektor – derselbe Idiot, der auch vor zwanzig Jahren hier war – meinte nur, sie würden Aysus Leichnam so bald wie möglich zur Beerdigung freigeben. Die Polizei wollte mir noch nicht mal sagen, ob sie auch glauben, dass meine Tochter ermordet wurde. Aber ich weiß es einfach. Und ich weiß, dass auch Sie es glauben. Warum wären Sie sonst hier?«

İkmen lächelte. Haldun Alkaya mochte ein einfacher Mann sein, aber er war nicht dumm. »Also, was soll ich Ihrer Meinung nach tun, Haldun Bey?«

»Menşure Hanım sagt, dass Sie ein ehrlicher Mann sind, Çetin Bey. Und Sie sind klug. Nicht nur ich, sondern das ganze Dorf muss erfahren, wer Aysu umgebracht hat. Bevor diese Angelegenheit nicht endgültig geklärt ist, werden wir hier keinen Frieden finden. Diejenigen, die der Meinung sind, dass man den Kahramans unrecht tut, reden kein Wort und machen keine Geschäfte mit den Senars oder mit mir. Das ist sehr schlecht fürs Geschäft.«

»Aber falls Ziya Kahraman Ihre Tochter wirklich getötet haben sollte ... soweit ich weiß, ist er schon lange tot ...«

»Ja, aber man kann doch auch Verwandte untersuchen, oder?«, entgegnete Haldun. »Mein Freund Rahmi hat eine Satellitenschüssel und wir haben gemeinsam diese Sendung über einen Mord in Ankara gesehen. Die Polizei hat einem Mann, der der Bruder des Mörders war, Speichel aus dem Mund genommen.«

»Ja«, sagte İkmen, »eine DNA-Probe. So etwas machen wir in Istanbul auch, Haldun Bey. Aber wenn den Beamten in Nevşehir die erforderlichen Einrichtungen nicht zur Verfügung stehen ...«

»Dann müssen Sie diese DNA eben zu ihnen bringen«, sagte der alte Mann. »Menşure Hanım hat mir erzählt, dass Sie eigentlich wegen etwas anderem hierhergekommen sind. Trotzdem, dass Sie ausgerechnet jetzt hier sind, ist Kismet, und deshalb müssen Sie mir helfen. Allah hat Sie zu uns geschickt, Çetin Bey, in seiner unendlichen Güte, um die Seele unseres armen Dorfes zu heilen.«

Obwohl İkmen bei den Worten des alten Mannes Panik in sich aufsteigen fühlte, nickte er höflich. Wie um alles in der Welt sollte er DNA nach Nevşehir bringen? Wenn die dortigen Beamten den wenigen nach Istanbul versetzten, ehemaligen Dorfpolizisten ähnelten, die er kennen gelernt hatte, dann käme das Bemühen, sie mit modernen Untersuchungsmethoden vertraut zu machen, dem Versuch gleich, einen Höhlenmenschen ins Düsenzeitalter zu versetzen. Außerdem war er kein Wissenschaftler, der selbst eine DNA-Analyse vornehmen konnte. Er verfügte weder über die entsprechende Befugnis noch über das nötige Fachwissen, und er kannte dieses schreckliche Dorf im Grunde doch gar nicht. Verdammte Menşure! Er hätte sie umbringen können, dass sie ihn in diese Situation gebracht hatte!

Aber falls er sich entschließen sollte, noch eine Weile zu bleiben, konnte er sich auch gleich irgendeine Beschäftigung suchen. Die alten Leute in der Gegend danach zu fragen, ob sie Mitte der siebziger Jahre vielleicht eine junge Engländerin gesehen hatten, würde wohl kaum seine ganze Zeit in Anspruch nehmen. Und Muratpaşa mochte zwar wundersam sein, aber es war nicht Istanbul, und İkmen wusste, dass er sich ohne eine Aufgabe ziemlich schnell langweilen würde. Also, warum sollte er diesem einsamen alten Mann nicht helfen und die örtliche Polizei ein wenig auf Trab bringen? Es gab schließlich schon genügend arme Menschen, die unter Ungerechtigkeit zu leiden hatten. Warum sollte Haldun Alkaya nur ein weiterer Fall für die Statistik sein?

İkmen blickte in das Herdfeuer und meinte: »Also gut, Haldun Bey, ich werde sehen, was sich machen lässt.«

»Ich wusste es«, erwiderte der alte Mann lächelnd. »So steht es geschrieben.«

5

Polizeihauptmann Altay Salman war froh, dass sein ehemaliger Kollege nicht Menşure Tokatlıs Hotel als Treffpunkt vorgeschlagen hatte. Obwohl er große Hochachtung für die Dame empfand, musste er sich eingestehen, dass sie ein Gefühl der Unterlegenheit in ihm hervorrief; außerdem verursachte sie ihm Gewissensbisse, weil er den Ramadan nicht einhielt. Andererseits hatte auch eine Verabredung im »Tasmanian Devil« ihre Tücken. Die Tatsache, dass Rachelle Jones nicht-fastenden Muslimen während der Tagesstunden nur zu gerne Essen servierte und ihnen sogar Zigaretten besorgte, bedeutete nicht notwendigerweise, dass man sich in ihrer Gegenwart auch entspannen konnte. Altay gelang es jedenfalls nicht: Während er in ihrem diskreten Innenhof saß, seinen Kaffee trank und Konversation machte, wünschte er sich inständig, die Australierin würde ihm nicht so tiefe Einblicke in ihr Dekolleté gewähren, das sich ziemlich nah vor seinem Gesicht befand. İkmen war spät dran, obwohl er das Treffen vereinbart hatte, und Altay wurde allmählich ärgerlich.

Doch als der Inspektor schließlich auftauchte, verzieh Altay Salman ihm sofort. İkmen gehörte zwar nicht zu seinen engsten Freunden, er war ihm aber immer ein offener und hilfsbereiter Kollege gewesen, und die beiden hatten gelegentlich zusammen eine der zahllosen Bars von Istanbul unsicher gemacht. Die Australierin trat einen Schritt beiseite, damit die Männer einander umarmen konnten, und entfernte sich dann, um dem Hauptmann einen weiteren Kaffee und İkmen ein Glas Tee zu holen.

»Tut mir leid, dass ich dich gestern Abend noch so spät angerufen habe«, sagte İkmen, nachdem er dem Freund für sein Kommen gedankt hatte. »Aber ich kam gerade von einem Besuch bei Haldun Alkaya zurück und war noch ganz aufgedreht. Menşure sagte mir, du wüsstest alles, was es über den Fall Alkaya zu wissen gibt?«

»Ich weiß, dass diese Geschichte das Dorf in zwei Lager gespalten hat«, erwiderte Altay. »Haldun Alkaya und die Kahramans reden nicht miteinander. Und über Kemalettin Senar bildest du dir besser selbst ein Urteil. Viele begegnen ihm noch heute voller Misstrauen; er spricht mit niemandem und verhält sich manchmal ziemlich merkwürdig. Allerdings habe ich keine Ahnung, was genau mit ihm nicht stimmt. Kemalettins Mutter und Bruder wiederum äußern sich gerne lautstark über Nazlı Kahraman beziehungsweise deren verstorbenen Vater.« Er seufzte. »Aber jetzt, wo die Polizei in Nevşehir Aysus Leichnam hat, kann das Rätsel vielleicht bald gelöst werden.«

»Und was weißt du über die Leiche?«, fragte İkmen.

»Mein Neffe, der sie gefunden hat, meinte, sie sei teilweise mumifiziert«, sagte Altay. »Man vermutet schon lange, dass die Höhlen auf den menschlichen Körper eine ähnlich konservierende Wirkung ausüben wie auf die dort gelagerten Zitronen. Jedenfalls konnte Haldun Alkaya seine Tochter wohl noch identifizieren. Außerdem wurden am Fundort der Leiche mehrere Gegenstände sichergestellt, die dem Mädchen gehört haben.« Er beugte sich vor und senkte die Stimme. »Todesursache ist ein Schuss in den Rücken. Der Vater wird im Laufe des Tages darüber informiert und dann weiß es vermutlich bald das ganze Dorf. Aber hier sind sowieso fast alle davon überzeugt, dass das Mädchen umgebracht wurde.« Erneut seufzte er. »Es wird eine ballistische Untersuchung geben, allerdings haben wir hier weder ein Labor noch qualifizierte Leute, um einen DNA-Test durchzuführen. Deshalb war ich auch so froh, als deine Cousine mir erzählte, dass du herkommen würdest. Wenn es irgendjemandem gelingen kann, einen Gerichtsmediziner in diese Gegend zu locken, dann dir.«

Im nächsten Moment erschien Rachelle Jones mit den Getränken. Während sie sie auf dem kleinen Metalltisch abstellte, schenkte sie Altay ein breites Lächeln.

Çetin İkmen grinste. »Sie scheint beeindruckt zu sein«, bemerkte er und sah der groß gewachsenen Frau hinterher, als diese wieder in Richtung Küche verschwand.

Altay verdrehte leicht genervt die Augen. »Das macht die Uniform«, sagte er. »Diese Gegend ist vom Tourismus förmlich überrollt worden, Çetin. Während die Alten und Traditionsbewussten die meiste Zeit zutiefst schockiert sind, würden viele junge Männer und ausländische Dorfbewohner am liebsten alles anspringen, was sich bewegt. Ich habe gehört, dass nicht nur Touristen, sondern auch mehrere meiner Jungs an der Reitschule von sexuell ausgehungerten Leuten regelrecht verfolgt worden sind.«

»Du bist kein Freund des Landlebens, oder?«, fragte İkmen.

»Oh, ich liebe meine Arbeit«, erwiderte der Hauptmann. »Es ist einfach wundervoll mit anzusehen, wie junge, unerfahrene Polizisten sich im Laufe der Zeit zu geschickten Reitern entwickeln. Außerdem haben wir einige sehr beeindruckende Pferde. Gesellschaftlich ist hier allerdings nicht viel los. Mir persönlich macht das kaum was aus, aber meine Frau sehnt sich nach Istanbul zurück. Eigentlich wäre es mir ganz lieb, wenn sie sich mit Rachelle Jones anfreunden würde, denn die kennt das Dorf und seine Bewohner in- und auswendig, außerdem schätzt sie die Gegend und weiß viel über seine Geschichte. Da Sevgi ihre englischen Sprachkenntnisse nicht verlieren will, während wir hier sind, wäre es einfach perfekt.«

»Und was ist mit deiner Tochter?«, fragte İkmen.

Altay seufzte. »Hande geht es mittlerweile ganz gut hier. Sie hat Freunde gefunden, außerdem ist mein Neffe Ferhat vor kurzem nach Muratpaşa versetzt worden, und in seiner Begleitung kann ich sie ruhigen Gewissens die Umgebung erkunden lassen. Diese Landschaft ist wirklich faszinierend.«

»Stimmt.« İkmen lächelte, als sein Blick auf den besonders phallisch wirkenden Tuffkegel fiel, der direkt neben der Küchentür des »Tasmanian Devil« aufragte. »Ich weiß nicht, ob ich bei der Gerichtsmedizin irgendwas erreichen kann«, sagte er dann. »Ich bin nur eine Woche hier. Aber ich könnte ein paar Telefonate führen und sehen, was sich machen lässt. Allerdings bin ich nicht hergekommen, um mich in diesen Fall hineinziehen zu lassen. Ich hatte andere Gründe ...« Er wandte kurz den Blick ab. »Aber ich verstehe, wie kompliziert diese ganze Angelegenheit ist, und werde tun, was in meiner Macht steht. Andererseits möchte ich den Beamten in Nevşehir nicht auf die Füße treten.«

»Klar.«

»Wo wir gerade davon sprechen – wie sind die denn so?«, fragte İkmen.

Altay zuckte die Achseln. »Ländlich. Eher konservativ und ständig knapp bei Kasse. Ich habe viel mehr Kontakt zu den Leuten von der Jandarma, von denen die meisten ja auch aus größeren Städten kommen.«

»Wir Städter halten zusammen, stimmt's?«

»Jedenfalls versuchen wir es«, erwiderte Altay. »Aber die in Nevşehir sind keine schlechten Männer. Wahrscheinlich wären sie sogar ziemlich beeindruckt, dich kennen zu lernen. Wenn auch nicht unbedingt erfreut ... Selbst mir begegnen manche immer noch mit dieser ›Du-bist-ein-hohes-Tier-aus-der-Stadt-und-hältst-dich-wohl-für-was-Besseres-Haltung‹, aber ...«

»Ich frage deshalb, weil es hilfreich wäre, wenn ich mir die Tote mal ansehen würde«, unterbrach İkmen. »Dann könnte ich sie den Kollegen in Istanbul zumindest beschreiben.«

Altay Salman stieß einen langen Seufzer aus. »Vielleicht geht das ja«, sagte er. »Lass mich aber zuerst mit den Jandarma reden; die sind wesentlich erfahrener im Umgang mit der hiesigen Polizei als ich.«

İkmen bot Altay eine von seinen Zigaretten an und nahm sich dann selbst auch eine. »Danke, das ist nett von dir«, sagte er. »Ich kann zwar nicht viel tun, aber wenn es mir gelingen würde, eine vernünftige kriminaltechnische Untersuchung in die Wege zu leiten, käme das Haldun Alkayas Vorstellungen wenigstens ein bisschen entgegen. Er scheint von einem DNA-Test wahre Wunder zu erwarten.«

»Gut möglich«, erwiderte Altay und blickte İkmen durch dichte Rauchschwaden hindurch an. »Da wäre er nicht der Einzige hier. Aber wusstest du auch, Çetin, dass einige der Dorfbewohner Alkaya selbst für das Verschwinden seiner Tochter verantwortlich machen?«

»Wie kommen sie denn darauf?«

Altay zuckte die Achseln.

»Manche glauben, es sei um eine Frage der Ehre gegangen.«

Die beiden Männer blickten hoch und sahen die Australierin an, die unbemerkt an ihren Tisch getreten war.

»Ach, tatsächlich?«

Rachelle Jones legte Zigaretten und Feuerzeug auf den leicht wackligen Metalltisch und setzte sich zu den Polizisten. »Eine der vielen Theorien, die in diesem Dorf kursieren, besagt, dass es Aysu Alkaya irgendwie gelungen ist, dem alten Ziya Kahraman wegzulaufen, und dass ihr Vater sie aus Scham über das, was sie dem Zitronenkönig angetan hatte, umbrachte.«

»Hm.« İkmen musterte die große attraktive Mittvierzigerin aufmerksam. Sie schien nicht nur Humor zu haben, in ihren Augen blitzte auch ein anrührendes, fast jugendliches Verlangen nach dem feschen Hauptmann. İkmen spürte instinktiv, dass er sie mögen würde. Dennoch wollte er nicht allzu viele polizeiinterne Informationen mit ihr teilen. Ihre Theorie, so unwahrscheinlich sie in diesem Fall auch klingen mochte, war allerdings nicht aus der Luft gegriffen, wie İkmen wusste. So manche junge Frau, die aus einer unglücklichen Ehe mit einem reichen, oft deutlich älteren Mann floh, geriet deswegen in Konflikt mit ihrem Vater oder einem ihrer Brüder.

»Auf manche Mädchen wird ziemlich viel Druck ausgeübt«, sagte die Australierin. »Das soll keine Kritik sein. Ich weiß, dass das hier nun mal so ist.«

İkmen lächelte. Ihm gefiel der realistische Blick, den Rachelle auf das Dorf hatte, ohne ihre eigenen Ansichten über den Haufen zu werfen.

»Und dann wäre da natürlich noch die Theorie, die den armen Kemalettin Senar betrifft«, fuhr sie fort. »Aber davon haben Sie sicher gehört.«

»Einige Leute verdächtigen ihn, für das Verschwinden des Mädchens verantwortlich zu sein«, sagte İkmen auf Englisch, da er den Eindruck hatte, dass Rachelle sich trotz ihrer guten Türkischkenntnisse in ihrer Muttersprache wohler fühlte.

»Hören Sie, ich bin von ganz allein darauf gekommen, dass Aysu wahrscheinlich ermordet wurde«, sagte Rachelle lächelnd. »Sehen Sie sich Kemalettin mal an und dann sagen Sie mir, ob Sie ihn für fähig halten, einen Mord zu begehen. Oh, wenn man vom Teufel spricht ...«

İkmen drehte sich um und sah eine gekrümmte Gestalt, die am Eingang zum Innenhof stand. Der sehr dunkelhäutige Mann mittleren Alters musterte die beiden Beamten und die Frau mit einem finsteren Blick. Er trug einen langen braunen Mantel, den er nun ganz langsam öffnete.

»Oh nein!« Wie von der Tarantel gestochen sprang die Australierin auf, lief auf ihn zu und zog den Mantel wieder fest um seinen Körper. »Dass du dich nicht schämst!«, sagte sie auf Türkisch und fügte dann auf Englisch hinzu: »Mach, dass du wegkommst!«

İkmen sah Altay verwirrt an.

»Kemalettin hat die Angewohnheit, manchmal, äh, an sich herumzuspielen«, erwiderte der Hauptmann verlegen.

»Und das in aller Öffentlichkeit!« Rachelle setzte sich wieder zu ihnen und zündete sich eine Zigarette an. »Dieser kleine Schmutzfink! Meistens ignorieren wir ihn einfach, aber wenn gegessen und getrunken wird ...«

»Hat er das schon immer gemacht?«

»Das geht bereits seit Jahren so«, erwiderte die Australierin. »Früher hat er ja noch toll ausgesehen, aber heute ...« Als sie bemerkte, dass Kemalettin Senar noch immer am Tor stand, rief sie: »Was habe ich dir gesagt? Verschwinde endlich!«

Langsam, fast wie in Trance, drehte sich der gebeugte Mann um und schlurfte den Hügel hinunter in Richtung Dorfmitte. Als er verschwunden war, wandte sich die Australierin wieder ihren Gästen zu und schenkte ihnen – und vor allem Altay Salman – ein strahlendes Lächeln.

»Würde mich nicht wundern, wenn Abdullah Aydın in den Arsch gefickt wurde«, sagte İzzet Melik genüsslich.

Süleyman, der gerade mit seinem Kollegen Inspektor İskender gesprochen hatte, wandte sich an seinen Assistenten: »Ich glaube nicht, dass uns derartige Spekulationen im Moment weiterhelfen, Melik.«

Beleidigt rümpfte der Oberwachtmeister die Nase und meinte dann: »Nein, Inspektor.« Er war zwar mittlerweile an Mehmet Süleymans »Überempfindlichkeit« gewöhnt, aber verstehen konnte er sie nicht.

»Wenn Sie dann jetzt bitte so freundlich wären, meine schwarzen Schuhe vom Schuster in der Yerebatan Caddesi abzuholen ...« Süleyman griff in seine Sakkotasche und reichte seinem schnauzbärtigen Assistenten einen kleinen Bon und ein Bündel Geldscheine. »Mehr als fünf Millionen sollte es nicht kosten.«

»Ja, Chef.« Melik setzte eine finstere Miene auf und verließ betont langsam das Büro.

Metin İskender, der jünger und kleiner war als Süleyman, stammte ursprünglich aus einem von Istanbuls berüchtigten Elendsvierteln und hatte sich seinen Weg nach oben schwer erkämpfen müssen. Trotz seiner gepflegten Erscheinung war er deshalb immer noch gut mit dem rauen Ton und den noch raueren Sitten der Straße vertraut – ganz im Gegensatz zu seinem aristokratischen Freund.

»Du solltest ihn nicht wie einen Diener behandeln«, wandte er sich an Süleyman, nachdem Melik endlich verschwunden war. »Er ist schließlich kein Hilfspolizist.«

»Er gibt aber selten etwas Konstruktives von sich«, erwiderte Süleyman hochmütig. »Sein einziger Beitrag zu unseren Ermittlungen besteht darin, dass er mich mit seinen Vorurteilen konfrontiert. Ich glaube, er sieht Menschen vollkommen stereotyp, wie Karikaturen: der schrille Homosexuelle, der neugierige Hausmeister.«

»Die meisten Hausmeister *sind* neugierig, Mehmet«, meinte İskender lächelnd. »Aber ich verstehe, was du meinst.«

Süleyman zündete sich eine Zigarette an. »Nehmen wir beispielsweise den Fall des Spanners«, sagte er. »Melik glaubt, weil der sich am Anblick junger, attraktiver Männer weidet, müssten seine Opfer automatisch auch homosexuell sein.«

»Und, sind sie das nicht?«

»Doch, ein paar sind tatsächlich schwul.«

»Dann hat Melik also nicht ganz unrecht, oder?«, erwiderte İskender und zündete sich ebenfalls eine Zigarette an.

»Der Junge, der vergewaltigt wurde, sagt, er sei nicht schwul …«

»Und wenn schon. Das ändert nichts daran, dass Melik mit seiner Vermutung offenbar nicht ganz danebenliegt«, sagte İskender. »Gib's zu, Mehmet, du magst ihn einfach nicht. Und ich verstehe auch, warum. Er ist träge, ungehobelt und macht beim Essen furchtbare Geräusche. Aber die in İzmir halten ihn für einen guten Polizisten, deshalb wurde er dir ja auch als Assistent zugeteilt.«

»Deiner wäre mir lieber.«

»Finger weg von Alp Karataş«, entgegnete İskender in strengem Ton. »Er ist nicht nur mein Assistent, wir verstehen uns auch fast so gut wie Brüder. Tut mir leid, dass du nach Çöktins Ausscheiden noch niemanden gefunden hast, mit dem du klarkommst. Aber du solltest versuchen, dich mit Melik zu arrangieren, selbst wenn du ihn nicht leiden kannst.«

Süleyman seufzte. »Ich weiß.«

»Und außerdem könnte an dieser Idee, dass der Spanner es auf Männer abgesehen hat, die Schwulentreffs aufsuchen, was dran sein. Zumindest ist es ein Ansatz.«

İskender hatte recht. Und genau aus diesem Grund saßen die beiden Beamten schließlich in Süleymans Büro. Der Spanner, der vor keinem noch so hohen Dach in der Altstadt zurückschreckte, zeigte ein auffälliges Interesse an bestimmten, wahrscheinlich sorgfältig ausgewählten Männern. Und einige der Opfer hatten Süleyman dieselben Treffpunkte für Schwule genannt. Er wusste, dass İskender über einen sehr zuverlässigen homosexuellen Informanten verfügte, und mit dem wollte er nun gerne in Verbindung treten.

»Also, dieser Elma …«

»Ist eine süße, kleine Schwuchtel, die ich schon länger

nicht mehr kontaktiert habe«, unterbrach İskender seinen Kollegen.

»Aber er kennt sich in der Schwulenszene aus.«

»Elma ist eine richtig schrille Tunte, genau die Art, von der Melik begeistert wäre«, meinte İskender achselzuckend. »Aber er ist auch ein sehr guter Informant.«

»Könntest du ihn fragen, ob in der Szene irgendwelche Gerüchte über den Spanner im Umlauf sind?«

»Ja. Allerdings werde ich ihn dafür bezahlen müssen.«

»Natürlich«, sagte Süleyman. »Gib mir einfach Bescheid, wie viel du brauchst, dann stelle ich die Mittel bereit.«

İskender spielte mit seinem leeren Teeglas, das er auf Süleymans Schreibtisch abgestellt hatte. »Okay, ich kümmere mich darum.«

In dem Moment unterbrach der Mittagsruf der Muezzins ihr Gespräch. Als Kettenraucher hatte Süleyman sein Fenster fast immer weit geöffnet, aber hier, in unmittelbarer Nähe zahlreicher bedeutender Moscheen, war es zu bestimmten Zeiten so gut wie unmöglich, sein eigenes Wort zu verstehen oder auch nur einen klaren Gedanken zu fassen. Da weder er noch İskender besonders religiös waren, stand Süleyman auf und schloss das Fenster.

»Vermutlich ist es noch zu früh, um verdeckte Ermittler in die Szene einzuschleusen, oder?«, fragte İskender.

»Ja, ich denke schon.«

Süleyman hatte bereits über diese Möglichkeit nachgedacht und sich gefragt, wen er mit so einer Aufgabe betrauen könnte. Neben all den schnauzbärtigen Machos vom Typ seines Assistenten Melik und den schüchternen Berufsanfängern, die entweder zu religiös oder zu ängstlich auf die Meinung ihrer Kollegen bedacht waren, blieb kaum jemand übrig, der überhaupt dafür in Frage kam. Aus eben dem Grund hatte er sich auch selbst eine Weile vor dem Hamam in Karaköy herumgedrückt. Süleyman war sich der zwiespältigen Haltung seiner Landsleute gegenüber der Homosexualität nur zu bewusst. Immerhin hatte es eine Zeit gegeben – auch wenn diese Vorstellung inzwischen als veraltet galt –, in der viele Türken die Meinung vertraten, dass nur derjenige wirklich schwul sei, der den passiven Part übernehme. Der »aktive« Partner konnte demzufolge nach Herzenslust einen Mann seiner Wahl vögeln und anschließend mit reinem Gewissen und vor allem als ganzer Mann zu Frau und Kindern zurückkehren.

»Ich werde auf die Undercoveraktion zurückkommen, wenn ich ein paar andere Möglichkeiten sondiert habe«, sagte Süleyman.

»Wie geht es eigentlich dem Jungen, der Sonntagnacht überfallen wurde?«, fragte İskender.

»Abdullah Aydın liegt noch immer im Koma.« Süleyman drückte seine Zigarette aus und zündete sich sofort die nächste an. »Und du weißt ja selbst, wie das ist.«

»Ja. Möge er bald daraus erwachen.« Im Jahr zuvor war İskender im Dienst angeschossen worden und danach kurzzeitig ins Koma gefallen. Die Ärzte hatten ihm die durch den Schuss zerstörte Milz entfernen müssen und die Narbe bereitete ihm immer noch gelegentlich Schmerzen, besonders wenn er sich müde oder gestresst fühlte. Unbewusst legte er eine Hand auf die Stelle.

»Bisher hat noch niemand das Gesicht des Spanners gesehen«, fuhr Süleyman fort. »Wir wissen nur, dass es sich um einen großen, schlanken, durchtrainierten Mann handelt, der eine Skimaske und eine Art Bodysuit trägt. Ich frage mich, welche zusätzlichen Informationen wohl in Abdullah Aydıns Kopf schlummern ...«

»Falls überhaupt irgendwas«, warf İskender ein. »Du weißt doch, dass ich mich immer noch an vieles nicht erinnern kann, was mit dem Vorfall zusammenhängt.«

»Ja, ich weiß. Aber Inschallah ...«

»… wird der Junge sich erinnern«, beendete İskender den Satz. »Jetzt rede ich erst mal mit Elma.« Er seufzte. »Was nicht gerade leicht werden wird, aber du bist schließlich mein Freund, Mehmet.«

Süleyman lächelte. Es hatte eine Zeit gegeben, als Metin ihm fast unnahbar erschienen war. Die Tatsache, dass er bereits in jungen Jahren Karriere gemacht hatte, weckte den Neid vieler Kollegen; dazu kam, dass er in Ümraniye aufgewachsen war, einem für seine hohe Kriminalitätsrate berüchtigten Stadtteil Istanbuls. Da er sowohl seine Vorgesetzten als auch seine Frau beeindrucken wollte, die aus wohlhabenden Verhältnissen stammte, hatte sich Metin lange Zeit übertrieben vorschriftsmäßig verhalten und einen verschlossenen, arroganten Eindruck gemacht. Doch im Laufe der Jahre hatte er Vertrauen zu Süleyman und Çetin İkmen gefasst und wirkte mittlerweile wesentlich umgänglicher als früher.

»Wann kommt Çetin eigentlich zurück?«, fragte er nun, stand auf und schob seinen Stuhl unter Mehmets Schreibtisch.

»Nächsten Montag. Er hat irgendeine Familienangelegenheit in Kappadokien zu klären.«

»Oh.« İskender lächelte. »Seltsame Gegend, dieses Kappadokien. Der Verlag meiner Frau hat ein paar dort lebende Autoren unter Vertrag. Sie schreiben die unterschiedlichsten Bücher, Romane, Reiseberichte und so weiter, haben nach Ansicht meiner Frau aber alle eines gemeinsam: Sie sind ziemlich merkwürdig – als Menschen, meine ich.«

»Ich könnte mir vorstellen, dass diese sehr besondere Landschaft nicht ohne Einfluss auf die dortige Bevölkerung bleibt«, sagte Süleyman.

»Wie du so etwas sagen kannst, ohne zu lachen oder das Wort Penis zu benutzen, ist mir ein Rätsel«, erwiderte İskender und verließ mit einem breiten Grinsen Süleymans Büro.

Auch Süleyman musste lächeln. Doch dann fiel ihm Abdullah Aydın ein und er besann sich wieder auf seine Arbeit. Selbst wenn der Junge überlebte, würde der Spanner wahrscheinlich bald jemanden umbringen – schließlich hatte er sich innerhalb von drei Monaten vom bloßen Voyeur zum Vergewaltiger und Messerstecher entwickelt. Ganz offensichtlich handelte es sich um einen zutiefst gestörten, sehr gefährlichen Mann.

»Inti! Inti! Inti!«

Der junge Mann, der diese Worte gerufen hatte, und sämtliche seiner Kollegen brachen in Gelächter aus.

Auch Çetin İkmen konnte sich ein Lächeln nicht verkneifen, meinte dann aber: »Was bedeutet dieses ›Inti‹ denn nun?«

»Anscheinend handelt es sich um den Namen des Sonnengottes«, erklärte der Gefreite Ferhat Salman. »Die Frau stammt aus Peru und ihr zufolge ist das die Gottheit, der man dort huldigt.«

»Irgendeine Geschichte musste sie uns ja auftischen – so, wie wir sie vorgefunden haben«, warf der kleine ernsthafte Gefreite Büker ein. »Ich meine, es ist doch nicht normal, nackt vor irgendwelchen Fresken in einem Feenkamin herumzutanzen, der früher mal eine Kirche war.«

Ferhat sah zu İkmen hinüber. »An diesem verrückten Ort hier ist nichts normal, Çetin Bey. Ich hätte nie damit gerechnet, in einer der Höhlen eine Mumie zu finden. Es war einfach grauenhaft.«

»Das muss ein furchtbarer Schock gewesen sein«, sagte İkmen.

»Ach, mir persönlich hat das nichts ausgemacht«, prahlte der junge Mann. »Aber meine Cousine und ihre Freundin waren dabei. Mädchen halt.«

»Und natürlich mussten Sie sie vor dem Anblick bewahren«, sagte İkmen lächelnd.

»Natürlich. Mädchen können ja so hysterisch werden.«

Nach seinem Gespräch mit Altay Salman hatte İkmen einen Spaziergang durchs Dorf gemacht. Er wollte sich wieder mit den örtlichen Gegebenheiten vertraut machen und in Ruhe über den beunruhigenden Anblick nachdenken, den Kemalettin Senar geboten hatte. Wenn die hübsche Aysu Alkaya ihn geliebt hatte, musste er früher ein völlig anderer Mann gewesen sein. İkmen nahm an, dass Kemalettin in der Zwischenzeit eine Art Zusammenbruch erlitten hatte. Und jetzt, in der kleinen Gendarmerie am Rande des Dorfes, erfuhr er noch mehr Einzelheiten über die seltsamen Bewohner von Muratpaşa. Die jungen Jandarma, und vor allem Altay Salmans Neffe Ferhat, hatten den Inspektor der Istanbuler Polizei mit offenen Armen empfangen und ihn äußerst bereitwillig mit dem neuesten Klatsch und Tratsch aus dem Dorf versorgt – wie etwa der Geschichte über die Exil-Peruanerin und ihre nackten Tänze für den Sonnengott.

»Wussten Sie schon, dass Ümit Özal, der Teppichhändler, auf seinen Kelims schläft?«, fuhr Ferhat fort. »Es heißt, er fürchtet sich so sehr davor, bestohlen zu werden, dass er die besten Stücke mit ins Bett nimmt.«

»Und der alte Selim tut so, als hätte er Parkinson, damit die Frauen ihn bedauern und eine ihn möglicherweise aus Mitleid heiratet«, erzählte Abdulhamid Büker.

»Aber die Ausländer sind am schlimmsten«, warf ein anderer junger Mann mit einer langen Narbe im Gesicht ein. »Erzähl ihm mal von dieser Engländerin, Ferhat, der Frau mit dem schmierigen kleinen Gigolo.«

Ferhat verzog das Gesicht und sagte dann zu İkmen: »Es ist ja nichts Neues, dass Europäerinnen was mit Männern aus Ferienorten wie Side oder Bodrum anfangen. Aber diese Frau hat ihren Liebhaber geheiratet – dabei ist sie mindestens fünfzig und er gerade mal zweiundzwanzig.«

»Glauben Sie, er hat es auf einen britischen Pass abgesehen?«, fragte İkmen.

»Ja, natürlich. Aber zuerst muss er sie dazu bringen, hier im Dorf eine hübsche kleine Pension zu kaufen«, erwiderte Ferhat. »Selbstverständlich auf seinen Namen.«

İkmen blickte zur Decke und seufzte. Glücklicherweise waren liebeshungrige Europäerinnen und ihre habgierigen Kavaliere nicht sein Problem. Derartige Verbindungen gab es auch in Istanbul und er wusste, dass diese scheinbare Ausbeutung nur die eine Seite der Medaille war. Oft lagen die Fälle nicht so einfach, wie man vielleicht dachte.

»Also, was könnt ihr mir über die Leute erzählen, die mit dem von Ferhat gefundenen Mädchen in Verbindung standen?«, fragte İkmen, zündete sich eine Zigarette an und reichte die Schachtel an die versammelte Schar junger Männer weiter.

»Ich hab die Leiche im Tal der Mönche gefunden«, sagte Ferhat. »Sie sah grässlich aus, ganz vertrocknet …«

»Das kann ich mir vorstellen«, sagte İkmen. »Aber ich würde gerne hören, was ihr über Haldun Alkaya, Kemalettin Senar und die Tochter des verstorbenen Ziya Kahraman wisst.«

»Nazlı Hanım«, sagte Abdulhamid Büker. »Sie ist sehr alt, im Vergleich zu den anderen Dorfbewohnern reich und ziemlich bösartig.«

»Sie ist mit einem jungen Mann namens Erkan verheiratet«, ergänzte Ferhat. »Die Leute sagen, er hat sie wegen ihres Geldes geheiratet, aber wenn das stimmt, muss jemand anderer die Sache eingefädelt haben.«

»Wieso?«

»Na ja, er ist nicht besonders helle. Er kann weder lesen noch schreiben und steht dauernd mit offenem Mund in der Gegend rum. Und Nazlı Kahraman trägt zwar ein Kopftuch, was ja okay ist, aber sie hat auch einen Bart.« Ferhat verzog angewidert das Gesicht. »Es heißt, sie war vor Erkan noch nie mit einem Mann zusammen.«

»Angeblich wollte ihr Vater sie erst heiraten lassen, wenn er einen Sohn in die Welt gesetzt hatte«, meinte Abdulhamid.

İkmen runzelte die Stirn. »Aber er hat doch gar keinen Sohn, oder?«

»Nein.«

İkmen überlegte kurz. Wenn Nazlı Kahraman die Ehe zwischen ihrem Vater und Aysu Alkaya als dessen letzte Chance auf einen männlichen Nachkommen betrachtet hatte, könnte sie dann nicht dafür gesorgt haben, dass er und seine junge Frau keinen Nachwuchs zeugen konnten? Der Tod war schließlich eine äußerst sichere Verhütungsmethode – und außerdem stand eine Menge Zitronen auf dem Spiel, die zum Großteil auf die exakt gleiche Weise konserviert wurden wie die arme Aysu. Andererseits kam es İkmen nicht besonders klug vor, Aysus Schicksal so eng mit dem eigenen Geschäft zu verknüpfen. Und er wusste aus Erfahrung, dass es erfolgreichen Geschäftsleuten wie den Kahramans nur selten an Intelligenz mangelte.

»Nach dem Tod ihres Vaters hat sie ziemlich lange gewartet, ehe sie geheiratet hat«, sagte Abdulhamid.

»Sie hat ziemlich lange gebraucht, um jemanden zu finden, der ihre schlechte Laune und ihren Anblick ertragen konnte«, entgegnete Ferhat. »Sie sieht nämlich aus wie ein hungriger alter Adler!«

»Ich nehme an, Nazlı Kahraman hat schon immer hier im Dorf gelebt?«, fragte İkmen.

Ferhat rollte mit den Augen. »Sie alle haben schon immer hier im Dorf gelebt, Çetin Bey, zumindest die Älteren. Um Ihnen einen Eindruck zu vermitteln: Sie kennen doch den alten Mann, dem die Bäckerei gehört, oder?«

»Wenn Sie die am Fuß des Moscheehügels meinen, ja«, sagte İkmen.

»Genau«, sagte Ferhat. »Also, Sie sollten sich mal anhören, wenn er von seinem Ausflug nach Ankara erzählt; das muss so um 1960 gewesen sein. Wenn man ihn reden hört, könnte man meinen, er wäre zum Mond geflogen! Nazlı Hanım ist nicht ganz so schlimm. Sie war schon in Istanbul, in Ankara und natürlich an der Küste. Ich glaube in Alanya, wo ihre Zitronen wachsen, aber genau weiß ich das nicht. Na, jedenfalls hat sie dort den armen Erkan kennen gelernt.«

Der Bäcker und Nazlı Kahraman mussten also hier gewesen sein, als Alison durch die Gegend kam, dachte İkmen. Falls sie tatsächlich so weit gekommen war. Die Tochter des Zitronenkönigs schien ihm genau die Richtige zu sein, um sich an die wenigen Fremden zu erinnern, die Kappadokien in den siebziger Jahren bereist hatten. Und wenn nicht, konnte er es wenigstens als Vorwand gebrauchen, um sich selbst ein Bild von der Frau zu machen. Schließlich musste er sich ja irgendwie beschäftigen, bis Altay Salman ihm mitteilte, ob er den Leichnam in Nevşehir in Augenschein nehmen durfte. Und die Geschichten über die Peruanerin, die ihrem türkischen Mann beibrachte, dem Sonnengott zu huldigen, hatten dann doch nur einen begrenzten Unterhaltungswert.

Erkan Erduran konnte das Iftar-Mahl kaum erwarten. Genau wie an den Tagen zuvor hatte er seit dem Vormittag das Gefühl zu verhungern. Er wusste, dass sein Glaube ihm über die Hungerattacken, den schrecklichen Durst und das brennende Verlangen nach einer Zigarette hinweghelfen sollte – das hatte Nazlı ihm jedenfalls erklärt –, aber abgesehen von seinem Wissen um die Existenz Allahs und dessen Propheten Mohammed war Erkan mit den Feinheiten und Vorzügen des Islams nicht besonders vertraut.

»Manchmal glaube ich, du hast das Blut eines Ungläubigen in dir«, sagte seine Frau und musterte ihn scharf. »Dass der Ramadan dich dermaßen quält, ist nicht normal.«

»Hm.«

Erkan wandte sein hübsches Gesicht ab. Immer, wenn seine Frau auf diese Weise von »Blut« und »Ungläubigen« redete, fürchtete er, dass sie vielleicht hinter sein Geheimnis gekommen war.

Die Familie Erduran lebte seit jeher in der ägäischen Küstenstadt Ayvalık; dort hatte Erkan Nazlı Kahraman auch kennen gelernt. Im Jahr 1923, als die neue Türkische Republik Familien wie die Erdurans gegen in Griechenland ansässige Türken tauschte, war Erkans Familie nicht zu einem Umzug bereit gewesen. Schließlich hatte sein Großvater, Spiros Kazan, bereits einige Jahre vor der Gründung der Republik sowohl seinen Namen als auch seine Religion gewechselt und wollte nun verständlicherweise bei seinen muslimischen Glaubensbrüdern bleiben. Erkans Mutter war wirklich türkischer Abstammung und das war gut so, denn sein Vater hielt sich stets bedeckt, wenn es um seine Herkunft ging – besonders seit sein Sohn eine wohlhabende Frau geheiratet hatte. »Hör gut zu, Erkan«, hatte er ihm am Vorabend der Hochzeit mit Nazlı Kahraman gesagt, »diese Zitronenkönigin hat eine Menge Geld, an das du mühelos herankommst, solange du dafür sorgst, dass sie glücklich ist, und solange du nie, aber auch wirklich niemals darüber sprichst, dass du ... na, du weißt schon ... unsere griechische Abstammung ...« Erkan hatte es seinem Vater versprochen und auch Wort gehalten. Nicht ein einziges Mal hatte er über Griechenland geredet und er hatte alles getan, was Nazlı von ihm verlangte. Sogar die Unschuld hatte er ihr genommen – eine Erfahrung, die sich nicht im Geringsten mit dem Sex vergleichen ließ, den er mit den Touristinnen an der Küste gehabt hatte. Seine Frau hatte ihn nur dieses eine Mal in ihrem Bett haben wollen. Danach hatte sie ihn nicht mehr zu sich gerufen – was vermutlich auch besser war, dachte Erkan. Schließlich war sie nicht gerade ein schöner Anblick.

Nazlı Kahraman blieb von all dem unberührt. Seit ihrem sechzigsten Geburtstag, als sie zu dem Schluss gekommen war, dass sie lange genug um ihren geliebten Vater getrauert hatte, tat sie, was sie wollte. Abgesehen vom Ramadan aß, trank und rauchte sie, wie es ihr gefiel, und Erkan war ein hübscher Knabe, der sich gut an ihrer Seite machte. Tatsächlich empfand sie sogar ein wenig Zuneigung zu ihm; deshalb hatte sie ihn in ihrem Testament mit einem kleinen Teil ihres Vermögens bedacht. Dass nach ihrem Tod der Großteil des Erbes ihrem Cousin Gazi zufallen würde, hatte sie in erster Linie deshalb veranlasst, weil sie Erkans habgierigem und so offensichtlich griechischem Vater eins auswischen wollte. Während sie nun neben dem Marmorbrunnen in ihrem großen Hof saß und auf das Dorf hinunterblickte, genoss Nazlı Kahraman die letzten Minuten des Tageslichts. Bald würde das Hausmädchen ihnen das Iftar-Mahl servieren und dann mussten sie nur noch auf den Gebetsruf warten, der den Sonnenuntergang offiziell verkündete. Gleich darauf würden sie und Erkan sich gleichzeitig eine Zigarette anzünden und zumindest sie würde sich entspannt zurücklehnen.

Doch ehe es so weit war, klingelte jemand am Tor. Erkan – der sich noch immer nicht daran gewöhnt hatte, das Hausmädchen solche Dinge erledigen zu lassen – stand auf, um zu öffnen.

6

Dr. Zelfa Halman Süleyman hielt sich nicht an den Ramadan. Da sie in Irland aufgewachsen war, dem Heimatland ihrer Mutter, sah sie sich eher als abtrünnige Katholikin. Und da sie wusste, dass ihr Mann mittlerweile ebenfalls nicht mehr fastete, stellte das Essen, das sie für seinen Besuch bereitgestellt hatte, kein Problem dar – ganz im Gegensatz zu ihren Gefühlen.

Zwar hatte sie Mehmet gesagt, sie wolle die Scheidung, doch das entsprach nicht der Wahrheit: Sie und ihr kleiner Sohn Yusuf, der seinen Vater anbetete, wünschten sich nichts sehnlicher, als dass Mehmet nach Hause zurückkam und erneut der Familienmensch wurde, der er vor seinem Fehltritt gewesen war. Doch wie konnte sie ihm jemals wieder vertrauen? Ehebruch war eine Sache, aber ein Seitensprung mit einer Prostituierten, bei der er sich mit HIV hätte anstecken können ... Zwar hatte das negative Testergebnis sie alle sehr erleichtert, doch die Erinnerung an diese Zeit, an die Prostituierte, die er gevögelt hatte, an ihr eigenes zwanghaftes Misstrauen und ihre damalige Gefühlskälte, war geblieben.

Als Zelfa einen Wagen vor dem leicht heruntergekommenen Holzhaus vorfahren hörte, in dem sie gemeinsam mit ihrem Vater und ihrem Sohn wohnte, ging sie zum Fenster und blickte hinaus auf die Straße. Mehmet saß mit angespanntem Gesicht hinter dem Steuer seines weißen BMWs und telefonierte. Sie fragte sich, mit wem er da so konzentriert redete, und überlegte sofort, ob es sich wohl um eine Frau handelte. Als er schließlich ins Haus kam und seinen

Sohn mit einem freudigen Lächeln in die Arme nahm, sprach sie ihn direkt darauf an.

»Das war Metin İskender«, erwiderte Mehmet leicht gereizt. »Er hat mit jemandem gesprochen, der vielleicht wertvolle Informationen für uns haben könnte.«

»Oh.«

Allerdings erzählte er seiner Frau nicht, was İskenders Informant genau gesagt hatte. Die Aktivitäten des Spanners schienen die Istanbuler Schwulenszene allmählich in Alarmbereitschaft zu versetzen. Allgemein herrschte die Ansicht, dass es sich nicht um einen Schwulen handelte, sondern um jemanden, der sich »daran aufgeilte«, andere Männer in Angst und Schrecken zu versetzen und sich an ihnen zu vergehen – vermutlich ein Heterosexueller mit irgendeiner Art von Groll gegen Schwule. İskenders exotischer Kontaktmann Elma hatte erzählt, einige in der Szene seien der Meinung, der Spanner gehöre vielleicht zu den Männern, die einst ihre homosexuelle Seite ausprobiert hatten und im Nachhinein von ihren Experimenten – oder von den angenehmen Gefühlen, die sie dabei empfunden hatten – angewidert waren. Inzwischen war die Schwulengemeinschaft wachgerüttelt und auf der Hut, obwohl es laut Elma bisher noch keine Berichte über Männer gab, die sich an einschlägigen Treffpunkten irgendwie auffällig verhalten hatten. Allerdings gingen viele Schwule nicht mehr so oft aus wie vorher und man traf sich kaum noch in der Öffentlichkeit, außerdem kam es seltener zu spontanen sexuellen Begegnungen. Langsam und für die meisten Menschen kaum wahrnehmbar veränderte dieser Mann das Leben in der Stadt. Doch die alte Hure Istanbul mochte es nicht, wenn irgendjemand versuchte, ihr wildes Temperament zu zähmen, das wusste Süleyman nur zu gut. Sämtliche Versuche der byzantinischen, osmanischen und republikanischen Obrigkeit, die Lasterhaftigkeit der Stadt einzudämmen, waren gescheitert. Es würde eine Menge Ärger geben, fürchtete der Inspektor.

Zelfa hatte zum Abendessen Pizza gemacht, danach hatten sie sich alle gemeinsam das Video *Findet Nemo* angesehen und gegen neun brachte Mehmet Yusuf schließlich ins Bett. Als er wieder hinunterkam, saß Zelfa mit einem Stapel offiziell wirkender Papiere am Küchentisch.

»Ich sehe, du hast keine Zeit verschwendet«, sagte er, setzte sich und zündete sich eine Zigarette an.

»Wenn wir uns schon scheiden lassen, sollten wir die Angelegenheit so zivilisiert wie möglich hinter uns bringen«, erwiderte sie. »Jede Verzögerung würde nur zu weiteren Spannungen und Verletzungen führen.«

»Wenn du meinst.«

»Du etwa nicht?« Sie zündete sich ebenfalls eine Zigarette an und stieß dann verärgert den Rauch aus.

Mehmet zuckte die Achseln. »Was soll ich sagen? Ich bin in der Position des Schwächeren, des Schuldigen.«

»Du könntest ja mal versuchen, das zu sagen, was du wirklich denkst.«

Das fiel Süleyman alles andere als leicht – was Zelfa ganz genau wusste. Abgesehen von seinem persönlichen Stolz stand ihm auch sein Gefühl für Fairness im Weg, ganz zu schweigen von seinem strikten Festhalten an den Regeln der Etikette.

»Also, wenn du meine bescheidene, unbedeutende Meinung hören willst …«

»Herrgott noch mal!«, fuhr Zelfa ihn auf Englisch an. »Hör endlich auf mit diesen verdammten osmanischen Höflichkeitsfloskeln!«

Am osmanischen Hof hatte zur höflichen Konversation die fortwährende Selbsterniedrigung gehört. Da zur Schau getragene Arroganz damals als Sünde galt, war eine Gesprächsform entstanden, bei der jeder der Beteiligten sich selbst demütigte und im Vergleich zu seinem Gegenüber herabsetzte. Dieses »Fußabtreter«-Ritual fand erst ein Ende, wenn einer der Diskutanten die versammelte Gesellschaft daran erinnerte, dass sie unabhängig von ihrem jeweiligen Status vor Gott schließlich alle gleich waren.

»Zelfa ...«

»Hör zu, Mehmet, willst du die Scheidung oder nicht?«, unterbrach sie ihn auf Türkisch. »Denn falls nicht, und falls du vorhast, mir Steine in den Weg zu legen, habe ich doch wohl verdient, das wenigstens zu erfahren.«

Auf seinem Gesicht zeichnete sich ein Ausdruck ab, der nicht im Entferntesten an Mitleid erinnerte. »Nein, ich will mich nicht von dir scheiden lassen«, sagte er.

Zornig wechselte Zelfa wieder in ihre Muttersprache: »Na, großartig!«

»Ich möchte meinen Sohn nicht verlieren«, sagte Mehmet. »Ich weiß, ich bin nicht der beste Ehemann oder der beste Vater der Welt, aber ich liebe Yusuf. Selbst eine stehen gebliebene Uhr zeigt zweimal am Tag die richtige Uhrzeit.«

Zelfa beugte sich über den Tisch und fuchtelte mit einem langen, rot lackierten Fingernagel vor Mehmets Gesicht herum. »Wenn du versuchst, mir meinen Sohn wegzunehmen, reiße ich dir den Kopf ab!«

»Ich versuche doch gar nicht, ihn dir wegzunehmen!«, sagte Mehmet. »Außerdem warst du diejenige, die ihn nach Dublin mitgenommen hat, als diese ganze Geschichte begann.«

»Du meinst wohl, als du diese Nutte gevögelt hast!«

»Das habe ich nur getan, weil du damals so eiskalt warst!« Er stand auf, ging um den Tisch und stellte sich direkt vor sie. »Ich wollte eigentlich immer nur dich und an dich habe ich gedacht, als sie ...«

»So ein Schwachsinn!« Zelfa sprang vom Stuhl hoch und baute sich vor ihm auf. »Du wolltest eine schnelle Nummer und dabei wäre dir jedes Weibsstück recht gewesen!«

Mehmet streckte eine Hand nach ihr aus.

»Wage es ja nicht, die Hand gegen mich zu erheben!«, rief Zelfa.

»Das habe ich nicht vor«, erwiderte er und zog sie plötzlich an sich. Einen kurzen Moment lang sah sie ihm mit einem halb wütenden, halb ängstlichen Ausdruck in die Augen.

»Ich will nur eines«, sagte er, beugte sich zu ihr hinunter und küsste sie auf den Mund.

»Schon in den fünfziger Jahren sind die ersten Fremden hierhergekommen, um die Feenkamine zu besichtigen. Einige von ihnen waren schwarz, ich glaube, Amerikaner, und sie wurden von den Leuten regelrecht angestarrt«, erzählte die alte Frau und beugte sich vor, um sich von İkmen eine Zigarette anzünden zu lassen. »Aber in den siebziger Jahren sind ziemlich viele Touristen durch Kappadokien gezogen.«

»Ja, das ist mir inzwischen klar geworden«, sagte İkmen.

Nachdem er am Tor der Kahramans geklingelt hatte, hatte Nazlı ihn eingeladen, zusammen mit ihr und ihrem absurd jungen Ehemann das Iftar-Mahl zu teilen. Da es nur Makkaroni mit Tomatensoße und Käse gab, war es dem Inspektor, der sonst gerne aufs Essen verzichtete, nicht allzu schwer gefallen, etwas zu sich zu nehmen. Inzwischen war die Mahlzeit beendet und alle drei griffen begierig zur Zigarette, was dazu führte, dass İkmen sich nun deutlich entspannter fühlte – auch wenn diese sehr faltige, eher abstoßende Frau ziemlich irritierend war. Mit ihrem schweren Kopftuch, ihren unfassbar hochhackigen Schuhen – »aus Istanbul« – und den blassen, harten Augen war Nazlı Kahraman keine Frau, die İkmen sich als Angetraute eines Unter-Dreißigjährigen vorstellen mochte. Jedes Mal, wenn ihr Blick auf Erkan fiel, spürte er, wie ihm ein Schauer über den Rücken lief. Für jemanden, der mehr als sechzig Jahre unberührt geblieben war, hatte Nazlı Kahraman sich auf ziemlich grausame Weise am Schicksal gerächt.

»Ich kann mich an keine Alison erinnern«, fuhr sie fort, »aber es gab eine Susan und ein englisches Mädchen namens Maud, die übrigens noch immer im Dorf lebt. Sie hat diesen zurückgebliebenen Kerem geheiratet, dem das ›Fresco Motel‹ gehörte. Seit seinem Tod führt sie das Haus zusammen mit seiner Schwester Arın.« Verschwörerisch beugte sie sich zu İkmen vor. »Die beiden beschäftigen drei osteuropäische Frauen. Drei!«

»Ach.«

Natürlich wollte sie ihm damit zu verstehen geben, dass die Engländerin Maud und ihre Schwägerin ein illegales Bordell betrieben. Dies war schon das dritte derartige Etablissement, von dem man ihm berichtete – die beiden anderen befanden sich am Rand des Dorfes und beschäftigten angeblich Frauen aus Bulgarien beziehungsweise Litauen.

»Aber ein hübsches blondes Mädchen mit rosafarbenen Armeestiefeln wäre mir aufgefallen, selbst damals«, sagte Nazlı Kahraman nun unvermittelt.

»Sie war eine ganz besondere Frau«, meinte İkmen. Vor allem für ihn war sie etwas ganz Besonderes gewesen: Alison mit ihren langen blonden Haaren, ihrem freundlichen Lächeln und den riesigen Militärstiefeln, die sie selbst rosa gefärbt hatte, um »anders als die anderen« zu sein.

»Hier gibt es nicht besonders viele Schönheiten«, sagte Nazlı, »vielleicht, weil die Landschaft schon so viel Schönes zu bieten hat.« Ihre Augen funkelten beinahe schelmisch. »Aber vielleicht liegt es auch daran, dass die meisten Menschen hier mit Cousin oder Cousine verheiratet sind.«

»Nazlı Hanım ...«

»Sie haben sicher schon so einiges über mich und meine Familie gehört, Inspektor«, fuhr sie unbeirrt fort. »Und ich nehme an, dass diese Alison Ihnen damals viel bedeutet hat.

Aber ich weiß auch, dass der Leichnam aus dem Tal der Mönche Sie ebenfalls beschäftigt. Haldun Alkaya hat allen im Dorf erzählt, Aysu sei ermordet worden. Erschossen, wenn ich es richtig verstanden habe ... Aber zurück zu meiner Familie: Mein Vater war ein kluger Mann, der im Gegensatz zu dem menschlichen Abschaum, der hier sonst noch wohnt, die Gefahren der Inzucht kannte. Er hat Aysu Alkaya unter anderem auch deshalb geheiratet, weil er wusste, dass unsere Familie mit ihrer nicht verwandt ist. Das Mädchen war hübsch, intelligent, und in ihrem Stammbaum lauerten keine unangenehmen Überraschungen, jedenfalls soweit mein Vater das beurteilen konnte.« Sie lächelte schadenfroh. »Sie kennen doch den Teppichhändler Ümit Özal. Seine Eltern waren eng miteinander verwandt und haben vier Kinder in die Welt gesetzt.« Sie zählte sie an den Fingern ab: »Ümit ist verrückt und schläft mit seinen Teppichen, Yaşar hat eine Hasenscharte, Ali leidet unter Krampfanfällen und die Tochter – möge Allah ihr gnädig sein – hat sich von ihrem Mann in Deutschland scheiden lassen und lebt jetzt mit einem Niederländer in Amsterdam.«

»Tja ...«

»Nichts als Inzucht und schlechtes Blut!«, verkündete Nazlı. »Hier gibt es nur ganz wenige Familien, die davon nicht betroffen sind. Deshalb muss man entweder jemanden aus einem anderen Landstrich heiraten oder die betreffende Familie mit größter Sorgfalt auswählen – so wie mein Vater es getan hat.«

İkmen nahm das Teeglas, das das erschreckend ärmlich wirkende Hausmädchen ihm gereicht hatte, und trank einen Schluck von dem heißen bernsteinfarbenen Getränk. Obwohl es inzwischen dunkel war, war es in Nazlı Kahramans Hof nicht kalt. Im Grunde saß er sogar recht gemütlich, umgeben von Olivenölgefäßen, die jetzt als Pflanztöpfe dienten, und mit Blick auf die funkelnden Lichter des Dorfes unter ihnen. Er hätte den Abend schlechter verbringen können, auch wenn Nazlı Kahramans Ansichten arrogant und bigott waren. Natürlich war es früher in kleinen abgelegenen Dörfern manchmal zu Inzucht gekommen, aber doch längst nicht in dem Umfang, wie Nazlı und die jungen Jandarma annahmen. Zumindest hoffte İkmen das.

»Hat Ihr Vater eigentlich gewusst, dass Aysu in Kemalettin Senar verliebt war?«, fragte İkmen. »Ich meine, ehe sie …«

»Oh ja, er wusste davon«, erwiderte Nazlı. »Aber nachdem er das Mädchen für geeignet befunden hatte, war ihm auch klar, dass der Junge keine wirkliche Gefahr darstellte.«

»Und warum nicht?«

»Weil mein Vater dessen Mutter, Nalan Senar, dafür bezahlte, wegen der Mitgift des Mädchens Theater zu machen.«

»Ich dachte, die Alkayas wären arm?«, meinte İkmen stirnrunzelnd.

»Oh, das sind sie auch«, erwiderte Nazlı. »Wenn Nalan allerdings nicht so habgierig gewesen wäre, hätte es gereicht. Die Senars haben zwar Geld, aber sie stellen nichts dar. Sie behaupten, ihr Blut wäre rein und von keinerlei Krankheiten befleckt, wie das vieler anderer Dorfsippen, aber das ist Unsinn. Nalans Vater war ein kompletter Idiot.« Sie schnalzte mit der Zunge. »Und wenn man sich Kemalettin ansieht …«

»Ich dachte, er hätte vielleicht wegen Aysu einen nervlichen Schaden davongetragen«, sagte İkmen.

Nazlı zuckte die Achseln. »Wer weiß?« Dann wechselte sie rasch das Thema: »Vermutlich haben Ihnen einige Leute im Dorf erzählt, mein Vater oder ich hätten Aysu getötet.«

»Also, äh …«

»Ist schon in Ordnung, Inspektor«, sagte sie, diesmal mit einem aufrichtig wirkenden Lächeln. »Ich weiß, dass einige

Ignoranten das glauben. Sie behaupten, mein Vater hätte das Mädchen eingesperrt, und ich hätte sie zu meiner Dienerin gemacht. Aber Aysu konnte kommen und gehen, wie es ihr gefiel, und die Hausarbeit haben wir uns geteilt. Ich habe sogar eigenhändig ihre Kleidung gewaschen.« Sie hielt İkmen zwei zerfurchte Klauen entgegen. »Ich weiß, dass mein Vater unschuldig war, genau wie ich es bin«, fuhr sie ernst fort. »In der Nacht, in der Aysu verschwand, hat er allein geschlafen; ich habe gesehen, wie er sich zurückgezogen hat. Jeder von uns ging in sein eigenes Zimmer. Ich habe die ganze Nacht fest geschlafen, und als ich morgens aufwachte, war sie weg.«

»Ich habe gehört, sie soll ein paar ihrer Sachen mitgenommen haben«, sagte İkmen.

»Ja, einige Kleidungsstücke und persönliche Dinge. Außerdem hat sie das Tor nicht verschlossen.«

»Tatsächlich?« Laut Haldun Alkaya war seine Tochter im Hause der Kahramans wie eine Gefangene gehalten worden. »Hatte sie einen Schlüssel oder ...«

»Mein Vater bewahrte den Schlüssel immer an seinem Bett auf«, räumte Nazlı schmallippig ein. »Aysu muss sich in sein Zimmer geschlichen und ihn entwendet haben.«

İkmen dachte gerade darüber nach, wie er sie fragen sollte, was ihrer Meinung nach geschehen war, als sie ihm zuvorkam: »Natürlich ist sie weggelaufen, um sich mit Kemalettin Senar zu treffen, und sehr wahrscheinlich hat er sie umgebracht.«

»Und wie kommen Sie darauf, Nazlı Hanim?«

»Na, sehen Sie sich Kemalettin doch mal an, und dann sagen Sie mir, ob er Ihrer Meinung nach normal ist.«

»Nein, aber ...«

»Er war schon immer ein bisschen merkwürdig. Damals sah er noch gut aus, wenn auch irgendwie seltsam. Nicht die geringste Ähnlichkeit mit seinem Bruder. Nalan hat ihn allerdings auch immer wie ihren Augapfel gehütet. Vielleicht hat sie die Anlagen seines verrückten Großvaters bei dem Jungen erkannt und wollte ihn und ihre Familie vor irgendwelchen Peinlichkeiten bewahren. Andererseits glaube ich nicht, dass in Nalans Augen jemals ein Mädchen gut genug für Kemalettin gewesen wäre. Bezüglich ihrer Kinder hatten sie und mein Vater viel gemeinsam: Nichts und niemand war jemals gut genug.«

Das erklärte dann ja wohl, warum Nazlı Kahraman so lange Jungfrau geblieben war, dachte İkmen und warf einen kurzen Blick auf den attraktiven Jungen, der schweigend unter dem Küchenfenster saß. Trotz des großen Altersunterschieds zwischen den Eheleuten machte Erkan Erduran auf ihn nicht den Eindruck, einer dieser typischen geldgierigen Gigolos zu sein. Außerdem besaß er ein eher schlichtes Gemüt: Er konnte keine Konversation machen, hatte vermutlich kaum Schulbildung, und wenn er überhaupt etwas sagte, dann sprach er mit monotoner Stimme. Natürlich musste er irgendetwas gut können, aber darüber wollte İkmen lieber nicht nachdenken – erst recht nicht, als er den Blick wieder Nazlı Kahramans faltigem Gesicht zuwandte.

»Also, ich denke, er war's«, sagte Nazlı, während sie mit halbgeschlossenen Lidern ihr stattliches Anwesen und das darunter liegende Dorf betrachtete.

»Wer?«

»Kemalettin Senar. Ich glaube, sie ist mit ihm weggelaufen, und dann hat er sie umgebracht.«

»Aber warum?«, fragte İkmen. »Wenn er sie doch geliebt hat ...«

»Vielleicht war es ja ein Unfall«, sagte die alte Frau. »Oder vielleicht wollte sie nicht das Bett mit ihm teilen, solange sie nicht verheiratet waren. Vielleicht hat er ihr Gewalt angetan und sie anschließend getötet. Oder sie hat sich selbst umgebracht – möge Allah ihr verzeihen –, als ihr klar wurde, wie viel Geld sie durch die Flucht vor meinem Vater verloren hatte. Ich hoffe um ihrer Seele willen, dass sie sich nicht selbst das Leben genommen hat, aber …« Sie zuckte die Achseln.

İkmen verschwieg Nazlı Kahraman, dass man Aysu Alkaya in den Rücken geschossen hatte und sie daher wohl kaum Selbstmord begangen haben konnte. Doch möglicherweise war an den anderen Thesen der alten Frau etwas dran. Vielleicht hatte es ja tatsächlich eine Art Unfall mit einer Schusswaffe gegeben, die das Paar vorsichtshalber mitgenommen hatte. Auch die Möglichkeit, dass Kemalettin sich gegenüber Aysu »merkwürdig« oder sexuell aggressiv verhalten haben könnte, durfte İkmen nicht ganz ausschließen. Denn sosehr die meisten Männer ihrer Jugendliebe auch nachtrauern mochten, fielen doch nur ganz wenige vor lauter Kummer dem Wahnsinn anheim, wie es bei Kemalettin Senar der Fall zu sein schien.

Als İkmen kurze Zeit später zum Hotel seiner Cousine zurückschlenderte, dachte er darüber nach, dass Ziya Kahraman Kemalettins Mutter Geld gegeben hatte, um die Heirat zu verhindern. Ob Haldun Alkaya davon wusste? Und warum waren die Kahramans so besessen von der Idee des »unbefleckten« Blutes? Er beschloss, Menşure am nächsten Morgen danach zu fragen.

Dieser Polizist aus Istanbul, der Cousin von Menşure Tokatlı, hatte sich ziemlich lange im Haus der Zitronenkönigin aufgehalten, fand Nalan Senar. Er war kurz vor dem Iftar-Mahl hineingegangen und erst lange nach Anbruch der Dunkelheit wieder herausgekommen; das wusste sie, weil sie die ganze Zeit das Tor beobachtet hatte, den einzigen Zugang zum Anwesen der Kahramans.

Nalan Senar war dem Polizisten nicht absichtlich gefolgt. Sie hatte jedoch einiges von dem Gespräch mitbekommen, da sie das Ohr gegen einen Spalt im Tor gedrückt hatte. Manches davon hatte sie beunruhigt, auch wenn die alte Frau keine Lügen über sie verbreitete. Ja, sie hatte Geld vom Zitronenkönig genommen, um Kemalettin von Aysu Alkaya fernzuhalten. Na und? Der Alte hatte mehr als genug Geld gehabt und sie wollte damals sowieso nicht, dass ihr Sohn etwas mit dem Mädchen anfing. Nein, all das kümmerte Nalan wenig, ganz im Gegensatz zu dem Thema, über das der Inspektor und Nazlı Kahraman am Anfang geredet hatten – irgendetwas über ein englisches Mädchen und andere Fremde, die vor vielen Jahren ins Dorf gekommen waren. Das trieb Nalan die Schweißperlen auf die Stirn. Über ausländische Touristen, die Muratpaşa vor langer Zeit besucht hatten, hörte sie andere nicht gerne sprechen. Wenn erst einmal das Gerede einsetzte, wusste Allah allein, wohin das führen würde. Schon der Gedanke ließ sie zittern. Unmittelbar nachdem der Inspektor sich verabschiedet hatte, war sie den Hügel hinunter zu ihrem eigenen Haus gelaufen, einem doppelten Feenkamin, den sie zusammen mit Kemalettin und ihrem großen anatolischen Hirtenhund Zeytin teilte.

Dort angekommen, lehnte sie sich atemlos von innen gegen das Holztor und wischte sich den Schweiß von der Stirn. Der Hund hatte zur Begrüßung gebellt, war aber recht schnell wieder verstummt. Dagegen stand ihr Sohn am anderen Ende des Hofes splitterfasernackt vor dem Schuppen mit den Gasflaschen und starrte sie mit ausdruckslosen, unergründlichen Augen an. Obwohl Nalan ihn in solchen Situationen sonst immer grob abkanzelte, empfand sie plötzlich Mitleid mit ihm und brach in Tränen aus.

Er wachte in den frühen Morgenstunden auf und wusste im ersten Moment nicht, wo er war. Jedenfalls nicht in seinem Schlafzimmer in Arnavutköy, weshalb er auch das laute

Schnarchen seines alten Herrn nicht hörte. Nein, er war in Zelfas Haus in Ortaköy, wo er nach ihrer Heirat mit ihr gelebt hatte. Und er lag in Zelfas Bett – dem Bett, das einst auch seins gewesen war.

Trotz der Dunkelheit konnte Mehmet Süleyman sehen, dass seine Frau neben ihm fest schlief. Dem leichten Mona-Lisa-Lächeln auf ihrem Gesicht nach zu urteilen, schien sie mit sich und der Welt im Einklang zu sein. Er wünschte, er könnte das Gleiche von sich behaupten. Jetzt, da er einmal aufgewacht war, würde er nicht wieder einschlafen können, das wusste er genau. Deshalb stand er auf und ging nackt zu der kleinen Sitzgruppe im Erker hinüber. Das Schlafzimmer besaß weder Vorhänge noch Fensterläden, da der Garten durch die alten Bäume nach außen vollkommen abgeschirmt war. Mehmet zündete sich eine Zigarette an und ließ sich an dem kleinen Tisch mit Blick in den Garten nieder, um nachzudenken.

In dem Moment, als er Zelfa geküsst hatte, hatte er bereits gewusst, dass sie mit ihm schlafen würde. Denn trotz ihrer Ankündigung, sich von ihm scheiden lassen zu wollen, hatte er bei der ersten Berührung gespürt, wie ihr Körper instinktiv auf seinen reagierte. Und da beide schon eine ganze Weile keinen Sex gehabt hatten, waren sie förmlich ausgehungert und mehr als bereit gewesen, sich leidenschaftlich zu lieben. Dabei hatte sie ihr Weg von der Küche übers Bad erst ganz zum Schluss ins Schlafzimmer geführt. Es war ein Wunder, dass Yusuf trotz des lauten Stöhnens und der orgiastischen Schreie seiner Eltern nicht aufgewacht war. Der Sex war in mehr als nur einer Hinsicht einfach phantastisch gewesen.

Doch nun, nachdem er ein paar Stunden geschlafen hatte, fragte Mehmet sich, ob das Ganze nicht vielleicht nur eine Illusion war. Kein Zweifel, sowohl er als auch Zelfa hatten es gewollt. Aber hatte ihre Begegnung eine tiefere Bedeutung, die über bloßen Sex hinausging? Er wollte nicht, dass seine Ehe endete, konnte aber nicht mit Sicherheit sagen, ob der kleine Yusuf der Hauptgrund dafür war oder Zelfa. Genauso wenig, wie sie ihm vertraute, war er sich sicher, ob er ihr vertrauen durfte. Schließlich hatte sie es als Psychiaterin täglich mit ziemlich gestörten Menschen zu tun – sehr eigenwilligen Gedankenwelten und Verhaltensmustern, die sie möglicherweise auf Racheideen gebracht hatten ... Wie grausam wäre es, ihn sexuell zu befriedigen und ihm dann mitzuteilen, dass sie noch immer die Scheidung wollte? Ihm blieb nichts anderes übrig, als abzuwarten, was der nächste Morgen bringen würde.

Mehmet blickte aus dem Fenster in den Garten, der nur von einer blassen Mondsichel beleuchtet wurde. War er bereits mit der Absicht hierhergekommen, Zelfa zu verführen? Ehrlicherweise konnte er darauf nur mit »vielleicht« antworten, was ihm sofort ein schlechtes Gewissen bereitete. Er war nach Ortaköy gekommen, um Yusuf zu sehen, um zu reden und ... einer der Sträucher neben dem Zierteich bewegte sich leicht in der windstillen Nacht. Vielleicht eine streunende Katze oder ein Hund? Doch irgendetwas an der Bewegung der Pflanze erregte Mehmets Aufmerksamkeit. Im nächsten Moment wurden die Zweige tatsächlich ein wenig auseinandergebogen und Mehmet beugte sich vor, um besser sehen zu können. Doch dann endete die Bewegung genauso abrupt, wie sie begonnen hatte. Mehmet vermutete, dass es sich wohl doch um ein Tier handelte, und blickte zur Seite, um seine Zigarette im Aschenbecher auszudrücken. Als er erneut in den Garten hinuntersah, bemerkte er für den Bruchteil einer Sekunde eine Gestalt auf dem Rasen. Es handelte sich eindeutig um einen Menschen, und er bewegte sich mit einer Geschwindigkeit, die Mehmet an die klassischen Kung-Fu-Filme erinnerte.

Selbst wenn er seine Dienstwaffe zur Hand gehabt hätte, wäre es zu spät gewesen. Die Gestalt war bereits verschwunden. Seit wann hatte sie dort gestanden? Seit er mit Zelfa Sex gehabt hatte? Seit sie eingeschlafen waren? Seit er Yusuf ins Bett gebracht hatte? Rasch löste Mehmet sich vom Fenster und lief mit vor Furcht klopfendem Herzen zum Kinderzimmer.

7

»Es wundert mich immer wieder, wie schnell das Wetter hier manchmal umschlägt«, sagte Çetin İkmen, während er aus dem Jeep auf die schneebedeckte Landschaft blickte. »Gestern Abend war es doch relativ mild.«

»Ja, und genau das ist die Gefahr, wenn die Leute ohne passende Ausrüstung die Täler erkunden«, erwiderte Altay Salman. »Schneefall oder Regen können ziemlich überraschend einsetzen und sehr heftig sein. Jedes Jahr müssen wir irgendwelche Verrückten retten, die hier draußen mit den Feen sprechen; nicht zu vergessen die ausländischen Touristen, die auf der Suche nach ›spiritueller Erleuchtung‹ oder was weiß ich sind.«

İkmen musste lächeln. Die Straße von Muratpaşa nach Nevşehir, auf der sie sich gerade befanden, wirkte zwar inzwischen nicht mehr besonders malerisch, doch am Morgen war er in einer verzauberten Winterlandschaft aufgewacht. Menşure hatte ihm Tee gebracht und trotz ihrer Bitte, ihn nicht auf der Terrasse zu trinken, wo jeder ihn sehen konnte, war İkmen nach draußen gegangen. Fast eine halbe Stunde lang hatte er – das Teeglas in der einen Hand, eine Zigarette in der anderen – die Tauben beobachtet, die sich auf den Stromleitungen niederließen und Wolken von Pulverschnee aufwirbelten. Sandfarbene Minarette ragten wie elegant erhobene Finger in den silbergrauen Himmel und ihre eisbedeckten Spitzen glitzerten in der Morgensonne.

Kurz nachdem einer von Menşures älteren Nachbarn sich lautstark über den kettenrauchenden Inspektor empört hatte, war Altay Salman mit Neuigkeiten aus Nevşehir aufgetaucht. Die örtliche Polizei würde dem Kollegen aus der Großstadt erlauben, Aysu Alkayas Leichnam in Augenschein zu nehmen, vorausgesetzt, er kam noch am selben Morgen vorbei. Altay hatte sofort angeboten, İkmen in die Provinzhauptstadt zu fahren, da sich die verschneite Strecke mit dem Jeep leichter bewältigen ließ als mit einem herkömmlichen Wagen.

Nachdem sie die Formalitäten hinter sich gebracht hatten, die unter anderem darin bestanden, dass İkmen einem vorzeitig gealterten Polizisten von seiner »glamourösen« Arbeit in Istanbul berichten musste, führte man sie ins Leichenschauhaus. Auf dem Boden hatten sich kleine Schmelzwasserlachen von diversen Paar Schuhen gebildet und es roch intensiv nach Formaldehyd und anderen Desinfektionsmitteln. In einer Wand waren Kühlfächer zur Lagerung der Toten eingelassen. Beim Anblick dieses sehr einfachen Leichenschauhauses musste İkmen unwillkürlich an Istanbul und das Labor des armenischen Pathologen Arto Sarkissian denken, mit dem er seit seiner Kindheit befreundet war. Vor vielen Jahren hatten sie sogar einmal zusammen die Sommerferien im Haus von Menşures Eltern verbracht. Damals hatten die Brüder Arto und Krikor Sarkissian sowie İkmen und sein Bruder Halıl gemeinsam die Feenkamine erkundet, meist in Begleitung der fast schon beunruhigend selbständigen jungen Menşure. Als der ärmlich aussehende und müde wirkende Inspektor Erten nun eine der Kühlschubladen aufzog, wünschte İkmen, Arto wäre bei ihm. Denn ganz gleich, wie die sterblichen Überreste von Aysu Alkaya auch aussehen mochten – er würde kaum etwas damit anfangen können.

»Man hat ihr in den Rücken geschossen«, sagte Inspektor Erten, während er das Tuch von dem Leichnam entfernte. »Die ballistische Untersuchung hat ergeben, dass es sich bei der Tatwaffe um einen Colt .45 handelt. Also nicht gerade das, was der durchschnittliche Bauer in Muratpaşa bei sich zu Hause rumliegen hat.«

»Stimmt.«

Nachdenklich warf İkmen einen Blick auf die mumifizierte Leiche. Erten hatte recht: Ein Colt .45 gehörte tatsächlich zu den schweren Handfeuerwaffen und kaum jemand in Kappadokien hatte Zugang zu einer solchen Pistole, schon gar nicht vor zwanzig Jahren. Allerdings handelte es sich um eine Militärwaffe, die jedoch, soweit İkmen wusste, von der türkischen Armee nicht eingesetzt wurde. Aber das hatte die Ballistik sicher längst geklärt und hoffentlich in ihrem Bericht an Erten vermerkt.

»Da wir hier auf dem Land sind, gehe ich davon aus, dass ziemlich viele der Leute, mit denen das Mädchen Umgang hatte, eine Waffe besaßen oder sogar noch besitzen«, sagte İkmen.

»Die Familie Kahraman hat eine ganze Reihe von Schusswaffen, für die aber entsprechende Papiere vorliegen«, erwiderte Erten. »Und natürlich hat der Fremdenführer Turgut Senar eine Beretta.«

»Warum ›natürlich‹?«

»Wenn ich es richtig verstanden habe, unternimmt Herr Senar regelmäßig Exkursionen in entlegene Täler«, erklärte Erten. »Und Sie haben doch bestimmt schon Geschichten über die kappadokischen Wölfe gehört, oder, Inspektor?«

»Die übrigens allesamt der Wahrheit entsprechen«, bestätigte Altay Salman. »Eine ernstzunehmende Gefahr. Von Turguts Beretta weiß ich; er ist ein hervorragender Schütze.«

İkmen wandte sich wieder dem Leichnam zu. »Du hattest Recht, die Leiche ist mumifiziert«, sagte er zu Altay Salman. »Wie um alles in der Welt hat ihr Vater sie identifizieren können?«

»Das Mädchen hat an jedem Fuß sechs Zehen«, erwiderte Erten, »was nur ganz wenige Leute im Dorf wussten. Offensichtlich hat sie sich dafür geschämt und es als Missbildung betrachtet. Mädchen sind da besonders empfindlich, weil sie fürchten, sie könnten wegen so etwas keinen Ehemann abbekommen. Aber ihr Vater hat natürlich davon gewusst und sie anhand der Füße, der Kleidung und einiger persönlicher Gegenstände identifiziert. Oh, und ich habe mich mit dem Dorfarzt in Verbindung gesetzt; er hat die Geschichte bestätigt ... die mit den Zehen, meine ich. Das hier ist Aysu Alkaya.«

Armes Kind, dachte İkmen. Verliebt in Kemalettin Senar, doch verkauft an den viel älteren Ziya Kahraman – und dann noch mit diesen eigentümlichen Füßen gestraft. Wie mochte der alte Kahraman reagiert haben, als er die Füße seiner frisch angetrauten Braut zum ersten Mal zu sehen bekam, fragte İkmen sich. Seiner Tochter zufolge war dem Zitronenkönig sehr daran gelegen gewesen, jedes Zeichen von Inzucht bei seinen zukünftigen Kindern zu vermeiden. Und darunter fiel doch sicher auch eine Missbildung, unabhängig von deren Ursache.

»Unser Pathologe meint, an dem Leichnam sind Spuren von Verletzungen«, fuhr Erten fort. »Aber ob die mit dem Mord zusammenhängen ...« Er zuckte die Achseln. »Wir haben hier nicht dieselben Möglichkeiten wie die Pathologie bei Ihnen in Istanbul. Zweifellos handelt es sich um ein Tötungsdelikt, aber angesichts der vielen Jahre, die inzwischen vergangen sind, bleibt mir kaum etwas anderes zu tun, als alle noch Lebenden erneut zu befragen, um herauszufinden, wer einen solchen Colt besaß oder Zugang dazu hatte.«

İkmen betrachtete das eingefallene ausdruckslose Gesicht von Aysu Alkaya. »Wenn ich ein paar Gewebeproben entnehmen und in unserer Gerichtsmedizin in Istanbul untersuchen lassen würde, wäre das für Sie von Nutzen?«

»Sie meinen, eine DNA-Analyse?« Auf Ertens hagerem

Gesicht zeichnete sich der Anflug eines Lächelns ab. »Ich habe auch schon daran gedacht, dass das Mädchen vielleicht Fasern oder irgendetwas anderes von ihrem Mörder unter den Fingernägeln haben könnte. Letztens habe ich einen Bericht über diese neuen Ermittlungstechniken gesehen. In unserem Zeitalter wissenschaftlicher Wundertaten ist es ja nahezu unmöglich, ein Verbrechen zu begehen, ohne irgendwelche nachweisbaren Spuren zu hinterlassen.«

»Stimmt. Allerdings ist seit dem Mord bereits ziemlich viel Zeit verstrichen«, gab İkmen zu bedenken. »Möglicherweise finden wir nur wenig oder gar nichts, was sich verwenden lässt.«

»Verstehe.«

Die drei Männer blickten auf den vertrockneten, brüchigen Leichnam, spärlich bekleidet mit den Überresten einer Pumphose und einer Hemdbluse – ein zutiefst trauriger Anblick.

»Ach ja, noch etwas sollten Sie wissen: Aysu war schwanger, als sie starb«, fuhr Erten fort. »Zwar in einem frühen Stadium, aber natürlich müssen wir ihren Vater davon in Kenntnis setzen.«

»Natürlich.« Nach allem, was İkmen bis dahin gehört hatte, war das eine ziemliche Überraschung. Andererseits konnte es aber auch sehr aufschlussreich sein. »Vielleicht lässt sich sogar feststellen, wer der Vater des ungeborenen Kindes war«, wandte er sich an Erten, der den Leichnam wieder bedeckte. »Ich werde sehen, was sich machen lässt.«

»Ich danke Ihnen, Çetin Bey«, erwiderte sein Kollege und verbeugte sich. »Sie wissen ja, dass ich in diesem Fall damals die Ermittlungen geleitet habe. Ich war noch sehr jung und die Geschichte hat mich seitdem verfolgt. Wenn das Rätsel um den Mord endlich gelöst werden könnte, wäre das der Höhepunkt meiner Karriere, wenn nicht sogar meines Lebens.«

İkmen lächelte, ein wenig peinlich berührt von diesen emotionalen Worten des Inspektors. Falls bei ihren Bemühungen etwas herauskam, hoffte er, dass Ertens Vorgesetzte genug Anstand besitzen würden, ihn angemessen zu entlohnen. Die löchrigen Schuhe des armen Mannes ließen selbst İkmens billige Kunstlederschuhe beinahe elegant erscheinen.

Altay Salman setzte İkmen im Dorf ab und fuhr dann weiter zur Polizeireitschule. Unterwegs hatten sie kaum über die mumifizierte Leiche gesprochen, da İkmen fast die ganze Zeit versucht hatte, Arto Sarkissian telefonisch zu erreichen. Wenn es überhaupt jemandem gelingen konnte, die erforderlichen Tests in der Gerichtsmedizin durchführen zu lassen, ohne allzu viel Aufmerksamkeit zu erregen, dann dem Pathologen. Als İkmen von Artos Assistenten erfuhr, dass sein Freund Urlaub genommen hatte, bemühte er sich, ihn über sein Mobiltelefon ausfindig zu machen. Doch Arto nahm nicht ab, so dass İkmen gezwungen war, ihm eine seiner gestammelten, ziemlich unbeholfenen Nachrichten auf die Mailbox zu sprechen.

Im Hotel seiner Cousine zündete er sich sofort eine Zigarette an und marschierte dann in den Restaurantbereich. Auch wenn Menşures Küchenpersonal und Kellner während der Tagesstunden nichts aßen, mussten sie doch bereitstehen, um die Wünsche ihrer nicht-muslimischen Gäste zu erfüllen. Im Restaurant saßen Rachelle Jones und eine weitere, stark geschminkte Ausländerin und tranken zusammen mit Menşure Kaffee. Auf dem Tisch standen mehrere Teller mit Börek.

Als die Australierin İkmen erblickte, lächelte sie erfreut und rief: »Inspektor!«

İkmen verbeugte sich. »Miss Jones.«

»Oh, mein Gott, hat er nicht einfach eine wundervolle Stimme?!«, wandte Rachelle sich auf Englisch an ihre Begleiterin, die jedoch nur höflich lächelte. Menşure blickte gereizt zur Decke. Zwar respektierte sie Rachelle Jones – hauptsächlich deshalb, weil sie als einzige Ausländerin in Muratpaşa nie den Verlockungen der gierigen jungen Gigolos erlegen war –, aber damit endete die Freundschaft auch schon.

»Das ist Miss Lavell«, erklärte Menşure nun auf Englisch, während İkmen sich neben ihr niederließ. »Sie kommt aus New Orleans.«

Die Frau lächelte. »Warum denn so förmlich«, sagte sie mit einem charmanten Südstaatenakzent. »Ich bin Dolores.«

İkmen stand auf und reichte ihr quer über den Tisch die Hand. »Çetin.«

Menşure wartete, bis er wieder saß, und wandte sich dann an die Amerikanerin: »Çetin hat neun Kinder, Dolores. In Istanbul. Zusammen mit seiner Frau.«

»Oh, wie wundervoll«, erwiderte Dolores. »Sie müssen wissen, Miss Menşure, ich bin katholisch, und wir Katholiken lieben große Familien. Ich habe mir immer viele Brüder und Schwestern gewünscht.«

»Tatsächlich?«

Menşure Tokatlı war zwar nicht besonders religiös, hatte aber unerschütterliche moralische Vorstellungen, vor allem, wenn es um zwischenmenschliche Beziehungen ging. Sie selbst zeichnete sich durch eine schon fast krankhafte Furcht vor dem menschlichen Körper und seinen manchmal unvermeidlichen intimen »Vorgängen« aus. Und obwohl sie wusste, dass Çetin Fatma von ganzem Herzen liebte, war sie enttäuscht gewesen, als er ihr von Alison erzählt hatte. Deshalb würde sie Dolores auch schön weit von ihm fernhalten.

»Seit wann sind Sie in Muratpaşa, äh, Dolores?«, fragte İkmen.

»Sie kommt schon seit Jahren regelmäßig nach Kappadokien«, beantwortete Rachelle Jones die Frage.

»Ach, wirklich?«

»Mein Vater war Ende der fünfziger, Anfang der sechziger Jahre in Deutschland stationiert«, erklärte Dolores. »Er und seine Freunde sind überall hingereist – Großbritannien, Frankreich, Türkei.«

»Bis nach Muratpaşa?«, fragte İkmen.

Die Amerikanerin lachte. »Ja. Aber was soll das hier werden? Eine Rateshow?«

Beruhigend legte Menşure Dolores eine Hand auf den Arm. »Mein Cousin ist Polizist. Fragen zu stellen ist ihm zur zweiten Natur geworden.«

Dolores lächelte. »Oh, wie interessant«, sagte sie.

İkmen wappnete sich gegen die Fragen, mit denen ihn ausländische Touristen meist unweigerlich bombardierten: Was er denn zum Thema Menschenrechte zu sagen habe? Und wie er als derart freundlicher Mensch nur für ein derart verderbtes System arbeiten könne? Doch seltsamerweise blieben die Fragen aus und es erfolgte auch kein Hinweis auf den Siebzigerjahre-Film *Midnight Express*.

»Ich weiß, dass mein Vater in Muratpaşa gewesen ist, weil er mir eine Postkarte von hier geschickt hat«, fuhr Dolores fort. »Ich war damals noch ein Kind und diese seltsamen Felsformationen fand ich wahnsinnig faszinierend. Ob Dad auch hier übernachtet hat, kann ich nicht sagen. Allerdings weiß ich, dass er eine Weile in Ürgüp war, wohin dann auch meine erste Reise ging. Aber als ich nach Muratpaşa kam, habe ich mich sofort verliebt.«

»In unser Dorf«, erläuterte Rachelle Jones auf Türkisch, »nicht in irgendeinen dubiosen Knaben, der nur halb so alt ist wie sie.«

İkmen lächelte. »Ist Ihr Vater später noch mal hierhergekommen?«

»Daddy starb 1977«, sagte Dolores und Tränen stiegen ihr in die Augen, als läge das Ereignis gerade einmal eine Woche zurück.

»Das tut mir leid«, sagte İkmen. »Es war nicht meine Absicht, schmerzliche Erinnerungen in Ihnen zu wecken, Miss Lavell.«

»Ist schon in Ordnung.« Doch sie senkte den Kopf und vermied jeden Blickkontakt. Und da İkmen nur zu gut wusste, dass manche Menschen sich in sich selbst zurückzogen, wenn sie trauerten, schwieg er.

Nach einer Weile fragte Rachelle Jones in die Stille hinein: »Und was haben Sie an diesem eisigen Morgen mit dem feschen Hauptmann Salman Schönes unternommen, Inspektor?«

İkmen musste lachen. Den Dorfbewohnern entging wohl nie etwas, ganz gleich, ob es sich um Alteingesessene oder Zugezogene handelte. Und Rachelle Jones brachte das auf eine sehr direkte Weise zum Ausdruck, die er als erfrischend und amüsant empfand. Doch ehe er ihre Frage beantworten konnte, fing er einen missbilligenden Blick seiner Cousine auf, weshalb seine Antwort nicht annähernd so erhellend ausfiel, wie sie hätte sein können. »Wir hatten etwas Dienstliches zu erledigen«, erwiderte er ausweichend.

»Oooh.« Rachelle verzog theatralisch das Gesicht. »Alte Verbrechen. Der Mord an Aysu Alkaya?« Sie lächelte. »Wir wissen inzwischen alle Bescheid, Inspektor, Sie können also offen sprechen.«

»Tatsächlich? Sie scheinen viel über dieses Dorf zu wissen, Miss Jones«, sagte İkmen. »Ich brauche möglicherweise jemanden, der mich durch einige der entlegenen Täler führt, sobald der Schnee geschmolzen ist. Können Sie mir jemanden empfehlen?«

»Oh ja.«

Er wartete darauf, dass sie fortfuhr, doch sie sah ihn nur lächelnd an.

»Äh …«

»Turgut Senar ist der erfahrenste Führer im ganzen Dorf«,

sagte Menşure auf Türkisch. »Und bevor du fragst, Çetin: Ja, er ist der Bruder des unglücklichen Kemalettin Senar.«

İkmen zog nachdenklich eine Augenbraue hoch. Sowohl Erten als auch Altay Salman hatten erwähnt, dass Kemalettins Bruder Fremdenführer war. Außerdem besaß er eine Waffe. Wenn Turgut Senar sich in den Tälern so gut auskannte, einschließlich des atemberaubend schönen Tals der Mönche, wäre es dann nicht denkbar, dass auch sein Bruder ein paar Dinge über die weniger bekannten Höhlen und Feenkamine wusste?

»Wenn Sie eine Wanderung mit Turgut unternehmen, erfahren Sie vielleicht das eine oder andere«, sagte Rachelle. »Vielleicht aber auch nicht. Er kann manchmal ziemlich verschlossen sein, vor allem, wenn es um Familienangelegenheiten geht.«

İkmen beunruhigte eher der Gedanke an eine Wanderung als die Aussicht, eine Weile in Gesellschaft eines wortkargen Mannes zu verbringen. Körperliche Ertüchtigung war ihm schon immer ein Gräuel gewesen und er hatte gehofft, dass Turgut Senar genau wie Altay Salman einen Geländewagen besaß.

Nachdem die beiden Ausländerinnen das Restaurant verlassen hatten, wandte Menşure sich mit finsterem Blick an İkmen: »Du kannst es einfach nicht lassen, was? Immer noch der alte Charmeur. Du solltest in Zukunft weniger lächeln und ihre Komplimente nicht so bereitwillig hinnehmen. Das ist anstößig. Wenn du dich nicht benimmst, lasse ich Kismet in dein Zimmer, wenn du nicht da bist.«

Obwohl es nicht seiner Natur entsprach, sich wegen eines Tieres aufzuregen, spürte İkmen, wie er erbleichte. »Lebt er etwa immer noch?«

»Oh ja«, erwiderte Menşure mit einem Anflug von Selbstzufriedenheit. »Und trotz seines hohen Alters ist er immer noch in der Lage, seine Artgenossen, kleine Kinder und Polizisten mittleren Alters in Angst und Schrecken zu versetzen. Das liegt an der sorgfältigen Züchtung, Çetin. Gesundes Blut. Du weißt ja, mein Vater hat immer gesagt, sein Vater habe Kismets Mutter mit einem Löwen gepaart.« Mahnend hob sie einen Finger. »Du bist also gewarnt, Çetin: Ab jetzt wird nicht mehr in der Öffentlichkeit geraucht und nicht mehr geflirtet. Und vergiss nicht: Ich habe überall Augen – nicht nur hier, sondern im gesamten Dorf.«

Eine Gemeinschaft, die nur aus Spitzeln bestand! Das erinnerte İkmen an die unzähligen Spione, die der paranoide Sultan Abdülhamit II. im neunzehnten Jahrhundert beschäftigt hatte. Obwohl der Schnee allmählich taute, war es noch immer sehr kalt, dennoch beschloss İkmen, seine Ermittlungen außerhalb von Menşures Hotel fortzusetzen. Allerdings achtete er auf dem Weg nach draußen sorgfältig darauf, nicht versehentlich auf Kismet zu treten. Schließlich schien der Kater mit dem »gesunden Blut« noch ziemlich lebendig zu sein und konnte überall auf der Lauer liegen.

Mehmet Süleyman erwähnte Zelfa gegenüber mit keinem Wort, was er am frühen Morgen im Garten gesehen zu haben glaubte. Überhaupt sprachen sie nicht gerade viel miteinander, ehe er sich auf den Weg zur Arbeit machte. Zwar empfanden sie das, was zwischen ihnen vorgefallen war, nicht direkt als peinlich, sie wussten aber beide nicht so recht, was sie sagen sollten.

Bei seiner Ankunft in der Polizeiwache sah Süleyman schon von weitem, wie İzzet Melik an seiner Bürotür lehnte und auf İkmens Assistentin Ayşe Farsakoğlu einredete, die den anzüglichen Ausdruck im Gesicht des Kollegen jedoch ignorierte.

»Sollten Sie nicht im Krankenhaus sein?«, fragte Süleyman und bereitete dieser irgendwie beunruhigenden Szene allein durch den Klang seiner Stimme ein Ende. »Sie wissen schon, der junge Aydın«, fuhr er fort und sah seinem Assistenten direkt in die Augen. »Jemand sollte bei ihm sein, wenn er aufwacht.«

»Äh, da ist doch Wachtmeister …«

»Ich meine jemanden, der weiß, wie man ein Verbrechensopfer befragt – und ich sage absichtlich nicht ›verhört‹ oder ›vernimmt‹.«

»Ja, Inspektor.« Einen Moment lang stand Melik nur da, verlagerte sein Gewicht unbehaglich von einem Fuß auf den anderen und grinste Ayşe Farsakoğlu dümmlich an.

»Worauf warten Sie dann noch? Fahren Sie los«, sagte Süleyman, während er die Tür zu seinem Büro öffnete und hineinging.

»Ja, Inspektor.«

Süleyman wollte gerade die Tür schließen, als er merkte, dass Ayşe Farsakoğlu noch draußen stand. Offensichtlich hatte sie auf ihn gewartet.

»Ja? Was gibt's?«, fragte er nervös.

İkmens Assistentin war nicht nur eine atemberaubende Schönheit mit langen dunklen Haaren und einer perfekten Figur, sondern Süleyman hatte auch, bevor er Zelfa kennen lernte, eine kurze Affäre mit ihr gehabt. Obwohl das alles längst der Vergangenheit angehörte, fühlte er sich in Ayşes Gegenwart noch immer etwas unbehaglich. Denn er wusste, dass sie nach wie vor Gefühle für ihn hegte, die er nicht erwiderte, wenn sie auch nicht mehr bis über beide Ohren in ihn verliebt war.

»Inspektor İkmen hat mir aufgetragen, Ihnen während seiner Abwesenheit bei den Ermittlungen zu helfen, Inspektor«, sagte sie ohne lange Einleitung. »Oberwachtmeister Melik war gerade dabei, mir von dem armen Jungen im Krankenhaus zu berichten.«

»Ja, vermutlich das jüngste Opfer des Spanners«, sagte

Süleyman, setzte sich an seinen Schreibtisch und zündete sich eine Zigarette an.

Da Ayşe ein paar Tage krank gewesen war, hatte Melik ihm vermutlich einen Gefallen erwiesen, als er sie mit den neuen Entwicklungen vertraut machte; schließlich brauchte er das nun nicht mehr selbst zu tun. Süleyman war gerne bereit, Ayşe Farsakoğlus Unterstützung anzunehmen, denn vermutlich würde sie mit den Opfern des Spanners wesentlich freundlicher umgehen als Melik.

»Ich weiß von einem homosexuellen Informanten, dass in der Szene die Meinung vorherrscht, bei dem Täter müsse es sich um einen Schwulenhasser handeln«, berichtete er ihr von seinem letzten Gespräch mit Metin İskender.

»Aber ich dachte, er hätte vor ihren Augen ...« – sie schluckte, ehe sie das Wort aussprach – »... masturbiert. Und ist nicht einer der Jungen vergewaltigt worden?«

»Ja. Es gibt eine Theorie, der zufolge Männer, die Homosexualität ablehnen, manchmal versuchen, Schwule zu demütigen, indem sie ihnen Gewalt antun. Damit wollen sie ihre sexuelle Überlegenheit demonstrieren. Genau wie Frauenhasser, die Frauen überfallen oder sogar vergewaltigen.«

Ayşe setzte sich auf den Stuhl vor seinem Schreibtisch. »Verstehe.«

»Ich möchte, dass Sie in unseren Akten nach Männern suchen, die in der Vergangenheit wegen Gewalttaten gegenüber Homosexuellen verurteilt wurden. Melik hat zwar bereits entsprechende Recherchen durchgeführt, aber mir ist wichtig, dass Sie dabei besonderes Augenmerk auf die genauen Umstände der jeweiligen Verbrechen legen. Es könnte nämlich sein, dass der Spanner Kontakt zur Schwulenszene hat oder regelmäßig an deren Treffpunkten auftaucht, in Hamams, Clubs usw. Stellen Sie fest, welche Täter aus unserer Kartei dafür bekannt sind, solche Orte aufzusuchen, oder vielleicht sogar dort festgenommen wurden.«

»In Ordnung, Inspektor.«

Er holte einen dünnen Papierstapel aus seiner Schreibtischschublade und reichte ihn ihr. »Hier ist die Liste«, sagte er und fügte dann lächelnd hinzu: »Ich muss Ihnen nicht erklären, um welche Clubs es sich handelt, oder?«

Sie erwiderte sein Lächeln. »Nein, Inspektor.«

»Also dann, viel Erfolg.«

Für Ayşe war das Gespräch damit beendet. Doch als sie bereits die Türklinke in der Hand hatte, rief er ihr noch hinterher: »Ach ja, falls mein Assistent Melik …«

»Oh, keine Sorge, Inspektor«, meinte sie lächelnd, »ich weiß schon, wie man mit einem Maganda umgehen muss.« Dann nickte sie ihm noch einmal zu und verließ das Büro.

Süleyman musste lachen. Den Begriff »Maganda«, mit dem rüpelhafte, arrogante, sexuell stümperhafte Machos bezeichnet wurden, hatten Istanbuls satirische Wochenzeitungen in den frühen neunziger Jahren geprägt. Die vorrangig von jugendlichen Intellektuellen gelesenen Zeitschriften waren manchmal über Berekiah Cohen in Mehmets Hände gelangt; sein junger Freund pflegte zu sagen, der Maganda zeige mehr als nur oberflächliche Ähnlichkeit mit seinem Vater Balthasar.

Bei dem Gedanken an Berekiah fiel Süleyman der Hamam in Karaköy ein, den er vor drei Tagen observiert hatte. Er fragte sich, ob ihn dort vielleicht jemand gesehen haben könnte, der ihm dann zu seinem Wagen gefolgt und nachgefahren war. Und ob es sich dabei womöglich um den Spanner handeln könnte. Süleyman erinnerte sich an das kurze Gespräch mit dem elegant gekleideten Mann, der sich offenbar zu ihm hingezogen gefühlt hatte – sie hatten einander tatsächlich dabei gesehen, wie sie die Gegend verließen. Und dann war da noch dieser Kerl gewesen, der ein Stück von ihm entfernt in dem Torbogen gelauert hatte. Das Ganze war natürlich reine Spekulation, aber das Leben homosexueller Männer in Istanbul war nun einmal von Heimlichkeiten geprägt und auf günstige Gelegenheiten angewiesen. Süleyman drückte die Zigarette im Aschenbecher aus und schüttelte ungehalten den Kopf. Die Geschichte wurde immer absurder. Warum sollte ihm jemand nachschleichen? Er war weder jung noch schwul – wirklich nicht. Allerdings hatte er ein schlechtes Gewissen wegen seiner inoffiziellen Observation dieses Hamams, außerdem war er sich bewusst, dass sein unbestritten attraktives Erscheinungsbild tatsächlich eine gewisse Wirkung auf manche der Männer ausgeübt hatte. Aber gleich davon auszugehen, dass ihm jemand bis nach Hause gefolgt war, erschien ihm doch ein wenig arrogant, um nicht zu sagen, paranoid. Er beschloss, diesen Gedanken erst einmal beiseitezuschieben. Das würde ihn jedoch nicht davon abhalten, den Saray Hamam zu einem anderen Zeitpunkt erneut zu observieren.

»Von dort oben erlebt man die Landschaft vollkommen anders«, sagte der Deutsche lächelnd. »In gewisser Weise wird man unmittelbar Zeuge der uralten tektonischen Katastrophen.«

Seine Begeisterung wirkte so ansteckend, dass İkmen sich ihr kaum entziehen konnte. Allerdings waren die Ballonfahrten nicht ganz billig, wie er feststellen musste.

»Schließlich müssen wir geübte Ballonfahrer sein und einen hohen Aufwand betreiben, um unsere Ausrüstung in Ordnung zu halten«, erklärte der Deutsche dem Inspektor auf Englisch. Dann nannte er ihm einen Dollarpreis, der in türkische Lira umgerechnet eine astronomisch hohe Summe ergab.

»Eigentlich wollte ich die Täler am Boden erkunden, eventuell in Begleitung von Turgut Senar«, sagte İkmen, trank seinen Cappuccino aus und bestellte umgehend noch einen. Das »Cappudocia Coffee Bean« oder vielmehr das gleichnamige Produkt machte seinen anglo-türkischen Eignern alle Ehre. Außerdem war dieser Treffpunkt von Auswanderern unterschiedlichster Couleur ziemlich interessant. Vielleicht kamen sonst auch andere Getränke auf den Tisch, aber während des heiligen Fastenmonats Ramadan bestellte jeder nur Cappuccino. Ferdinand, der deutsche Heißluftballonfahrer, schaute offenbar regelmäßig herein, da das Büro von »Muratpaşa Balloon Flights« schräg gegenüberlag.

»Wenn das so ist«, meinte Ferdinand lächelnd, »könnte vielleicht etwas anderes interessant für Sie sein. Wir bieten auch eine kurze Ballonfahrt mit anschließender Wanderung durch das Weiße Tal bis ins Tal der Mönche an, mit Turgut Senar als Führer.«

İkmen horchte auf.

»Wir fahren mit dem Ballon bis zum Eingang des Weißen Tals. Dort landen wir und die Gäste gehen dann mit Turgut Senar zum Tal der Mönche – etwa fünf Kilometer.«

Schockiert über die Beiläufigkeit, mit der der Deutsche eine derart weite Wegstrecke erwähnte, konnte İkmen ein nervöses Lachen gerade noch unterdrücken. Stattdessen schenkte er der britischen Besitzerin des Cafés, der lebhaften Marion, ein freundliches Lächeln.

»Cappuccino mit einem Hauch Zimt, Inspektor«, sagte sie und stellte eine große weiße Tasse vor ihm auf den Tisch.

»Vielen Dank.«

»Und wenn Turgut Ihnen die Täler gezeigt hat, werden Sie von einem unserer Begleitfahrzeuge abgeholt und zurück ins Dorf gebracht«, fuhr Ferdinand fort. Für dieses Angebot verlangte er einen deutlich niedrigeren Preis, und als İkmen ihm erzählte, dass er mit Menşure Tokatlı verwandt war, erhielt er sogar noch einen zusätzlichen Rabatt. Wie schön, dass wenigstens einer der vielen ausländischen Bewohner ein Gespür für die Dorfhierarchie zu besitzen scheint, dachte İkmen amüsiert.

Dennoch war es immer noch ziemlich viel Geld für einen einfachen Polizeibeamten und İkmen wusste, dass er eigentlich erst mit Fatma sprechen musste. Doch dann dachte er daran, wie hart er stets arbeitete und wie sehr er sich diese eine armselige Kreditkarte verdient hatte, von deren Existenz nur er wusste, und nahm Ferdinands Angebot an.

»Sie werden es nicht bereuen«, sagte der Deutsche und reichte ihm ein handgeschriebenes Ticket für die Ballonfahrt am nächsten Tag. »Bis morgen früh dürfte der meiste Schnee geschmolzen sein und die Luft wird klar wie Quellwasser sein. Ich kenne diese Wetterbedingungen, vertrauen Sie mir.«

Danach überraschte Ferdinand İkmen mit der Ankündigung, dass sie gegen vier Uhr morgens aufbrechen würden, um den Sonnenaufgang über den Tälern zu erleben. Doch da war es schon zu spät, um noch einen Rückzieher zu machen.

Als der Deutsche sich verabschiedet hatte, blieb İkmen allein am Tisch zurück und fragte sich, wie sinnvoll diese Ballonfahrt mit anschließender Wanderung war. Um den Ort sehen zu können, an dem man Aysu Alkaya ermordet hatte, musste er irgendwie ins Tal der Mönche kommen, aber wahrscheinlich hätte Inspektor Erten dies für ihn arrangiert, wenn er ihn darum gebeten hätte. Andererseits sprach eine Menge dafür, sich von Kemalettin Senars Bruder die Gegend zeigen zu lassen. Der Polizei in Nevşehir musste doch bekannt sein, dass ein ehemaliger Tatverdächtiger einen Bruder hatte, der die Täler wie seine eigene Westentasche kannte. Also tat er, İkmen, auch nichts, was er nicht hätte tun sollen. Natürlich war die Ballonfahrt purer Luxus, der noch dazu seine eigene Faulheit demonstrierte. Dennoch, er musste immerhin fünf Kilometer laufen …

İkmen lehnte sich auf seinem Stuhl zurück, zündete sich eine Zigarette an und schloss die Augen. Diese Amerikanerin, Dolores Lavell, hatte etwas ziemlich Interessantes gesagt: Ihr Vater, der offenbar in den fünfziger und sechziger Jahren in der amerikanischen Armee gedient hatte, war zusammen mit Kameraden durch Kappadokien gereist. Wäre es denkbar, dass einer von ihnen seine Waffe mitgebracht hatte, möglicherweise einen Colt .45? Da Dolores' Vater schon lange unter der Erde lag, ließ sich das kaum mehr überprüfen. Aber es war eine interessante Theorie, da sie eine mögliche Antwort auf die Frage darstellte, wie eine solche Waffe nach Muratpaşa gekommen war. Zwar hatte Mr Lavell lange vor Aysu Alkayas Tod die Region besucht, aber wie İkmen von Nazlı Kahraman wusste, waren in den Jahren danach viele amerikanische Touristen durch Kappadokien gereist.

In diesem Moment klingelte sein Mobiltelefon. Er öffnete die Augen und zog es aus der Tasche.

»Çetin, hier ist Arto«, hörte er eine vertraute Stimme sagen. »Du wolltest mich wegen irgendwelcher forensischer Proben sprechen ...«

İkmen trat auf die Terrasse des Cafés und erklärte seinem alten Freund kurz, worum es ging.

»Ich habe mir überlegt, wenn ich den Pathologen in Nevşehir bitte, Gewebeproben von dem Mädchen und dem Fötus zu nehmen, dann könnte ich sie dir nach Istanbul schicken«, erläuterte İkmen.

»Oder ich nehme die Proben vor Ort«, meinte Arto.

»Du kannst doch nicht extra deswegen von Istanbul hierherkommen! Das würde ich niemals von dir verlangen!«

»Ich bin gar nicht in Istanbul«, erwiderte sein Freund mit einem deutlichen Lächeln in der Stimme.

»Und wo bist du dann?«, fragte İkmen.

»In Ankara. Etwa vier Autostunden von dir entfernt, wenn ich ordentlich Gas gebe.«

»Was machst du denn in Ankara?«

»Ich zeige einem Gast die hiesigen Sehenswürdigkeiten – mein Cousin Atom, du weißt schon, der Sohn meiner Tante Sylvie. Er ist in München geboren und aufgewachsen und viel jünger als Krikor und ich.« Arto kam wie immer vom Hundertsten ins Tausendste.

»Aber wenn du Atom die Türkei zeigst ...«

»Dann könnte ich ihn via Muratpaşa wieder zurück nach Istanbul bringen«, sagte Arto. »Wir brechen Samstag hier auf, und wenn du willst, fahre ich uns alle mitsamt den Gewebeproben nach Hause.«

Nachdem İkmen ein Stoßgebet gen Himmel gesandt hatte, um Allah für dieses Glück zu danken, brachte er seine Freude mit einer alten osmanischen Redensart zum Ausdruck. »Ich bin es nicht wert, dir das Wasser zum Waschen deiner Hände zu reichen, Arto.«

»Die Busfahrt war nicht gerade das reinste Vergnügen, was?«, erwiderte Arto.

»Nein.«

»Dann hole ich dich also im Laufe des Samstagvormittags bei Menşure Hanım ab.«

»Sie wird sich freuen, dich wiederzusehen«, sagte İkmen. »Und umgekehrt.«

Nachdem der Pathologe aufgelegt hatte, rief İkmen Inspektor Erten in Nevşehir an, der jedoch nicht in seinem Büro war. Als İkmen ihn schließlich unter seiner Mobilnummer erreichte, stimmte Erten der DNA-Analyse von Aysu Alkayas sterblichen Überresten begeistert zu. İkmen hatte Schwierigkeiten, ihn zu verstehen, weil im Hintergrund ein Lärm ertönte, der an einen Hundekampf erinnerte. Nach Beendigung des Gesprächs kehrte İkmen an den Tisch zurück, um seinen Cappuccino auszutrinken. Als er gerade aufbrechen wollte, bemerkte er Kemalettin Senar, der vollkommen reglos im Eingang von »Muratpaşa Balloon Flights« lehnte und zu İkmen hinüberstarrte. Der Inspektor fragte sich, wie lange er dort wohl schon stand. Was stimmte nur nicht mit diesem Kcmalettin Senar? Lag es wirklich an dem »schlechten« Blut, das er von seinem verrückten Großvater geerbt hatte, wie Nazlı Kahraman behauptete? Oder steckte etwas anderes dahinter?

8

Nur drei der Namen, die Ayşe Farsakoğlu ihm bis jetzt genannt hatte, sagten Mehmet Süleyman nichts. Bei den Übrigen handelte es sich um alte Bekannte: Zuhälter und Schläger, von denen die meisten wegen sexueller Übergriffe auf Frauen, Kinder oder Homosexuelle verurteilt worden waren. Und obwohl Süleyman fest davon ausging, dass der Spanner eine komplexe Persönlichkeit besaß und es ihm nicht einfach nur um rohe Gewalt ging, hatte er die Genehmigung eingeholt, all diese Männer zu einem Verhör vorzuladen. Am nächsten Morgen würde er besonders früh mit der Arbeit beginnen müssen und er wusste, dass er eigentlich nach Hause gehen sollte, um sich ein wenig auszuruhen. Doch während sich die meisten Bewohner Istanbuls zum Iftar-Mahl versammelten, streifte er durch die engen Gassen von Karaköy, die ihn immer näher an den Saray Hamam heranführten. Denn das ungute Gefühl, das ihn beim Anblick des Mannes in Zelfas Garten beschlichen hatte, war nicht verschwunden.

Da die meisten Menschen jetzt, nach langen Fastenstunden, endlich etwas essen durften, war auf den Straßen kaum etwas los – und es lungerte auch niemand in irgendwelchen Torbögen herum, in denen er nichts zu suchen hatte. Süleyman schlenderte weiter den Hügel hinauf, in Richtung des Galataturms und der Wohnung seines alten Freundes Balthasar Cohen.

Kaum dort angekommen, veranstaltete Balthasars Frau einen riesigen Wirbel um ihren Gast, der vor etlichen Jahren eine Weile bei ihnen gewohnt hatte.

ğlu mitzubringen«, erwiderte er ausweichend, wohl wissend, wie lahm seine Ausrede klang.

»Ah, verstehe«, sagte Berekiah lächelnd und kehrte zu seinem Essen zurück.

Die nächste Stunde schleppte sich für Süleyman quälend langsam dahin – Balthasar war schon immer eine furchtbare Gerüchteschleuder gewesen und seine Theorien über gemeinsame Bekannte bewegten sich irgendwo zwischen Phantasie und Pornographie. Seiner Ansicht nach war fast jeder in irgendwelche Dinge verwickelt, in die er nicht verwickelt sein sollte. Und jedes Mal, wenn die Sprache auf das Thema Sex kam – was ziemlich häufig der Fall war –, bemerkte Süleyman, wie Berekiah fragend zu ihm herübersah. Dachte der junge Mann etwa, dass er sich dem Hamam aus anderen als rein dienstlichen Gründen genähert hatte? Er kannte ihn sein Leben lang, er musste doch wissen, dass Mehmet keine derartige Veranlagung besaß?

Als Berekiah ihn später zur Tür begleitete, stellte sich heraus, dass er tatsächlich solche Befürchtungen hegte.

»Bist du an den Ermittlungen im Zusammenhang mit diesem Schwulen beteiligt, der andere Männer überfällt?«, fragte er, während Süleyman sich die Schuhe anzog.

»Ja, ich arbeite an dem Fall«, erwiderte Süleyman. »Warum?«

»Na ja, du warst bei diesem Hamam«, sagte Berekiah und lachte nervös. »Ich meine, du warst doch nicht aus persönlichen Gründen dort, oder?«

»Wieso?« Süleyman hatte sich wieder aufgerichtet und überragte Berekiah nun um Haupteslänge. »Macht es dir etwas aus, dass manche Männer …«

»Dieser Typ, der junge Männer vergewaltigt, ist böse«, erwiderte Berekiah mit Nachdruck. »Sehr böse!«

Obwohl er verheiratet war, fürchtete der gut aussehende Junge vielleicht, er könne selbst Opfer eines sexuellen Übergriffs werden. Süleyman hatte die offensichtliche Vorliebe des Spanners für homosexuelle Männer ganz bewusst nicht öffentlich gemacht. Die Schwulen hatten ohnehin schon Angst genug, da musste die Polizei ihnen das Leben nicht noch schwerer machen, indem sie öffentlich mit dem Finger auf sie zeigte.

»Wir wissen noch nicht einmal, ob der Angreifer überhaupt homosexuell ist«, sagte Süleyman und öffnete die Wohnungstür.

»Aber wenn er Männer vergewaltigt …«

»Berekiah, es gibt eine ganze Reihe von Gründen, warum Menschen Dinge tun, die sie eigentlich nicht mögen. Manchmal wollen sie damit andere bestrafen und manchmal sich selbst.«

Nachdem die Wohnungstür hinter ihm ins Schloss gefallen war, zündete Süleyman sich eine Zigarette an und machte sich auf den Weg in Richtung des Saray Hamams. Als er den Hügel hinunterging, begegnete er dem elegant gekleideten Mann, der ihn vor dem Hamam angesprochen hatte. Als sich ihre Augen trafen, schenkte der Mann Süleyman einen wissenden Blick, der möglicherweise bedeutete, dass er noch immer »interessiert« war. Doch es lag auch noch etwas anderes darin, etwas, das der Polizeibeamte nicht recht einordnen konnte und das ihm das Blut in den Adern gefrieren ließ. War dies womöglich der Mann, der sich in Zelfas Garten geschlichen hatte? War er ihm bis dorthin gefolgt? So etwas passierte immer wieder. Aber warum? Nein, er litt wohl unter Verfolgungswahn. Ganz bestimmt. Schließlich war so etwas unmöglich, oder etwa nicht? Als Süleyman sicher sein konnte, dass der Mann ein ganzes Stück weitergegangen war, drehte er sich um und folgte ihm.

Obwohl die meisten Lokale im Dorf wegen des Ramadans und der zu Ende gehenden Touristensaison genauso gut hätten schließen können, gab sich eine Bar besondere Mühe, noch Gäste anzulocken: Das Lokal »Roter Drache«, in einem gedrungenen, fensterlosen Feenkamin direkt hinter dem Busbahnhof gelegen, bot seinen Besuchern neben einem offenen Kamin mit knisterndem Feuer auch eine große Auswahl an Raki-Sorten. Und genau das schätzten nicht nur Çetin İkmen und Altay Salman, sondern auch mehrere Jugendliche aus dem Dorf sowie ein paar gelangweilte Ausländer.

»Allah möge mir vergeben, aber ich hatte schon immer den Verdacht, dass Nazlı Kahraman irgendwas mit dem Tod von Haldun Beys Tochter zu tun hat«, wandte sich einer der Jugendlichen an die beiden Polizeibeamten, während er sich ungefragt zu ihnen ans Kaminfeuer gesellte.

»Und wie kommst du auf die Idee?«, fragte Altay Salman leicht genervt. »Du warst damals doch noch nicht mal auf der Welt.«

Der Junge machte eine abschätzige Handbewegung und stürzte den Rest seiner Pepsi hinunter. »Die hat jetzt so viel Geld«, sagte er. »Wenn Haldun Beys Tochter noch leben würde, müsste sie das ganze Vermögen mit ihr teilen.«

»Ich glaube, es war ein Ausländer«, meinte ein anderer Jugendlicher, der sich nun ebenfalls zu den Männern setzte. »Nur weil ihre eigenen Frauen so sittenlos sind, denken sie, unsere Frauen wären genauso. Ich vermute, irgendein Amerikaner hat Aysu Alkaya vergewaltigt, und dann musste er sie umbringen, damit sie ihn nicht verraten konnte.«

»Und dieser ›Ausländer‹ hat ihr wohl auch geholfen, aus Kahramans Haus zu fliehen, oder wie?«, sagte Altay gelangweilt. Dann fügte er, an İkmen gewandt, hinzu: »In diesem Dorf wimmelt es nur so von Schwätzern!«

»Das kann ich nur bestätigen«, erklang eine Stimme von der Tür. Ein großer, hagerer Mann von Anfang fünfzig betrat die Bar und ließ sich an einem der freien Tische nieder. Die beiden Jugendlichen erhoben sich schweigend von ihren

Stühlen am Tisch der Polizeibeamten und setzten sich in eine Ecke des Lokals, wobei sie den Mann keine Sekunde aus den Augen ließen.

»Wer ist das?«, fragte İkmen mit gesenkter Stimme.

»Turgut Senar, Kemalettins älterer Bruder«, erwiderte Altay.

Der blonde Mann schien nichts mit der kleinen, ausgezehrten Gestalt gemein zu haben, der İkmen kurz zuvor noch begegnet war. Wenn Turgut allerdings den lieben langen Tag durch die Täler streifte und mit Menschen aus aller Welt Kontakt hatte, war es nicht verwunderlich, dass er sich sowohl körperlich als auch geistig vollkommen anders entwickelt hatte als sein Bruder, der in einer Art Traumwelt lebte. Kemalettin Senar war ganz offensichtlich schwer gestört, ob das nun mit Aysu Alkayas Tod zusammenhing oder nicht.

In dem Moment erhob sich ein Mann von etwa dreißig Jahren, der allein am Tisch neben İkmen und Altay Salman gesessen hatte, und ging mit finsterer Miene auf Turgut Senar zu. Obwohl der Mann in seiner schmutzig-braunen Arbeitskluft ihn drohend überragte, blieb der Fremdenführer scheinbar unbeeindruckt sitzen. İkmen hörte, wie Altay Salman scharf die Luft einsog, und flüsterte: »Was ist da los?«

Altay Salman beugte sich zu İkmen hinüber: »Das ist Baha Ermis, Vorarbeiter in den Kahramanschen Zitronenhöhlen. Er kommt nur selten nach Muratpaşa. Schon sein Vater war Vorarbeiter bei der Familie. Als Aysu Alkaya verschwand, hielt Baha sich gerade im Haus der Kahramans auf. Am nächsten Tag behauptete er, er habe gesehen, wie sich das Mädchen frühmorgens auf der Straße mit Kemalettin Senar traf.«

»Hat er das der Polizei erzählt?«, fragte İkmen.

»Ja, aber damals war er noch ein Kind – zudem eines, das für seine Lügen bekannt war, soweit ich weiß. Kemalettin wurde zwar verhört, aber ich glaube, man hat Bahas Aussage nicht allzu ernst genommen. Wie du siehst, ist er heute noch ziemlich aufgebracht deswegen.«

»Auch wenn du mich ignorierst, die Wahrheit kommt trotzdem raus!«, stieß Baha Ermis zwischen seinen Zahnstummeln hervor. »Aysu Kahramans Leiche wird deinen zurückgebliebenen Bruder als Mörder entlarven!«

Turgut Senar blickte weiterhin ungerührt zu Boden.

»Sie bringen ihren Körper nach Istanbul, um Tests zu machen«, fuhr Baha fort. »Tests, die beweisen werden, dass dein Bruder sie umgebracht hat – sie und das Kind von Ziya Kahraman, das sie im Bauch hatte!«

»Er weiß von dem Kind?«, wandte İkmen sich stirnrunzelnd an Altay Salman.

Der Hauptmann zuckte die Achseln. »Erten hat es Haldun Alkaya erzählt. Und wir wissen ja, dass der die ganze Welt an seinem Kummer teilhaben lässt. Wir sind hier schließlich in einem Dorf ...«

»Senar! Hast du mich gehört?«

Plötzlich sprang Turgut Senar auf und versetzte Baha Ermis einen Schlag mitten ins Gesicht. Fast ebenso schnell war Altay Salman auf den Beinen, stürzte hinüber und drängte sich zwischen die beiden Männer. »Das reicht jetzt«, sagte er. »Hört auf damit ...«

»Sag uns nicht, was wir zu tun haben, Städter«, erwiderte Turgut Senar ruhig.

»Herr Senar, darf ich Sie daran erinnern, dass ich Polizist ...«

»Er ist aus Istanbul!«, brüllte Baha Ermis, während er mit einer Hand auf Altay zeigte und mit der anderen seine blutende Nase hielt. »Genau wie er!«, fügte er hinzu und blickte zu İkmen hinüber. »Das ist der, der Aysu für die Tests mit nach Istanbul nimmt!«

»Dann möge Allah seine Schritte leiten«, sagte Turgut Senar. »Möge ...«

»Ich denke, du solltest jetzt gehen, Turgut«, unterbrach ihn der untersetzte alte Mann hinter der Theke. »Ich will hier keinen Ärger haben! Vor allem nicht unter den Augen der Polizei.«

»Hakan ...«

»Und du, Baha, solltest ebenfalls verschwinden«, sagte der Wirt.

Altay Salman war einen Schritt zurückgetreten und meinte nun: »Ich denke, Hakan Bey hat recht, Freunde. Also macht schon ...«

Doch Turgut Senar war bereits zur Tür marschiert und verschwand in der Dunkelheit. Baha Ermis riss den Mund auf, um das letzte Wort zu haben, wurde von Altay Salman jedoch zum Schweigen gebracht.

»Wenn du jetzt noch irgendwas sagst oder ihm folgst, verhafte ich euch beide!«, zischte er. Dann packte er Baha am Kragen und setzte ihn vor die Tür. »Das ist das einzige Problem auf dem Land«, wandte er sich an İkmen, nachdem er zu ihm an den Tisch zurückgekehrt war. »Die Leute.«

»Woher wusste Baha so viel über die DNA-Tests, Altay?«, fragte İkmen. »Ich dachte, er kommt nicht so oft ins Dorf.«

Der Hauptmann zuckte die Achseln. »Vielleicht ist Haldun Alkaya zu Nazlı Kahraman gegangen und hat mit den Tests geprahlt, als Baha gerade im Haus war. Haldun hat die alte Frau verschiedentlich beschuldigt, für den Tod seiner Tochter verantwortlich zu sein. Und jetzt, mit dem Kind ... Vielleicht hat dieser Idiot Erten aber auch jemandem davon erzählt, der es nicht hätte erfahren dürfen, und die Nachricht hat sich wie ein Lauffeuer verbreitet. Oder irgendein neugieriger Wachtmeister hat unser Gespräch im Leichenschauhaus belauscht. Wer weiß?« Er zuckte die Achseln. »Hier draußen im Vendetta-Land ist alles möglich, unter all den Buckligen mit den zwei Köpfen, die überall die Nase reinstecken – und dabei uns Städter auf Abstand halten.« Er hob sein Glas in Richtung des Barmanns, um ihm zu bedeuten, dass er noch einen Raki wollte. »Trinkst du noch einen mit?«, fragte er İkmen.

»Nur, wenn ich einen Doppelten kriege«, erwiderte der Inspektor.

Statt in einem Tuffkegel auf dem Hügel lebte Turgut Senar in einer modernen Wohnung am Rande des Dorfes, wie um den Bruch mit seiner Vergangenheit zu dokumentieren. Früher, als sein Vater noch lebte, hatte er gern im elterlichen Feenkamin gewohnt, doch nach dessen Tod – der zeitlich mit dem ganzen Ärger um Kemalettin und Aysu Alkaya zusammenfiel – war er mit seiner eigenen Familie in eine neue Wohnung am Ende des Tals gezogen, wo eine weniger bedrückende Atmosphäre herrschte. Natürlich wirkte sein neues Domizil nicht so pittoresk wie das Haus seiner Eltern, dafür lag es aber in der Nähe der Bushaltestelle und der Touristeninformation. Außerdem war Turguts Tochter Zara auf diese Weise nicht ständig dem anstößigen Benehmen ihres merkwürdigen Onkels ausgesetzt, auch wenn sie ihm natürlich im Dorf hin und wieder begegnete – so wie Turgut in diesem Moment.

Kemalettin Senar stand im Eingang eines ehemaligen Bauchtanzlokals gegenüber vom »Roter Drache«; in einer Hand hielt er eine Zigarette, mit der anderen massierte er seinen Penis. Turgut, der noch immer wütend war, marschierte zu seinem Bruder hinüber und schlug aufgebracht dessen Hand weg.

»Steck ihn weg, du widerliches Schwein!«, stieß er hervor und zerrte am Reißverschluss von Kemalettins Hose.

»Aber jetzt, wo Aysu weg ist, muss ich das doch machen«, sagte Kemalettin mit Tränen in den Augen. »Ich mag nun mal Sex ...«

»Und warum gehst du dann nicht zu den Huren in der ›Anadolu Pansiyon‹?«, erwiderte Turgut.

»Die kommen aus Bulgarien«, setzte Kemalettin an.

»Na und? Wenn du dir wegen des Geldes Sorgen machst …«

»Nein. Nein, ich will einfach nur Aysu«, sagte er. »Ich will ihren Körper spüren.« Kemalettin begann zu weinen.

Turgut beugte sich vor. »Aber das Ganze ist doch nur ein Hirngespinst, Kemalettin. Du hattest doch nie Sex mit Aysu.«

»Doch, hatte ich wohl! In der Höhle mit der Mumie an der Wand. Das weißt du genau, Turgut. Dort haben wir es immer gemacht!«

»Nein, das stimmt nicht!«, beharrte sein Bruder. »Und selbst wenn, wirst du es niemandem erzählen. Weder der Polizei noch den Alkayas, noch den Kahramans. Nicht einmal mir.«

»Ich habe es Vater erzählt.«

»Vater ist tot«, sagte Turgut. »Genau wie Aysu. Tot! Du musst sie endlich vergessen, Kemalettin!«

»Ich hab sie nicht umgebracht, Turgut«, schluchzte Kemalettin mit triefender Nase.

»Natürlich nicht!« Turgut sah sich hastig um, ob sie auch niemand beobachtete. Dann blickte er seinem Bruder in die Augen. »In der Nacht damals waren wir zusammen, stimmt's? Du und ich, wir beide.«

»Aber …«

»Die *ganze* Nacht, so wie wir es damals der Polizei erzählt haben und wie wir es jetzt noch mal erzählen werden.« Turgut brachte seinen Mund dicht an Kemalettins Ohr. »Nicht nur ein paar Stunden, sondern die *ganze* Nacht.«

»Turgut …«

»Beim Leben unserer Mutter!« Turgut trat einen Schritt zurück und streckte Kemalettin eine Hand entgegen. »Stell dir vor, meine Hand wäre das Leben unserer Mutter, Kemalettin.«

»Ja, und?« Kemalettin hatte nicht die geringste Ahnung, worauf Turgut hinauswollte.

»Schwöre es beim Leben unserer Mutter, Kemalettin!«

»Was schwören? Was soll ich schwören?«

»Du musst mir schwören, dass du allen erzählst, dass unsere gesamte Familie in der Nacht von Aysus Verschwinden die ganze Zeit zusammen war«, flüsterte Turgut.

»Aber ...«

»Schwör es!«

»Ich ...«

»Schwör es, du Idiot!«, schnaubte Turgut wütend.

Mit kalten, feuchten Fingern nahm Kemalettin Senar die Hand seines Bruders und drückte sie schlaff.

»Und was machen Sie beruflich?«, fragte der Mann, der sich Süleyman unter dem Namen Mürsel vorgestellt hatte.

»Ich arbeite für eine Hotelkette«, erwiderte Süleyman, ohne mit der Wimper zu zucken.

Er war Mürsel in die Bar des Hotels »Büyük Londra« auf der Meşrutiyet Caddesi gefolgt. Das alte osmanische, leicht heruntergekommene Hotel zog eine bunte Mischung von Gästen an, die Gefallen an den Singvögelkäfigen, den riesigen Lüstern, 78er Schallplatten und Gin Fizz fanden. In der Bar saßen ein paar Europäerinnen mittleren Alters und mehrere türkische, zu einem ganz bestimmten Typus gehörende Männer ebenfalls mittleren Alters. Lässig in die bequemen, wenn auch leicht fadenscheinigen Sessel gelehnt, musterten die Gäste einander mit sanften, aber hungrigen Augen.

»Arbeiten Sie also für InterContinental, Kempinski ...«

»Für eine große Kette«, erwiderte Süleyman lächelnd, wobei er an die üppigen Gärten des Çırağan Palace dachte, das Hotel, in dem sein Bruder Murad angestellt war.

Mürsel hob eine elegante manikürte Hand und sagte: »Also gut, wenn Sie lieber vage bleiben möchten ...«

Noch immer lächelnd, zündete Süleyman sich eine Zigarette an. Er genoss die Gesellschaft dieses gebildeten, attraktiven Homosexuellen, der sich offensichtlich sehr zu ihm hingezogen fühlte. Eine keineswegs nur unangenehme Erfahrung.

»Sicher sind Sie verheiratet und haben Kinder«, meinte Mürsel, nippte kurz an seinem Gin Tonic und kippte ihn dann in einem Zug hinunter.

»Wie kommen Sie darauf?«

Mürsel lächelte. »Na ja, Sie sind schließlich kein kleines Kind mehr, oder? Und wenn ich Sie so betrachte, möchte ich meinen, dass Ihre Mutter Sie an die Meistbietende verkuppelt hat – irgendein hübsches, fruchtbares Mädchen. So ist es mir zumindest ergangen.«

Er hob sein Glas in Richtung des Barkeepers, der sich hinter der winzigen Theke eifrig daranmachte, einen weiteren Gin Tonic zu mixen.

»Möchten Sie auch noch einen?«, fragte Mürsel.

»Nein, vielen Dank«, erwiderte Süleyman.

»Müssen Sie zurück zu Frau und Kindern?«

»So etwas Ähnliches.«

Einer der anderen Männer in der Bar stand auf und ließ sich neben einer besonders nervös wirkenden Europäerin nieder. Süleyman hörte, wie sie Französisch mit ihm sprach.

»Sie sollten vorsichtig sein, wenn Sie jetzt allein in die dunkle Nacht hinausgehen«, meinte Mürsel düster. »Zurzeit sind Männer in dieser Stadt einem beträchtlichen Risiko ausgesetzt.«

Süleyman lehnte sich in seinem Sessel zurück. »Meinen Sie die jüngsten Übergriffe?«

»Soweit ich weiß, gilt die Vorliebe dieses Kriminellen attraktiven Männern, die ihrerseits der intimen Gesellschaft anderer Männer nicht abgeneigt sind. Zumindest geht das Gerücht in gewissen Kreisen.«

Dieser ausweichende, leicht veraltete Sprachgebrauch war, wie Süleyman gehört hatte, typisch für Homosexuelle einer bestimmten Altersgruppe. »Ja, aber ich bin verheiratet …«

»Das bin ich auch«, erwiderte Mürsel mit regloser Miene. Dann beugte er sich vor und flüsterte: »Aber wenn jemand Sie unbedingt haben will, spielt das keine Rolle.«

»Ja, schon …«

»Vielleicht ist er, also dieser Kriminelle, ein Mann mit einem unstillbaren Verlangen. Vielleicht lässt er nicht zu, dass sich ihm konventionelle Moralvorstellungen in den Weg stellen. Vielleicht nimmt er sich einfach, wonach es ihn gelüstet – etwas, was wir alle gerne täten, wenn wir könnten.«

»Vielleicht.«

Süleyman lief es eiskalt den Rücken hinunter. Das mochte an dem liegen, was Mürsel gesagt hatte, vielleicht aber auch an der Art und Weise, wie er es sagte, mit dieser todernsten Stimme. Auf jeden Fall saß ihm hier ein Mann gegenüber, den es zu beschatten lohnte. Plötzlich schenkte Süleyman Mürsel ein strahlendes Lächeln.

»Und was machen Sie so beruflich?«, fragte er und steckte seine Zigaretten in die Sakkotasche. »Das haben Sie mir noch gar nicht erzählt.«

»Ach, ich bin Geschäftsmann«, erwiderte Mürsel.

»Und womit handeln Sie?«

»Oh, mit vielen Dingen«, sagte Mürsel lächelnd.

»Teppiche? Textilien?«

»Mit vielen Dingen«, wiederholte Mürsel.

»Sie sind sehr …«

»Vorsichtig? Ja, das bin ich«, fuhr Mürsel fort. »Manche Männer müssen das sein, wie wir beide wissen.«

»Stimmt.«

Auf dem Weg zu ihrem Tisch zog der Barkeeper das alte Grammophon, das am Fenster stand, noch einmal auf und die wunderbar klagende Stimme von Billie Holiday erfüllte den Raum. Mürsel lächelte verzückt.

»Ich muss nun wirklich gehen«, sagte Süleyman und stand abrupt auf. Er hatte einen kleinen Einblick in die Ansichten dieses Mannes erhalten und ahnte jetzt, was der über den Spanner dachte, aber das bedeutete noch lange nicht, dass Mürsel ihm nach ihrer ersten Begegnung am Montagabend gefolgt war. Zwar war er ganz offensichtlich an Süleyman interessiert, doch auch wenn der ihn noch ein wenig mehr eingewickelt hätte – in der Hoffnung, irgendetwas Neues über den Spanner oder dessen Opfer zu erfahren –, hätte er wohl kaum mehr von sich verraten. Und außerdem war er ziemlich anstrengend.

»Gute Nacht«, sagte Mürsel, als Süleyman sich zum Gehen wandte.

Draußen auf der Straße blieb Süleyman vor der kunstvollen Fassade des Hotels aus dem neunzehnten Jahrhundert stehen und seufzte. Es hatte keinen Sinn, ganz allein Ermittlungen anzustellen, die im Grunde nur auf einem diffusen Gefühl beruhten, dachte er und beschloss, sowohl den Hamam als auch die anderen Schwulentreffpunkte offiziell beschatten zu lassen. Mürsel zu folgen war ein Reflex gewesen, ein leichtsinniges und vermutlich fruchtloses Unterfangen. Der Geschäftsmann war lediglich auf der Jagd und stand zufällig auf ihn, weiter nichts. Dennoch schauderte es Süleyman und er wurde das Gefühl nicht los, dass ihn jemand beobachtete. Müde holte er sein Mobiltelefon hervor, um Zelfa anzurufen. Seit der gemeinsam verbrachten Nacht hatten sie noch keine Gelegenheit gehabt, länger miteinander zu sprechen.

»Oh, Sunel Bey …«

Süleyman hatte sich aus keinem besonderen Grund als Sunel vorgestellt; es war einfach der erste Name, der ihm durch den Kopf geschossen war.

Er drehte sich um und sah, dass Mürsel direkt hinter ihm stand. »Ja?«

»Sie haben Ihr Feuerzeug vergessen«, sagte Mürsel und drückte es Süleyman in die Hand. »Hier, bitte.«

»Oh, vielen Dank. Das ist wirklich sehr freundlich ...«

»Keine Ursache.« Mit einer blitzartigen Bewegung zog Mürsel Süleymans Kopf zu sich heran und küsste ihn direkt auf den Mund. »Ich habe dich nackt gesehen«, stieß er atemlos hervor, nachdem er Süleymans Lippen freigegeben hatte. »Du kannst mit mir machen, was du willst!«

9

Im Halbschlaf spürte İkmen, dass jemand sein stockdunkles Zimmer betrat. Er dachte, es könne sich nur um Fatma handeln, und drehte sich auf die andere Seite, um noch ein wenig zu dösen. Doch als das Licht schlagartig anging, wusste er, dass er sich geirrt hatte.

»Was …?«

»Es ist drei Uhr«, sagte Menşure forsch. »Ferdinand Müller kommt dich um vier abholen.«

»Was?«

»Für deine Ballonfahrt«, erwiderte Menşure gereizt und knallte ein kleines Glas Tee auf den Nachttisch. »Trink das, damit du wach wirst.«

İkmen musterte seine Cousine, die selbst zu dieser frühen Morgenstunde tadellos gekleidet war, durch einen Nebel aus Schlafmangel und Übelkeit. Auf einmal sah er, dass sie nicht allein war.

»Ah!« Panikartig schreckte İkmen hoch und kauerte sich ans Kopfende des Bettes. »Warum hast du den denn mitgebracht?«

»Kismet?« Menşure warf einen Blick auf den riesigen orange-grauen Kater zu ihren Füßen und lächelte. »Ich wusste, wenn es jemandem gelingen würde, dich zu wecken, dann ihm.«

»Lass ihn ja nicht in meine Nähe!«, sagte İkmen und nahm vorsichtig seine Zigaretten vom Nachttisch.

Menşure lächelte. »Angst vor einem kleinen Kater? Schäm dich, Çetin İkmen!«

»Das da ist kein Kater. Wir haben einen Kater, Marlboro.

Er sitzt abends auf meinem Schoß und schnurrt. Aber das hier ist eine Kreuzung aus Dämon und Kampfmaschine!«, schimpfte İkmen. »Du hast selbst gesagt, dass er von einem Löwen abstammt! Es ist mir egal, ob er schon dreißig Jahre alt ist ... sein Vater oder Großvater hat meinem Bruder ein Stück aus dem Bein gerissen.«

»Das ist fünfundvierzig Jahre her.«

»Es kommt mir vor wie gestern«, sagte İkmen und musterte argwöhnisch den riesigen narbenübersäten Kopf des knurrenden Tiers.

Als Menşure und ihr Kater sein Zimmer kurz darauf verließen, war İkmen tatsächlich hellwach und bereit, dem Hotel möglichst schnell den Rücken zu kehren.

Zelfa Halman Süleyman war kaum bei Bewusstsein, als ihr Mann sie mitten in der Nacht weckte, um erneut mit ihr zu schlafen. Dabei wirkte er so leidenschaftlich und so wundervoll männlich, dass sie ihn einfach nicht zurückweisen konnte. Normalerweise war sie viel zu abgeklärt, um sich von einer derart unverhohlenen Männlichkeit beeindrucken zu lassen, doch diesmal wurde sie von Mehmets unersättlichem Verlangen einfach mitgerissen. Vielleicht wollte er ja wirklich, dass ihre Beziehung wieder funktionierte, dachte sie, während er sie küsste. Vielleicht sollte sie die Scheidungspapiere einfach wegwerfen und jeden Zentimeter seines Körpers mit ihrer Zunge erkunden, so wie sie es sich viele Male vorgestellt hatte.

Mehmet Süleyman begehrte seine Frau tatsächlich mit jeder Faser. Aber er brauchte ihren Körper auch, um das zu vergessen, was sich am Abend zuvor ereignet hatte: der Kuss, dieser beängstigend erregende Kuss, gefolgt von einem Eingeständnis, bei dem der Polizist fast aufgeschrien hätte. »Ich habe dich nackt gesehen«, hatte Mürsel gesagt. Doch erst nachdem er Süleyman seinen Körper angeboten hatte, hatte er hinzugefügt, dass dies nur »in seinen Träumen« geschehen war.

Aber stimmte das auch? Oder war Mürsel ihm an dem Abend zu Zelfas Haus gefolgt, erfüllt von dem brennenden Verlangen, den Mann zu sehen, mit dem er auf der Straße nur ein paar Worte gewechselt hatte? Süleyman wusste, dass das Leben vieler Homosexueller in Istanbul von Heimlichkeit, Opportunismus und Verzweiflung geprägt war, selbst im einundzwanzigsten Jahrhundert. Aber hatte er auf diesen Mann denn einen derart willigen Eindruck gemacht? Und was war mit Mürsels Ansichten über den Spanner? Aus seinen Worten hatte fast so etwas wie Bewunderung gesprochen – und keineswegs Furcht, wie İskenders Informant sie in der Schwulenszene beobachtet hatte.

Mit einem Seufzer drang Süleyman in den Körper seiner Frau ein und flüsterte ihr ins Ohr, dass er sie liebe.

»Oh, Mehmet«, murmelte Zelfa.

Im nächsten Moment klingelte sein Mobiltelefon.

Während er sich von ihr löste, sprach er aus irgendeinem Grund Englisch, küsste sie auf den Kopf und griff dann mit einer Hand nach dem grässlichen Ding.

»Sorry. Sorry, Zelfa«, murmelte er und klappte das Telefon missmutig auf. »Süleyman.«

»Inspektor ...« Am anderen Ende der Leitung erklang eine weibliche, wohl aufgrund der späten Stunde leicht nervöse Stimme. »Inspektor Süleyman, hier ist Ayşe Farsakoğlu.«

»Was ist denn?«

»Tut mir leid, Inspektor, aber ich bin gerade im Taksim-Krankenhaus. Abdullah Aydın ist vor fünf Minuten aus dem Koma erwacht.«

Innerhalb von fünfzehn Minuten war Mehmet Süleyman geduscht, angezogen und auf dem Weg zu Ayşe Farsakoğlu und dem, was von Abdullah Aydın übrig sein mochte.

Zwei der Passagiere mussten in den Ballonkorb steigen, solange dieser seitlich auf dem Boden lag und die Ballonhülle noch nicht aufgeblasen war. Schicksalsergeben kletterten İkmen und ein anderer Mann in das Weidengeflecht, während über ihnen die Gasbrenner anfingen zu fauchen und Heißluft in die riesige goldrote Ballonhülle bliesen. Der Inspektor war hochgradig verärgert darüber, dass er während der Fahrt nicht rauchen durfte, und schob sich in sein Korbsegment, wobei er die Schmerzen in den Gelenken verfluchte, die ihm immer mehr zu schaffen machten. Schon sein Vater hatte unter Arthritis gelitten; warum sollte es ihm also anders ergehen?

»Macht das nicht riesigen Spaß, Inspektor?«, rief Tom, der junge Engländer, den İkmen im Bus nach Muratpaşa kennen gelernt hatte.

»Im Moment jedenfalls nicht«, erwiderte İkmen. »Ich hoffe, dass sich dieser ganze Aufwand lohnt, wenn wir erst mal in der Luft sind.«

Als der Ballonkorb aufgerichtet war, stiegen auch die anderen Passagiere zu: Dolores Lavell und Turgut Senar sowie vier junge Koreaner und die attraktive Amerikanerin asiatischer Abstammung, die İkmen ebenfalls im Bus kennen gelernt hatte. Der Pilot Ferdinand Müller vervollständigte die Gruppe.

Es war ein berauschendes Erlebnis, als der Ballon in die Stille der Morgendämmerung aufstieg. Das Wetter war einfach perfekt – kalt, aber klar. Während sie über die Ebene östlich des Dorfes schwebten, entdeckten sie winzige Lichter im Inneren der Feenkamine, die aussahen, als würden sie von Elfen und Trollen bewohnt. İkmen, der törichterweise den dicken Wollumhang abgelehnt hatte, den Ferdinand ihm und allen anderen Passagieren angeboten hatte, blies warmen Atem in seine blau gefrorenen Hände.

»Hier, ziehen Sie die an«, sagte Dolores Lavell und hielt ihm ein Paar dicke Handschuhe mit Leopardenmuster hin.

»Nein, Miss Lavell, ich …«

»Ich weiß, sie sehen nicht besonders männlich aus, aber die Farbe Ihrer Hände jagt mir einen Schauer über den Rücken«, erwiderte die Amerikanerin. »Bitte.«

İkmen zuckte die Achseln, nahm die Handschuhe mit einer kleinen Verbeugung an und streifte sie über. Sie fühlten sich in der Tat wunderbar warm an.

Als die Morgendämmerung dem Tageslicht wich, schimmerte der Himmel in leuchtenden, fast violetten Blautönen, und İkmen verspürte das Verlangen, immer höher in die beruhigende Unendlichkeit dieses Farbenmeers aufzusteigen. Wie die meisten anderen Passagiere hatte er angenommen, die Ballonfahrt bestünde daraus, eine gewisse Flughöhe zu erreichen und dann über die Täler, Dörfer und kleinen Klostersiedlungen dahinzugleiten. Doch stattdessen steuerte der deutsche Pilot den Ballon nach unten, in eines der berühmtesten Täler im Land der Feenkamine, das Honig-Tal.

»Die frühen Christen waren bekannt für ihre Bienenzucht«, sagte Ferdinand und deutete auf eine hohe Felswand, die mit fensterartigen Vertiefungen übersät war. »Das war einmal ein Kloster«, fuhr er fort, »aber wenn Sie genau hinsehen, werden Sie feststellen, dass die heutigen Bauern Bienenstöcke davor aufgestellt haben – eine alte Tradition in dieser Gegend.«

Auch das Sammeln von Guano, oder »Taubendreck«, wie Ferdinand es nannte, zählte zu den Traditionen Kappadokiens. Die früheren Bewohner dieses Landstrichs hatten Taubenschläge in das Tuffgestein geschlagen und wundervoll verziert. Der von den Vögeln gewonnene Guano diente noch im einundzwanzigsten Jahrhundert als Dünger für die Weingärten. İkmen empfand es als großes Privileg, den höher gelegenen Bereichen dieser uralten Felsformationen und Tuffhöhlen so nahe kommen zu können. Abgesehen von einer, wie er fand, vollkommen unzumutbaren Kletterpartie war eine Ballonfahrt die einzige Möglichkeit, die Taubenschläge und ihre verblüffenden geometrischen Verzierungen aus der Nähe zu sehen. Als der Ballonkorb die Wipfel mehrerer großer Bäume streifte, blickte İkmen leicht irritiert zu Ferdinand hinüber, aber weder der Pilot noch Turgut Senar schienen sonderlich beunruhigt zu sein. Letzterer war so sehr in Gedanken vertieft, dass er offenbar kaum etwas mitbekam. Fasziniert vom mürrischen Bruder des seltsamen Kemalettin versuchte İkmen, ihn in ein Gespräch zu verwickeln.

»Es ist schön, Ihnen unter etwas friedlicheren Umständen wieder zu begegnen, Herr Senar«, sagte er, während der Ballon erneut höher stieg.

»Ich mag es nicht, wenn man meine Familie angreift«, erwiderte Turgut Senar scharf. »In der Nacht, als Aysu Alkaya verschwand, war mein Bruder Kemalettin bei mir, die ganze Zeit.« Er sah İkmen herausfordernd an. »Das können Sie bei der Polizei in Nevşehir nachprüfen, wenn Sie mir nicht glauben.«

»Gut.« İkmen fand, dass Senar ziemlich verbissen reagierte, dennoch schenkte er ihm ein Lächeln und meinte: »Bald werden ja die für Sie hoffentlich beruhigenden Ergebnisse der gerichtsmedizinischen Untersuchung vorliegen, die unser Pathologe in Istanbul durchführt. Vielleicht findet Muratpaşa dann endlich Frieden. Inschallah.«

»Inschallah«, wiederholte Turgut Senar und drehte sich zu Dolores Lavell um, die auf die inzwischen tief unter ihnen liegende Landschaft deutete.

»Sehen Sie nur!«, rief sie mit funkelnden Augen. »Ist das nicht einfach phantastisch?«

İkmen folgte ihrem Blick und entdeckte eine große Gruppe Reiter, die ihre Pferde im wilden Galopp über die Ebene trieben. Selbst aus fast dreihundert Metern Höhe konnte İkmen erkennen, dass es sich um Altay Salman und seine Männer handelte. Ganz in der Tradition ihrer nomadischen Vorfahren wirkten diese unvergleichlichen Reiter so frei und ungebunden, dass sämtliche Passagiere um İkmen herum die Fotoapparate hervorholten und versuchten, das romantische Bild festzuhalten.

Turgut Senar warf İkmen einen kurzen Blick zu und beugte sich dann zu Dolores Lavell hinüber, um in ihre fast kindliche Begeisterung einzustimmen.

»Herr Aydın hat sehr viel Glück gehabt«, sagte die Ärztin, während sie Süleyman und Ayşe Farsakoğlu den Flur entlang zu seinem Zimmer führte. »Er ist noch jung und kräftig; bis auf die Narbe auf der Brust sollte er keine körperlichen Schäden zurückbehalten.«

»Sie meinen also, in psychischer Hinsicht ...«

»Auf dem Gebiet habe ich keinerlei Erfahrung, Inspektor«, erwiderte Dr. Arkın kurz angebunden. »Ich weiß nur, dass Herr Aydın, direkt nachdem er aus dem Koma aufgewacht war, mit der Polizei sprechen wollte. Inzwischen habe ich ihn untersucht und kann einem Gespräch zustimmen, ohne dass wir irgendwelche Gefahren für seine Gesundheit befürchten müssten.«

Fast drei Stunden waren seit Ayşe Farsakoğlus Anruf aus dem Krankenhaus vergangen – drei Stunden, in denen die Ärzte diverse Tests an dem jungen Mann vorgenommen hatten, um weitere körperliche Schäden auszuschließen. Jetzt, kurz nach Anbruch der Morgendämmerung, war der Zeitpunkt gekommen, an dem Süleyman zu ihm durfte.

Als sie die Zimmertür erreichten, trat der Beamte, der das Zimmer die ganze Nacht über bewacht hatte, einen Schritt zur Seite.

»Hören Sie«, sagte Dr. Arkın und legte eine Hand auf die Türklinke. »Ich denke, es wäre besser, wenn Sie alleine hineingehen, Inspektor. Herr Aydıns Stimme ist noch sehr schwach; man muss sich über ihn beugen, um ihn zu verstehen – was sowieso immer nur einer zugleich kann. Außerdem muss ich darauf bestehen, dass ich dabei bin. Sobald ich merke, dass er unruhig wird, werde ich Sie bitten zu gehen.«

»Einverstanden.«

Ayşe Farsakoğlu nahm draußen auf dem Flur Platz, während ihr Vorgesetzter die seltsame Welt von Tropfinfusionen, Monitoren und Kathetern betrat, die Abdullah Aydıns temporäre Wirklichkeit darstellte. Sofort erhob sich die Schwester, die bei dem jungen Mann gesessen hatte, und trat geräuschlos beiseite. Der kahle weiße Raum mit seinem gedämpften Licht schien erfüllt von einer Aura kontemplativer Ruhe, fast wie in einer Moschee.

Auf Dr. Arkıns Geheiß ließ Süleyman sich auf einen Stuhl neben dem Bett mit der kleinen Gestalt nieder. Ein grüner Schlauch führte in Abdullah Aydıns Nase und beide Arme waren mit Nadeln und Infusionen gespickt. Unter dem Bett hing ein Beutel mit einer unappetitlich aussehenden Flüssigkeit und Süleyman achtete darauf, dass er beim Hinsetzen nicht über den dazugehörigen Schlauch stolperte. Zelfa hätte sich in der Umgebung sofort wohl gefühlt, aber ihm waren Krankenhäuser seit jeher ein Gräuel.

Als Süleyman sich über das Bett beugte, öffnete Abdullah Aydın die Augen. Die Monitore um ihn herum piepsten und blinkten im Rhythmus seiner Körperfunktionen. Der Junge war sehr blass und hatte große dunkelbraune Augen, wie ein müder Faun. Süleyman nahm eine seiner Hände. »Die Ärztin hat mir gesagt, dass Sie mit der Polizei sprechen wollen«, begann er behutsam. »Ich bin Inspektor Süleyman von der Mordkommission.«

»Er hat mich nicht umgebracht«, erwiderte Abdullah Aydın mit dünner, krächzender Stimme.

»Nein, dafür sind Sie viel zu zäh«, sagte Süleyman und sah zur Ärztin hinüber. »Seine Kehle klingt so trocken. Kann er nicht etwas Wasser bekommen?«

»Herr Aydın hat genau die Menge an Wasser erhalten, die er zurzeit verträgt«, entgegnete die Ärztin.

Ein leichtes Kratzen an seinem Handgelenk signalisierte Süleyman, dass der junge Mann etwas sagen wollte. Er beugte sich noch tiefer über ihn.

»Das macht nichts«, sagte Abdullah Aydın. »Hören Sie.«

»Ja?«

Aydın holte tief Luft und sagte: »Der Mann, der mich erstechen wollte …«

»Ja?«

»Ich hab sein Gesicht gesehen.«

»Wie das?« Bis dahin hatte der Spanner sein Gesicht stets bedeckt.

»Ich hab sie weggezogen«, sagte der Junge.

»Die Maske?«

»Ja.«

»Abdullah, meinen Sie, Sie könnten uns den Mann beschreiben?«

Der Junge fing an zu husten; seine Kehle war von der Anstrengung ganz trocken.

»Ich denke, das reicht für heute«, sagte Dr. Arkın und schob eine Hand zwischen Süleyman und den Jungen.

»Ja, aber …«

»Inspektor, er hat jetzt wirklich genug«, sagte sie streng. »Wenn Sie in ein paar Stunden wiederkommen, sieht die Sache bestimmt schon ganz anders aus.«

Der Junge hustete unaufhörlich. Süleyman bewegte sich nicht von der Stelle und musterte ihn.

»Inspektor, ich muss darauf bestehen …«

»Schon gut.«

Süleyman erhob sich. Die Schwester, die etwas abseitsgestanden hatte, trat mit einem Spucknapf ans Bett und hielt ihn Abdullah unters Kinn. Der Junge war inzwischen rot angelaufen und sah Süleyman hinterher, als wolle er ihm noch etwas sagen, doch der Inspektor hatte ihm bereits den Rücken zugekehrt.

Nachdem Süleyman die Tür hinter sich zugezogen hatte, setzte er sich neben Ayşe Farsakoğlu. »Er sagt, er hat das Gesicht des Spanners gesehen.«

»Oh.«

»Ich weiß nicht, ob er in der Lage sein wird, uns eine Beschreibung zu geben. So weit sind wir nicht gekommen. Aber ich möchte, dass Sie sich vorsichtshalber schon mal mit Frau Taşkiran in Verbindung setzen.«

Überrascht riss Ayşe Farsakoğlu die Augen auf. »Wirklich?«

»Na ja, Inspektor İkmen greift noch immer auf ihre Dienste zurück«, erklärte Süleyman. »Allerdings weiß ich nicht, ob es an ihren künstlerischen Fähigkeiten liegt oder daran, dass ihm ihre verschrobenen Einfälle gefallen.«

»Verstehe.«

»Setzen Sie sich mit ihr in Verbindung und sagen Sie ihr, dass ich möglicherweise einen Auftrag für sie habe.«

»In Ordnung, Inspektor. Sie denken doch daran, dass heute Vormittag die Herren aus der Verbrecherkartei auf die Wache kommen?«

»Hm.« Das hatte er beinahe vergessen. »Ja, die nehmen wir uns auf jeden Fall vor. Wer weiß, was dabei herauskommt.«

Während sie gemeinsam zur Wache zurückfuhren, dachte Süleyman über die Polizeizeichnerin Dorotka Taşkiran nach. Die Tochter polnischer Flüchtlinge hatte in eine türkische Familie mit beträchtlichem Vermögen eingeheiratet, so dass sie sich ganz ihrer Leidenschaft, der Malerei, widmen konnte. Doch Dorotka war nicht nur eine hervorragende Porträtzeichnerin, sondern auch eine experimentelle Künstlerin, die in der Vergangenheit durch Aktionen wie die Mumifizierung kleiner Tiere oder durch Abgüsse menschlicher Missbildungen für ziemliches Aufsehen gesorgt hatte.

Die inzwischen über Achtzigjährige arbeitete gelegentlich noch für Çetin İkmen, der die Ansicht vertrat, Frau Taşkiran sei die mit Abstand beste Polizeizeichnerin weit und breit. Obwohl Süleyman sich mit Dorotkas merkwürdigem Verhalten nie so recht hatte anfreunden können – sie redete mit ihren toten »Modellen« und jagte Augenzeugen gern einmal einen Schrecken ein –, wusste er, dass sie genau die Richtige für die Arbeit mit Abdullah Aydın war. Junge Leute reagierten meist sehr positiv und interessiert auf ihre Schrullen, und wenn Aydın tatsächlich dem Opfertypus des Spanners entsprach, war er höchstwahrscheinlich homosexuell. Schwule Jungs und alte Frauen. Süleyman schämte sich zwar ein wenig für seine stereotype Denkweise, dachte aber, dass die beiden vermutlich wunderbar zueinander passen würden.

Die zweite Amerikanerin, die mit İkmens Bus nach Muratpaşa gekommen war, hieß Emily, wie der Inspektor inzwischen herausgefunden hatte. Sie lebte in Los Angeles und war zur Hälfte Japanerin. Emily und Dolores Lavell waren so begeistert gewesen von dem Anblick, den Altay Salman und seine Männer auf ihren Pferden boten, dass sie noch eine ganze Weile davon geschwärmt hatten. Turgut Senar hatte ihnen von der traditionellen Reitkunst der Region erzählt und die Frauen hatten gebannt zugehört.

»Es ist so wundervoll, diese außergewöhnliche Landschaft aus der Luft betrachten zu können«, meinte Dolores und drehte den Kopf, um einen Blick auf den schneebedeckten Gipfel des Erciyes Dağı zu werfen, der sich deutlich gegen den violettblauen Himmel abzeichnete. »Ich wünschte, mein Vater hätte das alles sehen können.«

»Aber sagten Sie nicht, er sei hier in Kappadokien gewesen?«, fragte Emily.

»Ich meine, von hier oben, aus einem Ballon«, erwiderte

Dolores. »Damals, in den fünfziger und sechziger Jahren, gab es so etwas noch nicht. Zumindest nehme ich das an.«

Turgut Senar, der diese Frage vermutlich hätte beantworten können, blickte schweigend in die unendliche Weite des Himmels.

»Hat Ihr Vater denn nicht von seinen Reisen erzählt?«, fragte Emily.

Dolores seufzte. »Die letzten Jahre vor seinem Tod war er sehr krank. Und außerdem hat er nie viel geredet.«

Emily löste den Kamm aus ihrem langen schwarzen Haar und steckte es dann wieder sorgfältig am Hinterkopf fest. »Das tut mir leid.«

»Ist schon okay.« Dolores lächelte. »Mein Vater, Gott hab ihn selig, war gegen Ende seines Lebens nicht mehr er selbst.« Sie wühlte eine Weile in ihrer Handtasche und reichte Emily dann ein kleines Foto. »Das ist er in der Blüte seines Lebens. Er war Sergeant beim Militär.«

»Oh, äh ... ein wirklich gut aussehender Mann«, sagte Emily.

»Ja, das war er.«

Turgut Senar, der aus seinen Tagträumen erwacht war, warf ebenfalls einen Blick auf das Foto und fragte: »Wer ist das?«

»Mein Vater«, erwiderte Dolores.

Er runzelte die Stirn. »Tatsächlich?«

»Ja.«

»Aha.«

»Das war, bevor ihn diese schlimme Krankheit befiel.«

»Krankheit?«, fragte der Fremdenführer. »Welche Krankheit ...?«

»Sie wird Veitstanz genannt.« Dolores blickte von der Fotografie auf und lächelte. »Aber das spielt jetzt keine Rolle mehr. Das ist lange vorbei und vergessen.« Hastig steckte sie das Bild wieder in ihre Handtasche.

İkmen, der zu weit von der Gruppe entfernt stand, um einen Blick auf das Foto zu erhaschen, fiel auf, dass sowohl Emily als auch Turgut Senar ein wenig peinlich berührt zu sein schienen. Vermutlich handelte es sich hier um eine jener Situationen, in denen jemand das Bildnis eines Verwandten herumzeigte, den niemand außer ihm selbst attraktiv fand.

»In ein paar Minuten landen wir am Eingang zum Weißen Tal«, unterbrach Ferdinand das Gespräch der beiden Frauen. »Dort vertraue ich Sie dann Turguts Obhut an. Es ist wirklich ein wunderbarer Tag für eine Wanderung.«

Für İkmen war kein Tag wunderbar, an dem er einen längeren Fußmarsch bewältigen musste. Aber wenigstens würde er am Boden rauchen können – selbst wenn seine Lunge kollabierte und seine Füße ihm den Dienst versagten. Mit einer Höhe von über tausend Metern über dem Meeresspiegel stellte Kappadokien schon für gesundheitlich fitte Menschen eine Herausforderung dar und erst recht für jemanden wie ihn. Die Höhenluft und der Staub des Tuffsteins ließen seine Lunge pfeifen und er fühlte sich bereits müde und steif, noch bevor er überhaupt einen Schritt getan hatte. Nachdem er mühsam aus dem Ballonkorb geklettert war, stellte er fest, dass Turgut Senar sich erneut zu den Amerikanerinnen gesellt hatte und ein paar Fotos betrachtete, die Emily freudestrahlend herumzeigte. Erstaunlich, wie sich ein derart mürrischer Mensch in Gegenwart von Frauen in einen Charmeur verwandeln konnte, dachte İkmen. Er hätte Turgut Senar, der schließlich nicht mehr der Jüngste war, nicht unbedingt zu den üblichen Gigolos gezählt, doch vielleicht hatte seine Frau das Interesse an ihm verloren. Oder er war schlicht und einfach hingerissen von Dolores und Emily. Nichts war unmöglich …

»Das hier ist das Weiße Tal«, sagte der Fremdenführer auf Englisch. »Der Name bezieht sich darauf, dass die Feenkamine in diesem Bereich, wie Sie sehen, besonders weiß sind. Wir werden nun durch das Tal wandern und dabei einige Felsenkirchen passieren. Die erste befindet sich auf der linken Seite und heißt Marienkirche …«

Allah beschütze mich, dachte İkmen, als er das scheinbar endlose weiße Tal erblickte, das sich vor ihm erstreckte. Das Tal der Mönche, ihr Ziel, war noch nicht einmal am Horizont zu sehen. İkmen warf einen Blick auf seine billigen Kunstlederschuhe und versuchte, nicht daran zu denken, welche Farbe seine eiskalten Füße mittlerweile angenommen hatten.

10

»Inspektor Süleyman!«
Normalerweise bequemte Polizeipräsident Ardiç sich nur aus seinem Büro, um Mitarbeitern Anweisungen zu erteilen oder irgendwelche Würdenträger zu begrüßen, aber ganz bestimmt nicht, um jemanden auf dem Flur abzupassen; dafür hatte er ein Telefon und Untergebene. Doch bei dieser Gelegenheit schien er eine Ausnahme zu machen. Der Inspektor drehte sich um und lächelte den imposanten ausgehungert wirkenden Mann freundlich an.

»Ja, bitte?«

Süleyman hatte eine Stunde lang erfolglos einen Mann verhört, der seine eigenen Kinder misshandelt und schon mehrfach Homosexuelle verprügelt hatte. Doch er war zu den fraglichen Zeitpunkten nicht einmal in der Nähe der Tatorte gewesen und konnte Alibis vorweisen.

»Ich muss mit Ihnen reden, und zwar sofort«, sagte Ardiç mit eindringlicher Stimme.

Süleyman folgte seinem Vorgesetzten in dessen Büro. Beim Betreten des Raumes bemerkte er, dass Ardiç offenbar fastete: Im Aschenbecher lag eine unangezündete Zigarre, und auf dem Tisch stand eine saubere Tasse.

»Einer Ihrer Leute hat Dorotka Taşkiran angerufen«, sagte der Polizeipräsident ohne lange Vorrede und ließ sich auf seinen Bürostuhl sinken.

»Ja, Oberwachtmeisterin Farsakoğlu.« Ardiç konnte sich die Namen der Mitarbeiter, die nicht im Rang eines Inspektors waren, nie merken. »Warum?«

»Die Ärztin von Abdullah Aydın, Dr. Arkın, ist der Ansicht, dass eine weitere Befragung des Jungen zu diesem Zeitpunkt nicht ratsam wäre«, erwiderte Ardiç.

Süleyman runzelte die Stirn. Dr. Arkın hatte ihm nur wenige Stunden zuvor erklärt, dass ihr Patient in Bälde weitere Fragen beantworten könne. Und genau das teilte er nun seinem Vorgesetzten mit.

»Vielleicht hat sich der Zustand des Jungen verschlechtert«, sagte Ardiç. »Wie auch immer – jedenfalls habe ich den Besuch dieser verrückten Polin abgesagt.«

»Ich hatte mit Frau Taşkiran noch gar keinen festen Termin vereinbart«, sagte Süleyman. »Sie sollte lediglich vorab informiert werden ...«

»Nun, dazu besteht jedenfalls in nächster Zeit keine Veranlassung.«

»Bei allem Respekt, Herr Polizeipräsident, aber Abdullah Aydın sagt, dass er das Gesicht des Spanners gesehen hat.«

»Ja, ich weiß«, erwiderte Ardiç. »Das ist wirklich sehr frustrierend, aber wenn Dr. Arkın meint, dass Aydın körperlich nicht zu weiteren Befragungen in der Lage ist, können wir damit nicht fortfahren.«

»Aber Abdullah ging es doch schon so viel besser ...«

Ardiç zuckte die Achseln.

Süleyman schüttelte den Kopf. Zwar hatte der Junge einen schrecklichen Hustenanfall gehabt, als er das Krankenzimmer verließ, aber das war nicht anders zu erwarten gewesen, nachdem er gerade erst aus dem Koma erwacht war. Es musste irgendetwas anderes passiert sein, nachdem Süleyman und Farsakoğlu das Krankenhaus verlassen hatten, irgendetwas wesentlich Schwerwiegenderes. Denn wie oft kam es schon vor, dass hochrangige Beamte wie Polizeipräsident Ardiç den Warnungen von Ärzten Beachtung schenkten? Wenn Informationen von einem Verdächtigen oder einem Zeugen benötigt wurden, spielte es normalerweise keine Rolle, was der behandelnde Arzt dazu meinte.

»Hat Dr. Arkın denn gesagt, wann ich mit Abdullah Aydın sprechen kann?«, fragte Süleyman.

Ardiç blickte vor sich auf den Schreibtisch. »Nein. Aber ich werde Sie informieren, sobald Sie das Krankenhaus aufsuchen können.«

»Wird sie sich mit Ihnen in Verbindung setzen?«

»Ja.« Ardiç warf ihm einen scharfen Blick zu. »Haben Sie damit ein Problem?«

»Natürlich nicht. Ich verstehe nur nicht, warum Dr. Arkın sich nicht direkt an mich gewandt hat. Warum sie mir das alles durch Sie mitteilen lässt …«

»Na, das ist ja wohl kein großes Geheimnis, Süleyman! Ich bin Ihr Vorgesetzter. Sie erhalten von mir Ihre Anweisungen und ich befehle Ihnen hiermit, den Jungen in der nächsten Zeit nicht mehr mit Fragen zu belästigen.«

»Ja, aber …«

»Wenn er wieder gesund ist, können Sie ihn befragen«, entgegnete Ardiç rigoros. »In der Zwischenzeit halten Sie sich gefälligst von ihm fern. Haben Sie mich verstanden?«

»Herr Polizeipräsident, ich …«

»Ich bin sicher, es gibt in diesem Fall noch andere Spuren, die Sie verfolgen können, Süleyman.« Schwerfällig erhob Ardiç sich von seinem Stuhl. »Ich schlage vor, dass Sie sich in der Zwischenzeit damit beschäftigen.«

Süleyman, der ebenfalls aufgestanden war, senkte den Kopf. »Ja.«

»Ich bin zuversichtlich, dass der Junge bald genesen wird«, sagte Ardiç und gab Süleyman mit einer Handbewegung zu verstehen, dass das Gespräch beendet war.

Vor dem beunruhigend rauchfreien Büro seines Vorgesetzten blieb der Inspektor einen Moment stehen und dachte nach. In Situationen wie dieser setzten sich die behandelnden Ärzte normalerweise direkt mit dem ermittelnden Beamten in Verbindung. Nur äußerst selten machten sie einen

Umweg über Ardiç – und zwar dann, wenn sie sich über den Umgang der Polizei mit einem ihrer Patienten beschweren wollten. Süleyman wusste, dass er sich nichts hatte zuschulden kommen lassen; in dieser Hinsicht stand also nichts zu befürchten. Trotzdem blieb es ungewöhnlich, dass die Ärztin Ardiç und nicht ihn angerufen hatte. Zumal er die ganze Zeit erreichbar gewesen war! Es gab nur einen Weg, den Grund für dieses Verhalten herauszufinden. Entschlossen kehrte Süleyman in sein Büro zurück, um seine Autoschlüssel zu holen. Da gerade Mittagszeit war, würde Dr. Arkın jetzt sicher Pause machen, selbst wenn sie den Ramadan einhielt.

Wenn es nach İkmen gegangen wäre, hätte das skurrile Tal der Mönche mit seinen unergründlichen Höhlen und Einsiedlerklausen genauso gut die öde Steinkohleregion Zonguldak am Schwarzen Meer sein können. Als die Gruppe endlich das Tal erreichte, bekam er kaum noch Luft, er hatte Blasen an den Füßen und alle Knochen taten ihm weh. Während Turgut Senar auf einen der berühmten dreifachen Tuffkegel deutete, suchte İkmen ein Fleckchen schneefreie Erde, sank schwerfällig zu Boden und rieb sich die Knöchel.

»Das Tal der Mönche hat schon seit langer Zeit den Ruf, ein magischer Ort zu sein«, erzählte Turgut Senar, während sich die restlichen Reisenden mit ehrfürchtigen Gesichtern umblickten. »Menschen, die sich nicht in das normale Leben einfügen konnten, kamen hierher oder christliche Mönche, die leben wollten wie Simeon der Ältere, der erste Säulenheilige. Sie wohnten in Höhlen und beteten hoch oben auf den Feenkaminen.«

»Dann war dies also ein Ort, um der Welt zu entfliehen?«, fragte Dolores Lavell.

»Oh ja. Viele Menschen, auch viele, viele Dinge wurden in diesem Tal versteckt.«

Da Dolores Lavell sowohl Menşure als auch Rachelle Jones kannte, musste sie eigentlich wissen, was man im Tal der Mönche erst kurz zuvor entdeckt hatte, nachdem es so viele Jahre unauffindbar gewesen war, dachte İkmen. Aber sie ging mit keinem Wort auf Aysu Alkaya ein – ganz im Gegensatz zu Tom, dem Engländer.

»Wurde hier nicht vor kurzem eine Leiche gefunden?«, fragte er.

»Ja«, bestätigte Turgut Senar. »Aber dabei handelte es sich nicht um einen ehemaligen Mönch. Die haben das Tal nämlich schon vor vielen Jahren verlassen«, fügte er lachend hinzu.

»Und wo genau wurde der Leichnam gefunden?«, fragte İkmen auf Englisch. »Wissen Sie das vielleicht?«

»In einer Höhle«, erwiderte der Fremdenführer ausweichend.

»In welcher denn?«

Turgut Senar runzelte die Stirn und entgegnete auf Türkisch: »Woher soll ich das wissen? Sie sind schließlich der Polizist. Fragen Sie doch Ihre Kollegen in Nevşehir.«

»Bitte reden Sie so, dass alle Sie verstehen können, Herr Senar, das ist sonst sehr unhöflich«, sagte İkmen auf Türkisch und wechselte danach wieder ins Englische: »Vielleicht kommen wir ja an der Höhle vorbei.«

»Vielleicht.«

İkmen spürte, dass sein Interesse an dieser Geschichte Turgut Senar missfiel, und bohrte deshalb noch ein wenig weiter. »Vielleicht steht ja sogar ein Polizeibeamter am Eingang zum Fundort.« Und mit einem Blick auf den Engländer fügte er hinzu: »Dann können Tom und ich uns dort ja mal umsehen.«

»Das wäre cool«, sagte der junge Mann und reichte İkmen eine Hand, um ihm auf die Beine zu helfen.

»Es wird erwartet, dass die Reisegruppe stets zusammenbleibt«, knurrte Turgut Senar. »Ich werde Sie gleich zum

St. Simeonskegel führen, einer Felsenkirche mit drei Stockwerken.«

»Gut«, sagte İkmen lächelnd. »Dann bleibe ich so lange draußen und sehe mich um. Schließlich wollen Sie doch nicht, dass ich in der Kirche rauche, oder?«

»Nein.«

»Prima, das wäre dann ja geregelt.«

Kurz darauf machten sie sich auf den Weg zu einem der größten Feenkamine des Tals. İkmen und Tom gingen am Schluss der Gruppe.

»Er muss offenbar immer alles unter Kontrolle haben«, wandte sich der Engländer an İkmen, dem auch schon aufgefallen war, dass Turgut Senar sich in regelmäßigen Abständen umschaute, um sich zu vergewissern, ob noch alle da waren.

»Er möchte nicht, dass einer von uns verloren geht«, erwiderte er und verfluchte innerlich seine schmerzenden Füße.

»Aber mit den Amerikanerinnen scheint er sich gut zu verstehen, oder?«

İkmen lächelte. »Es ist eine traurige Realität, dass manche Männer hier sich darauf verlegt haben, mit Ausländerinnen anzubandeln. Die Menschen im Westen haben nun mal viel mehr Geld als wir«, erklärte er.

Die beiden Männer beobachteten, wie der Rest der Gruppe unter Turgut Senars Führung den großen sandfarbenen Feenkamin betrat, der den Namen »Kapelle des Säulenheiligen Simeon« trug.

»Glauben Sie denn nicht, dass ausländische Frauen und türkische Männer richtige Beziehungen miteinander haben können?«, fragte der junge Brite.

İkmen zündete sich eine Zigarette an und seufzte. »Doch, ich denke schon, dass das möglich ist«, sagte er. »Einer meiner besten Freunde ist mit einer Europäerin verheiratet und liebt sie sehr.« Über die derzeitigen Schwierigkeiten zwischen Mehmet und Zelfa wollte er nicht reden, da sie für diese Unterhaltung im Grunde keine Rolle spielten. »Aber die beiden sind einander in Herkunft und Intellekt ebenbürtig und das ist sehr wichtig. Das Problem entsteht meines Erachtens erst dann, wenn ältere Frauen auf der Suche nach einem attraktiven, glutäugigen jungen Liebhaber hierherkommen. Meistens begegnen ihnen nur arme Kellner oder andere Jungs, die kaum die Grundschule geschafft haben. Die nehmen dann Geld von den Frauen und brechen ihnen das Herz, indem sie auch noch mit anderen Ausländerinnen etwas anfangen. Ehrlich gesagt habe ich aber auch kein allzu großes Mitleid mit diesen Frauen. Sie sind gebildet und sollten eigentlich auf so eine durchsichtige Masche nicht hereinfallen. Aber warum fragen Sie?«

Tom zuckte die Achseln. »Reine Neugierde. Und was ist jetzt mit dieser Leiche, Inspektor? Sollen wir uns nicht mal ein bisschen umsehen?«

»Ja, ich glaube auch, es wird Zeit für einen kleinen Spaziergang«, meinte İkmen lächelnd.

Dr. Hazine Arkın machte keine Mittagspause, ganz im Gegenteil: Sie hastete förmlich von Patient zu Patient, wie Süleyman feststellen musste.

»Wir sind heute personell sehr schlecht besetzt«, sagte sie, als er sie fragte, ob sie ein paar Minuten Zeit für ihn habe. »Worum geht's?«

Er berichtete ihr, was Polizeipräsident Ardiç ihm über Abdullah Aydın mitgeteilt hatte.

Die Ärztin zuckte die Achseln. »Dann wissen Sie ja auch, dass ich Ihrem Vorgesetzten Bescheid geben werde, sobald mein Patient für eine weitere Befragung kräftig genug ist.«

»Hatten Sie nicht gesagt, das würde im Laufe des Tages der Fall sein, Dr. Arkın?«, fragte Süleyman. »Ich dachte ...«

»Diese Dinge können sich ändern, das müssten Sie doch wissen, Inspektor«, erwiderte sie und wandte sich ab, um kurz mit einer Schwester zu sprechen.

»Hat sich Abdullah Aydıns Zustand denn verschlechtert?«, fragte Süleyman, als die Schwester gegangen war.

»Die Situation hat sich geändert«, entgegnete Dr. Arkın ausweichend. »Wie ich Polizeipräsident Ardiç schon sagte, melde ich mich, sobald …«

»Ja, ich weiß. Aber schwebt Aydın denn in Lebensgefahr? Falls ja und falls er sterben sollte, ohne dass ich zumindest den Versuch unternommen habe, ihn über den Täter zu befragen, mache ich mich einer schweren Pflichtverletzung schuldig, Dr. Arkın. Wenn der Junge stirbt, wird aus diesem Fall ein Mordfall.«

Die Ärztin blieb stehen und fuhr sich mit den Händen durch das dichte blonde Haar. »Das weiß ich!«, stieß sie hervor. »Was soll ich denn Ihrer Meinung nach tun?«

»Lassen Sie mich zu ihm.«

»Das geht nicht.« Sie setzte sich wieder in Bewegung und warf einen Blick auf die Uhr, die an ihrem weißen Kittel befestigt war. »Hören Sie, Inspektor, ich habe in fünf Minuten eine Besprechung.«

Süleyman musste fast laufen, um mit ihr Schritt zu halten. »Dr. Arkın, wenn Sie mir einfach erklären könnten, wo das Problem liegt …«

»Der Junge ist zu schlecht dran, um mit Ihnen zu reden!«, rief sie, bog um eine Ecke und öffnete die Tür zu einem Raum, in dem es von Ärzten nur so wimmelte. »Begreifen Sie das doch endlich!«

Und damit schlug sie ihm die Tür vor der Nase zu. Süleyman blieb allein auf dem Flur zurück. Abdullah Aydın musste es wirklich schlechtgehen, dachte er. Normalerweise machten die Ärzte bei Polizeibeamten schon mal eine Ausnahme, aber Dr. Arkın schien zu keinerlei Kompromissen bereit zu sein. Was auch immer mit dem Jungen sein mochte, es musste sich um etwas Ernstes handeln.

Süleyman schlenderte den Flur hinunter und verzog das Gesicht, als ihm der verhasste Geruch von Desinfektionsmitteln in die Nase stieg. Vor Abdullah Aydıns Zimmer saß noch immer ein Polizeibeamter, jedoch ein anderer als am Morgen – jemand, den Süleyman nicht kannte. Der Wachtmeister hingegen wusste offenbar genau, wen er vor sich hatte.

»Sie dürfen nicht ins Zimmer, Inspektor«, sagte er, noch ehe Süleyman den Mund aufgemacht hatte.

»Das hatte ich auch gar nicht vor.«

»Ich denke, es wäre vielleicht besser, wenn Sie zur Wache zurückkehren, Inspektor.«

Was für eine arrogante Bemerkung für einen einfachen Polizisten! »Tatsächlich?«, erwiderte Süleyman scharf. »Wie heißen Sie, Wachtmeister?«

»Befehl von Polizeipräsident Ardiç«, sagte der junge Mann. »Wenn Sie hier auftauchen, soll ich Sie wegschicken und höflich bitten, zur Wache zurückzukehren. In diesem Zimmer liegt ein kranker Junge, Inspektor, ein sehr kranker Junge.«

»Ja, und zwar möglicherweise mit wichtigen Informationen …«

»Er ist zurzeit nicht bei Bewusstsein, Inspektor. Das habe ich selbst gesehen.«

»Ach ja?«

In dem Moment flog die Tür auf und eine kleine, gehetzt wirkende Schwester stürmte aus dem Zimmer. Für den Bruchteil einer Sekunde konnte Süleyman einen Blick in den Raum werfen. Abdullah Aydın lag tatsächlich scheinbar bewusstlos in seinem Bett, aber sämtliche Monitore und Infusionen waren entfernt worden. Das bedeutete, dass er offensichtlich nicht mehr künstlich beatmet und seine

Körperfunktionen nicht mehr überwacht wurden. Also musste sich sein Zustand entweder deutlich verbessert haben oder er war gerade gestorben.

Süleyman rannte der Schwester hinterher. »Sagen Sie, Herr Aydın, ist er …?«

»Herr Aydın ist sehr krank«, erwiderte sie scharf.

»Aber er ist an keine Geräte mehr angeschlossen …«

»Er ist sehr krank«, wiederholte sie und ließ ihn stehen.

Irgendetwas stimmte nicht. Was sich hier gerade abspielte, war nicht normal, dachte Süleyman. Man hielt ihn absichtlich im Unklaren. Aber warum? Es ergab einfach keinen Sinn, dass die Ärzte und andere Polizeibeamte ihn offenbar daran hindern wollten, die Beschreibung eines Täters zu bekommen, der die ganze Stadt terrorisierte. Ardiç hatte der Suche nach dem Spanner von Anfang an höchste Priorität eingeräumt. İkmen war an den Ermittlungen beteiligt gewesen und die Mordkommission hatte sogar die Hilfe eines Kriminalpsychologen in Anspruch genommen. Selbst die geringste Chance, eine Täterbeschreibung zu bekommen, musste doch wahrgenommen werden. Als Süleyman das Krankenhaus verließ, fragte er sich, welche Schlüsse İkmen wohl aus der Sache ziehen würde; er überlegte sogar, ihn anzurufen. Aber İkmen war mit seinen eigenen Angelegenheiten in Kappadokien beschäftigt und würde ganz bestimmt nichts von irgendwelchen besorgniserregenden Entwicklungen in Istanbul hören wollen.

Etwas unterhalb des Taksim-Krankenhauses, auf der linken Seite der Siraselviler Caddesi, lag die Weinhandlung La Cave – die größte der Türkei und das Lieblingsgeschäft von Süleymans Vater Muhammed. Obwohl der alte Mann im Grunde mittellos war, gefiel er sich noch immer in der Rolle des Bonvivants und hielt sich relativ häufig im La Cave auf, um neue aufregende Weine zu kosten. Um sich von seinen derzeitigen Sorgen ein wenig abzulenken, beschloss Mehmet, seinem Vater eine Flasche Wein zu kaufen und sie beim Abendessen gemeinsam mit ihm zu leeren. Kaum hatte er den nach Zigarren und Wein duftenden Laden betreten, näherte sich ihm auch schon einer der freundlich lächelnden Verkäufer. Doch jemand anders kam ihm zuvor.

»Sunel Bey?«

Die samtige Stimme ließ Süleyman zusammenzucken. Als er sich umdrehte, stand Mürsel vor ihm, wie immer tadellos gekleidet.

»Mürsel Bey. Welch eine Überraschung.«

Aus den Augenwinkeln sah Süleyman, wie der Verkäufer ihn verwirrt musterte. Schließlich waren Muhammed Süleyman Effendi und seine Familie in dieser Weinhandlung bestens bekannt.

»Ich hoffe doch, eine angenehme Überraschung?«, sagte Mürsel lächelnd.

»Ja …« Da Süleyman fürchtete, dass der Verkäufer jeden Moment herüberkommen und seine Tarnung auffliegen lassen könnte, fügte er rasch hinzu: »Aber mir ist gerade bewusst geworden, dass ich im Moment gar keine Zeit habe, mich in Ruhe nach einem guten Wein umzusehen. Ich muss zurück in mein, äh, Büro …«

»Oh, dann begleite ich Sie ein Stück«, sagte Mürsel. »Auch ich muss mich wieder meinen Geschäften widmen. Ich habe gerade einen sehr guten Beaune gekauft, zumindest hoffe ich das …«

»Äh … gut.«

Süleyman stürzte förmlich zur Tür, sehr zur Verwirrung des Verkäufers, der herbeieilte, um dem Inspektor und diesem Mann, der gerade ein kleines Vermögen für eine Flasche Wein gezahlt hatte, die Tür aufzuhalten.

Als sie wieder auf der Straße standen, fragte Mürsel mit einem breiten Lächeln: »Also, was hat Sie denn – abgesehen vom La Cave – nach Cihangir verschlagen, Sunel Bey?«

Trotz der Aufregung reagierte Süleyman blitzschnell. »Ich habe eine Verwandte von mir im Taksim-Krankenhaus besucht.«

»Oh. Möge es ihr bald bessergehen«, antwortete Mürsel höflich.

»Vielen Dank.«

Mürsels Aftershave verströmte bereits aus einiger Entfernung einen intensiven Duft, der jedoch regelrecht überwältigend wurde, als der Mann nun dicht an Süleyman herantrat. »Ich gehe heute Abend wieder in den Hamam«, sagte er.

»Tatsächlich?« Süleyman blickte ihm direkt in die Augen.

»Wenn Sie sich mir vielleicht anschließen wollen ...«

»Tut mir leid. Ich muss nach Hause«, sagte Süleyman.

»Zu Ihrer Frau und Ihrem kleinen Jungen?«

»Ja.« Süleyman spürte, wie er erbleichte. Hatte er Mürsel von Zelfa und Yusuf erzählt? Das konnte er sich eigentlich nicht vorstellen. Nein, er war sich ganz sicher: Er hatte ihm nichts gesagt. Vielleicht hatte der Mann nur gut geraten?

Mürsel trat noch einen Schritt näher. »Ich denke, Sie könnten im Hamam mehr Spaß haben. Man würde dort wesentlich größeren Gefallen an Ihnen finden – vor allem ich.«

Da der Inspektor den Mann später gegebenenfalls genauer unter die Lupe nehmen musste, konnte er nicht so unverblümt oder abweisend reagieren, wie er gerne wollte. Er befand sich in einer echten Zwickmühle. Ratlos drehte er sich um und wollte den Hügel hinauf in Richtung Krankenhaus gehen, wo sein Wagen stand.

»Sunel Bey!«

»Es tut mir leid, Mürsel Bey, aber ich muss nun wirklich gehen«, sagte er, ohne den Mann noch einmal anzublicken, der vor der Weinhandlung stehen geblieben war. »Vielleicht ein andermal.«

»Oh, darauf können Sie sich verlassen, Sunel Bey«, erwiderte Mürsel mit einem Lächeln in der Stimme. »Ich werde Sie beim Wort nehmen.«

Süleyman erschauderte. Ob Mürsel nun selbst der Spanner war, ob er den Gewalttäter nur kannte oder völlig andere Interessen verfolgte – auf jeden Fall besaß er ein nahezu unheimliches Talent, immer dort aufzutauchen, wo Süleyman gerade war. Erneut fragte sich Süleyman, ob Mürsel ihn verfolgte, und wenn ja, warum. Der Mann fand zwar offenbar Gefallen an ihm, oder tat zumindest so, aber in Istanbul wimmelte es von gut aussehenden Männern, von denen viele deutlich jünger waren als er. Jemand, der so attraktiv, wohlhabend und gebildet war wie Mürsel, konnte doch sicher jederzeit auf seine Kosten kommen. Nein, es musste etwas anderes dahinterstecken, etwas, das hoffentlich nichts mit Süleymans tatsächlichem Beruf zu tun hatte. Ardiç hatte ihm geraten, im Fall des Spanners erst einmal anderen Spuren nachzugehen. Mürsel beschatten zu lassen wäre sicher nicht die schlechteste Wahl.

Außer ein wenig Absperrband und einem ziemlich gelangweilten Jandarma, der vor dem Feenkamin Wache hielt, gab es draußen kaum etwas zu sehen. Zwar zählte der junge Mann nicht zu den Beamten, die İkmen bereits im Dorf kennen gelernt hatte, aber er war von der Polizeimarke des Inspektors gebührend beeindruckt und nur allzu gerne bereit, ihm und seinem britischen Freund den Ort zu zeigen, an dem Aysu Alkaya ihren letzten Atemzug getan hatte. Sich durch schmale Gänge und übel riechende Löcher im zerklüfteten Tuffsteinboden zu quetschen, war alles andere als angenehm für İkmen und Tom, aber immerhin war es ein Erlebnis.

»Hier gibt's nicht viel zu sehen«, sagte Tom und bewegte den Lichtstrahl seiner Taschenlampe über die Wände einer engen, hohen Kammer am äußersten Ende des Höhlenkomplexes. »Nur irgend so eine Klosterklause.«

»Einsiedelei«, meinte İkmen, während er den rauen Untergrund betrachtete.

»Wie bitte?«

»Das waren keine Klöster, sondern Einsiedeleien«, erläuterte İkmen. »Die christlichen Mystiker kamen hierher, um in Einsamkeit zu leben, und nicht, um eine Klostergemeinschaft zu gründen. Sie versuchten, dem höchst seltsamen abgeschiedenen Leben des Säulenheiligen Simeon nachzueifern.«

»Da drüben ist ein kleines Wandgemälde«, sagte Tom auf Englisch. »Es scheint wesentlich besser erhalten zu sein als die verwitterten Fresken in den Höhlen über uns.«

İkmen sah, wie der Brite mit der Taschenlampe in eine Art Schacht in der Ecke der Höhle leuchtete. Obwohl er seine Füße mittlerweile kaum noch spürte, ging er hinüber und warf einen Blick darauf.

»Was ist das?«, fragte er erstaunt. Bei diesem Fresko handelte es sich nicht um die üblichen verblassten Wandmalereien, wie es sie in den umliegenden Tälern zuhauf gab, sondern um eine farbenprächtige detaillierte Darstellung zweier Gestalten. Das Bildnis, das, wie İkmen vermutete, byzantinischen Ursprungs war, zeigte einen Mann mit Heiligenschein, der einen anderen, stark bandagierten Mann mit Gehstock in einen Garten führte. »Was bedeutet diese Malerei?«

Der Brite seufzte. »Es ist zwar schon ziemlich lange her, dass ich die Sonntagsschule besucht habe, Inspektor İkmen, aber ich glaube, die Gestalt mit dem Heiligenschein stellt Jesus Christus dar, und der andere Mann ... also die Bandagen könnten ein Hinweis darauf sein, dass er tot ist ... Andererseits deutet der Stock auf ein Gebrechen hin. Es dürfte Jesus sein, wie er Lazarus von den Toten auferweckt oder wie er den Leprakranken heilt.« Der junge Brite sah İkmen an. »Am besten, Sie fragen einen Experten. Aber es ist ein wundervolles Wandgemälde, und wenn es wirklich Lazarus sein soll, ist es ziemlich passend.«

»Was meinen Sie damit?«

»Na ja«, lachte Tom leise, »vielleicht halten Sie das ja für verrückt, Inspektor, aber im Neuen Testament gibt es eine Geschichte, in der Jesus einen Mann namens Lazarus von den Toten auferweckt. Dieses Mädchen, deren Leichnam hier gefunden wurde ... also irgendwie ist auch sie von den Toten auferstanden, oder? Der Mörder kann doch nun gefunden und bestraft werden.«

»Das gefällt mir«, sagte İkmen lächelnd. »Jetzt kann Aysu aus dem Reich der Toten heraus Gerechtigkeit fordern.«

»Ja, und mit Ihrer Hilfe wird ihr das vielleicht sogar gelingen. Meinen Sie, der Jandarma weiß irgendwas über das Fresko?«

İkmen wandte sich an den Beamten und erfuhr, dass nach Beendigung der Spurensuche »irgendein Kunstexperte« aus Ankara nach Kappadokien kommen und einen Blick auf »diese Wandkritzelei« werfen wolle.

»Weiß abgesehen von der Polizei, der Gendarmerie und diesem Kunstexperten sonst noch jemand von dem Fresko?«, hakte İkmen nach.

»Was, von der Kritzelei da?«

»Ja.«

»Ich glaube nicht«, erwiderte der Jandarma. »Wenn Inspektor Erten und seine Männer ihre Arbeit hier beendet haben, sollen wir die Höhle noch eine Weile bewachen. Wie lange, weiß ich nicht. Das Bild ist wohl ziemlich wertvoll, oder?«

»Das kann man so sagen«, bestätigte İkmen und ging wieder zu dem Briten hinüber, der gerade einen kleinen Fotoapparat aus der Tasche geholt hatte. »Anscheinend wissen noch nicht sehr viele Leute von dem Fresko«, sagte er.

»Ach?«

»Die örtliche Polizei erwartet einen Kunstexperten aus Ankara«, erklärte İkmen. »Vielleicht wäre es das Beste, wenn wir die Sache vorläufig für uns behalten, Tom, wenn Sie verstehen, was ich meine …«

Der junge Mann zuckte die Achseln. »Okay.«

»Also keine Fotos«, sagte İkmen und nahm ihm behutsam die kleine Olympus aus der Hand.

»Ein Jammer.«

»Tom, in dieser Höhle wurde ein Mensch ermordet. Abgesehen von unserem Polizeifotografen sollte hier niemand Aufnahmen machen.«

»Stimmt.«

İkmen und Tom kehrten genau in dem Moment zur Kapelle des Säulenheiligen Simeon zurück, als Turgut Senar und der Rest der Gruppe aus dem Inneren der Felsenkirche auftauchten.

»Und, haben Sie die Höhle gefunden, in der der Leichnam des Mädchens entdeckt wurde?«, fragte der Fremdenführer und musterte kühl İkmens Gesicht, das ganz verfroren wirkte.

»Oh ja«, erwiderte der Inspektor lächelnd. »Das haben wir.«

»Und?«

»Und was?«, fragte İkmen.

»Sind Sie hineingegangen? Haben Sie gesehen …«

»Ich habe mit dem Jandarma gesprochen, der die Höhle bewacht.«

Turgut Senar legte eine Hand auf İkmens Arm und teilte dann den anderen Reisenden mit, dass das Fahrzeug für den Rücktransport nach Muratpaşa bald eintreffen werde. Anschließend wandte er sich erneut mit ernster Miene an İkmen. »Sagen Sie, Inspektor, dieser DNA-Test, den Ihre Leute in Istanbul durchführen, was wird da eigentlich genau gemacht?«

»Ich bin kein Wissenschaftler«, erwiderte İkmen. »Ich weiß es nicht genau. Warum?«

»Können Sie sich das nicht denken?«

İkmen zuckte die Achseln.

»Mein Bruder hat Aysu Alkaya nicht umgebracht«, stieß Turgut hervor. »Ich will, dass diese Sache endlich vorbei ist!«

»Dafür wird die DNA-Analyse wohl auf jeden Fall sorgen«, sagte İkmen. »Sämtliches DNA-Material, das nicht zur Toten gehört, wird analysiert und mit genetischen Proben aller Beteiligten verglichen. Wenn Ihr Bruder nicht in dem Feenkamin gewesen ist, wird sich auch keine Spur von ihm dort finden.«

Der Fremdenführer runzelte die Stirn. »Was soll das heißen?«

»Das soll Folgendes heißen: Wenn wir Glück haben und tatsächlich DNA aus der damaligen Zeit sicherstellen können – zum Beispiel aus Haaren, Hautpartikeln oder Kleidungsfasern, die wir in der Höhle finden –, lässt sich die Identität desjenigen bestimmen, der zum Zeitpunkt von Aysu Alkayas Tod bei ihr war. Wir werden Ihren Bruder und alle anderen Personen, die etwas mit dem Fall zu tun haben, auffordern, uns Vergleichsproben zur Verfügung zu stellen.«

»Was?«

İkmen bemerkte, wie Turgut Senar schlagartig erbleichte. »Wir nehmen einen Abstrich aus dem Mund«, fuhr er fort. »Das ist vollkommen schmerzlos. Der Speichel ist bei jedem Menschen anders und verrät unseren Spezialisten alles, was sie brauchen, um einen genetischen Vergleich mit der DNA aus der Höhle machen zu können. Allerdings bezweifle ich, dass man Sie auffordern wird, eine Speichelprobe abzugeben.«

»Und warum nicht?«

»Also, das liegt daran, dass zwar jede Probe einzigartig ist, Sie aber als leiblicher Bruder von Kemalettin eine sehr ähnliche DNA besitzen. Und das gilt natürlich auch für Ihre Mutter. Soweit ich weiß, können mit dieser Methode sogar sehr entfernte Verwandtschaftsverhältnisse nachgewiesen werden. Deshalb dürfte zunächst einmal eine Probe Ihrer Familie genügen, vorzugsweise von Kemalettin. Allerdings bleibt das meinen Kollegen in Nevşehir überlassen. Vielleicht wollen sie ja auch gleich von jedem eine Probe nehmen.«

»Verstehe.« Turgut blickte zu Boden. »Also ...«

»Ich hoffe, dass wir auf diese Weise ein für alle Mal klären können, wer in jener Nacht bei dem Mädchen war. Außerdem sollten wir so die Vaterschaft ihres ungeborenen Kindes feststellen können. Und die Ergebnisse werden hoffentlich alle Beteiligten zufrieden stellen.«

Damit ließ İkmen Turgut Senar stehen und schloss sich wieder seinem jungen englischen Freund an. Es hatte keinen Sinn, weiter mit dem Fremdenführer über die DNA-Analyse zu sprechen. Anscheinend hatte er die Erläuterungen des Polizeibeamten verstanden, aber seine Furcht war nicht zu übersehen. Natürlich konnte diese Angst auch mit der Tatsache zusammenhängen, dass er ein einfacher Mann vom Land war, der sich mit wissenschaftlichen Methoden nicht auskannte, aber möglicherweise steckte auch mehr dahinter. Und als von Natur aus misstrauischer Mensch beschloss İkmen, weitere Erkundigungen über Turgut und seine Familie einzuholen.

»Normalerweise habe ich nicht so viele Gäste beim Iftar-Mahl«, sagte Menşure und beobachtete den Koch und dessen Tochter dabei, wie sie den riesigen Küchentisch deckten. »Aber da du ja anscheinend viele neue Freunde gefunden hast ...«

»Hm.« İkmen beugte sich gedankenverloren über den Tisch und nahm eine Dattel von einem kleinen silbernen Teller.

Er wollte sie sich gerade in den Mund stecken, als er Menşures eisernen Griff um sein Handgelenk spürte.

»Es ist noch nicht so weit!«, sagte sie streng, als sie den schockierten Gesichtsausdruck ihres Kochs sah.

»Oh.«

İkmen legte die Dattel zurück und gab sich Mühe, ein betretenes Gesicht zu machen.

»Versuch wenigstens, so zu tun, als würdest du den Ramadan einhalten«, sagte Menşure. »Der Koch arbeitet schon seit Jahren für mich. Ich möchte nicht, dass seine Gefühle verletzt werden.«

»Natürlich nicht.«

Neben ihren Hotelgästen hatte Menşure auch Altay Salman samt Familie sowie Rachelle Jones eingeladen – »diese Australierin, die du so magst«.

»Wie ich sehe, hat der gute Hauptmann Frau und Tochter mitgebracht«, sagte Rachelle nun auf Englisch zu İkmen.

Da die Sonne inzwischen offiziell untergegangen war, griff İkmen nach einem Fruchtkonfekt. »Hm«, sagte er und ließ sich die klebrige Süßigkeit auf der Zunge zergehen. »Nette Leute. Ich glaube, Sie würden ihm eine Freude machen, wenn Sie sich ein bisschen um seine Frau kümmern könnten. Sie fühlt sich offenbar sehr einsam hier.«

»Ja, warum nicht«, erwiderte die Australierin mit einem schiefen Lächeln. »Sie ist bestimmt eine überaus liebenswerte Frau. Aber können Sie mir mal erklären, Inspektor, warum ich mich immer zu verheirateten Männern hingezogen fühle?«

İkmen schluckte den Rest des Konfekts hinunter und zündete sich eine Zigarette an. »Nein, Miss Jones, das kann ich nicht«, sagte er schließlich. »Altay Salman ist nun mal ein sehr charmanter, gut aussehender Mann, der überall Aufmerksamkeit auf sich zieht.«

Und tatsächlich: Nicht nur Dolores Lavells Freundin

Emily, sondern auch fast alle anderen weiblichen Gäste schienen förmlich an den Lippen des Hauptmanns zu hängen. Seine Frau Sevgi, die allem Anschein nach daran gewöhnt war, beobachtete amüsiert, wie ihr Mann Hof hielt. Dolores Lavell war die Einzige, die einen männlichen Begleiter mitgebracht hatte – Turgut Senar.

Jetzt gesellte sie sich zu İkmen und Rachelle Jones und erklärte: »Turgut hat mich ins Haus seiner Mutter eingeladen. Für morgen. Ist das nicht toll?«

»Nalan Senar besitzt ein ziemlich beeindruckendes Haus, mit einigen gut erhaltenen Fresken in einem der Nebengebäude«, sagte Rachelle. »Aber sie ist eine gemeine alte Hexe, und wenn du nicht auf anatolische Hirtenhunde versessen bist …«

»Mich fasziniert nur der Gedanke, so ein weitläufiges Tuffsteinhaus mal von innen zu sehen. Bisher habe ich ja nur einen kurzen Blick in einen dieser authentischen bewohnten Feenkamine werfen können.«

»Na, hoffentlich gelingt es Turgut, seinen Bruder so lange aus dem Haus zu schaffen«, sagte Rachelle achselzuckend.

Dolores runzelte die Stirn. »Was hast du nur gegen seinen Bruder, Rachelle?«

»Nichts, aber du warst schließlich schon oft genug hier, um zu wissen, dass Kemalettin dauernd an sich rummacht, Dolores.«

»Er ist krank«, sagte die Amerikanerin mit trauriger Stimme. »Ich kann mich in seinen Schmerz hineinversetzen. Ich habe mich lange genug um die Kranken in meiner eigenen Familie gekümmert.«

Als Dolores kurz darauf zu Turgut Senar zurückkehrte, begrüßte dieser sie ganz untypisch mit einem freundlichen Lächeln.

Rachelle Jones warf İkmen einen Blick zu und äffte Dolores' Worte leise nach: »›Ich kann mich in seinen Schmerz hineinversetzen‹.« Dann sagte sie etwas lauter: »Herrje! Ich weiß ja, dass sie Amerikanerin ist, aber …« Sie sah zu Dolores und Turgut hinüber, die sich angeregt unterhielten, und zog die Augenbrauen hoch. »Dolores kommt schon seit vielen Jahren hierher, aber jetzt sehe ich sie zum ersten Mal mit einem Mann. Und ausgerechnet mit Turgut Senar!« Sie schüttelte den Kopf. »Verdammt, der kriegt doch sonst die Zähne nicht auseinander!«

İkmen lachte. »Die beiden sind heute Morgen während der Ballonfahrt ins Gespräch gekommen«, sagte er. »Ich nehme an, Herr Senar ist verheiratet?«

»Oh ja«, erwiderte die Australierin. »Und genau wie der charmante Hauptmann ist auch er noch nie vom Pfad der Tugend abgekommen. Zumindest bis jetzt. Seine Frau ist so eine kleine unscheinbare Gestalt mit Kopftuch. Aber er mag sie – das dachte ich zumindest.« Sie blickte wieder zu Turgut und Dolores hinüber und schnalzte gereizt mit der Zunge. »Seltsam. Er muss Dolores im Laufe der Jahre doch irgendwann mal über den Weg gelaufen sein.«

»Vielleicht hat er erst jetzt erkannt, wie liebenswert sie ist«, sagte İkmen.

Rachelle Jones sah ihn mit zusammengekniffenen Augen an. »Sie meinen wohl, er braucht dringend eine größere Summe Geld.«

İkmen lächelte und zuckte nur die Achseln.

»Ich traue ihm einfach nicht«, sagte Rachelle und beobachtete, wie der einsilbige Fremdenführer mit der normalerweise eher zurückhaltenden Amerikanerin flirtete. »Sehen Sie nur, welche Wirkung er auf sie ausübt. Normalerweise verhält sie sich gegenüber Männern nicht so. Dafür ist sie viel zu selbstbewusst.«

Auch İkmen hatte Dolores auf den ersten Blick anders eingeschätzt, aber vielleicht lagen er und Rachelle ja falsch, und nicht Dolores hatte sich verändert, sondern Turgut. İkmen hob sein Glas und prostete Altay Salman zu. Selbst in Istanbul, wo Männer wie er keine Seltenheit waren, hatte Altay sich großer Beliebtheit bei den Frauen erfreut. Vielleicht hatte es mit den Pferden zu tun? Schließlich hatte jeder Mann irgendeine Besonderheit, irgendeine »Masche«. Bei Altay waren es die Pferde, bei Mehmet Süleyman die aristokratische Abstammung, bei ihm selbst ... na ja, bei ihm hing es vermutlich mit der Stimme zusammen, dachte İkmen. Aber was an Turgut Senar das Besondere war, ließ sich nicht so leicht feststellen.

Als Menşure Tokatlı genug von ihren Gästen hatte, verkündete sie mit lauter Stimme, es sei nun an der Zeit, dass sie ihren Kater fütterte. Und da auch die Gäste, die Kismet und seine Neigung zu Gewaltausbrüchen noch nicht kannten, umgehend von den anderen in Kenntnis gesetzt wurden, machten sich alle so schnell wie möglich aus dem Staub.

Auch İkmen kehrte eilig in sein Zimmer zurück, rauchte eine Zigarette und dachte an das wunderbare Wandgemälde, das er und Tom in der Höhle entdeckt hatten, in der Aysu Alkaya gestorben war. Es konnte kein Zufall sein, dass man die Leiche an einem so bedeutenden, wenn auch bis dahin unbekannten Ort gefunden hatte. Vielleicht war das Fresko ja ein Geheimnis zwischen Aysu und demjenigen gewesen, mit dem sie sich im Tal der Mönche getroffen hatte. Falls sie tatsächlich freiwillig dorthin gegangen und nicht verschleppt worden war. Angenommen, sie hatte ihren alten Ehemann in jener Nacht still und heimlich verlassen, so blieb immer noch die Frage, ob sie sich mit Kemalettin Senar oder einem anderen unbekannten Bewunderer verabredet hatte. İkmen konnte sich kaum vorstellen, dass Kemalettin einst jung und begehrenswert gewesen sein sollte. Inzwischen war er jedenfalls ein schwer gestörter Mann, in dessen Schmerz sich zumindest Dolores Lavell »hineinversetzen« konnte. Und vielleicht war genau das der Grund, warum Turgut Senar plötzlich Gefallen an ihr gefunden hatte. Vielleicht hatten sie über Kemalettin gesprochen und Dolores' Mitgefühl für die arme Seele hatte das Herz des barschen Kappadokiers berührt. Denn nach allem, was İkmen bisher mitbekommen hatte, war Turgut Senar sehr fürsorglich gegenüber seinem Bruder.

11

Es war dunkel, ziemlich kalt und still – Zeit, den Einsatz zu erhöhen. Es hatte mehr Spott und Anspielungen gegeben als zunächst erwartet, doch das würde sich jetzt ändern. Nun kam eine Demonstration seines Könnens. Er hätte es in den vergangenen Wochen und Monaten jederzeit unter Beweis stellen können, aber wenn er ehrlich war, hatte die bewusste Zurückhaltung auch ihren Reiz gehabt. Obwohl das Ganze alles andere als ein Spiel war.

Der Junge, dem Vernehmen nach ein Kellner und Stricher, trat aus der Tür des Saray Hamams in Karaköy, ohne nach links oder rechts zu schauen. Das Messer, das seine Halsschlagader durchtrennte, tauchte wie aus dem Nichts auf – schnell, sauber, ohne jedes Geräusch. Der Kleine hatte wahrscheinlich nicht einmal mitbekommen, dass er tot war. Perfekt.

İkmen frühstückte nur selten, beschloss aber an diesem Morgen, sich auf eine Tasse Kaffee und eine oder mehrere Zigaretten zu Menşures nicht-muslimischen Gästen zu gesellen; schließlich würde dies sein letzter Tag in dem Dorf sein. Das Restaurant lag im oberen Bereich des Hotels und bot einen fast so spektakulären Ausblick auf die umliegenden Täler, wie İkmen ihn während der Ballonfahrt genossen hatte. Die Amerikanerin Emily winkte ihm von ihrem Tisch aus zu, er entschied sich jedoch für einen Platz neben Tom, der zu seiner großen Freude bereits kräftig an einer Zigarette zog. İkmen setzte sich, und als er bei der Kellnerin einen Kaffee bestellte, fiel ihm auf, dass Menşure ihm einen vernichtenden Blick zuwarf. Wenn sie sich selbst an den Ramadan gehalten hätte, wäre er ja bereit gewesen, ihren Wünschen entgegenzukommen. Da er jedoch wusste, dass sie allen nur etwas vormachte, ignorierte er ihr Missfallen einfach. Und die Drohung seiner Cousine, Kismet auf ihn zu hetzen, hatte ebenfalls an Wirkung verloren, weil Arto Sarkissian im Laufe des Tages vorbeikommen würde, um İkmen abzuholen.

Nachdem der Brite und der Polizeiinspektor aus Istanbul ein paar Höflichkeiten ausgetauscht hatten, meinte Tom schließlich: »Ich habe noch mal über das Fresko nachgedacht, das wir gestern entdeckt haben.«

»Psst!« İkmen beugte sich über den Tisch und bedeutete Tom, seine Stimme zu senken. »Wir wollten doch nicht in der Öffentlichkeit darüber reden. Was ist damit?«

»Die Höhle liegt zwar etwas abgelegen«, flüsterte Tom, »aber das Tal der Mönche ist eine beliebte Touristenattraktion. Wie kommt es, dass niemand das Kunstwerk oder die Leiche früher gefunden hat?«

İkmen zündete sich eine Zigarette an. »Ich weiß es nicht«, sagte er. »Aber ich habe auch schon darüber nachgedacht. Vielleicht wurde der Leichnam ja später in die Höhle gelegt; es ist zumindest eine Möglichkeit. Aber das beantwortet natürlich nicht die Frage nach dem Fresko.«

»Glauben Sie, jemand hat all die Jahre dafür gesorgt, dass die Höhle unentdeckt bleibt?«

Ehe İkmen darauf antworten konnte, tauchte Menşure an ihrem Tisch auf. »Unten steht ein Polizist, der dich sprechen will, Çetin.«

»Was für ein Polizist?«, fragte İkmen. »Oder meinst du einen Jandarma?«

»Nein, keiner von diesen klatschsüchtigen Dorfpolizisten! Der Stümper aus Nevşehir«, erwiderte sie. »Der, der wie ein Obdachloser aussieht. Offenbar hat er dir etwas Wichtiges zu sagen.«

Erten. Allerdings konnte İkmen sich nicht vorstellen, was den Inspektor nach Muratpaşa führte. Sie hatten verabredet, sich im Leichenschauhaus von Nevşehir zu treffen.

»Am besten, du holst ihn her«, sagte İkmen, als sein Mobiltelefon anfing zu klingeln. »İkmen«, meldete er sich.

Mit verächtlichem Blick machte Menşure sich auf den Weg. Sie war es nicht gewohnt, in ihrem eigenen Haus oder sonst irgendwo wie ein Dienstmädchen behandelt zu werden.

»Çetin, hier ist Arto«, sagte eine müde Stimme am anderen Ende der Leitung.

»Plötzlich habe ich so eine Vorahnung«, entgegnete İkmen, schenkte Tom ein entschuldigendes Lächeln und wandte sich ab, um in Ruhe sprechen zu können.

»Und zu Recht«, sagte sein Freund. »Mein Getriebe hat den Geist aufgegeben; es wird zwar gerade repariert, aber vor morgen früh kann ich nicht bei dir sein.«

»Du hast den Wagen doch gerade erst gekauft!«, rief İkmen entsetzt.

»Ich fahre ihn seit fünf Jahren, Çetin.«

»Wie ich schon sagte, er ist nagelneu.« Was verglichen mit seinem eigenen bedauernswerten Auto ja auch zutraf, dachte İkmen.

Der Armenier ignorierte İkmens letzte Bemerkung. »Hör zu, Çetin, kannst du bitte mit dem Leichenschauhaus in Nevşehir vereinbaren, dass ich die Gewebeproben morgen nehme? Oder glaubst du, das geht nicht?«

»Gib mir zwei Minuten, dann kann ich es dir sagen«, erwiderte İkmen und winkte Erten an seinen Tisch. »Mein Kollege aus Nevşehir ist gerade eingetroffen.«

Der schäbig gekleidete Inspektor kam mit grauem Gesicht auf ihn zu. »Inspektor İkmen, ich muss Sie ...«

»Unser Pathologe aus Istanbul wird sich verspäten«, unterbrach İkmen ihn. »Irgendein Problem mit dem Wagen.

Meinen Sie, wir können auch morgen ins Leichenschauhaus, um Gewebeproben zu entnehmen?«

Erten erwiderte lächelnd, das dürfte kein Problem sein. Als das geklärt war, vereinbarte İkmen mit Arto, dass der Pathologe ihn am nächsten Morgen abholen sollte und sie dann gemeinsam nach Nevşehir fahren würden. Nachdem der Inspektor das Telefonat beendet hatte, wandte er sich an den jungen Briten: »Wie es aussieht, bleibe ich noch eine Nacht hier.«

»Klasse«, erwiderte Tom. Er hatte Gefallen an İkmen gefunden – was auf Gegenseitigkeit beruhte. »Vielleicht können wir dann heute Abend zusammen essen …?«

»Sehr gern.«

Tom erhob sich, nickte Erten zu und fragte İkmen: »Gegen acht? Hier im Restaurant? Ich will heute die unterirdische Stadt Derinkuyu besichtigen, und wie ich sehe, sind Sie beschäftigt.«

»Prima, das passt mir gut«, sagte İkmen. Er blickte dem jungen Mann lächelnd hinterher und wandte sich dann erneut an Erten. »Sie wollten mich sprechen?«

»Ich bin extra hergekommen, weil wir doch Speichelproben von allen nehmen müssen, die in den Fall Aysu Alkaya verwickelt waren.«

İkmen nickte und zündete sich bereits die zweite Zigarette an.

Leicht schockiert murmelte Erten: »Na, ich muss schon sagen …«

»Ja? Und?«

»Oh, äh, ich … Sollen wir die Proben jetzt sofort nehmen, damit alle zusammen ins Labor geschickt werden können?«

»Das wäre ideal«, erwiderte İkmen. »Allerdings müssen Sie diejenigen, die Sie testen wollen, erst um ihre Zustimmung bitten. Oder Sie besorgen sich eine richterliche Verfügung.«

»Ja. Ja, richtig.« İkmen bemerkte, dass Erten gierige Blicke auf seine brennende Zigarette warf.

»Und Sie brauchen natürlich entsprechende Abstrichtupfer«, fuhr er fort. »Haben Sie denn nicht mit Ihrem Polizeiarzt darüber gesprochen?«

»Doch, doch.« Erten lächelte vage. »Aber er sagt, er hat so was noch nie gemacht. Eine DNA-Probe genommen. Er steht kurz vor der Pensionierung und ...«

»Was halten Sie von folgendem Vorschlag: Dr. Sarkissian kann nicht vor morgen früh hier sein. Lassen wir ihn doch einfach seine Proben im Leichenschauhaus nehmen und warten dann ab, was dabei herauskommt«, sagte İkmen. »Möglicherweise kriegen wir gar keine brauchbaren Ergebnisse, mit denen wir die Proben von anderen Beteiligten vergleichen könnten. In dem Fall wäre das ganze Prozedere, vor dem einige Dorfbewohner sich jetzt schon fürchten, umsonst gewesen.«

»Sie haben mit den Leuten über die Tests gesprochen?«, fragte Erten nervös.

»Mit Turgut Senar«, erwiderte İkmen. »Ein Mann mit vielen Sorgen, wie mir scheint.«

»Tatsächlich?«

»Ja.«

»Hm.« Erten legte nachdenklich einen Finger an die Lippen. »Ich muss die Senars, die Kahramans und Haldun Alkaya sowieso noch mal befragen.«

»Ich weiß.« İkmen lächelte. »Die meisten von ihnen habe ich bereits kennen gelernt. Sie wissen ja vermutlich, dass ich eine junge Britin kannte, die vor vielen Jahren in dieser Gegend spurlos verschwunden ist.«

»So etwas habe ich gehört.«

»Deshalb habe ich mich mit einigen Dorfbewohnern unterhalten ...« Es erschien İkmen nicht ratsam, Erten mitzuteilen, wie viel er dabei über Aysu Alkaya herausgefunden hatte. Allerdings gab es jemanden, mit dem er noch nicht geredet hatte, und er konnte es sich nicht verkneifen, seinen Kollegen aus Nevşehir auf die betreffende Person anzusprechen. »Kemalettin Senars Mutter habe ich bisher noch nicht zu Gesicht bekommen, Nalan heißt sie, oder?«

»Ja«, sagte Erten und beobachtete sehnsuchtsvoll, wie İkmen seine Zigarette ausdrückte und sich sofort die nächste ansteckte. »Verstehe.«

Menşure Tokatlı, die hinter dem Frühstücksbuffet stand und einen Teil des Gesprächs mit angehört hatte, seufzte ungeduldig. All diese Höflichkeiten, Andeutungen und versteckten Hinweise – was für eine Zeitverschwendung! Çetin war wesentlich intelligenter und wichtiger als dieser Lumpensammler aus Nevşehir. Warum sagte er ihm nicht einfach, dass er Nalan Senar besuchen und sie befragen wollte? Gereizt drehte Menşure sich um und ging in die Küche, um noch Kaffee für ihre Gäste zu holen.

Es war schwer zu sagen, was Zelfa von ihrer derzeitigen Situation hielt. Mehmet Süleyman hatte seine Frau am Abend zuvor angerufen, um mit ihr über ihre Beziehung zu sprechen – falls so etwas zwischen ihnen überhaupt noch existierte. Aber sie war zu beschäftigt gewesen, weshalb er sich auf einen kleinen Einkaufsbummel in der İstiklal Caddesi mit ihr verabredet hatte. Der Samstag war schließlich sein freier Tag, und obwohl seine Gedanken ständig um den Spanner, den beunruhigenden Mürsel und den Gesundheitszustand von Abdullah Aydın kreisten, hoffte er, ein Besuch der Musikgeschäfte und Buchhandlungen würde ihm und Zelfa guttun. Und da seine Eltern den Vormittag über auf den kleinen Yusuf aufpassten, würde der Ausflug nicht nur an »alte Zeiten« erinnern, sondern ihnen auch Gelegenheit zum Reden geben.

Normalerweise, wenn er irgendwelche Besorgungen in

Beyoğlu zu erledigen hatte, stellte er seinen Wagen immer vor dem Mietshaus der Cohens auf der Büyük Hendek Sokak ab. Aber samstags fand man in der Gegend schlecht einen Parkplatz, da sich die Wohnung der Cohens schräg gegenüber der Neve-Şalom-Synagoge befand, wo an diesem Tag Parkverbot herrschte. Außerdem waren sämtliche Nebenstraßen mit den Autos der Gottesdienstbesucher blockiert. Aus diesem Grund hatte er, nach einem viel versprechenden Start ins Wochenende – Zelfa hatte ihn leidenschaftlich geküsst, kaum dass sie den kleinen Yusuf bei seinen Eltern abgegeben hatten – auf der Tomtom Kaptan Sokak geparkt, hinter der katholischen Kirche Santa Maria Draperis. Von hier aus waren es nur ein paar Meter bis zur İstiklal Caddesi und der Robinson-Crusoe-Buchhandlung, wo Zelfa ihrer Leidenschaft für englischsprachige Literatur frönen konnte. Nachdem sie dort fündig geworden waren, machten Süleyman und Zelfa sich gerade auf den Weg, um irgendwo einen Kaffee und vielleicht ein Stück Kuchen zu genießen, als ihnen auf der Straße eine vertraute Gestalt mit einem Kinderwagen entgegenkam.

»Hülya!«

Die junge Frau blickte auf und sah erstaunt in die Gesichter ihrer Freunde, von denen sie angenommen hatte, dass sie kein Wort mehr miteinander wechselten. Die Tatsache, dass die beiden ihr gemeinsam begegneten und noch dazu Händchen hielten, brachte sie zum Schmunzeln.

»Hallo, Mehmet. Hallo, Zelfa«, sagte sie. Dann sah sie sich stirnrunzelnd um. »Wo ist Yusuf?«

»Meine Eltern passen auf ihn auf«, sagte Mehmet und betrachtete lächelnd den schlafenden Jungen im Kinderwagen. »Du weißt ja, dass Großeltern ihre Enkel am liebsten rund um die Uhr verwöhnen würden.«

Hülya verdrehte die Augen. »Oh ja. Timur hat jetzt schon jedes Spielzeug, das es für Kinder in seinem Alter gibt …«

»Deine Eltern?«

»Und Berekiahs Mutter«, erwiderte Hülya. »Ehrlich, man könnte meinen, ein kleiner Sultan wäre geboren worden!«

»Wie geht es Berekiah?«, fragte Zelfa, schaute in den Kinderwagen und machte ein schnalzendes Geräusch. »Er muss heute arbeiten, oder?«

»Nein«, sagte Hülya. »Sein Chef, der alte Herr Lazar, ist sehr fromm; deshalb hat Berekiah samstags immer frei, um zur Synagoge gehen zu können. Was er aber nicht tut.« Sie lachte. »Er liegt noch im Bett und schläft.«

Mehmet warf einen Blick auf seine Armbanduhr. Es war kurz vor zehn. Erstaunt zog er eine Augenbraue hoch, doch dann lächelte er. »Dafür haben die Goldschmiede an den anderen Tagen der Woche aber auch von frühmorgens bis spätabends geöffnet ...«

»Wenn der eigene Ehemann im Großen Basar arbeitet, bekommt man ihn nicht eben häufig zu Gesicht«, sagte Hülya zu Zelfa.

»Ich weiß, wovon du sprichst«, erwiderte die und sah zu ihrem Mann auf.

Mehmet Süleyman wollte gerade einen Kommentar zu diesem, wie er fand, amüsanten Dialog abgeben, als die gesamte İstiklal Caddesi in ihren Grundfesten erschüttert wurde. Sämtliche Passanten verstummten, ihre Gesichter wurden fahl und alle blickten in Richtung einer dunklen Rauchsäule, die wie eine düstere Drohung über dem Stadtteil Karaköy aufstieg.

Eine Sekunde lang starrte Hülya in den Morgenhimmel, dann stammelte sie leise: »Berekiah.«

Menschen schrien und rannten durcheinander und wenige Augenblicke später war die Luft vom unheilvollen Klang unzähliger Sirenen erfüllt.

Mehmet sah seine Frau an und sagte ernst: »Bring Hülya und Timur zum Wagen und fahrt nach Hause.«

Er holte die Autoschlüssel aus der Tasche und drückte sie Zelfa in die Hand.

»Berekiah!« Mit tränenblinden Augen drehte Hülya den Kinderwagen um und wollte loslaufen.

Mehmet Süleyman versperrte ihr rasch den Wag. »Nein. Fahr mit zu Zelfa nach Hause, Hülya.«

»Berekiah!« Die junge Frau blickte erneut in Richtung der immer größer werdenden Rauchsäule und begann zu kreischen.

»Wir wissen doch gar nicht, was passiert ist«, sagte Mehmet und fasste Hülya an den Schultern, um sie zu beruhigen. »Ich mache mich sofort auf den Weg und finde heraus, was passiert ist; das verspreche ich dir. Aber du und der Junge, ihr müsst jetzt mit Zelfa gehen. Du musst Timur in Sicherheit bringen.«

Zelfa legte einen Arm um Hülya, so dass ihr Mann sie loslassen konnte. Die beiden Eheleute wechselten einen ängstlichen Blick, dann sagte Zelfa: »Sei vorsichtig, Mehmet. Bitte.«

Er gab ihr rasch einen Kuss und rannte den Hügel hinunter in Richtung des alten Stadtteils Karaköy. Mit jedem Schritt kam er dem Unglücksort näher, der Rauch wurde immer dichter und allmählich drang der grässliche, schrecklich vertraute Gestank von verbranntem Fleisch in seine Nase. Es musste eine Gasexplosion gewesen sein oder, schlimmer noch, eine Bombe. Als Mehmets Lunge wegen des Sauerstoffmangels zu stechen begann, drängten sich ihm Bilder von Explosionen in anderen Teilen der Welt auf, Bilder von Tätern, die diese Anschläge verübt hatten, Bilder von denjenigen, gegen die sie gerichtet waren. In dem Moment, als er die Ilk Belediye erreichte, wusste er Bescheid: Sein Weg führte ihn zur Neve-Şalom-Synagoge. Als er die Kreuzung Ilk Belediye und Büyük Hendek Sokak erreicht hatte, schloss er für einen Moment die Augen, um sich ein paar Sekunden der Illusion hinzugeben, es sei nichts geschehen. Doch als er sie wieder öffnete, fühlte er sich schlagartig in die Zeit des Erdbebens von 1999 zurückversetzt: Krater im Erdboden, reglose Körper, begraben unter Glasscherben, Steinen, Holzbalken, und dann die Schreie …

»Inspektor!«

Wachtmeister Hikmet Yıldız trug keine Uniform, war aber trotzdem leicht zu erkennen und in diesem Inferno immerhin ein gewisser Trost.

»Yıldız!«

Die beiden Männer umarmten einander kurz, aber kräftig.

»Die Vorderseite der Synagoge hat es komplett weggerissen«, rief der junge Mann. Und als er das volle Ausmaß dessen erkannte, was er gerade gesehen hatte, packte ihn das nackte Entsetzen. »Ein kleines Mädchen ohne Kopf! Allah, steh uns bei!«, schrie er auf.

»Was ist denn nur geschehen?«, fragte Süleyman.

»Keine Ahnung!«, erwiderte Yıldız. »Ich wollte gerade zur İstiklal Caddesi, eine CD kaufen, als plötzlich …«

Er brach in Tränen aus. Süleyman legte einen Arm um Yıldız' Schulter und führte ihn zu einer Gruppe uniformierter Beamter, die versuchten, Passanten vom Ort des schrecklichen Geschehens fernzuhalten, damit die Notärzte und Sanitäter ihre Arbeit tun konnten. Süleyman zückte seinen Dienstausweis und zeigte ihn den Polizisten, die sofort salutierten.

»Was ist hier passiert?«, fragte der Inspektor.

Einer der Männer trat einen Schritt vor und zog Süleyman und Yıldız beiseite. Überall bildeten sich Gruppen von schreienden und verletzten Menschen und der Polizist bemühte sich, sie von dem hochrangigen Beamten fernzuhalten.

»Wir glauben, es war eine Autobombe, Inspektor«, sagte er. »Ein Selbstmordattentäter. Ist direkt in die Synagoge gefahren, mitten in die betenden Menschen.«

»Allah!«

»Männer, Frauen, Kinder!« Er schüttelte fassungslos den Kopf. »Sie hatten nicht die geringste Chance!«

Nach einer Weile wandte Süleyman den Blick von der zerstörten Synagoge ab und zwang sich, in eine für ihn noch schmerzhaftere Richtung zu schauen, zu den Mietshäusern auf der anderen Straßenseite – oder dem, was davon übrig geblieben war. Sämtliche Fenster waren zersplittert und ganze Fassadenstücke mit Teilen von Wohnzimmereinrichtungen schwebten über der Straße. Im ersten Geschoss eines der Häuser, dort, wo die Cohens wohnten, ragte ein großes eisernes Bettgestell aus den Resten eines Fensters. Eine unheimliche Stille lag über dem zerstörten Gebäude, aus dem kein Lebenszeichen drang, während auf der Straße die Schreie der Sterbenden und Schwerverletzten ertönten. Berekiah Cohen hatte, wie Süleyman wusste, noch geschlafen …

12

Nalan Senar war offensichtlich eine Frau, die Wert darauf legte, Eindruck zu machen. Einerseits war sie die fromme Dorfbewohnerin mit züchtigem Kopftuch, der Inbegriff der Ehrbarkeit, aber andererseits ... In İkmens Augen trug Frau Senar viel zu viel Schmuck, um als die einfache Bäuerin durchzugehen, die sie zu sein vorgab. Außerdem begegneten İkmen und Erten in ihrem Haus nicht nur einem riesigen Hund, sondern auch einer Vielzahl modernster Elektrogeräte – von denen allerdings keines eingeschaltet war, wie İkmen bemerkte, als die beiden Inspektoren Frau Senar an diesem grauen Samstagvormittag aufsuchten.

»Kemalettin weiß, wie man den ganzen Kram bedient«, sagte sie und hielt mehrere Fernbedienungen hoch. »Er ist derjenige, der immer Fernsehen guckt.«

»Wo ist Kemalettin jetzt, Frau Senar?«, fragte Erten, während er sich die Schuhe auszog und dann in einem Sessel Platz nahm, den Nalan ihm zugewiesen hatte.

»Ich weiß es nicht«, erwiderte sie leicht gereizt. »Warum? Wollten Sie ihn sprechen?«

»Nein«, sagte der Polizeibeamte aus Nevşehir lächelnd. »Wir würden uns gern mit Ihnen unterhalten. Vermutlich haben Sie ja schon gehört, was Inspektor İkmen aus Istanbul mit Aysu Alkayas sterblichen Überresten vorhat.«

»Ja.« Nalan Senar musterte İkmen eingehend und bot ihm dann einen Sessel neben seinem Kollegen an. »Irgendwelche Tests«, sagte sie, setzte sich ebenfalls und zog ihr Kopftuch fester um ihr dichtes, anscheinend blondes Haar. »Turgut hat mir davon erzählt. Er sagt, damit kann man zeigen, wer jemand wirklich ist.«

»So könnte man es ausdrücken. Man nennt diese Untersuchungen DNA-Tests«, erläuterte İkmen. »Falls irgendwelches Gewebe von demjenigen erhalten geblieben ist, der in der Nacht von Aysus Tod bei ihr war, können unsere Wissenschaftler sie mit Gewebeproben anderer Personen vergleichen.«

»Ziya Kahraman hat Aysu umgebracht und der ist tot«, fauchte Nalan Senar.

»Wie kommen Sie darauf?«, fragte İkmen.

»Ich weiß, wie schlecht er sie behandelt hat.«

»Und trotzdem haben Sie Ihren Sohn Kemalettin daran gehindert, das Mädchen zu heiraten – weil Ziya Kahraman ebenfalls um Aysu werben wollte. Ziya hat Sie sogar dafür bezahlt.«

Nalan Senar warf İkmen einen wütenden Blick zu. »Ja, warum auch nicht? Haldun Alkaya hatte nichts zu bieten. Ich hatte mir eine bessere Partie für meinen Sohn vorgestellt.«

»Der jetzt vollkommen allein ist«, sagte İkmen. »Ihre Söhne waren in der Nacht, als Aysu Alkaya verschwand, die ganze Zeit zusammen. Stimmt das, Frau Senar?«

Nalan sah zu Erten hinüber. »Ich habe der Polizei in Nevşehir schon vor zwanzig Jahren gesagt, wo meine Söhne waren.«

»Ja, aber …«

»Kemalettin und Turgut waren hier bei mir und ihrem Vater. Mein Mann lag damals im Sterben. Er hatte Krebs.« Sie warf einen kurzen Blick auf das Porträt eines blonden Mannes, das über dem Kamin hing. »Die Jungs waren damals die ganze Zeit bei mir. Sie sind gute Söhne.« Dann fügte sie, wieder an İkmen gewandt, hinzu: »Ziya Kahraman hat das Mädchen ermordet. Aber weil er tot ist, wird man es wohl nie beweisen können.«

»Ganz im Gegenteil«, erwiderte İkmen.

Nalan Senar runzelte die Stirn.

»Falls Nazlı Kahraman uns gestattet, eine Speichelprobe von ihr zu nehmen, können wir einen Vergleich durchführen«, erklärte İkmen. »Anhand dieser Proben lassen sich verwandtschaftliche Beziehungen feststellen, Frau Senar.«

»Und deshalb brauchen wir im Moment auch nicht jeden zu belästigen, der in irgendeiner Beziehung zu Aysu Alkaya stand«, warf Erten ein. »Sobald die Ergebnisse aus Istanbul vorliegen, werde ich unseren Polizeiarzt bitten, von jeweils einer Person aus jeder Familie eine Probe zu nehmen.«

»Aber was, wenn diese Person nichts mit dem Mord zu tun hat? Wenn er oder sie nur mit dem Übeltäter verwandt ist?«

»Dann wissen wir zumindest, in welcher Richtung wir weitersuchen müssen«, sagte İkmen. »Erst dann werden die anderen Familienmitglieder aufgefordert, ihrerseits eine Speichelprobe abzugeben.«

»Und das bedeutet für meine Jungs ...?«

»Einer Ihrer Söhne kann sich freiwillig zur Verfügung stellen«, sagte İkmen. »Oder natürlich Sie selbst.«

»Und bei den Kahramans ...«

»Nazlı Kahraman erhält eine Aufforderung«, sagte İkmen. »Ihr Sohn Turgut hat Ihnen doch sicher erzählt, dass Aysu Alkaya schwanger war, als sie starb ...«

»Baha Ermis verbreitet diese Lüge!«, fauchte Nalan Senar. »Pah! Dem glaube ich kein Wort!«

»Unser Arzt ist davon überzeugt, dass das Mädchen schwanger war, wenn auch in einem frühen Stadium«, sagte Erten.

»Womit Ziya Kahraman, der sich offenbar sehnlichst einen Sohn wünschte, als Täter vermutlich ausscheidet«, sagte İkmen.

»Aber Nazlı ...«

»Ja, Nazlı Kahraman könnte es getan haben«, meinte İkmen. »Sie hätte ein Motiv gehabt. Es sei denn, das Kind war nicht von Ziya. Aber wir, oder vielmehr unsere Wissenschaftler in Istanbul, können bestimmen, wer der Vater des Fötus war.«

»Tatsächlich?«, meinte Nalan, doch es klang eher wie eine Feststellung.

»Ja.«

Das Gespräch wurde plötzlich unterbrochen, als im Hof wütende Stimmen ertönten. Zeytin, der anatolische Hirtenhund, den Nalan vorübergehend in der Küche eingesperrt hatte, fing an zu bellen und zu heulen. Das Tier veranstaltete ein derartiges Theater, dass İkmen sich fragte, ob es wirklich allein war.

»Was ist denn da los?« Nalan Senar sprang auf und eilte zur Tür, dicht gefolgt von Çetin İkmen, der ihr über die Schulter schaute.

Draußen standen Nalans Söhne Turgut und Kemalettin sowie Dolores Lavell. Turgut hielt die Hand der Amerikanerin und brüllte seinen Bruder an.

»Du widerliches Schwein!«, schrie er über das Heulen des Hundes hinweg. »Entschuldige dich sofort bei Miss Lavell!«

»Aber ich ...«

»Ist schon gut, Turgut«, sagte die Amerikanerin besänftigend. »Ich habe deinen Bruder schon öfter so gesehen ...«

»Wichs nie wieder vor ihren Augen, hast du mich verstanden, Kemalettin?«, knurrte Turgut auf Türkisch. Und dann versetzte er seinem Bruder, der bereits vor ihm am Boden kauerte, einen Schlag mit der Faust. »Nie wieder!«

»Turgut!«

Er sah zu seiner Mutter hinüber.

»Was tust du da?«, rief sie.

»Das ist die Dame, von der ich dir erzählt habe, Mutter«, sagte er. »Kemalettin stand wichsend im Hof, als wir das

Tor öffneten. Das muss man sich mal vorstellen! Direkt vor ihren Augen …« Plötzlich entdeckte er İkmen hinter seiner Mutter und verstummte.

»Tut mir leid«, murmelte Kemalettin und hielt sich den Kopf an der Stelle, wo ihn die Faust seines Bruders getroffen hatte. »Tut mir wirklich schrecklich leid!«

»Halt den Mund.« Turgut versetzte Kemalettin einen weiteren Schlag.

»Hör auf!«, schrie die Amerikanerin. »Wie brutal du bist! Das werde ich mir nicht länger ansehen!«

Sie drehte sich um und stürmte hinaus auf die Straße. İkmen wollte gerade etwas sagen, als sein Mobiltelefon klingelte.

Ein Team von Feuerwehrleuten und mehrere Schwestern und Ärzte aus den umliegenden Krankenhäusern bahnten sich vorsichtig einen Weg zum Mietshaus der Cohens. Als Mehmet Süleyman fragte, ob er sich ihnen anschließen dürfe, stimmten sie unter der Voraussetzung zu, dass er sie ihre Arbeit tun ließ.

»Für mich ist nicht wichtig, warum das hier passiert ist«, erklärte ein junger Arzt. »Ich will nur dafür sorgen, dass diejenigen, die noch am Leben sind, es auch bleiben.«

»Die Leute im ersten Stock sind für mich wie eine zweite Familie«, erwiderte Süleyman. »Ich weiß nicht, was ich mache, wenn irgendjemandem von ihnen etwas zugestoßen ist.«

Der junge Arzt schenkte ihm ein ratloses Lächeln. Was sollte er auch darauf antworten? Schließlich wusste er genauso wenig wie Süleyman, ob überhaupt noch ein Mitglied der Familie Cohen am Leben war.

Da das Mietshaus ursprünglich aus dem neunzehnten Jahrhundert stammte, war es ziemlich solide gebaut. Von der Fassade war zwar kaum etwas übrig geblieben, doch das Treppenhaus und die Rückseite des Gebäudes schienen weitgehend intakt zu sein. Während die Ärzte sich um die wenigen Überlebenden im Erdgeschoss kümmerten, liefen die Feuerwehrmänner in den ersten Stock. Doch der Weg in die Wohnung der Cohens wurde von einer massiven Holztür versperrt. Die Feuerwehrleute versuchten, sie mit Äxten einzuschlagen; Süleyman spürte, wie seine Unruhe wuchs. Einerseits ging ihm das alles nicht schnell genug, andererseits fürchtete er sich vor dem, was ihn in der Wohnung womöglich erwartete.

»Na los! Macht schon!«, murmelte er, bis die Tür schließlich unter den vereinten Anstrengungen der Männer nachgab und in den Flur der Wohnung fiel.

Ohne einen Gedanken an seine eigene Sicherheit zu verschwenden, stürmte Süleyman vor, wurde aber vom kräftigen Arm eines Feuerwehrmannes zurückgerissen.

»Sie können nur mit rein, wenn Sie tun, was wir Ihnen sagen«, fuhr der Mann ihn an. »Da drinnen sind womöglich zerborstene Gasflaschen oder Ähnliches. Das ist unser Territorium, Inspektor. Halten Sie sich im Hintergrund.«

Ernüchtert trat Süleyman einen Schritt zur Seite, während der Chef der Brigade und zwei seiner Männer über die Wohnungstür stiegen. Ein vierter Feuerwehrmann baute sich vor dem Eingang auf; er würde niemanden durchlassen, bis ihm seine Kollegen das Zeichen gaben, dass die Wohnung gefahrlos betreten werden konnte.

Nach einer halben Ewigkeit rief einer der Männer aus dem Inneren der Wohnung: »Nazir!«

»Ja, Boss?«, erwiderte der Feuerwehrmann am Eingang.

»Alles klar. Drei Überlebende. Schick die Ärzte rein.«

Drei Überlebende. Drei! Während sich die Mediziner und die Schwestern an Süleyman vorbeischoben, um zu den Verletzten zu gelangen, blieb der Inspektor einen Moment stehen, um dem Himmel zu danken, dass die Cohens überlebt hatten. Er wusste zwar nicht, in welchem Zustand sie sich befanden, aber sie waren am Leben! Dann folgte er den Ärzten in die Wohnung.

Er musste über zahlreiche stark beschädigte, ihm vertraute Möbelstücke klettern, um ins Wohnzimmer zu gelangen. Dort war jedoch nichts mehr so, wie er es gekannt hatte – die Explosion hatte Teile des Bodens herausgerissen und die Einrichtung war vollständig zerstört. Süleyman starrte auf die riesigen Blutspritzer an der Tapete; dann fiel sein Blick auf die Ärzte und Schwestern, die sich über zusammengekrümmte Gestalten am Boden beugten. Und als einer der Verletzten plötzlich ohrenbetäubend schrie, spürte Mehmet Süleyman, wie ihn lähmendes Entsetzen befiel.

Obwohl İkmen von Fatma erfahren hatte, dass es Hülya und dem kleinen Timur gut ging, versagten ihm plötzlich seine Beine den Dienst, und er musste sich setzen. Die Anschläge auf zwei Istanbuler Synagogen – die Neve-Şalom-Synagoge in Karaköy und die Beth-Israel-Synagoge in Şişli – hatten zahlreiche Opfer gefordert und es gab eine Vielzahl von Schwerstverletzten. Offensichtlich war Mehmet Süleyman vor Ort und versuchte herauszufinden, was Hülyas Mann und ihren Schwiegereltern zugestoßen war. Die Cohens wohnten direkt gegenüber der Neve Şalom; İkmen sah das Gebäude, oder das, was davon noch übrig war, in Dr. Alis kleinem Schwarzweißfernseher.

»Wie gut, dass Ihre Tochter und Ihr Enkel in Sicherheit sind«, sagte Inspektor Erten nervös, während der betagte Dr. Ali İkmen ein Glas Wasser reichte.

»Ja.«

»Und wenn ihre Schwiegereltern …«

»Ich kenne Balthasar Cohen schon mein ganzes Leben lang«, unterbrach İkmen ihn. »Wir haben nicht nur einen gemeinsamen Enkel, sondern auch gemeinsame Erinnerungen …«

Erten blickte zur Seite. Ob seinem Kollegen die zur Schau getragene Sorge peinlich war oder der jüdische Name ihn schockiert hatte, konnte İkmen nicht sagen. Aber es war ihm auch egal.

»Trinken Sie einen Schluck, Inspektor«, sagte der Arzt, dessen Gebiss schlecht saß. »Danach werden Sie sich besser fühlen.«

»Darf ich rauchen?«, fragte İkmen und wühlte mit einer Hand in seiner Jackentasche.

»Wir sind hier in der Türkei«, erwiderte Dr. Ali achselzuckend und holte ebenfalls eine Schachtel Zigaretten und ein Feuerzeug hervor. »Ich weiß, als Arzt sollte ich das nicht sagen, aber ich habe mir vorgenommen, erst dann mit dem Rauchen aufzuhören, wenn wir der Europäischen Union beigetreten sind. Bis dahin wird das Rauchen sowieso verboten sein. Schauen Sie sich doch nur mal Irland an.«

İkmen, der sich inzwischen ebenfalls eine Zigarette angezündet hatte und stumm auf den Fernsehschirm starrte, antwortete nicht darauf. Verglichen mit den Ereignissen in Istanbul schien alles andere nebensächlich und bedeutungslos zu sein, selbst sein eigener Gesundheitszustand. Nach Fatmas Anruf hatte İkmen sich furchtbar elend gefühlt, woraufhin Erten ihn sofort zu Dr. Ali gebracht hatte. Als sie dort eintrafen, saß der Dorfarzt bereits wie gebannt vor dem Fernseher und verfolgte die Berichterstattung über die blutigen Ereignisse, von denen Fatma ihrem Mann am Telefon berichtet hatte. Pflichtbewusst maß Dr. Ali İkmens Blutdruck, der erstaunlich normal war, und gab ihm ein Glas Wasser. Erst als der Sender zum Schauplatz in Şişli umschaltete, dachte İkmen über die weiteren Möglichkeiten nach, die ihm dieser Arztbesuch eröffnete. Da es im Dorf keinen anderen Mediziner gab, bestand durchaus die Chance, dass Dr. Ali wusste, was mit Kemalettin Senar los war. Zumindest hatte er die verstorbene Aysu Alkaya behandelt, wie İkmen von Erten wusste. Zwar war der Arzt nicht verpflichtet, irgendjemandem Auskunft über seine Patienten zu erteilen, doch er schien einem diesbezüglichen Gespräch nicht abgeneigt zu sein.

»Es heißt, Nalan Senars Vater Yurt sei schwachsinnig gewesen, Inspektor«, erwiderte er auf İkmens Frage.

»Inwiefern schwachsinnig?«, hakte İkmen nach, wobei sein Blick zwischen dem Fernseher und seinem Gesprächspartner hin und her ging.

»Insofern, als er ständig dummes Zeug faselte und sich gelegentlich entblößte.«

»Genau wie Kemalettin.«

»Ja. Kemalettin sieht ihm sogar ein bisschen ähnlich. Der alte Yurt hatte ebenfalls sehr dunkle Haut, wenn auch nicht ganz so dunkle wie sein Enkel. Aber das nur am Rande. Kemalettins Geisteszustand muss allerdings nichts mit seinem Großvater zu tun haben; das anzunehmen, wäre höchst unwissenschaftlich. Zu Yurts Lebzeiten waren die diagnostischen Möglichkeiten schließlich noch ziemlich primitiv«, fügte er lächelnd hinzu.

Obwohl İkmen sich höchst ungern von den Fernsehbildern losriss, zwang er sich, den Arzt anzusehen. »Dr. Ali, ich weiß, dass Sie mir nicht anvertrauen können, woran Kemalettin Senar leidet«, sagte er, »aber könnte es sein, dass es sich um eine Art genetischen Defekt handelt?«

»Heute sind manche dieser Krankheiten viel leichter zu diagnostizieren als damals«, erwiderte Dr. Ali. »Nehmen wir beispielsweise Chorea Huntington.«

»Was ist das für eine Erkrankung?«

»Eine Form frühzeitig auftretender Demenz. In Europa heißt sie auch Veitstanz oder so ähnlich – wegen der Muskelzuckungen, die damit einhergehen, und nach irgendeinem Heiligen. Aber ich weiß es nicht genau. Die ersten Symptome tauchen jedenfalls zwischen dem dreißigsten und

nen unheimlichen Tests zugrunde richten. Und es gab nichts, was sie dagegen tun konnte.

»Natürlich war Ziya Bey der Vater von Aysus Kind!«, rief Haldun Alkaya mit tränenerstickter Stimme. »Sie war eine gute Tochter und unberührt, als sie geheiratet hat! Auf dem Hochzeitslaken war Blut …«

»Haldun Bey, es liegt mir fern, Sie beleidigen zu wollen«, sagte İkmen. »Aber ich muss allen Möglichkeiten nachgehen, das ist mein Beruf.«

»Aber ich habe Sie doch selbst gebeten, diese Tests durchzuführen, um den wahren Mörder meiner Tochter zu finden. Haben Sie das schon vergessen, Çetin Bey?«, fragte der alte Mann. »Warum hätte ich das tun sollen, wenn sie eine Hure gewesen wäre? Vielleicht hätte ich sie dann ja sogar selbst umgebracht.«

İkmen ging nicht auf die letzte Bemerkung ein, obwohl der Gedanke, wie er wusste, einigen Dorfbewohnern auch schon gekommen war. »Anscheinend wussten weder Nazlı Kahraman noch ihr Vater von Aysus Schwangerschaft …«, sagte er.

»Wahrscheinlich hatte sie Angst, es diesem Ungeheuer von Tochter zu erzählen«, erwiderte Haldun Alkaya bitter. »Ich traue Nazlı zu, dass sie mein armes Mädchen gezwungen hätte, das Kind abtreiben zu lassen, nur um ihr Vermögen und ihre eigenen Interessen zu schützen. Außerdem haben Sie nur ihr Wort, dass sie von der Schwangerschaft nichts gewusst hat. Sie könnte meine Tochter getötet haben.«

»Aber Haldun Bey«, sagte İkmen, »bei der Missbildung, die Ihre Tochter hatte …«

»Sie wissen davon?«

»Sie haben Aysu anhand ihrer Füße identifiziert«, sagte İkmen. »Ihnen war sicher bekannt, wie Ziya Kahraman über solche ›Defekte‹ dachte …«

»Ja, ja.« Der alte Mann stützte den Kopf in die Hände.

»Vermutlich könnte man sagen, dass Aysu und ich den Zitronenkönig reingelegt haben. Wir dachten, wenn sie erst einmal schwanger ist, spielt das alles keine Rolle mehr. Ziya Bey war so vernarrt in meine Tochter.«

»Und Ihnen ist nie der Gedanke gekommen, dass er wütend werden oder sich betrogen fühlen könnte ...?«

»Er hat mich nie darauf angesprochen«, sagte Haldun Alkaya.

İkmen fragte sich, ob Ziya Kahraman diesen Schwindel womöglich als so demütigend empfunden hatte, dass er nicht darüber reden mochte. Schließlich war das Ganze von jemandem eingefädelt worden, den er gewiss nicht als ebenbürtig betrachtete.

»Haldun Bey, damals haben Sie uns von all dem gar nichts erzählt«, mischte Inspektor Erten sich in das Gespräch ein. »Wir wussten überhaupt nicht ...«

»Sie wissen doch sowieso nie was, Sie und Ihre dämlichen Kollegen in Nevşehir!«, stieß Haldun Alkaya hervor und ruderte aufgebracht mit den Armen. »Zwanzig Jahre lang haben Sie nichts unternommen! Gar nichts! Warum hätte ich da die Füße meiner armen Tochter erwähnen sollen? Warum können Sie nicht solche Tests machen wie die in Istanbul? Nevşehir ist eine Stadt, Istanbul ist eine Stadt ...«

İkmen lächelte. »Mir scheint, dass Istanbul und Nevşehir sehr unterschiedliche Städte sind, Haldun Bey.«

»Und ich bin ein Bauer, der noch nie in Istanbul war. Also, was weiß ich schon?«, erwiderte der alte Mann.

Einen Moment lang herrschte Schweigen. Ohne groß darüber nachzudenken, hatte İkmen im Mordfall Aysu Alkaya die Ermittlungen übernommen. Inspektor Erten war nicht besonders zielstrebig – eine Eigenschaft, mit der man auf dem Land vielleicht noch durchkam, die ihn aber in Istanbul längst den Kopf gekostet hätte. In der Stadt wurde man allerdings auch besser bezahlt. Dennoch spürte İkmen, dass er sich zurzeit ebenfalls nicht gerade in Hochform befand; am liebsten wäre er sofort nach Istanbul zurückgekehrt. Fatma hatte ihm erzählt, dass Balthasar und Estelle Cohen wohlauf waren, Berekiah jedoch ins Krankenhaus eingeliefert werden musste. Derzeit konnte niemand Genaues über seinen Zustand sagen und das beunruhigte İkmen. Schließlich war Berekiah nicht nur der Sohn eines alten Freundes, sondern auch der Ehemann seiner Tochter und der Vater seines heiß geliebten Enkels Timur. Andererseits würde es nichts bringen, jetzt überstürzt abzureisen, dachte İkmen. Er musste nur noch bis zum nächsten Morgen ausharren, um dann mit Arto Sarkissian in dessen bequemem Wagen nach Istanbul zurückfahren zu können.

»Falls wir verwertbare Spuren an Aysus Leichnam finden, werden wir auch von Ihnen eine Speichelprobe benötigen, Haldun Bey«, sagte İkmen mit ernster Stimme.

Der alte Mann zuckte die Achseln. »Meinetwegen. Warum nicht?«

»Inspektor Erten wird Sie auf dem Laufenden halten«, fügte İkmen hinzu.

»Reisen Sie denn ab, Çetin Bey?«

İkmen sah sich in dem kargen Innenraum des Feenkamins um und schüttelte den Kopf. Im Grunde war es ein Jammer, dass er ausgerechnet jetzt dem Dorf den Rücken kehrte, wo er das Gefühl hatte, vielleicht ein wenig Licht ins Dunkel dieses Falls bringen zu können. Aber hatte er eine andere Wahl? Istanbul und sein Leben dort erwarteten ihn.

»Ja, ich fahre morgen nach Hause«, sagte İkmen. »Aber meine Kollegen in der Gerichtsmedizin und Inspektor Erten hier werden mich sicher über die weiteren Entwicklungen unterrichten.«

Erten lächelte schwach, was İkmens Vertrauen in seine eigenen Worte ein wenig erschütterte. Nachdem sie sich von Haldun Alkaya verabschiedet hatten, besprachen die beiden

Inspektoren noch kurz, wann İkmen am nächsten Tag mit Arto Sarkissian nach Nevşehir kommen sollte. Anschließend stieg Erten in seinen Wagen, um nach Hause zu fahren. Auf dem Weg zurück ins Hotel bemerkte İkmen Dolores Lavell, die gerade aus dem »Cappudocia Coffee Bean« kam. Da sie noch immer bedrückt wirkte, sprach er sie an. »Es tut mir leid, Miss Lavell, ich hätte Ihnen nachgehen sollen, als Sie heute früh so überstürzt das Haus der Senars verließen. Aber ich hatte gerade eine wichtige Nachricht aus Istanbul erhalten ...«

»Die Bombenanschläge.« Fassungslos schüttelte sie den Kopf. »Ich habe davon gehört. Hoffentlich ist Ihrer Familie nichts passiert, Inspektor.«

İkmen zuckte die Achseln. »Mein Schwiegersohn liegt im Krankenhaus. Mehr weiß ich im Augenblick nicht.«

Dolores blickte zu Boden.

»Miss Lavell«, setzte İkmen an, »darf ich Ihnen eine persönliche Frage stellen? Würden Sie mir verraten, in welcher Beziehung Sie zu Turgut Senar und seiner Familie stehen? Soweit ich weiß, sind Sie nicht zum ersten Mal hier ...«

»Turgut und ich kannten uns nur vom Sehen, bis zu dieser Ballonfahrt«, erwiderte die Amerikanerin. »Offenbar wollte er mich schon früher ansprechen, hat sich jedoch nicht getraut.« Sie lächelte. »In meinem Alter sollte ich mich geschmeichelt fühlen. Er ist zwar nicht mehr jung, aber sehr attraktiv. Ich weiß, er hat Frau und Kind ...«

»Kam es Ihnen denn nicht merkwürdig vor, dass ein verheirateter Mann Sie seiner Mutter vorstellen wollte?«

»Ich wollte mir einen dieser authentischen bewohnten Feenkamine ansehen, Inspektor«, erwiderte Dolores, »und nicht Turguts Mutter.«

»Ich bitte um Entschuldigung«, sagte İkmen.

»Ich gebe ja zu, dass Turgut und ich letzte Nacht etwas miteinander hatten. Ich bin Amerikanerin, ich muss mich nicht an die strengen Moralvorstellungen halten, die hier gelten. Und ich bin erwachsen; ich kann tun und lassen, was ich will. Außerdem habe ich nicht vor, die Geschichte Turguts Frau unter die Nase zu reiben. Das Ganze ist vollkommen unverbindlich …«

»Ich bin mir nicht sicher, ob Turgut das genauso sieht«, sagte İkmen. »Türkische Männer nehmen solche Sachen im Allgemeinen ernster.«

»Also, ich kann Ihnen versichern, Inspektor, ich habe ihm keinerlei Grund zu der Annahme gegeben, dass er meine große und einzig wahre Liebe ist«, entgegnete Dolores energisch. »Es ging um Sex, nichts weiter. Danach haben wir uns die Hand gereicht und jeder ist seiner Wege gegangen. Das mit Abstand Intimste, was ich mit diesem Mann geteilt habe, ist eine alte Fotografie meines verstorbenen Vaters, die wir uns angesehen haben. Vielleicht ist ja die Liebe, die ich für meinen Dad empfunden habe, etwas ganz Besonderes für Turgut, der offenbar keine besonders gute Beziehung zu seinem Vater hatte. Wer weiß?« Dann warf sie den Kopf in den Nacken und ließ İkmen auf der Straße stehen.

Der Inspektor holte sein Mobiltelefon hervor und wählte Fatmas Nummer. Inzwischen wusste sie hoffentlich, wie es um Berekiah stand.

Zelfa wickelte das größte Handtuch, das sie finden konnte, um den tropfnassen Körper ihres Mannes und führte ihn in ihr Schlafzimmer. Als Mehmet endlich nach Hause gekommen war, hatte sie ihn direkt unter die Dusche geschickt, da er von Kopf bis Fuß mit Staub bedeckt und voller Blut war. Der Anblick des vielen Bluts hatte ihn entsetzt. Er wusste nicht, von wem es stammte, und fürchtete, es könnte von Berekiah sein. Inzwischen war das Blut zwar abgewaschen, aber die Bilder der schrecklichen Ereignisse liefen wieder und wieder vor seinem inneren Auge ab.

»Sollte nicht jemand bei Hülya im Krankenhaus sein?«, fragte er, als er sich aufs Bett setzte.

»Ihr Bruder Sınan ist bei ihr«, erwiderte Zelfa sanft und setzte sich neben ihn. »Und Fatma kümmert sich um Timur.«

»Balthasar und Estelle sind vollkommen außer sich. Wenn Berekiah aus dem OP kommt, werden sie endgültig den Verstand verlieren. Ich muss unbedingt wieder zu ihnen ...«

»Nein!«

»Doch!« Mehmet sprang auf und rannte splitterfasernackt ins Bad, wo seine Frau seine blutverschmierten Sachen abgelegt hatte.

»Mehmet, du kannst jetzt nicht zurück ins Krankenhaus. Du hast für heute genug getan! Du ...«

»Ich habe keine Ahnung, wer die beiden Synagogen in die Luft gesprengt hat«, murmelte er, während er sich hastig anzog. »Aber wir hätten es wissen müssen!«

»Wer? Die Polizei?« Zelfa wechselte unwillkürlich in ihre Muttersprache. »Herrgott noch mal, Mehmet, das war ein terroristischer Anschlag! Und dabei ist nun mal der entscheidende Faktor, dass die Sicherheitsbehörden vorher nichts davon wissen!«

»Wir haben versagt. Und zwar auf der ganzen Linie! Gestern Abend hat der Spanner wieder zugeschlagen!«, rief Mehmet. »Ich weiß, dass er es war. In der Nähe des Hamams, in dem sich die Schwulen treffen. Ich weiß es! Und diesmal hat er jemanden umgebracht. Ein junger Mann ist tot, weil ich das Ganze nicht durchschaue! Ich verstehe das Muster nicht, nach dem der Täter vorgeht! Erst hoch oben unterm Dach, dann wieder unten auf der Straße ...«

»Vielleicht gibt es ja gar kein Muster. Oder eins, das du gar nicht verstehen kannst«, erwiderte Zelfa. »Wenn er geisteskrank ist, könnte seinem Vorgehen eine Logik zugrunde liegen, die du nie begreifen wirst. Du weißt doch, dass die meisten Wahnsinnstaten völlig irrational sind.«

»Ja, schon, aber ...« Mehmet zog sein blutverschmiertes Sakko über und suchte in den Taschen nach seinen Zigaretten.

Zelfa machte einen Schritt auf ihn zu und reichte ihm ihre Packung. »Hier, nimm die«, sagte sie. »Ich habe deine weggeworfen. Sie waren voller ...«

»Blut, Berekiahs Blut.«

Einen Moment lang standen sie schweigend da und sahen einander in die Augen. Dann nahm Mehmet Zelfa in den Arm, drückte sie fest an seine Brust.

»Wenn der Junge stirbt ...«

»Sch, sch«, versuchte sie, ihn zu beruhigen, und strich ihm tröstend über den Hinterkopf. »Im Augenblick gibt es nichts, was du tun kannst.«

»Doch, ich kann zum Krankenhaus zurückfahren, dort warten.«

Zelfa löste sich ein wenig von ihm. »So wie du aussiehst, Mehmet? Von Kopf bis Fuß mit Blut bespritzt? Du würdest allen einen Riesenschreck einjagen. Ich bitte dich, Mehmet, bleib hier und ruh dich ein wenig aus.«

»Aber ...«

»Ich werde wach bleiben. Und sobald dein Handy klingelt, wecke ich dich.«

»Sobald es klingelt?«

»Noch im selben Augenblick«, versprach Zelfa, führte ihn zum Bett und zog ihm das Sakko aus. »Komm, leg dich hin.«

Tatsächlich folgte er ihrer Aufforderung – was für ihn völlig untypisch war – und nur wenige Minuten später schien es Zelfa, als sei er eingeschlafen. Aber Mehmet fand keine Ruhe. Nach einem kurzen Blick auf den Toten im Leichenschauhaus, bei dem es sich womöglich um das jüngste Opfer des Spanners handelte, hatte er den Rest des Tages im Krankenhaus und zwischen den Ruinen der Neve-Şalom-Synagoge verbracht. Bei den Anschlägen waren viele Menschen ums Leben gekommen und er hatte Dinge gesehen, die er trotz seiner langjährigen Erfahrung als Polizeibeamter nicht so ohne Weiteres verarbeiten konnte.

Ein plötzliches schrilles Piepsen seines Mobiltelefons riss ihn aus dem Halbschlaf. Er beugte sich über das Nachttischchen neben dem Bett und sah, dass er eine SMS erhalten hatte.

»Von wem kann die sein?«, murmelte er leise.

»Wer auch immer das war, sag ihm, er soll dich in Ruhe lassen«, murmelte Zelfa, die neben ihm im Bett lag, auf Englisch. »Du brauchst Ruhe.«

»Hm.«

Doch als er die Nachricht gelesen hatte, wusste Mehmet Süleyman, dass er sie nicht ignorieren konnte. İzzet Melik war kein Mann, der zu melodramatischen Handlungen neigte oder unnötig Kontakt zu seinem Vorgesetzten suchte. Wenn er ihn also dringend sprechen wollte, beim Saray Hamam in Karaköy, dann musste er dafür gute Gründe haben.

Während Tom im Restaurant auf İkmen wartete, hatte er ein Gespräch mit Emily Bronstein begonnen, neben Dolores Lavell die einzige Amerikanerin, die sich derzeit in Muratpaşa aufhielt. Emily war zwar keineswegs prüde, konnte das Verhalten ihrer Landsmännin aber nicht gutheißen.

»Einfach so mit dem Fremdenführer was anzufangen«, sagte sie und spielte mit ihrer Serviette. »Also, ich finde das ja ein bisschen billig. Wissen Sie, es geht mich zwar nichts an, aber …«

»Ach, viele Touristinnen verlieren beim Urlaub in südlichen Ländern den Verstand, das ist nun mal so«, erwiderte Tom lächelnd. »Vor etlichen Jahren hat eine meiner Tanten …«

»Tom!« Eine schmale Hand legte sich auf die Schulter des jungen Mannes und veranlasste ihn, sich umzudrehen.

»Inspektor!«

»Tut mir leid, dass ich so spät bin«, sagte İkmen und ließ sich neben dem Engländer nieder.

»Kein Problem. Ich habe mich prima mit Emily unterhalten.«

İkmen sah zu der attraktiven Frau hinüber und nickte ihr freundlich zu.

»Aber nun sollte ich wirklich gehen«, sagte Emily lächelnd. »Tom …«

»Oh, ich bitte Sie, bleiben Sie doch, Miss, äh …«, stotterte İkmen.

»Mrs Bronstein« eilte die Amerikanerin ihm zu Hilfe. »Emily. Erinnern Sie sich?«

»Ja, natürlich, aber …«

»Tatsächlich haben Emily und ich gerade ein wenig getratscht, Inspektor«, sagte Tom. Dann senkte er die Stimme. »Über Emilys Landsmännin.«

»Miss Lavell?«

Tom zog eine Augenbraue hoch. »Anscheinend hat es zwischen ihr und diesem Turgut richtig gefunkt«, meinte er. »Nach der Ballonfahrt waren sie nicht mehr zu bremsen.«

In dem Moment trat Menşure Tokatlı persönlich an den Tisch, um die Bestellung aufzunehmen. Beunruhigenderweise strich der Kater Kismet um ihre Beine. Da İkmen wie immer keinen großen Hunger verspürte, bestellte er nur Teigtäschchen mit Knoblauchsauce, während Tom und Emily sich für Döner Kebab und einen Hühnchenspieß entschieden. Als Menşure und ihr Kater sich entfernten, rief İkmen seiner Cousine auf Türkisch hinterher: »Ist Kismet auf Essensreste aus oder auf noch warme Gliedmaßen?«

Menşure drehte sich um und meinte: »Im Gegensatz zu dir besitzt dieses Tier einen vorzüglichen Stammbaum. Und die Menschen sind nur zu gerne bereit, all seine Bedürfnisse zu befriedigen.«

Nachdem sie in der Küche verschwunden war, wandte İkmen sich wieder seinen Tischgenossen zu.

»Also, auf die Gefahr hin, selbst als Klatschbase zu gelten«, setzte er auf Englisch an, »was halten Sie nun von Dolores Lavell und Turgut Senar? Haben Sie eine Vermutung, warum er sich plötzlich für sie interessiert? Schließlich kommt sie schon seit Jahren hierher.«

»Keine Ahnung«, sagte Tom. »Aber seit der Ballonfahrt scheint er nicht mehr von ihrer Seite zu weichen.«

Emily nahm ihr Besteck und spielte einen Moment damit. Dann runzelte sie die Stirn. »Diese Geschichte mit dem Foto ihres verstorbenen Vaters war irgendwie unheimlich«, sagte sie.

İkmen erinnerte sich, dass Dolores Lavell eine Fotografie herumgezeigt hatte, auch wenn er selbst keinen Blick darauf hatte werfen können.

»Inwiefern unheimlich?«

Emily zuckte die Achseln. »Vielleicht bin ich ja die Einzige, die das so empfindet, weil ich weiß, dass Dolores aus den Südstaaten stammt.«

»Worauf wollen Sie hinaus?«, fragte İkmen.

»Na ja, Sie wissen doch, dass in den Südstaaten bis in die sechziger Jahre noch Rassentrennung herrschte. Weiße und Schwarze durften keinen Umgang miteinander haben.«

»Ja.«

»Das ist glücklicherweise inzwischen alles Geschichte, zumindest dem Gesetz nach«, erklärte Emily. »Und deshalb fand ich es auch so merkwürdig, einer Frau zu begegnen, die das Ganze offensichtlich immer noch furchtbar ernst nimmt.«

İkmen runzelte die Stirn.

»Na ja, Sie müssen doch gemerkt haben, wie bestürzt der Fremdenführer und ich waren, als wir das Foto sahen«, sagte Emily. »Das war ein regelrechter Schock.«

»Warum?«

»Weil der Mann auf dem Foto, der Vater von Dolores, schwarz war. Plötzlich fiel es mir wie Schuppen von den Augen, was Dolores die ganze Zeit machte, und ich bekam regelrecht eine Gänsehaut.«

Tom schenkte aus einer großen Flasche Wasser nach und fragte: »Was meinen Sie damit, ›was sie machte‹?«

»Das ganze Make-up in ihrem Gesicht soll nur ihre wahre Hautfarbe überdecken«, erwiderte Emily. »Mit den geglätteten Haaren und all der Schminke versucht sie, wie eine Weiße auszusehen, und das finde ich unheimlich. Zumal das heute doch gar nicht mehr nötig ist. Meine Mutter beispielsweise stammt aus Japan; das sieht man mir an und ich bin stolz darauf. Aber vielleicht hängt es ja damit zusammen, dass Dolores aus den Südstaaten kommt.«

»Ich bin zwar noch nie dort gewesen, aber ich habe gehört, dass man zum Beispiel in Alabama immer noch sehr rückständig und voller Vorurteile ist«, sagte Tom ernst. »Vielleicht ist die arme Dolores ja wegen ihrer Hautfarbe diskriminiert worden. Vielleicht ist das Make-up eine Art Schutz. Ich meine, ihre Mutter muss doch weiß gewesen sein, oder?«

»Das erinnert mich irgendwie an Michael Jackson«, sagte Emily. »Es ist …

»Es ist einzig und allein meine Angelegenheit«, warf eine Stimme mit starkem Südstaatenakzent ein. Dolores Lavell stand direkt hinter Toms linker Schulter.

»Äh …«

»Und nur zu Ihrer Information, Miss Bronstein, meine Haare sind von Natur aus glatt und ich trage Make-up, weil ich Aknenarben habe.« Dann wandte sie sich an Tom: »Aber Sie haben recht: Meine Mutter war weiß. Meine Eltern haben nie geheiratet, das war damals wegen der Rassentrennung unmöglich.« Ihre Augen funkelten wütend.

»Nicht ich bin voreingenommen, sondern diese kalifornische Verdrängungskünstlerin Miss Bronstein. Wenn ich mich für meinen Vater schämen würde, warum sollte ich dann ein Foto von ihm herumzeigen? Er hat sich immer um mich gekümmert, auch wenn wir uns nur selten sehen konnten. Ich bin stolz auf ihn. Und Turgut versteht das.«

»Da bin ich anderer Meinung!«, erwiderte Emily.

»Es ist ein Jammer, dass er für seinen Bruder nicht ebenso viel Verständnis aufzubringen scheint«, sagte İkmen.

»Turgut hat das Verhalten des armen Kemalettin manchmal einfach nur satt«, erwiderte Dolores. »Und ich kann ihn verstehen.«

»Tatsächlich? Heute Morgen schienen Sie ziemlich bestürzt zu sein.«

»Ich bin Ihnen keinerlei Rechenschaft schuldig! Ich weiß, was mit Kemalettin los ist!«

»Das bezweifle ich, Miss Lavell«, sagte İkmen.

»Ach, scheren Sie sich doch zum Teufel!« Sie warf den Kopf in den Nacken und stolzierte aus dem Restaurant. Menşure, die die ganze Szene von der Bar aus beobachtet hatte, warf İkmen einen wütenden Blick zu. Dolores Lavell hatte gesagt, sie wolle im Restaurant zu Abend essen, und dieses Vorhaben schienen İkmen und seine Freunde durchkreuzt zu haben. Menşure nahm sich vor, ihrem Cousin eine zusätzliche Mahlzeit auf die Rechnung zu setzen.

Nach ein paar Minuten betretenen Schweigens sagte Tom: »Wir hätten es wissen müssen.«

»Was?«

»Vererbungslehre, Inspektor«, erklärte der Engländer. »Emily und ich, und vermutlich auch Sie, sind davon ausgegangen, dass Dolores wegen ihres schwarzen Vaters keine glatten Haare haben kann. Aber das stimmt natürlich nicht. Ich hatte zum Beispiel mal einen Klassenkameraden, dessen Mutter aus Sri Lanka stammte und der trotzdem hellere

Haut hatte als ich. Man weiß nie, welche Gene sich letztlich durchsetzen. Im Grunde ist es ein Lotteriespiel.«

»Stimmt. Seit ich hierhergekommen bin, habe ich erstaunlich viel über dieses Thema gelernt«, sagte İkmen, als seine Cousine mit einem Korb Brot an den Tisch trat. »Menşure ...«

»Du hast Miss Lavell verärgert ...«

»Sie hat eine Affäre mit Turgut Senar!«, entgegnete İkmen auf Türkisch. »Hast du jetzt immer noch Mitleid mit ihr?«

»Er ist verheiratet und sollte sich mit niemandem einlassen, schon gar nicht mit einer Ausländerin«, konterte sie.

»Warum nicht? Hast du Angst, ihm könnten Hörner auf der Stirn wachsen?« İkmen wandte sich wieder an seine Tischgenossen. »Dieses Dorf macht mich fertig«, sagte er auf Englisch. »Muratpaşa ist zwar sehr malerisch, aber die Menschen hier ... ich kann es kaum erwarten, nach Hause zu kommen.«

14

Die beiden diensthabenden Wachtmeister waren nicht überrascht, als er am Tatort auftauchte – İzzet Melik hatte sie über sein Kommen informiert.

»Inspektor«, salutierten sie gleichzeitig, als Süleyman an ihnen vorbeiging und in die Gasse neben dem nun dunklen und stillen Hamam einbog.

İzzet Melik war schon von weitem zu sehen. Die glimmende Spitze seiner Zigarette wies Süleyman den Weg zu dem eingefleischten Raucher. Er war jedoch nicht allein; Dr. Mardin, Arto Sarkissians Assistentin, stand neben ihm. Sie wirkte sehr besorgt.

»Also, Melik«, sagte Süleyman, als er die beiden erreichte, »was ist hier los?«

»Irgendjemand hat sich am Tatort zu schaffen gemacht«, erwiderte sein Assistent.

»Wie kommen Sie darauf?«

»Nachdem der Leichnam untersucht und fotografiert worden war, sind Leute von der Spurensicherung aufgetaucht.«

Süleyman zuckte die Achseln. »So weit, so gut.«

»Ja, wenn es welche von uns gewesen wären, Inspektor«, erwiderte Melik. »Aber das waren sie nicht.«

»Und woher wissen Sie das?«

»Als die Leiche nicht in der Gerichtsmedizin auftauchte, rief Dr. Mardin mich an. Daraufhin habe ich mit der Spurensicherung telefoniert, weil ich dachte, der Tote wäre versehentlich dort gelandet, zusammen mit den anderen Beweismitteln.«

»Und, war er dort?«

»Nein«, warf die junge Pathologin besorgt ein. »Und ich weiß auch nicht, wohin er gebracht wurde. Er war gut zwei Stunden verschwunden.«

»Aber jetzt haben Sie die sterblichen Überreste des jungen Mannes in Ihrem Institut? Wie hieß er noch gleich?«

»Nizam Tapan. Ja, mittlerweile ist er zu uns gebracht worden«, sagte Dr. Mardin. »Aber vorher hat man ihn gesäubert.«

Süleyman runzelte die Stirn.

»Wer auch immer den Toten abtransportiert hat – und es war niemand von uns –, hat ihn sorgfältig gereinigt. An seinem Körper findet sich nicht das geringste Beweismaterial!«, fuhr die Pathologin wütend fort. »Nachdem ich von dem Mord erfahren hatte, wollte ich gerade meine Leute zum Tatort schicken, als ich einen Anruf von Polizeipräsident Ardiç erhielt. Er teilte mir mit, die Polizei werde sich um den Abtransport kümmern und der Leichnam sei bereits auf dem Weg ins Labor. Ich ging davon aus, dass er innerhalb einer Stunde bei mir auf dem Tisch liegen würde, tatsächlich tauchte er aber erst nach drei Stunden auf!«

»Verstehe.« Süleyman holte seine Zigaretten hervor und zündete sich eine an. Glücklicherweise waren die Blutflecke auf seinem Sakko und seiner Hose in der Dunkelheit nicht zu sehen. Zelfa war fast in Ohnmacht gefallen, als er in diesem Aufzug das Haus verlassen hatte. »Und daraufhin haben Sie Oberwachtmeister Melik benachrichtigt?«

»Ja. Er war derjenige, der mich über den Mord informiert hatte.«

»Wie gesagt habe ich dann bei der Spurensicherung nachgefragt, ob die Leiche vielleicht dort hingekommen ist«, fuhr Melik fort. »Dort war sie aber nicht, genauso wenig wie die Spuren und Proben vom Tatort – der blutgetränkte Staub, der Schutt, neben dem der Leichnam gelegen hatte.«

»Und sind die Beweismittel inzwischen wiederaufgetaucht?«

»Anscheinend ja«, erwiderte Melik. »In einem Labor außerhalb der Stadt, wie mir die Spurensicherung vor ein paar Stunden mitgeteilt hat. Man wird die Untersuchungsergebnisse aus diesem unbekannten Labor abholen und sie dann an Sie weiterleiten, Inspektor.«

»Aber irgendetwas daran schmeckt Ihnen nicht, richtig, İzzet? Dr. Mardin?«

»Nein, Inspektor.«

»Nein.«

Süleyman musterte die beiden und seufzte. Ihm gefiel die Sache auch nicht. Zuerst hatte man ihn daran gehindert, mit dem noch lebenden Opfer des Spanners, Abdullah Aydın, zu reden, und nun war ein Mordopfer samt Beweismaterial vom Tatort verschwunden. Außerdem schien in beiden Fällen der Polizeipräsident in die Geschichte verwickelt zu sein. Süleyman wusste, dass er die Angelegenheit unbedingt weiterverfolgen musste, in seinem und Dr. Mardins Interesse.

»Befand sich unter den Leuten, die den Leichnam abgeholt und die Proben genommen haben, irgendjemand, den Sie kannten?«, wandte Süleyman sich an seinen Assistenten.

»Nein, aber ich bin ja auch noch nicht so lange in Istanbul. Ich meine, wenn das hier Izmir wäre ...«

»Ist schon okay, Melik«, sagte Süleyman. »Ich gebe Ihnen keine Schuld. Kann ich davon ausgehen, dass die beiden Wachtmeister da vorne nichts von all dem wissen?«

»Ja. Die denken, Sie wollen sich einfach am Tatort umsehen.«

»Gut.« Süleyman hustete. »Überlassen Sie alles weitere mir. Und behalten Sie das, was hier vorgefallen ist, bitte für sich.«

»Was glauben Sie wohl, warum ich Ihnen eine SMS geschickt habe?«, knurrte İzzet Melik, »und warum wir hier in der Dunkelheit rumstehen? Ich bin nicht James Bond und Sie auch nicht, Inspektor Süleyman.«

Für Süleymans Geschmack war Meliks Reaktion unnötig barsch, aber er beschloss, es dabei bewenden zu lassen – zumindest vorläufig. Schließlich hatte er im Moment Wichtigeres zu tun, als sich um das Benehmen seines Assistenten zu kümmern. Zum Beispiel musste er ein Gespräch mit Ardiç über die Umwege führen, die das Beweismaterial in diesem Fall genommen hatte. Falls »Umwege« überhaupt das richtige Wort war.

Süleyman und Melik begleiteten Dr. Mardin zu ihrem Wagen und blieben danach noch einen Moment auf der Voyvoda Caddesi stehen, gegenüber der Kamondo-Stiege. Die von einer einst mächtigen Bankiersfamilie im Stil des Art déco erbaute Treppe hatte Süleyman schon immer fasziniert. Als er noch im Stadtteil Karaköy bei den Cohens gewohnt hatte, war er oft hierhergekommen, um sich auf die Treppe zu setzen, sich an ihrer stilvollen Eleganz zu erfreuen und für ein paar Minuten Ruhe vor Balthasars endlosen Litaneien zu haben. Plötzlich empfand er schreckliche Schuldgefühle gegenüber seinem vom Pech verfolgten Freund und wandte sich rasch wieder den Problemen zu, die vor ihm lagen.

»Es war richtig, dass Sie sich in dieser Sache direkt an mich gewandt haben, Melik«, sagte er. »Ich weiß nicht, warum das alles passiert, aber besser, *ich* versuche herauszufinden, was dahintersteckt, als Sie.«

»Das sehe ich auch so«, sagte Melik, drückte seine Zigarette aus und zündete sich sofort eine neue an. »Ich bekomme schließlich nicht das Gehalt eines Inspektors.«

»Und Sie erweisen mir nicht immer den gebührenden Respekt«, erwiderte Süleyman in scharfem Ton. »Es war richtig, mich auf diese Vorgänge aufmerksam zu machen, Melik, aber wie Sie sicher schon gemerkt haben, gefällt mir Ihre Haltung nicht.«

»Inspektor …«

»Lassen Sie mich ausreden!«, unterbrach Süleyman ihn und senkte dann die Stimme, weil er nicht wollte, dass irgendwelche Passanten seine Worte hörten. »Ihre Vorurteile sind manchmal wirklich haarsträubend und Ihr Verhalten gegenüber Frauen ist beleidigend.«

»Ich bin ein traditioneller Mann …«

»Der sich gewaltig umstellen muss, wenn die neuen Gesetze greifen, die uns auf eine Linie mit der Europäischen Union bringen sollen.« Süleyman zündete sich ebenfalls eine Zigarette an und stieß nervös den Rauch aus. Die Ereignisse des Tages steckten ihm noch immer in den Knochen. »Ich kann nicht sagen, dass ich Sie sympathisch finde. Und als Freund würde ich Sie erst recht nicht bezeichnen.«

»Ich Sie auch nicht, Inspektor«, erwiderte İzzet Melik finster. »Aber Sie irren sich, wenn Sie meinen, ich würde Sie nicht respektieren. Ich weiß, dass Sie ein aufrichtiger Mensch sind, und ich bin stolz darauf, mit Ihnen arbeiten zu dürfen. Ich bin nun mal altmodisch und daran wird sich wohl auch nichts ändern, aber ich würde Sie nie hintergehen, Inspektor. Ich werde niemandem etwas von diesem manipulierten Beweismaterial erzählen, und wenn Sie meine Unterstützung gegenüber Ihren Vorgesetzten brauchen, können Sie auf mich zählen. Ich erledige meine Arbeit immer nach bestem Wissen und Gewissen, bis an die Grenzen meiner Möglichkeiten als Oberwachtmeister.«

Süleyman warf einen Blick auf die gedrungene Gestalt vor ihm, die ihm wie eine Verkörperung des schroffen Maganda aus den Jugendmagazinen der neunziger Jahre erschien. Doch plötzlich empfand er keinen Abscheu mehr, sondern eher so etwas wie Dankbarkeit gegenüber diesem Mann, der nur ehrlich zu ihm war. Melik mochte seinen Vorgesetzten nicht mehr als der ihn. Aber das war in Ordnung, denn trotz seiner Unzulänglichkeiten ließ Melik nicht zu, dass seine Gefühle seine Arbeit beeinträchtigten. Er wusste, was richtig und was falsch war und wie er sich gegebenenfalls zu verhalten hatte.

»Ich danke Ihnen, Melik«, sagte Süleyman schließlich. »Ich weiß Ihre Offenheit zu schätzen.«

Eigentlich sollten sich ihre Wege nun trennen, aber da Süleyman schon mal in der Gegend war, beschloss er, noch beim Italienischen Krankenhaus in der Defterdar Yokuşu Sokak vorbeizuschauen, in das man Berekiah Cohen eingeliefert hatte. Zu seiner Überraschung erklärte Melik, er würde ihn gern dorthin begleiten.

»Ich spreche übrigens italienisch«, sagte er, als die beiden Männer sich auf den Weg nach Cihangir machten.

Süleyman stutzte. Melik und Italienisch, das passte irgendwie nicht zusammen.

»Und wenn Sie mir die Bemerkung gestatten: Sie sehen furchtbar aus, Inspektor«, fuhr Süleymans Assistent fort.

»Es war ein harter Tag ...«

»Aber für uns nicht ganz so schlimm wie für die Leute in den Synagogen, was?«, meinte Melik. »Wie Sie sicher wissen, gibt es auch in Izmir eine jüdische Gemeinde. Ein paar meiner Freunde waren Juden; einer von ihnen hat mir Italienisch beigebracht. Ich hoffe, dass es dem jungen Cohen bald wieder bessergeht.«

Danach gingen die beiden Männer in einträchtigem Schweigen durch das Viertel, in dem nun eine erhöhte Sicherheitsstufe galt.

İkmen hatte beschlossen, vor dem Schlafengehen noch einen kleinen Spaziergang zu machen. Tom bot an, ihn zu begleiten, doch İkmen lehnte ab; er wollte lieber allein sein. Es hatte erneut zu schneien begonnen und der Inspektor wollte noch einen letzten Blick auf die verzauberte Winterlandschaft der Feenkamine werfen, ehe er nach Istanbul zurückkehrte. Im Laufe der vergangenen Tage hatte Kappadokien für ihn an Reiz verloren. Das war natürlich nicht fair, schließlich waren nicht alle Menschen in dieser Region von dem Gedanken an Rache und die Reinheit des Blutes besessen. Die meisten wollten einfach nur ein normales Leben führen. İkmen holte sein Mobiltelefon hervor, warf einen Blick darauf und steckte es wieder ein. Sobald Fatma oder Hülya Neuigkeiten über Berekiah hatten, würden sie es ihn wissen lassen. Auch Mehmet Süleyman, der offenbar vor Ort gewesen war, als Berekiah aus den Trümmern der Wohnung gerettet wurde, hatte nicht angerufen; İkmen musste also davon ausgehen, dass der Zustand seines Schwiegersohns unverändert war.

»Einen Penny ...«

İkmen blickte auf und sah in das lächelnde Gesicht von Rachelle Jones, die einen langen, dicken Pelzmantel trug.

»Einen Penny wofür?«, fragte İkmen auf Englisch.

»Für Ihre Gedanken«, sagte die Australierin. »Das ist eine Redensart. Man sagt: ›Einen Penny für deine Gedanken‹, wenn man wissen möchte, was der andere gerade denkt.«

»Und Sie möchten also wissen, was ich denke?«

»Ich wüsste gerne, warum Sie ohne Mantel durch den Schnee laufen«, erwiderte sie und hakte sich bei ihm unter. »Sie müssen vollkommen durchgefroren sein!«

»Also, besonders warm ist mir nicht. Das stimmt schon«, sagte İkmen lächelnd. »Aber in Istanbul ist es zurzeit noch nicht so kalt. Ich habe die falsche Kleidung mitgebracht. Und wie Sie sehen, bin ich nicht sehr an Mode interessiert. Einer meiner Kollegen, Inspektor Süleyman ... er versteht es, sich zu kleiden. Ein sehr eleganter Mann, noch dazu viel jünger als ich. Ich glaube, er würde Ihnen gefallen, Miss Jones.«

»Mag sein, aber ich bin mir sicher, dass ich mit Ihnen mehr Spaß haben könnte«, sagte Rachelle und trat mit dem Stiefel in eine kleine Schneewehe, die sich unter einer Laterne gebildet hatte. Pudrige Schneeflocken stoben in die Luft wie winzige Schwanenfedern. »Sie haben hier seit Ihrer Ankunft für einen ziemlichen Wirbel gesorgt.«

»Ich habe lediglich der hiesigen Polizei Zugang zu etwas moderneren Ermittlungsmethoden verschafft«, erwiderte İkmen. »Und ein paar Dorfbewohner vor den Kopf gestoßen, indem ich in der Öffentlichkeit geraucht habe.«

»Das mache ich auch. Und das ist ein weiterer Grund, warum ich Sie mag«, sagte Rachelle. »Aber Sie sind verheiratet und ...«

»Oh ja, ich bin sogar sehr verheiratet, Miss Jones. Aber das wissen Sie ja sicher längst von meiner Cousine.«

Sie mussten beide lachen und gingen weiter. Als sie eine der Straßen erreichten, die zum »Tasmanian Devil« führten, blieb Rachelle Jones stehen und ließ den Arm des Polizeibeamten los.

»Ich glaube, ich habe genug von attraktiven Männern«, sagte die Australierin und hielt ihr Gesicht in die herabrieselnden Schneeflocken. »Jemand wie Sie wäre mir lieber, jemand, der unkonventionell ist und mich zum Lachen bringt.«

»Also nicht jemand wie Hauptmann Salman? Er ist ein prima Kerl.«

»Ja, mag sein.« Sie warf ihm einen tieftraurigen Blick zu und seufzte. »Und Sie verlassen uns also morgen früh?«

»Ja.«

»Ich wünsche Ihnen eine gute Fahrt und hoffentlich wird Ihr ... Ihr Schwiegersohn?«

»Ja.«

»Hoffentlich geht es ihm bald besser.«

»Danke.«

Im nächsten Moment beugte sie sich vor und küsste ihn rasch auf den Mund. Ihre Lippen fühlten sich kalt und feucht an, aber durchaus nicht unangenehm.

»Miss Jones ...«

»Auf Wiedersehen, İkmen«, sagte sie, drehte sich um und winkte ihm zum Abschied. »Herrje, dieser Hügel bringt mich noch mal um«, schimpfte sie, als sie sich schnaufend an den langen Anstieg zu ihrer Pension machte.

İkmen sah der Australierin lächelnd nach. Rachelle Jones war eine wundervolle Frau und sie verdiente einen Mann, der sie mit dem Maß an Respekt behandelte, das einer gebildeten und klugen Ausländerin wie ihr gebührte. Nur nicht ausgerechnet ihn oder Altay Salman, dachte İkmen. Als er sich dem Rand des Dorfes näherte, sah er, wie der Hauptmann durch den immer dichter fallenden Schnee langsam auf ihn zuritt.

»Çetin?« Altay beugte sich in seinem Sattel vor und blinzelte in das Schneegestöber.

»Ich mache nur noch eine letzte Runde«, sagte İkmen. »Morgen früh reise ich ab.«

»Aber es schneit fürchterlich und du hast keinen Mantel an.«

»Darauf hat mich Rachelle Jones auch schon aufmerksam gemacht.«

Altay Salmans ganzer Körper spannte sich an. »Rachelle Jones? Ist sie etwa hier?«

»Nein, nein«, lachte İkmen. »Du kannst aufatmen. Sie ist auf dem Heimweg.«

»Sie ist eine sehr entschlossene Frau, die genau weiß, was sie will ...«

»Und die dich wahrscheinlich sehr glücklich machen würde, wenn du nicht verheiratet wärst«, sagte İkmen. »Ich mag sie. Sie bringt mich zum Lachen.«

»Tja, äh, also ...« Die Kappe des Hauptmanns war inzwischen mit einer dicken Schneeschicht bedeckt und ein paar Flocken lagen auch auf seinen langen, dichten Wimpern. Sie erinnerten İkmen an Süleyman und plötzlich sehnte er sich nach Hause.

»Wo um alles in der Welt willst du bei dem Wetter denn noch hin, Çetin?«, fragte Altay.

İkmen zog das Jackett fester um seine Schultern. »Zu den Feenkaminen dort drüben. Ich möchte einen letzten Blick auf Muratpaşa werfen, um es als verschneiten, stillen und romantischen Ort in Erinnerung zu behalten.«

»Ohne all die Menschen?«

»So was in der Art.«

Altay Salmans Pferd stampfte vor Kälte mehrmals mit den Hufen und der Hauptmann klopfte ihm beruhigend auf die Flanke. »Ruhig, Süleyman, ruhig.«

İkmen lachte. »Du hast dein Pferd Süleyman genannt! Mein ehemaliger Assistent ...«

»Ja, ich erinnere mich an Mehmet Süleyman«, erwiderte Altay lächelnd. »Aber das Pferd ist nicht nach ihm benannt. Süleyman stammt aus einer hiesigen Zucht und ist bereits mit diesem Namen in unseren Dienst getreten. Weißt du, Çetin, wenn die DNA-Tests tatsächlich irgendwelche Ergebnisse liefern, wirst du in den Augen der hiesigen Bevölkerung so etwas wie ein Held sein.«

»Nur nicht in den Augen des Täters.«

»Stimmt«, sagte Altay Salman. »Aber der Riss, der durch das Dorf geht, muss endlich geschlossen werden.«

»Ich weiß.« İkmen blickte blinzelnd zu dem Reiter hoch. »Ich hoffe, dass Dr. Sarkissian es trotz des Schnees überhaupt bis hierher schafft.«

»Inschallah«, erwiderte der Hauptmann. »Ich komme morgen früh noch mal zu Menşures Hotel, um mich von dir zu verabschieden.«

»Das würde mich sehr freuen.«

»Bleib nicht mehr allzu lange hier draußen«, sagte Altay und setzte sein Pferd in Bewegung. »Du willst schließlich nicht mit einer Erkältung nach Istanbul zurückkehren.«

İkmen senkte den Kopf und kämpfte sich gegen das

Schneegestöber bis zum Ende des Dorfes vor, wo eine Reihe dunkler, verlassener Feenkamine stand. Er drehte sich um, um einen letzten Blick auf Muratpaşa zu werfen. Altay und sein Pferd waren längst außer Sichtweite und auch sonst sah İkmen nur Schneeflocken sowie ein paar schneebedeckte Feenkamine und Minarette, die in den fast schwarzen Himmel ragten. Im Gegensatz zu Istanbul gab es hier nur wenige Straßenlaternen und die Schneedecke auf den Felsen und Tuffkegeln schien von Sekunde zu Sekunde dicker zu werden. Es war ein zauberhafter Anblick, aber es war auch bitterkalt, und als İkmen den magischen Moment lange genug ausgekostet hatte, wandte er sich zum Gehen. Hätte er in dem Augenblick nicht ein Geräusch aus einem der verfallenen Feenkamine gehört, wäre er bestimmt schnurstracks zu Menşure Tokatlıs Hotel zurückgekehrt.

In dem Tuffkegel herrschte völlige Dunkelheit. İkmen ließ sein Feuerzeug aufschnappen und hielt es wie eine Fackel vor sich. Dann steckte er sich eine Zigarette zwischen die Lippen – wenn er sich schon nicht sofort auf den Heimweg machte, konnte er auch gleich die Gelegenheit nutzen und in Ruhe noch eine rauchen. Schließlich würde er seinem Laster in dem Schneegestöber da draußen ganz bestimmt nicht frönen können.

Genau wie der andere Feenkamin, den İkmen erkundet hatte, war auch dieser offenbar schon vor sehr langer Zeit von seinen Bewohnern verlassen worden. Innen herrschte der typische feucht-modrige Geruch und mehrere leere Rakiflaschen deuteten darauf hin, dass die Höhle von den wenigen Trinkern Muratpaşas ab und zu als Unterschlupf benutzt wurde. İkmen schaute nach oben und spürte, wie durch ein Loch in der Decke Schnee hereinrieselte.

Er zündete die Zigarette an und sah sich um. Wahrscheinlich hatte ein Tier das Geräusch verursacht, das er eben gehört hatte – eine Katze oder ein Hund. Es konnte natürlich auch ein Wolf gewesen sein, obwohl diese Tiere normalerweise nicht aus den Bergen in die Dörfer hinunterkamen. Aber die Luft war eisig und vielleicht suchten die Wölfe wie jedes andere Lebewesen Schutz vor dem Wetter. İkmen spürte, wie ihm ein kalter Schauer über den Rücken lief. Vielleicht sollte er sicherheitshalber mit der Gendarmerie telefonieren ... Doch dann kam er sich plötzlich albern und feige vor, weil er es auch nur in Erwägung gezogen hatte, Hilfe herbeizurufen. Außerdem war sein Blick auf etwas gefallen, was seine Neugier erregte. In der Nähe der alten Kaminstelle lag ein großes Bündel, das in eine Decke oder etwas Ähnliches gewickelt war. Als der Inspektor näher trat, stellte er fest, dass es sich um einen ziemlich großen Wandteppich handelte. İkmen dachte, dass hier möglicherweise einer der Dorftrinker seinen Rausch ausschlief, und näherte sich dem Bündel vorsichtig.

Mit dem Feuerzeug in der ausgestreckten Hand leuchtete er vom oberen Rand des aufgerollten Wandteppichs bis zu dessen unterem Rand, wo er zwei stark verfärbte Füße entdeckte. Er stöhnte innerlich auf. Das Letzte, was er jetzt, so kurz vor seiner Rückkehr nach Istanbul, gebrauchen konnte, war ein toter oder im Sterben liegender Alkoholiker, um den er sich kümmern musste. Doch dann – er wusste selbst nicht so recht, warum – begann er, die grässlich entstellten Zehen zu zählen. An jedem Fuß befanden sich sechs.

Der Schlag, der ihn mit großer Wucht von hinten traf, raubte ihm sofort das Bewusstsein. Den Aufprall auf den Boden spürte er nicht mehr.

Glücklicherweise hatte Timur die Flaschenmilch, die Fatma ihm gegeben hatte, problemlos akzeptiert. Sie war sicher, dass er sowohl die Milch als auch den Trost der mütterlichen Brust vermisste, aber Hülya hatte jetzt wirklich andere Sorgen. Ihr Ehemann Berekiah lag noch immer auf der Intensivstation des Italienischen Krankenhauses.

»Hülya und ihre Schwiegereltern werden vorläufig bei uns wohnen«, verkündete Fatma ihrer Tochter Çiçek und ihrem Sohn Orhan, die nach den furchtbaren Attentaten in die elterliche Wohnung geeilt waren.

»Ist das Haus, das Berekiahs Onkel den beiden geschenkt hat, denn noch nicht fertig?«, fragte Orhan, ein gut aussehender Dreißigjähriger, der als Arzt in einem Krankenhaus arbeitete.

»Nein, und da nur Allah allein weiß, wann der Junge wieder auf den Beinen ist, wird es wohl auch noch eine Weile in diesem Zustand bleiben«, sagte Fatma.

Çiçek, İkmens älteste Tochter, blickte aus dem Fenster auf die alten kaiserlichen Gebäude hinter der Divanyolu Caddesi. Die sechs Minarette der Blauen Moschee zeichneten sich als graue Schatten vor dem dunklen Nachthimmel ab.

»Heute Morgen hat es am Flughafen vor Polizei nur so gewimmelt«, sagte sie. »Da musste ich an Papa denken.«

Der Flug, den Çiçek am Morgen als Stewardess der Turkish Airlines hätte begleiten sollen, war gestrichen worden. Wie die meisten Leute hatte sie zunächst gar nicht gewusst, warum. Doch dann übertrugen die über den Flughafen verteilten Fernsehmonitore Bilder von toten und sterbenden Menschen in Karaköy und Çiçek hatte sich frei genommen, um nach Hause zu ihrer Familie zu fahren. Auf dem Flur hörte sie, wie einige Kollegen tuschelten, ob sie wohl tatsächlich Jüdin sei. Aber sie hatte sich nicht die Mühe gemacht, sie über ihren Irrtum aufzuklären. Ihre Schwester Hülya und die Sicherheit ihrer Familie waren das Einzige, was in diesem Augenblick zählte.

»Euer Vater kommt morgen zurück nach Hause«, sagte Fatma seufzend. »In diesen Wahnsinn.«

»Berekiah lebt, Mama«, sagte Orhan, holte seine Zigaretten hervor und zündete sich eine an. »Er mag zwar nicht in der gesundheitlichen Verfassung sein, die wir uns für ihn wünschen, aber …«

»Dieser italienische Arzt hat zu Sınan gesagt, dass Berekiah seinen rechten Arm möglicherweise nicht mehr gebrauchen kann«, entgegnete Fatma. Sınan, ihr ältester Sohn, war ebenfalls Arzt und befand sich zusammen mit seiner Schwester Hülya bei Berekiah im Krankenhaus. »Der Junge ist Goldschmied und außerdem Rechtshänder. Wie soll er denn da noch seinen Beruf ausüben?«

»Selbst wenn er den Arm anfangs nicht benutzen kann, lässt sich das im Laufe der Zeit möglicherweise revidieren, jedenfalls zum Teil«, erwiderte Orhan und reichte seiner Schwester die Zigarettenschachtel.

»Und wenn nicht?«

»Lazar Bey wird ihm ganz bestimmt nicht kündigen«, sagte Çiçek und zündete sich mit zitternden Fingern eine Zigarette an.

»Lazar kann selbst von Glück reden, dass er noch am Leben ist«, meinte Fatma achselzuckend. »Nur ein böser Schnupfen und Allahs Barmherzigkeit haben ihn heute Morgen vom Samstagsgebet ferngehalten. Sein Geschäft ist winzig klein, Çiçek. Er ist auf den Gewinn angewiesen und außerdem muss er an seinen Sohn und seinen Enkel denken. Wenn Berekiah nicht mehr in der Lage ist, die Schmuckstücke zu fertigen, die er benötigt, wird der alte Mann ihm kündigen müssen. Es ist nicht leicht, seinen Lebensunterhalt zu verdienen.«

Die drei saßen einen Moment lang schweigend da, jeder in seine eigenen Gedanken versunken.

»Aber dass Berekiahs Vater hier wohnen soll …«, setzte Orhan nach einer Weile an.

»Ach, mit Balthasar komme ich schon irgendwie zurecht«, erwiderte seine Mutter entschlossen. »Außerdem ist Estelle ja auch noch da. Und von unserer Familie wohnen sowieso nur noch Gül und Kemal hier.«

»Papa nicht zu vergessen«, warf Çiçek ein.

»Ja, und …«

»Papa wird nicht in der Lage sein, sowohl unsere Familie als auch die Cohens zu ernähren«, sagte Orhan. »Wir anderen werden ebenfalls einen Beitrag leisten müssen.«

»Natürlich«, sagte Çiçek, ohne lange nachzudenken. Dann blickte sie wieder aus dem Fenster.

Fatma sah von ihrer Tochter zu ihrem Sohn und lächelte. Selbstverständlich konnte man erwarten, dass gut erzogene Kinder ihren Eltern in Zeiten der Not Hilfe und Unterstützung anboten. Früher hatten ohnehin lediglich die Töchter das Elternhaus verlassen und die Mütter hatten wie Kaiserinnen über ihre Söhne und Schwiegertöchter geherrscht. Doch in Istanbul sah das Leben vieler Familien, einschließlich das der İkmens, inzwischen anders aus. Çetin hatte stets hart gearbeitet, um seinen Kindern – Söhnen wie Töchtern – die Möglichkeit zu bieten, ihr Leben selbst zu bestimmen. Die Tatsache, dass die älteren Geschwister ihre Eltern bei der Erziehung der jüngeren Geschwister finanziell unterstützten, war ihnen eine große Hilfe gewesen. Und dass sie nun anboten, zugunsten ihrer jüngeren Schwester Hülya auf einen noch größeren Teil ihres Einkommens zu verzichten, erfüllte Fatma derart mit Stolz, dass sie in Tränen ausbrach.

15

Menşure Hanım!«
Eine mollige Hand schob sich aus dem Ärmel eines schweren Lammfellmantels, ergriff Menşure Tokatlıs knochige Finger und führte sie an einen fleischigen Mund.

»Arto Sarkissian«, entgegnete Menşure trocken und sah zu, wie sich der Armenier vor ihr verneigte und ihre Hand küsste. »Es ist bestimmt vierzig Jahre her, dass ich dich zuletzt gesehen habe. Du hast dich wirklich kein bisschen verändert.«

»Du aber auch nicht«, sagte Arto lächelnd. »Immer noch …«

»Ich bin immer noch wohlhabend, misstrauischer denn je, aber nicht mehr jung«, sagte Menşure streng. »Also versuch nicht, mir zu schmeicheln, Arto Sarkissian.« Dann wandte sie sich an den bedeutend jüngeren und schlankeren Mann, der neben İkmens altem Freund stand. »Und wen haben wir hier?«

»Atom Boghosian. Er ist mein Cousin und kommt aus München.« Arto übersetzte seine eigenen Worte rasch ins Englische, damit Atom verstand, worüber sie sprachen.

Leicht verärgert, weil Arto Sarkissian offenbar vergessen hatte, dass auch sie diese Sprache beherrschte, fragte Menşure auf Englisch: »Und, wie war die Fahrt von Ankara hierher? Gab's irgendwelche Probleme?«

»Erst hier in Kappadokien«, erwiderte Arto, während er und Atom ihrer Gastgeberin ins Restaurant folgten. »In Ankara hat es nicht geschneit.«

Menşure dirigierte die beiden Männer an einen Tisch und

rief die Kellnerin, damit sie das Frühstück brachte. »Ich selbst werde mich euch nicht anschließen …«

»Ramadan«, meinte Arto lächelnd.

»Genau. Aber nehmt doch bitte Platz. Ich gehe nur eben nach unten, um Çetin zu holen. Um diese Zeit ist er normalerweise längst wach.« Mit diesen Worten marschierte sie aus dem Raum, gefolgt von einem Tier, das aussah wie ein kleiner Fuchs.

Es war gerade einmal zehn Uhr, was Atom Boghosian sehr früh vorkam. Tatsächlich war er ein wenig verstimmt, dass der Freund seines Cousins sich noch nicht aus dem Bett bequemt hatte, um sie zu begrüßen. Schließlich waren sie in aller Herrgottsfrühe in Ankara aufgebrochen, um diese Angelegenheit in Muratpaşa zu klären.

Der Pathologe nahm an, dass Atom wegen der vor ihnen liegenden Aufgabe so finster dreinschaute, und meinte: »Mach dir keine Sorgen, du brauchst nicht mit ins Leichenschauhaus zu kommen. Außerdem werde ich nicht einen ganzen Leichnam nach Istanbul transportieren, sondern lediglich ein paar Gewebeproben.«

»Hm.«

»Çetin ist ein äußerst angenehmer Mensch und spricht sehr gut Englisch«, fuhr Arto fort, während die Kellnerin Brot, Käse, Honig und Oliven vor ihnen auf den Tisch stellte. »Wir werden ganz bestimmt kein Türkisch reden, das verspreche ich dir. Vielleicht kannst du dich ja sogar auf Deutsch mit ihm unterhalten. Ich weiß nicht, wie gut er darin ist, aber ich erinnere mich, dass sein Vater darauf bestand, die Söhne sollten zumindest die Grundzüge des Deutschen erlernen. Der alte İkmen war Dozent für europäische Sprachen.«

Atom enthielt sich eines Kommentars. Bis zu diesem Moment hatte er die Rundreise mit Arto durch die Türkei genossen und war wirklich überrascht gewesen, als er die ersten Feenkamine gesehen hatte. Doch allmählich erreichte er die Grenzen seiner Aufnahmefähigkeit. Seine Mutter konnte sagen, was sie wollte: Er war Deutscher, er sprach Deutsch, er dachte Deutsch und er wollte endlich zurück nach München. Mit dieser ganzen exotischen Welt hier konnte er immer weniger anfangen.

Die beiden Männer hatten gerade mit dem Frühstück begonnen, als Menşure mit ihrem Haustier zurückkehrte. Wie Atom nun erkannte, handelte es sich um einen riesigen Kater.

»Çetin ist nicht in seinem Zimmer«, sagte sie stirnrunzelnd.

»Vielleicht macht er einen Spaziergang«, erwiderte Arto.

Die Hotelbesitzerin fixierte ihn mit einem ungläubigen Blick.

»Ich meine, vielleicht hatte er keine Zigaretten mehr und ist los, um sich welche zu besorgen«, berichtigte Arto sich.

»Hast du Çetin jemals ohne Zigaretten erlebt?«, konterte Menşure. »Ich bitte dich, Arto. Du kennst doch Çetin.«

»Ja«, sagte der Pathologe seufzend. Es war wirklich höchst unwahrscheinlich. Wenn İkmen das Hotel verlassen hatte, obwohl er Arto und Atom erwartete, konnte es sich nur um einen Notfall handeln. Vielleicht hatte er weitere schlechte Nachrichten aus Istanbul erhalten?

»Ich habe seine Mobilnummer gespeichert«, sagte Arto und schob eine Hand in seine Sakkotasche. »Ich rufe ihn kurz an; er hat das Ding immer dabei.«

Doch am anderen Ende der Leitung meldete sich niemand.

»Vielleicht hat er keinen Empfang.«

»Versuch's doch einfach in ein paar Minuten noch mal«, schlug Atom vor.

Aber auch eine Viertelstunde später ging İkmen nicht ans Telefon. Inzwischen war Hauptmann Salman eingetroffen, den Arto flüchtig kannte. Er habe Çetin zuletzt am Abend zuvor am Dorfrand im Schneegestöber gesehen, berichtete er dem Pathologen. Wie üblich sei der Inspektor absolut unpassend für das schlechte Wetter gekleidet gewesen, aber so sei er nun mal. Arto beschloss, es ein paar Minuten später erneut zu versuchen, und bat Altay Salman an ihren Tisch, damit er ihnen in der Zwischenzeit bei einer Tasse Kaffee die Ereignisse seit İkmens Ankunft in Muratpaşa schildern konnte.

İkmen erinnerte sich, dass er im Laufe der Nacht einmal kurz aufgewacht war. Er hatte sich in einem Fahrzeug befunden, das Gesicht gegen den Wandteppich gepresst, der die sterblichen Überreste der armen Aysu Alkaya bedeckte. Doch ein weiterer Schlag auf den Hinterkopf hatte dafür gesorgt, dass er erneut das Bewusstsein verlor. Er wusste nicht, wer ihn attackiert hatte. Abgesehen von Aysu Alkayas mumifiziertem Leichnam hatte er nichts und niemanden bemerkt – zumindest konnte er sich an nichts erinnern.

Mühsam setzte er sich auf; sein Schädel drohte zu platzen. Über sich erblickte er einen grauen Himmel, der weiteren Schnee versprach. Obwohl er sich im Freien befand, irgendwo inmitten dicht beieinanderstehender Tuffkegel, spürte er seltsamerweise die durchdringende Kälte nicht, die er in seinem dünnen Jackett eigentlich hätte empfinden müssen. Plötzlich entdeckte er die Wärmequelle, die offenbar sein Überleben sicherte: Direkt vor ihm brannte ein knisterndes Feuer. Im Umkreis von zwei Metern war der Schnee zu kleinen Pfützen geschmolzen, deren kalte Rinnsale ihn offenbar geweckt hatten. Zunächst hatte er gedacht, er hätte sich vielleicht eingenässt, aber zu seiner großen Erleichterung war es nur geschmolzener Schnee gewesen.

Es erschien İkmen zwar seltsam, dass sein Angreifer ihn mit diesem Feuer zu wärmen gedachte, trotzdem robbte er näher an den brennenden Haufen heran, um seine Hose und sein Jackett zu trocknen. Mit den Händen hielt er seinen blutverschmierten schmerzenden Kopf. Doch nachdem er einen zweiten Blick auf das Feuer geworfen hatte, erkannte er, dass es sich nicht um einen Akt der Wohltätigkeit handelte. Unter Aufbringung all seiner Kräfte kam İkmen auf die Füße und schaufelte mit den Händen Schnee auf das, was das Feuer bisher verschont hatte. Als er einen brüchigen Fuß mit sechs Zehen aus dem lodernden Scheiterhaufen herausragen sah, stürzte er sich darauf und zog daran. Wenn es ihm nur gelang, irgendetwas von der Leiche des Mädchens zu retten! Doch der Fuß zerfiel zwischen seinen Fingern zu einem Häufchen Asche. İkmen heulte vor Verzweiflung auf.

Jemand hatte nicht nur versucht, Aysu Alkayas Leichnam zu beseitigen, sondern auch ihn. Und angesichts der völligen Abgeschiedenheit und Lebensfeindlichkeit seines momentanen Aufenthaltsorts konnte dieser Plan durchaus noch aufgehen, dachte İkmen. Dann fielen ihm sein Mobiltelefon und seine Zigaretten ein. Doch als er in seine Jackentasche griff, merkte er, dass die Zigaretten weg waren, und das verhieß nichts Gutes für sein Telefon …

Mehmet Süleyman hatte eine bedeutungsvolle Entscheidung getroffen. Von Natur aus eher impulsiv veranlagt, hatte er sich zu einer, wie İkmen es genannt hätte, Abwarten-und-Tee-trinken-Strategie entschlossen. Polizeipräsident Ardiç war im Haus und Süleyman wäre am liebsten direkt in dessen Büro gestürmt und hätte ihm lautstark vorgeworfen, den Tatort manipuliert und Beweismaterial unterschlagen zu haben. Doch stattdessen unternahm er nichts. Nachdem er sich im Italienischen Krankenhaus nach Berekiahs Zustand erkundigt hatte, war er an seinen Schreibtisch zurückgekehrt und ein weiteres Mal all die Informationen durchgegangen, die ihnen über den Toten vom Saray Hamam vorlagen. Und als Melik auf der Wache eintraf, verloren die beiden Beamten kein Wort über die Vorfälle vom Abend zuvor. Erst als Ardiç den Inspektor schließlich zu sich bestellte, tauschten sie einen besorgten Blick.

»Nizan Tapan scheint lebendig auch nicht mehr wert gewesen zu sein als tot«, sagte der Polizeipräsident, als Süleyman sein Büro betrat und sich setzte.

»Wie meinen Sie das?«

»Der Knabe hat im Saray Hamam und an anderen zwielichtigen Orten seinen Arsch verkauft«, fuhr Ardiç fort. »Schmarotzer!«

»Vielleicht. Aber er wurde ermordet. Jemand hat ihm die Kehle aufgeschlitzt ...«

»Wohl wahr. Nur wer, Süleyman?«

»Äh, ich verstehe nicht ganz ...«

Der korpulente Mann nahm ein Blatt Papier zur Hand. »Wie mir Dr. Sarkissians Assistentin, Dr. Mardin, mitteilt, ist Tapans Leichnam vollkommen sauber. Keinerlei Anzeichen von sexuellen Aktivitäten. Und abgesehen davon, dass der Mörder die Tatwaffe mit der linken Hand geführt hat, kann sie uns nicht viele Informationen liefern. Selbst die forensische Voruntersuchung hat nichts gebracht. Wer auch immer Tapan ermordet hat, ist äußerst sorgfältig vorgegangen.«

»Ja, Herr Polizeipräsident.«

Süleyman sah, wie Ardiç eine Augenbraue hochzog und ihn musterte. Er glaubte zu spüren, wie sein Vorgesetzter in seinem Gesicht nach Anzeichen von Argwohn suchte. Oder wurde er selbst vielleicht immer paranoider?

»Also, Süleyman«, sagte Ardiç. »Irgendwelche Vorschläge oder Ideen?«

Süleyman räusperte sich. »Zunächst einmal können wir wohl davon ausgehen, dass zwischen Tapans Tod und den Terroranschlägen auf die beiden Synagogen kein Zusammenhang besteht. Das Mordopfer war nicht jüdisch und ich glaube, es ist purer Zufall, dass beide Vorfälle sich im Stadtviertel Karaköy ereignet haben.«

Polizeipräsident Ardiç nickte zustimmend.

»Des Weiteren«, fuhr Süleyman fort, »muss nicht notwendigerweise eine Verbindung zwischen Tapans Tod und den derzeitigen Ermittlungen gegen den Spanner bestehen. Tapan war zwar, wie einige von dessen Opfern, homosexuell und ein Stammgast im Saray Hamam, aber alle anderen jungen Männer wurden in ihren eigenen vier Wänden angegriffen.«

»Stimmt. Vielleicht geht dieser Mord gar nicht auf das Konto des Spanners.«

»Dennoch müssen wir in alle Richtungen weiter ermitteln, nicht wahr? Sie sagten, der Täter sei Linkshänder?«

Ardiç runzelte die Stirn. »Und?«

»Na, das könnte doch ein Ansatzpunkt sein«, erwiderte Süleyman. »Linkshänder sind schließlich eine Minderheit.«

»Der auch ich angehöre, Süleyman.«

»Na ja, schon ...« Der Inspektor beugte sich über Ardiçs Schreibtisch. »Bisher war das im Zusammenhang mit dem Spanner noch nie Thema. Es könnte aber wichtig sein. Ich denke, ich werde einige der Opfer im Hinblick darauf erneut befragen. Wenn ich natürlich mit Abdullah Aydın sprechen könnte, der eine Messerattacke überlebt und gesehen hat, wie ...«

»Der Junge ist immer noch viel zu schwach«, unterbrach Ardiç seinen Untergebenen und griff nach seinen Zigarren. »Er hängt nach wie vor an der Herz-Lungen-Maschine. Ich habe Ihnen doch gesagt, dass ich Sie benachrichtige, wenn Sie zu ihm können, und dabei bleibt es auch.«

»Herr Polizeipräsident, ich würde nicht im Traum daran denken ...«

»Sie sind schon einmal dort aufgetaucht«, erwiderte Ardiç finster. »Dr. Arkın hat mich angerufen.«

»Aber ich …«

»In Anbetracht Ihres bewundernswerten Einsatzes bei der Synagoge erwähne ich dies jetzt nur, um Sie vor weiteren Vorstößen zu warnen. Versuchen Sie nicht noch einmal, ohne meine ausdrückliche Genehmigung mit Abdullah Aydın Kontakt aufzunehmen.« Ardiç räusperte sich. »Wie geht es Cohens Sohn? Gibt es irgendetwas, das wir tun können?«

Der Rest des Gesprächs drehte sich ausschließlich um Berekiah Cohen und die Tatsache, dass sich sein Zustand glücklicherweise stabilisiert hatte. Die Möglichkeit, dass er seinen Beruf vielleicht nicht mehr würde ausüben können, erwähnte Süleyman mit keinem Wort; dafür war es einfach noch zu früh. Als der Inspektor nach einer Weile das Büro des Polizeipräsidenten verließ, versuchte er, İkmen auf seinem Mobiltelefon zu erreichen, um mit ihm über die Ereignisse in Karaköy zu reden. Er wusste, dass Fatma mit ihrem Mann gesprochen hatte, war aber selbst noch nicht dazu gekommen und verspürte plötzlich das dringende Bedürfnis, Çetins Stimme zu hören. Doch da er seinen alten Freund aus irgendeinem Grund nicht erreichte, kehrte Süleyman in sein Büro zurück und dachte über Nizan Tapan und über Abdullah Aydın nach, der ganz gewiss nicht an die Herz-Lungen-Maschine angeschlossen gewesen war, als er ihn das letzte Mal gesehen hatte. Bevor er zu einem Entschluss kam, wie er weiter vorgehen wollte, hatte İzzet Melik sich in die Frühstückspause verabschiedet.

Um die Mittagszeit gab es noch immer kein Lebenszeichen von İkmen. Die Nachricht von seinem Verschwinden hatte sich rasend schnell verbreitet und inzwischen waren in Menşure Tokatlıs Restaurant all jene versammelt, die sich Sorgen um ihn machten. Altay Salman, der İkmen am Abend zuvor offenbar als Letzter gesehen hatte, war mit einer Gruppe Männer zu den halbverfallenen Tuffkegeln aufgebrochen, von denen aus der Inspektor einen letzten Blick auf das Dorf hatte werfen wollen. Doch außer ein paar leeren Rakiflaschen hatten sie dort nichts entdeckt. Auf dem Rückweg zum Hotel ritt Hauptmann Salman bei der Gendarmerie vorbei, um einen Suchtrupp zusammenzustellen. Die jungen Beamten waren nur allzu gern bereit gewesen zu helfen, so dass schließlich mehrere Jandarma die Männer der berittenen Polizei zu Menşure Tokatlıs Hotel begleiteten.

»Halten Sie es für denkbar, dass Çetin einfach weitergegangen ist, nachdem er die Feenkamine am Rand des Dorfes erreicht hatte?«, fragte Altay Salman Arto Sarkissian, während er sich den Schnee von der Kleidung klopfte.

Der Armenier lachte. »Çetin? Nein, Hauptmann Salman. Çetin unternimmt keine Spaziergänge; so was hat er noch nie gemacht.« Dann seufzte er und sagte ernst: »Nein, wenn Çetin wirklich noch da draußen ist, muss ihm etwas zugestoßen sein. Vielleicht hat er einen Schwächeanfall gehabt. Soweit ich weiß, leidet er zwar ›nur‹ an einem Magengeschwür, aber anscheinend war er ja auch viel zu dünn angezogen. Und dann wären da natürlich noch die Gewebeproben, die ich in seinem Auftrag von dieser mumifizierten Leiche nehmen sollte.«

»Soll heißen?«

»Wie ich Çetin kenne, ist sein Angebot mit der DNA-Analyse nicht von jedem hier gleichermaßen begeistert aufgenommen worden. Manche Leute sind schon aus religiösen Gründen dagegen, und andere …« Er senkte die Stimme, so dass nur Hauptmann Salman ihn noch verstehen konnte. »Nach dem zu urteilen, was Sie und Çetin mir erzählt haben, nehme ich an, dass die Todesumstände des Mädchens ungeklärt sind. Und wenn ich es richtig verstanden habe, sind einige Dorfbewohner in den Fall verwickelt.«

»Das stimmt.«

»Çetins Verschwinden könnte also …«

»Hauptmann Salman, wollen Sie gefälligst aufhören, mit Arto Sarkissian zu tratschen, und endlich mit der Suche beginnen?«

Die beiden Männer drehten sich ruckartig um. Menşure Tokatlı stand in der Mitte des Restaurants, die Hände in die Hüften gestemmt. Sie wirkte ungeduldig und wütend und sie hatte ihren Kater Kismet an der Seite, wohl um ihren Worten Nachdruck zu verleihen.

»Dieser verwahrloste Mensch aus Nevşehir, dieser Erten, hat gerade angerufen, um zu fragen, wo mein Cousin und Dr. Sarkissian bleiben«, fuhr sie fort. »Ich habe ihm gesagt, dass Çetin verschwunden ist, und er macht sich jetzt auf den Weg hierher. Aber wenn er erst mal hier ist, müssen wir ihm sagen, was er zu tun hat. Von alleine kommt er da nicht drauf, dafür hat er zu wenig Grips.«

»In Ordnung«, sagte Hauptmann Salman seufzend. »Ich verstehe Ihre Sorge, Menşure Hanım. Lassen wir also die Jandarma die Straße nach Nevşehir absuchen, während meine Männer die Täler am Ende des Dorfes durchkämmen.«

»Kann ich vielleicht auch irgendetwas tun?«, fragte eine Stimme auf Englisch.

In der Tür zum Restaurant stand ein junger schlanker Mann mit einem dicken Parka.

»Ich bin Tom Chambers«, sagte er, »und habe den Inspektor in den letzten Tagen ziemlich gut kennen gelernt. Ich würde mich gerne an der Suche beteiligen.«

Altay Salman, der Tom mehrmals mit İkmen zusammen gesehen hatte, runzelte die Stirn. »Das ist sehr nett von Ihnen, Mr Chambers. Aber ich möchte nur ungern Zivilisten in die Sache hineinziehen. Das Wetter ist sehr schlecht und …«

»Er könnte mit mir kommen«, mischte sich eine andere Stimme auf Türkisch ein. »Ich kenne die Gegend besser als sonst irgendjemand.«

»Ah, Herr Senar.«

Turgut Senar saß zwar bereits eine Weile im Restaurant, hatte bis dahin aber kein Wort gesagt.

»Mein Jeep steht vollgetankt vor der Tür«, fuhr er fort. »Ich könnte den Engländer mitnehmen und alle, die sonst noch mitsuchen wollen …«

»Mich zum Beispiel.« Rachelle Jones hob die Hand. »Ich mag Inspektor İkmen und würde ihm gerne helfen.«

»Also, wenn Sie als ortsansässiger Führer …«

»Ich möchte mich ihm ebenfalls anschließen«, wandte Arto Sarkissian sich an den Hauptmann. »Je nachdem, wie lange es dauert, bis wir Çetin gefunden haben, könnte er durchaus einen Arzt gebrauchen.«

Salman nickte bedächtig. »Da stimme ich Ihnen zu. Allerdings hatte ich gehofft, Sie würden sich uns anschließen, Doktor. Ich gehe davon aus, dass wir die größte Chance haben, Çetin zu finden, weil wir mit den Pferden die Täler am besten durchforschen können.«

»Was? Ich auf einem Pferd?« Das Gesicht des Pathologen wurde schlagartig bleich.

»Na ja, wir wollen ja nicht im Galopp losstürmen, und ich habe ein paar ältere ruhige Pferde …«

»Ja, aber ich bin ein schwerer Mann, Hauptmann Salman!«

»Ich weiß, Dr. Sarkissian, nur …«

»Von mir aus können Sie bis zum Ende aller Tage darüber diskutieren, wer was macht, ich werde jetzt jedenfalls aufbrechen, um Çetin zu suchen!«, übertönte Menşure Tokatlıs gebieterische Stimme den Lärm im Restaurant. Dann schnappte sie sich Kismet und marschierte in Richtung Treppe.

»Menşure Hanım!«, rief Hauptmann Salman ihr hinterher.

»Kismet und ich suchen in dem kleinen Tal hinter Ferdinand Müllers Büro«, sagte Menşure, während sie mit ihrem

Kater die Treppe hinunterstieg. »Ich gebe Ihnen mein Wort, dass wir uns nicht weiter entfernen. Außerdem sollte der Deutsche ebenfalls informiert werden. Vielleicht kann er ja mit einem seiner Ballons aufsteigen und von oben suchen …«

»Ich denke nicht, dass das Wetter eine Fahrt mit dem Heißluftballon zulässt, Menşure Hanım.«

»Ich kann ihn ja trotzdem mal fragen, oder?«, sagte sie und war verschwunden.

Altay Salman sah zu Arto Sarkissian hinüber. »Sie nimmt den Kater mit …?«

Der Armenier nickte. »Kismet. Soweit ich weiß, der letzte Nachkomme einer langen Reihe gleichnamiger psychotischer Katzen. Einer seiner Vorfahren hat Çetins Bruder vor Jahren übel zugerichtet. Kismet und Menşure haben ein ganz besonderes Verhältnis zueinander …«

»Kann ich irgendetwas tun?«, fragte Atom Boghosian seinen Cousin auf Englisch. »Ich weiß, ich spreche kein Türkisch, aber …«

»Atom …«

»Wir müssen uns auf den Weg machen, Doktor«, sagte Altay Salman und klopfte mit den Fingerknöcheln auf den Tisch, bis ihm die Aufmerksamkeit aller Anwesenden sicher war. »Meine Männer und ich warten hier, bis Inspektor Erten eingetroffen ist, um die Suche mit ihm zu koordinieren. Es wäre gut, wenn die Jandarma die Straße nach Nevşehir absuchen könnten, am besten bis nach Çavuşin. Menşure Hanım nimmt sich das Tal östlich des Dorfes vor.« Salman sah zu Turgut Senar hinüber. »Wenn Sie den jungen Briten mitnehmen würden, Herr Senar …«

»Ja.«

»Und mich.« Rachelle Jones erhob erneut die Hand.

»Miss Jones, ich …«

»Wenn Sie mir jetzt irgendwelchen Unsinn erzählen wollen, von wegen, ich als Frau …«

»Nein, nein«, erwiderte Hauptmann Salman matt. »Nein, ich … Herr Senar, wie viele Leute passen in Ihren Jeep?«

»Ich könnte den Engländer, Miss Jones und den Pathologen mitnehmen.«

»Dr. Sarkissian wird wohl mit uns reiten, aber sein Cousin möchte sich ebenfalls an der Suche beteiligen. Könnten Sie ihn stattdessen mitnehmen?«

»Kein Problem.«

»Ich hätte nichts dagegen, mit Herrn Senar zu fahren«, setzte Arto Sarkissian an, doch der Hauptmann bedachte ihn mit einem strengen Blick, woraufhin er sofort verstummte.

»Also dann, alle an die Arbeit«, sagte Salman. »Wir haben, außer Menşure Hanım, drei Suchtrupps. Bitte nehmen Sie Ihre Mobiltelefone oder Funkgeräte mit, damit wir untereinander in Kontakt bleiben können. Niemand macht sich allein auf den Weg oder verlässt seinen Trupp. Und ziehen Sie sich alle warm genug an. Mit Allahs Hilfe werden wir Inspektor İkmen finden.«

Beifälliges Gemurmel erhob sich im Restaurant, dann brachen die einzelnen Gruppen auf.

16

Nur einer der jungen Männer, die der Spanner belästigt oder vergewaltigt hatte, glaubte sich daran zu erinnern, welche Hand der Täter bevorzugte. Allerdings änderte er dreimal seine Meinung, ehe er sich schließlich für die linke entschied. Nach dem Gespräch nahm Süleyman sich die Liste von Kriminellen vor, die Ayşe Farsakoğlu für ihn erstellt hatte.

»Wir haben drei Linkshänder«, sagte sie an Süleyman und İzzet Melik gerichtet und schaute von ihrem Monitor auf. »Einen davon, Battal Oz, hatten wir bereits hier, zusammen mit den anderen, die wir neulich vernommen haben. Oz hat in der Nacht, als Abdullah Aydın angegriffen wurde, gearbeitet – er ist Nachtportier in einer Pension in Laleli. Und für die anderen Tatzeiten hat er das gleiche Alibi. Ich denke, er ist sauber, Inspektor.«

»Und wer sind die beiden anderen?«, fragte Süleyman durch einen immer dichter werdenden Nebel aus Zigarettenqualm.

»Karagöz Tarih«, erwiderte Ayşe Farsakoğlu seufzend.

»Allah!«, murmelte Süleyman.

»Ich kann mir kaum vorstellen, dass er mit seinem einen Bein auf irgendwelchen Dächern herumklettert«, gab Ayşe zu bedenken.

»Und der andere?«, fragte ihr Vorgesetzter.

»Ein gewisser Aslan Yılmaz.«

»Aslan Yılmaz, Schmalspur-Schuldeneintreiber der Familie Edip?«

»Ja, genau der«, erwiderte sie. »Er hat vorletztes Jahr einen Transsexuellen namens Onur Bavur, der sich selbst ›Haselnuss Hanım‹ nennt, zusammengeschlagen. Bavur hatte behauptet, der Pate der Familie Edip, Yaban, habe ihm Avancen gemacht, worauf er jedoch nicht eingegangen sei. Dafür habe Yılmaz ihn dann bestraft.« Ayşe Farsakoğlu schaute angestrengt auf ihren Bildschirm. »Das ist ja interessant.«

»Was gibt's denn?«

»Hier steht, Yılmaz hätte, nachdem er Bavur zusammengeschlagen hatte, über ihn masturbiert.« Sie blickte auf. »Vielleicht haben ihn dessen Schmerzen ja erregt.«

Süleyman runzelte die Stirn. »Oder es war eine bewusste Machtdemonstration.«

»Vielleicht war er aber auch einfach nur in Stimmung«, warf Melik ein.

»Ansonsten findet sich in Yılmaz' Akte nichts im Hinblick auf Homosexuelle«, fuhr Ayşe ungerührt fort und ignorierte Meliks Kommentar bewusst. »Er ist verheiratet und hat vier Kinder. Offiziell arbeitet er als Automechaniker, aber wie wir wissen, erledigt er hin und wieder Aufträge für den Edip-Clan in Edirnekapı.«

Süleyman lehnte sich zurück und blies den Rauch seiner Zigarette zur Decke. Die Edips waren früher eine berüchtigte Verbrecherbande gewesen, doch seit dem vermehrten Aufkommen von Gangs aus Osteuropa und Zentralasien hielten Männer wie Yaban Edip sich etwas zurück. Soweit Süleyman wusste, beschränkte sich die Familie inzwischen auf den Handel mit Marihuana, das sie in die Europäische Union einschleuste. Aslan Yılmaz musste etwa Mitte dreißig sein und war bei Süleymans letzter Begegnung mit ihm in körperlich guter Verfassung gewesen. Der Mann boxte gerne, war aber nicht in der Lage, sein »psychopathisches Temperament« zu zügeln, wie ein Richter es einmal formuliert hatte. Die Tatsache, dass ein Transsexueller ihn angezeigt hatte und er deswegen verhört worden war, musste ihn sehr wütend gemacht haben. »İzzet und ich werden Aslan mal einen kleinen Besuch abstatten«, sagte Süleyman nach einer Weile. »Schließlich kann es nicht schaden, diesem Abschaum gelegentlich auf die Finger zu klopfen.«

»Stimmt, Inspektor.«

Kurz darauf verließ Ayşe Farsakoğlu Süleymans Büro. Sie hatte den Eindruck gehabt, dass der Inspektor aus irgendeinem Grund mit diesem Dummkopf Melik allein sein wollte. Als sie die Tür hinter sich zuzog, sah sie, wie der Wachtmeister sich vor Süleymans Schreibtisch setzte und die beiden die Köpfe zusammensteckten.

Von Aysu Alkayas mumifiziertem Leichnam waren nur noch der Kopf und ein paar weitere »Fetzen« übrig geblieben, die İkmen hatte retten können. Der Rest war verbrannt. Offenbar hatte jemandem die Aussicht auf einen Gentest ziemliches Unbehagen bereitet. Zugegeben, eine ernste Sache für den Betreffenden, aber nicht annähernd so ernst wie seine eigene Lage, dachte İkmen.

Er befand sich an einem ihm völlig unbekannten Ort und selbst von der Spitze des Tuffkegels, vor dem man ihn abgeladen hatte, hatte er keine Stadt, kein Dorf, keine noch so kleine Siedlung sehen können. Der Gedanke, dass jemand ihn anscheinend für tot hielt oder zumindest seinen Tod wünschte, jagte dem Inspektor einen eiskalten Schauer über den Rücken. Außerdem hatte man ihm sein Mobiltelefon weggenommen. Alles in allem eine vertrackte Situation – am schlimmsten war jedoch, dass auch seine Zigaretten verschwunden waren ...

»Verdammt! Verdammt! Verdammt!«, brüllte İkmen, während er aus dem Feenkamin kletterte, in dem er die Überreste von Aysu Alkayas Leichnam deponiert hatte.

In seiner Lage war es das Vernünftigste, sich nicht vom Fleck zu rühren, denn wenn er sich zu weit von dem Tuffkegel mit Aysu Alkayas Überresten entfernte, bestand die Gefahr, dass er ihn nachher nicht mehr wiederfand. Und das durfte auf keinen Fall passieren. Wer auch immer seine Zigaretten gestohlen und versucht hatte, den Leichnam zu verbrennen, hatte möglicherweise Spuren hinterlassen. Und genau dieses Beweismaterial würde unter Umständen dazu beitragen, dass die miese Ratte eines Tages für ihre Verbrechen büßen musste, dachte der Inspektor. »Nicht zuletzt für diesen mörderischen Nikotinentzug!«, brüllte er, um sich Luft zu verschaffen und eventuell jemanden auf seine verzweifelte Lage aufmerksam zu machen. Vielleicht irgendwelche verrückten Peruaner, die hier in der Einöde ihren Sonnengott anbeteten …

İkmen presste beide Hände gegen seinen dröhnenden Schädel und fragte sich, wie er es in seinem papierdünnen Jackett bei dieser eisigen Kälte schaffen sollte, zu überleben und dabei nicht den Verstand zu verlieren. Schlagartig wurde ihm bewusst, wie gering seine Chancen waren, dieses »Abenteuer« unbeschadet zu überstehen. Er ging um die inzwischen erloschene Feuerstelle herum und schaute sich um. Er stand vor einem weißen Feenkamin inmitten eines scheinbar endlosen Tals voll weißer Feenkamine. Die Tatsache, dass diese früher einmal bewohnt gewesen waren, zeigte sich an den grob in den Fels geschlagenen Fensteröffnungen und den zahlreichen »Obergeschossen«, von denen İkmen eines erklommen hatte. Diese verflixten Dinger schienen sich bis zum Horizont zu erstrecken und Allah allein wusste, wo sie enden mochten …

Einen kurzen Moment lang hatte İkmen gehofft, dass er sich vielleicht nicht zu weit vom Rest der Menschheit entfernt befand; schließlich waren diese Höhlen ja einmal bewohnt gewesen. Doch als ihm einfiel, wer hier gelebt hatte, verließ ihn der Mut – Einsiedler, verdammte Verrückte ohne Kontakt zur Außenwelt.

»Keine Ahnung, wer so etwas getan haben könnte, Dr. Sarkissian«, sagte der kleine, schlecht gekleidete Mann. »Einfach so einen Leichnam zu stehlen ...«

»Haben Sie denn keine Sicherheitsvorkehrungen getroffen, keine Wachen vorm Leichenschauhaus aufgestellt, Inspektor Erten?«, fragte der Armenier ungläubig.

»Ja, schon. Natürlich haben wir Wachen«, erwiderte der Polizeibeamte. »Aber wenn jemand fest entschlossen ist, bringt das beste Sicherheitssystem nichts. Keine Ahnung, wie ich das Haldun Alkaya beibringen soll.«

»Seit wann ist der Leichnam verschwunden?«

»Ich habe ihn gestern noch gesehen; er muss also in der Nacht gestohlen worden sein«, sagte Erten und kaute nervös auf seiner Unterlippe herum.

»Wir nehmen an, dass auch Inspektor İkmen seit gestern Nacht verschwunden ist«, sagte Sarkissian. »Möglicherweise besteht ein Zusammenhang zwischen diesen beiden Ereignissen.«

Erten runzelte die Stirn.

Der Armenier trat einen Schritt näher und sagte leise: »Vielleicht war İkmen jemandem auf der Spur, der nicht wollte, dass ich Gewebeproben von Aysu Alkaya nehme ...«

»Oh, ich verstehe.«

Das laute Klacken von Reitstiefeln auf dem harten Marmorboden des Restaurants verriet Arto Sarkissian, dass Salman zurückgekehrt war. Er schenkte dem freundlichen Hauptmann ein Lächeln, obwohl er am liebsten Reißaus genommen hätte.

»Ich habe Ihnen ein besonders ruhiges Pferd besorgt, Doktor«, sagte Salman, eine Spur zu heiter für Sarkissians Geschmack. »Ein edler Ruheständler namens Yıldırım.«

»Wie aufmerksam«, stieß der Armenier zwischen zusammengebissenen Zähnen hervor. Es war noch sehr die Frage, wie er auf diesen Yıldırım hinaufkommen sollte –

ganz zu schweigen davon, wie er es schaffen sollte, oben zu bleiben.

»Dann mal los!«, sagte der Hauptmann und fügte an Erten gewandt hinzu: »Und Sie bleiben hier, Inspektor?«

»Das halte ich für das Vernünftigste«, erwiderte der. »Jemand sollte als zentrale Anlaufstelle hier vor Ort sein. Und außerdem muss ich Haldun Alkaya mitteilen, was passiert ist.«

Salman sah sich kurz im Restaurant um, wo Ümit Özal saß, der Teppichhändler, der sich auch nachts nur ungern von seinen Kelims trennte, außerdem Marion vom »Cappudocia Coffee Bean«, Baha Ermis, der alte Freund der Familie Kahraman, und diverse andere Dorfbewohner, die allesamt neugierig zugehört hatten und von denen vermutlich jeder ein eigenes Mobiltelefon besaß. Dann sagte er zu Erten: »Ich könnte mir vorstellen, Inspektor, dass Haldun Alkaya längst weiß, was mit Aysus Leichnam geschehen ist.«

Turgut Senar hatte angeboten, in den Tälern nördlich des Gebiets zu suchen, das Altay Salman und seine Männer durchkämmen wollten. Wenn man davon ausging, dass İkmen einen Unfall oder einen Schwächeanfall erlitten hatte, war es unwahrscheinlich, dass er sich allzu weit vom Dorf entfernt befand. Vermutlich würde die berittene Polizei mit ihren wendigen Pferden ihn eher finden, aber als Profi wollte Senar kein Risiko eingehen, also belud er den Jeep mit Decken, wasserfester Kleidung und Proviant.

Rachelle kletterte gerade auf die Rückbank des Geländewagens, als Dolores Lavell zu der kleinen Gruppe stieß. Sie machte ein besorgtes Gesicht.

»Ich habe eben erst gehört, dass Inspektor İkmen verschwunden ist«, sagte sie und legte eine Hand auf Turgut Senars Arm.

»Ja«, bestätigte der, »wir wollen uns gerade auf die Suche machen.«

»Oh, kann ich …«

»Tut mir leid, aber der Wagen ist bereits voll«, erwiderte Turgut kühl.

»Sie kann sich doch zwischen Atom und mich quetschen«, warf Rachelle von ihrem Platz hinter Tom Chambers ein und schaute zu Dolores.

»Nein, das wird zu eng«, sagte Turgut, schwang sich auf den Fahrersitz und ließ den Motor an.

»Aber …«

»Warum besuchst du nicht meine Mutter?«, fragte der Fremdenführer und legte den Gang ein. »Kemalettin wird sich diesmal besser benehmen.«

Dann gab er Gas und ließ Dolores allein im Schneegestöber zurück.

»Das war aber gar nicht nett, Turgut«, sagte Rachelle, als sie die Straße nach Nevşehir erreicht hatten.

»Das Ganze geht sie nichts an …«

»Also haben Sie sie nur benutzt und wollen jetzt nichts mehr von ihr wissen«, sagte die Australierin auf Türkisch.

Tom, der Rachelles Vorwurf nicht verstanden hatte, wandte sich an Turgut: »Als Dolores das letzte Mal mit İkmen geredet hat, war sie richtig wütend auf ihn – und auf mich und diese nette Emily. Wir haben ein bisschen über sie getratscht, und sie … jedenfalls stellte sich raus, dass sie in Bezug auf ihre Familie ziemlich empfindlich ist.« Dann drehte er sich zu Rachelle um. »Wussten Sie, dass Dolores' Vater schwarz war?«

»Nein.« Rachelle runzelte die Stirn. »Ich … na ja, ist das denn so wichtig?«

»Sie kommt aus den Südstaaten, es könnte also durchaus eine Rolle für sie spielen«, sagte Tom.

»Hm.« Rachelle, die genau wusste, dass Turgut ihr Gespräch mit dem Briten verstanden hatte, wandte sich erneut auf Türkisch an ihn: »Soso, eine schwarze Frau, Turgut …?«

»Wenn Sie lieber zu Fuß weitergehen wollen, Miss Jones«, sagte der Fremdenführer mit drohendem Unterton.

»Nein.«

»Dann mischen Sie sich auch nicht in meine Angelegenheiten«, erwiderte er.

Daraufhin trat eisiges Schweigen ein, das erst gebrochen wurde, als Turgut von der Hauptstraße abbog und den Jeep in Richtung eines Tals steuerte, das »Tal der Ziege« genannt wurde. Tom Chambers, der den Namen noch nie gehört hatte, wollte unbedingt wissen, woher er stammte.

»Am Ende des Tals befindet sich eine Kirche mit einem Fresko, das Josef, den Vater von Jesus, beim Ziegenmelken zeigt«, erklärte Turgut und fuhr über eine flache Tuffsteinebene, an die sich ein enges Tal mit rosafarbenen Feenkaminen anschloss.

»Sind denn alle Täler nach Fresken benannt, die man dort entdeckt hat?«

»Nein. Da wäre beispielsweise das Weiße Tal, das seinen Namen der leuchtenden Farbe des Gesteins verdankt, oder das Tal der Derwische. Nur hin und wieder trägt ein Feenkamin einen Namen, der mit einem Wandgemälde in seinem Inneren zusammenhängt.«

»Die heißen dann ›Kirche mit den Weintrauben‹, ›Kirche mit dem Hirsch‹ und dergleichen«, warf Rachelle Jones ein. »Im İlhara-Tal gibt es beispielsweise die Yılanlı Kilise, die ›Schlangenkirche‹, die ihren Namen nach einem darin befindlichen Schlangenbildnis erhielt.«

»Dann wird der Feenkamin, in dem das tote Mädchen gefunden wurde, wahrscheinlich mal als ›Kirche mit dem Leprakranken‹ bezeichnet werden«, meinte Tom. Kaum hatte er es ausgesprochen, fiel ihm ein, dass İkmen ihn gebeten hatte, das verblüffende Fresko von Jesus Christus und der bandagierten Gestalt niemandem gegenüber zu erwähnen. Doch jetzt war es zu spät.

»Und warum, Mr Chambers?«, erkundigte sich Turgut Senar.

Nazlı Kahraman zog Baha Ermis in ihren Innenhof und drängte ihn mit dem Rücken gegen die alte Holztür.

»Hast *du* den Leichnam aus dem Leichenschauhaus gestohlen?«, fragte sie mit leiser Stimme, wobei sie aus den Augenwinkeln ihren jungen Ehemann beobachtete, der in der Küche vor sich hin summte.

»Nein! Ich schwöre es! Warum sollte ich?«

»Du sagst mir besser die Wahrheit!«, zischte sie.

»Das tue ich doch«, erwiderte Baha Ermis. »Glauben Sie mir, Hanım ...«

»Als ich sagte, wir müssten eine Lösung für das Problem finden, meinte ich nicht, dass du Aysus Leiche verschwinden lassen sollst!«

»Aber das habe ich doch gar nicht gemacht!«, protestierte der Mann. »Das war jemand anders, Hanım. Jemand, der sich auch vor diesen Tests fürchtet.«

»Und wer soll das sein?«

»Natürlich Kemalettin Senar!«, entgegnete Ermis. »Oder besser gesagt, seine Familie. Alleine schafft er so was bestimmt nicht. Aber sein Bruder würde alles tun, um ihn zu beschützen. Die haben die Leiche gestohlen, ganz sicher.«

»Und was ist mit diesem Polizisten aus Istanbul? Was sind das für Geschichten, die mir da zu Ohren kommen?«

Baha Ermis verzog das Gesicht. »Anscheinend ist er verschwunden. Vielleicht war er den Senars zu dicht auf den Fersen, als sie die Leiche ...«

»Wenn ich rausfinde, dass du mich angelogen hast, Baha, wenn ich rausfinde, dass du Aysus Leiche gestohlen hast ...«

»Aber ...«

»Du bist schon immer ein Lügner gewesen!«

»Aber Hanım«, sagte Ermis flehend. »Egal, was passiert ist, jetzt kann niemand mehr Ihrem seligen Vater was anhängen. Jetzt ist es wieder so wie vorher, als das Mädchen verschwunden war. Beim Leben meiner Mutter: Ich habe die Leiche nicht gestohlen, aber ich bin auch nicht unglücklich darüber, dass jemand anders es getan hat. Hauptsache, der gute Name Ihres Vaters wird nicht in den Schmutz gezogen.«

Nazlı Kahraman holte tief Luft und atmete ganz langsam wieder aus.

»Ich habe immer alles für Ihre Familie getan«, fuhr Baha Ermis fort. »Und ich habe nie etwas dafür erwartet, außer ...«

»Jemand muss zu den Senars gehen«, unterbrach Nazlı ihn, »und herausfinden, was sie vorhaben. Ich will nicht, dass die Leiche plötzlich wieder auftaucht.«

»Das will ich auch nicht, Hanım.«

»Ich kann nicht zu ihnen gehen und du solltest auch nicht ...«

»Turgut Senar ist mit seinem Jeep losgefahren, um bei der Suche nach dem Polizisten zu helfen. Vielleicht ist Nalan allein zu Hause.«

Nazlı Kahraman rieb sich die Schläfen, als habe sie Kopfschmerzen. »Nalan Senar würde niemals eine Leiche stehlen! Und schon gar nicht in ihrem Haus aufbewahren!«, sagte sie mit müder, zorniger Stimme. »Unter all dem teuren Schmuck ist und bleibt sie eine einfache Bäuerin. Sie glaubt an Feen und Gespenster und würde einen ruhelosen Geist nicht in ihrem Haus haben wollen. Nein, wenn irgendeiner von den Senars es gemacht hat, dann Turgut. Ich muss unbedingt mit ihm reden, aber nicht hier ...«

»Er ist mit dieser Jones, einem Deutschen und einem Gast aus Menşure Tokatlıs Hotel unterwegs, einem Engländer.«

»Weißt du, wohin sie gefahren sind?«

»Keine Ahnung. In irgendein Tal«, sagte Ermis achselzuckend.

Nazlı Kahraman setzte sich auf eines der leeren Ölgefäße, die in Pflanzkübel umgewandelt werden sollten. »Dann müssen wir warten, bis er zurück ist«, sagte sie. »Und anschließend gehst du ihm nach. Ich will wissen, wo die Leiche steckt, denn ich muss sichergehen, dass Nalan Senar nicht vorhat, das, was der Leichnam offenbaren mag, gegen mich zu verwenden.«

»Warum sollte sie das tun?«

»Die Senars behaupten seit jeher, mein Vater hätte meine Stiefmutter ermordet.«

»Aber das ist eine Lüge, Hanım!«

Wütend funkelte sie ihn an. »Das weißt du doch gar nicht, du mieser kleiner Lügner!« Dann warf sie einen Blick durch das Küchenfenster auf ihren Ehemann und klagte: »Warum belügen mich immer alle? Warum kann niemand die Wahrheit ertragen?«

Mehmet Süleyman legte sich auf das Bett, das in jüngster Zeit wieder zu ihrem gemeinsamen Bett geworden war, und starrte an die Decke. Berekiah Cohen befand sich nach wie vor im Italienischen Krankenhaus, war aber offensichtlich auf dem Weg der Besserung – eine wunderbare Nachricht, wäre da nicht der verzweifelte Anruf von Fatma İkmen gewesen. Çetin sei verschwunden, hatte sie Mehmet berichtet, irgendwo in Kappadokien, mitten im Schneegestöber. Die Tatsache, dass Dr. Sarkissian in Muratpaşa war und bei der Suche half, beruhigte Mehmet etwas. Noch lieber wäre er allerdings selbst vor Ort gewesen. Doch er konnte Istanbul jetzt nicht verlassen – eine Entscheidung, die İkmen sicher verstanden hätte. Obwohl Mehmet nicht recht wusste, wie er bezüglich der Manipulation von Beweismitteln und Zeugen im Fall des Spanners weiter vorgehen sollte, war ihm klar, dass er so etwas nicht einfach hinnehmen konnte. Aber wie sollte er sich Ardiç gegenüber verhalten? Wie sollte er das Thema zur Sprache bringen?

»Mehmet?«

Er blickte auf und sah seine Frau, die mit einem schnurlosen Telefon hereingekommen war.

»Arto Sarkissian ist dran«, sagte sie und reichte ihm den Apparat.

Mehmet stand auf, ging zum Erkerfenster hinüber und schaute in den Garten, über dem schon die Dämmerung hereinbrach. »Dr. Sarkissian?«

»Inspektor Süleyman, ich wünschte, ich hätte gute Nachrichten, aber leider ...«

»Sie haben ihn nicht gefunden.«

Mehmet hörte, wie Zelfa frustriert aufstöhnte und das Zimmer verließ.

»Nein«, erwiderte der Pathologe. »Er ist wie vom Erdboden verschluckt. Und inzwischen ist es zu dunkel, um die Suche fortzusetzen.«

»Sie müssen erschöpft sein.«

»Nein, ich mache mir nur Sorgen«, sagte Sarkissian. »Oder sagen wir: Ich bin viel zu beunruhigt, um müde zu sein. Nur ein Teil meines Körpers ist extrem erschöpft: Es ist einfach schon sehr lange her, dass ich das letzte Mal geritten bin, Inspektor, und sowohl das Pferd als auch ich sind am Ende unserer Kräfte angelangt.«

Trotz allem musste Mehmet lächeln. Der Pathologe war ein sehr schwerer unsportlicher Mann. Es musste für ihn die reinste Tortur gewesen sein, auf einem von Altay Salmans Pferden zu reiten.

»Morgen früh bei Tagesanbruch setzen wir die Suche fort«, sagte Sarkissian. »Viele Dorfbewohner haben ihre Hilfe angeboten und wir dürfen die Hoffnung nicht aufgeben. Wie geht es Berekiah?«

Mehmet informierte den Pathologen kurz über den Gesundheitszustand des jungen Cohen.

»Wenigstens dafür können wir dankbar sein. Und Mehmet, wir werden Çetin finden. Ganz bestimmt.«

Sarkissian sprach Süleyman nicht oft mit dessen Vornamen an – nur in Zeiten großer Anspannung.

»Inschallah«, erwiderte Süleyman und wiederholte den frommen Wunsch ein weiteres Mal.

Die beiden Männer verabredeten, in Verbindung zu bleiben, und beendeten das deprimierende Telefonat. Als Zelfa wenige Augenblicke später ins Schlafzimmer zurückkehrte, musste sie sich anstrengen, die Aufmerksamkeit ihres Mannes zu wecken, der in Gedanken versunken am Fenster saß.

»Komm wieder ins Bett«, sagte sie, zog ihn hoch und führte ihn quer durchs Schlafzimmer. »Mein Vater kommt morgen zurück – wenn du also wirklich wilden Sex willst …«

Mehmet legte sich aufs Bett, zog Zelfa zu sich heran und lächelte, als sie neben ihm auf die Matratze sank.

»Darf ich fragen, was das zu bedeuten hat?«, fragte er und blickte sie prüfend an.

»Was *was* zu bedeuten hat?«

»Dein Verhalten«, erklärte er. »Ich meine, ich weiß ja, dass du mich willst …«

Zelfa schob eine Hand unter sein Hemd, als wolle sie seinen Worten Nachdruck verleihen, und begann, seine Brust zu streicheln.

»Aber …«

»Ich muss unserer Ehe noch eine letzte Chance geben«, sagte Zelfa mit leichtem Bedauern in der Stimme. »Für Yusuf und … Ich weiß nicht, was du an dir hast, dass ich …«

Sie beugte sich zu ihm und küsste ihn. Dann meinte sie: »Du hast mich im Stich gelassen und mich betrogen. Ich weiß wirklich nicht, warum ich dich nicht einfach in die Wüste schicke …«

»Ich werde dich nie wieder enttäuschen«, sagte Mehmet. Sein Herz schlug wie wild vor Freude darüber, wieder bei seiner Familie sein zu können. Er zog Zelfa fest an sich und flüsterte: »Das verspreche ich dir.«

In der nächsten, sehr leidenschaftlichen Stunde dachte er zwar ausschließlich an Zelfa, seine Gedanken kehrten jedoch sofort zu seiner Arbeit zurück, nachdem sie zufrieden neben ihm eingeschlafen war. Er grübelte darüber nach, wer ein Interesse daran haben könnte, seine Ermittlungen im Fall des Spanners zu behindern, und warum; doch die meiste Zeit dachte er an İkmen. Er fragte sich, wie so ein Leichtgewicht in einem viel zu dünnen Sommeranzug in der kappadokischen Wildnis überleben sollte. Es war zwar noch nicht richtig Winter, doch die Temperaturen fielen im Land der Feenkamine nachts bereits bis auf minus zehn Grad. Mehmet versuchte, diesen Gedanken zu verdrängen, und suchte Trost in der Wärme, die die Brüste seiner Frau ihm boten.

17

Wenn sein Mund nicht zugefroren gewesen wäre und sein Körper nicht so heftig gezittert hätte, dachte Çetin İkmen, dann wäre er bei Sonnenaufgang sicher aufgesprungen und hätte gejubelt: *Oh Freude, ein neuer Morgen! Ein weiterer Tag ohne Wärme und Zigaretten!* Doch ihm war so kalt, dass er noch nicht einmal über seinen eigenen Zynismus lächeln konnte. Es grenzte schon an ein Wunder, dass er die Nacht überhaupt überlebt hatte. In die halb verbrannten Reste des Wandteppichs gehüllt, in den Aysu Alkayas Leichnam gewickelt gewesen war, hatte er die ganze Zeit reglos dagelegen, doch sein Geist war unablässig in Bewegung gewesen.

Ein Aspekt schien bei all den Spekulationen rund um Aysus Tod in Vergessenheit geraten zu sein – die Frage nach der Herkunft der Tatwaffe. Wie bereits zu Beginn der Ermittlungen festgestellt worden war, handelte es sich bei dem Colt .45 nicht um eine Waffe, die kappadokische Bauern üblicherweise mit sich herumtrugen. Andererseits ließ sich natürlich nicht ausschließen, dass ein Exemplar dieser amerikanischen Schusswaffe in die Hände eines Ortsansässigen gelangt war. Schließlich hatte es in Anatolien viele Jahre lang amerikanische Militärstützpunkte gegeben, und wie İkmen von Nazlı Kahraman und Dolores Lavell wusste, waren in den vergangenen Jahrzehnten auch zahlreiche amerikanische Touristen nach Kappadokien gereist.

İkmen fragte sich, auf welche Weise so eine Pistole den Besitzer gewechselt haben könnte. Hatte sich ein amerikanischer Soldat vielleicht mit jemandem im Dorf angefreundet und ihm seine geschenkt? Allerdings müssten seine Vorgesetzten darüber ziemlich entsetzt gewesen sein. Vielleicht hatte es sich aber auch um einen Deserteur gehandelt oder die Waffe war gar nicht verschenkt, sondern gestohlen worden … Möglicherweise war sie auch nicht auf direktem Weg aus den Vereinigten Staaten in die Türkei gelangt, sondern über andere, verschlungenere Pfade. Der eiskalte Tuffkegel mit den mumifizierten, halbverkohlten Überresten von Aysu Alkayas Leichnam war zwar nicht gerade der ideale Ort, um Antworten auf diese Fragen zu finden, doch es erschien İkmen immer noch besser, sich darüber den Kopf zu zerbrechen als über die Frage, wo sein Mobiltelefon geblieben war, ob es Berekiah allmählich besserging und ob er wohl lange genug am Leben bleiben würde, um noch einmal eine Zigarette zu rauchen. Er drehte den schmerzenden Kopf und warf einen Blick ins Freie. Die Aussicht war auch nicht besser als beim letzten Mal – überall nur Schnee und Felsen. Allerdings wusste er, dass er sich bald zwingen musste, den Feenkamin zu verlassen. Wenn er hierblieb, bestand die Gefahr, dass ein eventuell ausgeschickter Suchtrupp ihn nicht finden würde. Die Leute aus dem Dorf mussten inzwischen nach ihm suchen, dachte er. Zumindest sein Freund Arto.

Hauptmann Salman hatte beschlossen, die Suche nach İkmen auf die Täler am anderen Ende des Dorfes auszudehnen.

»Wenn der Inspektor keinen Unfall hatte, sondern verschleppt wurde, könnte er sich überall befinden«, wandte er sich an seine versammelten Männer und beobachtete, wie Dr. Sarkissian sich mühsam auf den Rücken eines Pferdes hieven ließ. »Die Polizei von Nevşehir durchsucht hier in Muratpaşa jedes Haus«, fuhr er fort und nickte Inspektor Erten zu, der am ganzen Körper zitterte. »Die Jandarma kämmen die umliegenden Dörfer durch und Turgut Senar ist erneut mit seinem Jeep losgefahren. Wir werden heute bis in die Täler reiten, die nach Ürgüp führen – und wenn es sein muss, auch weiter.«

Die Pferde, die bereits von ihrem morgendlichen Galopp vor Schweiß glänzten, stampften mit den Hufen, als die Männer in die Sättel stiegen, um den zweiten Tag zwischen den schneebedeckten Feenkaminen nach İkmen zu suchen. Als sich der Trupp in Bewegung setzte, sorgte Altay Salman dafür, dass er neben Arto Sarkissian ritt, der bei jedem Schritt seines betagten Pferdes Yıldırım leise aufstöhnte.

»Was macht denn Ihr Cousin, während Sie uns begleiten?«, erkundigte sich der Hauptmann, da er bereits vom Vortag wusste, dass Fragen nach seinem Befinden den Armenier nur wütend machten.

»Atom hat sich gestern mit Mr Chambers angefreundet«, stieß Sarkissian zwischen zusammengebissenen Zähnen hervor. »Die beiden haben sich wieder diesem Fremdenführer angeschlossen. Die nette Australierin hat heute allerdings irgendwelche geschäftlichen Angelegenheiten zu erledigen.«

Rachelle hatte am Abend zuvor mehrere Gläser Wein mit Sarkissian getrunken und sich ziemlich gut mit ihm verstanden – sehr zum Missfallen von Menşure Tokatlı. Vermutlich bestanden ihre »geschäftlichen Angelegenheiten« darin, ihren Kater auszukurieren.

Doch Turgut Senars Jeep war auch ohne Rachelle Jones voll besetzt. Denn außer Tom Chambers und Atom Boghosian hatte er noch einen weiteren Passagier mitgenommen, einen, der im Grunde sein Feind war – Baha Ermis. Wie es dazu gekommen war, konnte Salman sich beim besten Willen nicht vorstellen.

Kurz bevor die Reiter den Pfad erreichten, der aus dem Dorf hinausführte, kam Ferdinand Müller zu ihnen herübergelaufen. Neben dem vor seinem Büro geparkten Landrover mit Anhänger stand Menşure Tokatlı und hielt ihren Kater Kismet auf dem Arm.

»Hauptmann!«, rief der Deutsche. »Kann ich Sie einen Moment sprechen?«

Altay Salman hob eine Hand, um seine Truppe zum Stehen zu bringen, und blickte den jungen Mann fragend an. »Ja, Herr Müller?«

»Ingrid und ich werden einen Ballon starten«, sagte Ferdinand. »Ich weiß, das Wetter ist nicht ideal ...«

»Es schneit noch immer«, erwiderte Altay und runzelte die Stirn. »Zwar nicht mehr so stark wie gestern, aber ...«

»Menşure Hanım hat uns heute Morgen um vier aus dem Bett geholt«, erzählte der Deutsche. »Sie macht sich furchtbare Sorgen um ihren Cousin und ist davon überzeugt, dass man ihn mit einem Ballon am ehesten finden kann. Vermutlich hat sie sogar recht. Ich habe erst nein gesagt, aber meine Frau war anderer Meinung.«

Ferdinand Müllers schwedische Frau Ingrid war nicht nur eine erfahrene Ballonpilotin, sondern auch eine sehr resolute Person.

»Sie wollen es also riskieren?«

»Ja. Wir starten in Ürgüp.«

»Doch hoffentlich nicht mit Menşure Hanım und ihrem Kater an Bord?«, sagte der Hauptmann.

»Nein.«

»Also gut, Herr Müller, ich gehe davon aus, dass Sie wissen, was Sie tun.«

Der Deutsche lächelte. »Ja. Mir ist klar, dass die Umstände nicht ideal sind, aber ich mache es trotzdem.«

»Mir ist es auch schon immer schwergefallen, Menşure Tokatlı einen Wunsch abzuschlagen«, warf Arto Sarkissian verständnisvoll ein. »Sie ist eine wunderbare Frau, wenn nur nicht dieser Kater wäre ...«

Der Hauptmann und der Ballonpilot tauschten ihre Mobilnummern aus, damit sie in Verbindung bleiben konnten, dann kehrte Ferdinand Müller zu seinem Landrover zurück.

Als der Geländewagen samt Anhänger mit Ballonkorb in Richtung Ürgüp losfuhr, beobachtete Salman, wie Menşure Tokatlı mit einem zufriedenen Gesichtsausdruck in ihr Auto stieg.

Nachdem der Reitertrupp sich wieder in Bewegung gesetzt hatte, wandte Altay Salman sich an Arto Sarkissian. »Mit dem Ballon ist die Chance wesentlich größer, dass wir İkmen bald finden«, sagte er und gab sich alle Mühe, zuversichtlich zu klingen. »Die Müllers sind hervorragende Piloten.«

Salmans Worte erfüllten den Pathologen eher mit Sorge, als dass sie ihn beruhigten, denn normalerweise stiegen Ballons bei diesem Wetter nicht auf. Die kappadokische Landschaft stellte schon bei idealen Bedingungen eine Herausforderung für jeden Piloten dar, ganz zu schweigen bei Schneefall. Arto Sarkissian verlagerte sein breites Gesäß im Sattel und lockerte Yıldırıms Zügel, der unbeirrt Altay Salmans großartigem Pferd Süleyman über den engen Pfad folgte.

»Ich weiß nicht, warum Abdullah nicht nach Hause kann! Ihre Kollegen haben gesagt, es geht nicht!«

Bewundernd beobachtete Mehmet Süleyman, wie Selcuk Aydın, während er sich mit ihm unterhielt, gleichzeitig Schlüssel von Gästen in Empfang nahm und einen von Abdullahs älteren Brüdern zurechtwies.

»Die Polizei hat also gesagt, Abdullah soll in diese Rehaklinik in …«

»Kaş, Kalkan – was weiß ich! Fragen Sie meine Frau.« Dann wandte er sich wieder an seinen Sohn: »Geh jetzt endlich lernen oder willst du hier nur tatenlos rumlungern?«

Der junge Mann, der neben seinem Vater hinter der Rezeption stand, ignorierte den Schlüssel, den eine Kanadierin ihm entgegenhielt, und sagte: »Ich kann Physik nicht leiden.«

»Hier, bitte …«, sagte die Frau.

»Oh, vielen Dank«, erwiderte Selcuk Aydın auf Englisch und nahm den Schlüssel entgegen. Dann warf er seinem Sohn einen wütenden Blick zu und schimpfte auf Türkisch: »Es ist mir egal, ob du Physik leiden kannst oder nicht …«

»Herr Aydın!«

Selcuk Aydın händigte einen Zimmerschlüssel aus und nahm zwei weitere in Empfang, während sein Sohn langsam um die Theke schlurfte und die Treppe hinaufstieg. Der düstere verwinkelte Eingangsbereich der Pension »Kaiser Justinian« war typisch für die Herbergen im Schatten der Blauen Moschee und der Hagia Sophia: Er diente gleichermaßen als Rezeption, als Büro und als Treffpunkt für Gäste, die ein wenig verschnaufen, fernsehen oder ein Glas Tee trinken wollten. Seit dem Tag, an dem der Spanner Abdullah Aydın angegriffen hatte, war Süleyman nicht mehr hier gewesen, und eigentlich sollte er auch jetzt nicht hier sein. Aber offensichtlich hatten andere Polizeibeamte Abdullahs Familie aufgesucht und ihnen diese Rehaklinik »empfohlen«, in die der Junge nun morgen verlegt werden sollte.

»Das heißt also, Sie hätten Ihren Sohn lieber hier zu Hause, Herr Aydın?«, fragte Süleyman.

»Er hat sich ziemlich gut erholt«, erwiderte Selcuk Aydın. »Das sagt zumindest seine Ärztin.«

»Dr. Arkın?«

»Ja. Sie ist zwar eine Frau, aber trotzdem gut.« Er räusperte sich vernehmlich. »Mein Junge kann schon wieder laufen. Nur langsam, aber immerhin … Wenn Sie mich fragen, könnte er genauso gut hier an der Rezeption sitzen und das Telefon bedienen. Aber Ihre Kollegen sind wohl anderer Meinung.«

»Wie war der Name des Beamten, mit dem Sie gesprochen haben«, fragte Süleyman, »und der Ihnen diese Klinik empfohlen hat?«

Selcuk Aydın dachte einen Moment nach. »Doğan. Inspektor Doğan«, sagte er schließlich.

Süleyman hatte noch nie von einem Kollegen mit diesem Namen gehört, ließ es sich aber nicht anmerken. »Oh ja. Er ist um die dreißig, klein ...«

»Eher fünfundvierzig«, entgegnete Aydın, während er etwas in seinen Computer tippte, der auf der Theke stand. »Und groß. So wie Sie.«

»Ach so«, meinte Süleyman, »*der* Doğan.«

»Und sein Chef natürlich. Aber das war vorher, kurz nachdem mein Sohn aus dem Koma aufgewacht ist.«

Süleyman trat näher an die Rezeption heran, vor der nun keine Touristen mehr warteten. »Sein Chef?«

»Ein großer, dicker Mann«, sagte Selcuk Aydın und blickte von seinem Computer auf. »Polizeipräsident ...«

»Polizeipräsident Ardiç?«

»Genau«, meinte Aydın lächelnd. »Polizeipräsident Ardiç. Er hat mir auch gesagt, dass Sie nicht mehr für den Fall zuständig sind und dass Inspektor Doğan sich jetzt um alles kümmert.«

Süleyman hatte bisher weder von diesem rätselhaften Inspektor Doğan gehört, noch war ihm bekannt, dass man ihm den Fall entzogen hatte. Die Tatsache, dass diese seltsamen und unverständlichen Vorgänge sich erst ereigneten, nachdem Abdullah verkündet hatte, er habe das Gesicht des Spanners gesehen, jagte Süleyman einen Schauer über den Rücken. Wenn der Junge den Täter wirklich identifizieren konnte, warum bekam er, Süleyman, dann keinen Zugang zu dieser Information? Man hielt ihn ganz bewusst von Abdullah Aydın fern. Wäre es denkbar, dass dieser Inspektor Doğan und Ardiç den Fall aus irgendeinem Grund auf eigene Faust lösen wollten? Süleyman konnte sich beim besten Willen nicht vorstellen, warum man ihn von den Ermittlungen abzog, die er vom ersten Übergriff an geleitet hatte.

Das Ganze ergab nur dann einen Sinn, wenn Ardiçs Vorgehensweise in irgendeinem Zusammenhang mit dem stand, was Abdullah Aydın – der einzige Zeuge, der den Spanner beschreiben konnte – in jener Nacht gesehen hatte. Das Gesicht des Täters, darum musste es dem Polizeipräsidenten und diesem geheimnisvollen Doğan gehen. Kannten die beiden vielleicht den Mann, dessen Gesicht Abdullah in seinem Gedächtnis gespeichert hatte? Oder handelte es sich etwa um jemanden, den jeder auf der Straße sofort wiedererkennen würde – vielleicht eine berühmte oder mächtige Person? Denn nur wenn der Spanner jemand Bedeutendes war, erschien es logisch, dass gewisse Leute nicht wollten, dass sein Gesicht mit diesen Verbrechen in Verbindung gebracht wurde.

Aber Ardiç? In die Manipulation von Beweismaterial verwickelt? Das konnte Süleyman sich beim besten Willen nicht vorstellen. Doch während er von der Pension in Richtung des Hotels »Four Seasons« ging, wurde ihm bewusst, dass er diese Möglichkeit auch nicht ausschließen durfte. Und ihm fiel ein Weg ein, wie sich seine verschiedenen Theorien überprüfen ließen. Er war allerdings nicht ganz ungefährlich.

Einen Moment lang überlegte er, ob er mit İzzet Melik reden und vielleicht dessen Hilfe in Anspruch nehmen sollte. Sein Assistent verhörte gerade diesen Schläger Aslan Yılmaz, den Ayşe Farsakoğlu als potenziellen Täter aus der Verbrecherkartei herausgefischt hatte. Natürlich war das Ganze nur ein Bluff: Yılmaz war viel zu dämlich, um als Spanner in Frage zu kommen. Doch dann beschloss Süleyman, Melik nicht noch weiter in diese Geschichte hineinzuziehen, und kehrte in Gedanken versunken in sein Büro zurück.

Der Brite und der Deutsch-Armenier hatten nicht die geringste Ahnung, was zwischen ihren beiden anderen Reisegenossen vorging. Tom Chambers wusste von Rachelle Jones, dass Turgut Senar und der neue Passagier, Baha Ermis, seit vielen Jahren verfeindet waren. Doch anscheinend gelang es den beiden, die Gegenwart des jeweils anderen schweigend und mit einem gewissen Maß an Gleichmut zu ertragen.

Als sie das Dorf hinter sich gelassen hatten und über Land fuhren, brach Turgut Senar das Schweigen. »Das Tal hier heißt Tal der Vögel«, sagte er auf Englisch, »wegen der vielen Taubenschläge in den Felsen dort oben.«

Tom und Atom blickten die steilen weißen Felswände hinauf, die sich zu beiden Seiten der Straße erhoben. Bunt bemalte Taubenschläge waren in regelmäßigen Abständen in den Tuffstein gehauen worden.

»Hauptmann Salman und seine Männer befinden sich in dem Tal rechts von uns«, fuhr Turgut fort. »Im Tal der Bäume. Allerdings weiß kaum jemand, dass es so heißt. Es ist nicht besonders bekannt.«

Baha Ermis, den Tom auf Mitte dreißig schätzte und der ihm recht ungepflegt erschien für jemanden, der sich als Gutsverwalter vorgestellt hatte, sagte etwas zu Senar, doch der zuckte nur die Achseln. Ermis reagierte mit einem plötzlichen heftigen Wutanfall und innerhalb von Sekunden entbrannte ein lautstarker Streit zwischen den beiden Männern, die vorne im Jeep saßen und wild mit den Armen gestikulierten.

»Das gefällt mir gar nicht«, wandte Tom sich an Atom, als der Wagen ruckartig nach links ausbrach. Er traute Turgut Senar nicht mehr so recht über den Weg, seit der Fremdenführer sich ziemlich aggressiv nach diesem »neuen« Fresko im Tal der Mönche erkundigt hatte.

»Nehmen Sie die Hände ans Steuer!«, brüllte Atom Turgut Senar zu, doch in seiner Panik verfiel er ins Deutsche, was außer ihm niemand im Wagen verstand.

»Herr Senar«, setzte Tom an, »würden Sie bitte …«

»Stopp! Stopp! Stopp!«, rief Baha Ermis auf Englisch und packte Turgut Senar an der Schulter.

Der Fremdenführer reagierte mit einem wütenden türkischen Wortschwall, brachte den Jeep aber sofort zum Stehen.

Nach ein paar Sekunden angespannter Stille fragte Tom Chambers: »Was um alles in der Welt ist hier los?«

Langsam drehten sich die beiden Männer zu ihm um. »Sie wollen wissen, was *los* ist, Mr Chambers?«, fragte Turgut Senar.

Doch bevor Tom auch nur ein Wort herausbringen konnte, fing Baha Ermis erneut an zu brüllen und brachte sein Gesicht so nah an das des Fremdenführers, dass sie einander fast berührten.

»Herrgott noch mal!«, stieß der Brite hervor und blickte verzweifelt zu seinem deutsch-armenischen Reisegefährten.

Im nächsten Moment sprangen die beiden Türken aus dem Jeep und setzten ihre Auseinandersetzung in der eisigen Morgenluft fort. Während die beiden Touristen von der Rückbank aus hilflos zusahen, begannen Turgut Senar und Baha Ermis, einander zu schubsen und unflätig zu beschimpfen. Irgendein Wort, das zwischen ihnen gefallen war – oder vielleicht auch gerade nicht gefallen war –, musste diese beunruhigende Eskalation verursacht haben.

»Die explodieren hier ziemlich schnell, was?«, meinte Tom zu Atom, während die beiden Türken sich kampfbereit voreinander aufbauten.

İkmen war schon eine ganze Weile nicht mehr in der Lage, aufrecht zu stehen. In dem Feenkamin wäre es vielleicht noch möglich gewesen, aber hier draußen im Schnee war nicht daran zu denken. Doch wenn er überhaupt eine Chance auf Rettung haben wollte, musste er für den Suchtrupp zu sehen sein. Andererseits wusste er auch, dass sein steifer schmerzender Körper wegen des Schneefalls bald nicht mehr von dem Fels zu unterscheiden sein würde, auf dem er saß. Allmählich dämmerte ihm, dass seine Überlebenschancen rapide sanken. Doch wie jedes Mal, wenn der Tod in der Vergangenheit seine Hände nach ihm ausgestreckt hatte, zog der Inspektor es vor, die Situation zu ignorieren. Stattdessen arbeitete sein Verstand auf Hochtouren. Tausend Fragen gingen ihm durch den Kopf.

Warum hatte Turgut Senar plötzlich seine Leidenschaft für Dolores Lavell entdeckt? Und warum war er so aufgebracht gewesen, als sein Bruder vor den Augen der Amerikanerin masturbiert hatte? Der Anblick hatte ihn derart in Wut versetzt, dass er sogar seiner Mutter davon erzählte. Aber aus welchem Grund? Dolores Lavell war eine Ausländerin, die, wie sie selbst sagte, in keinerlei persönlicher Beziehung zur Familie Senar oder irgendjemand anderem im Dorf stand. Ihr Vater allerdings, ein ehemaliger Armeeangehöriger, war vor langer Zeit zusammen mit seinen alten Kameraden mehrfach in Kappadokien gewesen. Als Dolores Turgut und Emily im Ballon das Foto von ihrem Vater gezeigt hatte, war der Fremdenführer vielleicht gar nicht wegen der Hautfarbe des abgelichteten Mannes verblüfft gewesen, sondern wegen dessen Ähnlichkeit mit jemandem. Vielleicht hatte Turgut Senar, der Ende der fünfziger, Anfang der sechziger Jahre ein kleiner Junge gewesen sein musste, den Amerikaner ja gekannt. Womöglich hatte der große freundliche GI dem kleinen türkischen Jungen sogar das Schießen beigebracht – Altay Salman zufolge war Turgut Senar ein hervorragender Schütze. Hatte Dolores' Vater dem Kleinen vielleicht ein Andenken geschenkt, einen Colt .45? In Vietnam jedenfalls war so etwas Verrücktes regelmäßig vorgekommen, wie İkmen wusste.

Aber warum hätte Turgut Senar Aysu Alkaya töten sollen, selbst wenn er eine alte amerikanische Schusswaffe besaß? Für İkmen hatte der Fremdenführer kein erkennbares Motiv. Dagegen hätten Nazlı und Ziya Kahraman gleich mehrere Gründe gehabt, das Mädchen umzubringen – unter anderem, weil Aysu und ihr Vater den Zitronenkönig mit einer Falle in die Ehe gelockt hatten. Und falls Nazlı Kahraman gelogen und doch von Aysus Schwangerschaft gewusst hatte? Für eine wohlhabende Frau wie sie war es schließlich kein Problem, an eine Waffe zu kommen, die sich nicht zu ihr oder ihrem Vater zurückverfolgen ließ.

Auch Kemalettin Senar hatte möglicherweise ein Motiv, von dem niemand wusste, oder er hatte das Mädchen versehentlich getötet. Allerdings hätte er dafür Zugang zu dem Colt .45 haben müssen und İkmen konnte sich nicht vorstellen, dass Turgut seinem deutlich jüngeren Bruder diesen sorgsam gehüteten Schatz überlassen hätte. Vielleicht hatte Kemalettin die Waffe aber auch gestohlen? Er und Aysu könnten geplant haben, sie und ihr ungeborenes Kind aus ihrem »Gefängnis« bei den Kahramans zu befreien. Kemalettin hatte die Waffe zu ihrem Schutz mitgenommen und vielleicht war er ungeschickt damit umgegangen und es hatte sich ein Schuss gelöst. Also ein Unfall. Während er vor sich auf den Boden starrte, ging İkmen durch den Kopf, dass er selbst auch eine Art »Unfall« erlitten haben könnte: Jemand hatte ihn niedergeschlagen, jemand, der wahrscheinlich nicht mit seiner Anwesenheit in dem Feenkamin gerechnet hatte, in dem die sterblichen Überreste von Aysu Alkaya lagen. Später musste diese Person, oder jemand anderer, ihn erneut niedergeschlagen haben. Plötzlich erinnerte İkmen sich daran, dass er zu irgendeinem Zeitpunkt mehrere Stimmen gehört hatte – oder doch nicht? Sein Verstand arbeitete zwar noch, wurde aber immer langsamer, unzuverlässiger …

»Inspektor İkmen!«

Jetzt hörte er schon wieder Stimmen! Vielleicht kam das

von der Gehirnerschütterung. Na großartig! Die Stimme klang wie die von Herrn Gören, seinem Nachbarn in Istanbul. Dieser Narr wohnte mit seiner fetten Tochter zusammen, die den ganzen Tag nur Lokum in sich hineinstopfte. Warum konnte er stattdessen nicht Fatmas liebevolle Stimme hören? »Verschwinde«, murmelte İkmen, »mach, dass du wegkommst!«

»Inspektor İkmen! Sind Sie das?«

Es dauerte einen Moment, bis die Realität dieser Worte zu ihm durchdrang, doch dann runzelte İkmen die Stirn. Soweit er wusste, sprach Herr Gören kein Englisch. Langsam hob er den Kopf und hielt sein Gesicht in den rieselnden Schnee. Über ihm schwebte ein großer silberfarbener Ballon und mit einem fauchenden Geräusch blies eine Flamme heiße Luft in die Ballonhülle. Irgendjemand winkte ihm aus dem Korb unter dem Ballon zu. İkmen konnte denjenigen zwar nicht erkennen, hoffte aber inständig, dass es sich nicht um eine Illusion handelte.

»Was sollen wir nur tun?«, wandte Tom Chambers sich an Atom Boghosian. »Eigentlich müssten wir nach Inspektor İkmen suchen.«

»Wir können nichts machen«, erwiderte Atom, der an der Beifahrertür des Jeeps lehnte und zusammen mit dem Briten dem Kampf zwischen Turgut Senar und Baha Ermis zusah.

»Ich wünschte, ich wüsste, worum es überhaupt geht«, sagte Tom. »Erst ist alles in Ordnung und im nächsten Moment gehen sie aufeinander los.«

Atom zuckte die Achseln. »Ohne türkische Sprachkenntnisse sind wir machtlos«, sagte er. »Mir wäre wohler zumute, wenn mein Cousin bei uns wäre.«

»Mir auch.«

Der Kampf, der sich bis dahin auf die Fäuste der Männer beschränkt hatte, nahm plötzlich eine gefährliche Wendung.

Baha Ermis zog etwas aus seiner Jeanstasche, es folgte ein leises Klicken und dann fuchtelte er mit dem Gegenstand herum – ein Klappmesser.

»Ach, du Scheiße!«

»Wir sind noch nicht allzu weit gefahren. Vielleicht können wir zu Fuß Hilfe holen?«, wandte Atom sich an Tom.

»Ich rufe den Hauptmann an«, sagte der Brite und zog sein Mobiltelefon hervor. »Wir können die beiden nicht allein lassen!«

Das Zischen einer Klinge, die durch die Luft sauste, ließ die beiden jungen Männer erneut in Richtung der Kämpfenden blicken. Baha hatte Turgut um Haaresbreite verfehlt.

»Und was ist, wenn sie auf uns losgehen?«, fragte Atom. »Wenn einer den anderen umgebracht hat, kann er keine Zeugen gebrauchen ...«

Plötzlich erklang von irgendwoher ein seltsames Geräusch, das nicht von den Kämpfenden stammen konnte. Ein höchst beunruhigendes Geräusch. Atom blickte sich suchend um, als Tom ihm mit dem Finger auf die Schulter tippte und nach oben deutete. »Sieh mal!«, rief er.

Atom schaute im selben Moment nach oben wie die beiden kämpfenden Männer.

»Kismet!«, sagte Turgut Senar, als er Ferdinand Müllers Heißluftballon über dem Tal erkannte. Dann wandte er sich erneut Baha Ermis zu und wiederholte: »Kismet.«

Baha, dessen Gesicht vor Kälte und Furcht ganz bleich geworden war, ließ das Messer zu Boden fallen, wo es in eine Spalte zwischen den schneebedeckten Felsen rutschte und verschwand.

18

Ich will eine Zigarette! Gib mir eine Zigarette!«, verlangte İkmen, der von Altay Salman in eine riesige Decke gewickelt worden war.

Der Hauptmann blickte den schnaufenden übergewichtigen Pathologen, der gerade İkmens Puls gemessen hatte, fragend an.

»In Allahs Namen, geben Sie ihm eine!«, rief Arto Sarkissian fassungslos und beugte sich wieder zu İkmen hinunter. Altay Salman steckte dem Inspektor eine Marlboro zwischen die Lippen und zündete sie an. »Aber beschwer dich nicht, wenn du dich übergeben musst!«, sagte Arto.

»Du kannst mich mal«, erwiderte İkmen und inhalierte tief.

Der Doktor hob die Arme und schüttelte den Kopf, als sein Freund sich auf dem Fels, auf dem er hockte, zusammenkrümmte und einen heftigen Hustenanfall bekam.

Im selben Augenblick knackte Altay Salmans Funkgerät und er wandte sich ab, um das Gespräch entgegenzunehmen.

»Ich habe Fatma sofort angerufen, nachdem der Ballonpilot uns mitgeteilt hatte, dass du lebst«, erzählte Arto, setzte sich neben İkmen und legte ihm einen Arm um die Schultern.

»Fatma wusste, dass ich vermisst wurde?«

»Alle wussten es«, erwiderte der Armenier. »Ich habe es ihnen gesagt.«

»Aber was ist mit Berekiah ...«

»Fatma hat mich gebeten, dir zu sagen, dass es Berekiah

gut geht«, entgegnete Arto und fragte dann mit leiser Stimme, damit keiner der jungen Reiter ihn hören konnte: »Hast du eine Ahnung, wer dir das angetan hat, Çetin? Wer dich hierhergebracht hat?«

»Nein. Ich weiß es nicht.«

»Vielleicht fällt es dir wieder ein«, sagte der Doktor. »Du hast einen Schock erlitten und Schreckliches durchgemacht.«

»Ja.« İkmen ließ den Rauch durch jede Faser seines Körpers strömen. Die Zigarette bereitete ihm nicht die geringste Übelkeit – ganz im Gegensatz zu der Vorstellung, welcher Anblick sich Salmans Männern in dem Feenkamin bieten würde, wo die Überreste von Aysu Alkaya auf dem Boden verstreut lagen. »Jemand wollte die Leiche vernichten. Jemand hatte Angst vor dem Ergebnis unserer Tests.«

»Ja.«

»Aber das ganze Dorf wusste von der Sache, also …«

»Sch, sch!« Arto legte eine Hand auf Çetins Arm, um ihn zu beruhigen. »Die Jungs bleiben bei den Überresten, bis ich mit ein paar anständigen Behältern zurückkomme. Es war wirklich heldenhaft, sie aus dem Feuer zu zerren, Çetin.«

»Das habe ich ganz automatisch gemacht«, sagte der Polizist und drückte die Zigarettenkippe im Schnee aus. »Kann ich noch eine haben?«

»Ja, ich denke schon.«

Inzwischen hatte Altay Salman sein Gespräch über Funk beendet und wandte sich an den Pathologen: »Das war einer der Jungs, die ich ins Tal der Vögel geschickt habe. Ihr Cousin und Mr Chambers sind in Sicherheit, Doktor.«

Arto Sarkissian seufzte. »Das ist wirklich eine große Erleichterung.«

»Was hatte Atom denn in dem verschneiten Tal zu suchen?«, fragte İkmen.

»Dich.«

»Turgut Senar ist mit Boghosian, Chambers und Baha Ermis in seinem Jeep losgefahren, um bei der Suche zu helfen«, fügte Altay Salman hinzu. »Kurz nachdem Ferdinand Müller und seine Frau dich gefunden hatten, entdeckten sie auch Senar, Ermis und die beiden jungen Männer. Dieses Tal hier ist zwar von den umliegenden Tälern abgeschnitten, aber das Tal der Vögel liegt nur ein paar hundert Meter Luftlinie von hier entfernt. Ferdinand hat mich über Funk verständigt und mir erzählt, dass Senar und Ermis aufeinander losgegangen waren. Deshalb habe ich ein paar meiner Jungs dorthin geschickt. Offensichtlich hatte einer der beiden ein Messer.«

»Warum waren Ermis und Senar überhaupt zusammen?«, hakte İkmen nach. »Sie sind doch verfeindet.« Dann fragte er: »Kann ich noch eine Zigarette haben, Altay?«

Der Hauptmann beugte sich mit einem Lächeln zu ihm hinunter und gab İkmen die ganze Schachtel Marlboro sowie sein Feuerzeug.

»Hast du eine Ahnung, wie du hierhergekommen bist, Çetin,?«, fragte er.

»Nein.« İkmen schüttelte den Kopf. »Ich weiß nur, dass irgendwann ein Fahrzeug im Spiel war, mit Leuten drin. Mehreren Leuten …«

»Herr Hauptmann!« Einer von Altay Salmans Männern trat zu ihnen und salutierte vor seinem Vorgesetzten.

»Ja?«

»Herr Hauptmann, das Schneegestöber wird wieder dichter. Ich denke, wir sollten den Herrn Inspektor von hier fortbringen.«

Salman nickte zustimmend. »Ja, Sie haben recht«, sagte er. Dann fragte er İkmen: »Wenn die Jungs dich hochheben, kannst du dann auf einem Pferd reiten?«

İkmen riss die Augen auf. »Alleine?«

»Mich hat man dazu gezwungen, warum solltest du es also nicht auch können?«, warf Sarkissian leicht pikiert ein.

Altay Salman lächelte. »Nein, Çetin reitet mit mir. Er wiegt nicht viel und mein Süleyman ist ein großer, starker Gaul.«

Wenige Minuten später wurde İkmen auf das Pferd gehoben und verließ in Begleitung von Altay Salman, dem Pathologen und drei von Salmans Männern das Tal. Eigentlich hätte er von einem richtigen Arzt im Krankenhaus von Nevşehir untersucht werden sollen, aber wegen des Schneefalls kam diese Möglichkeit nicht in Betracht. Als sie schließlich Muratpaşa erreichten, ließ Salman den Dorfarzt Dr. Ali in Menşure Tokatlıs Hotel kommen, damit er sich den Inspektor ansah. In der Lobby warteten bereits eine Menge Leute, von denen İkmen einige umgehend sprechen wollte, sobald er sich ein wenig aufgewärmt hatte.

Doch während der Untersuchung erinnerte er sich plötzlich an etwas. Ein Detail von seiner Entführung.

In der winzigen Zweizimmerwohnung stank es nach Alkohol. Als Estelle Cohen ihm die Tür öffnete, sah Mehmet Süleyman, dass sie verlegen war.

»Hallo, Mehmet«, sagte sie, bat ihn aber nicht sofort hinein, wie sie es normalerweise tat. »Wie schön, dich zu sehen.«

»Ich freue mich auch, dich zu sehen, Estelle.«

Er bückte sich, um seine Schuhe auszuziehen, und sah den panischen Ausdruck auf ihrem Gesicht. »Ist alles in Ordnung?«

»Äh …«

Kurz nach dem Bombenanschlag in Karaköy hatte sich Balthasar Cohens Bruder Leon mit dem Italienischen Krankenhaus in Verbindung gesetzt und angeboten, seine Verwandten bei sich aufzunehmen, sobald sie keine medizinische Versorgung mehr benötigten – ein sehr großzügiges Angebot. Denn obwohl Leon Junggeselle war, hatte er nicht viel Platz in seiner Wohnung in Yeşilköy; aber er war bereit, seine Bleibe vorläufig mit Balthasar und Estelle zu teilen. Nicht, dass seine Gäste Leon besonders zur Last fielen. Wenn er nicht mit seinen Kumpels durch die übleren Spelunken der Stadt zog, lag er meist bewusstlos in einer Rakiwolke auf seinem Bett oder auf dem Boden seines winzigen Badezimmers direkt neben der Eingangstür. Wie schon sein verstorbener Vater war auch Leon Cohen ein hoffnungsloser Trinker. Aber im Gegensatz zu seinem Vorfahren hatte er glücklicherweise weder Kinder noch eine Frau oder sonstige Verwandte, die unter seinen Alkoholexzessen leiden mussten – abgesehen von seinem Bruder und dessen Frau.

»Wer ist da?«, hörte Mehmet eine vertraute Stimme aus der schäbigen Wohnung. »Estelle?«

»Es ist Mehmet, Balthasar«, sagte sie. »Ist Leon ...?«

»Schnarcht wie eine Kreissäge in seinem Bett«, erwiderte ihr Mann. »Mehmet weiß über Leon Bescheid. Lass ihn rein!«

Der Boden klebte unter seinen Füßen, als Süleyman in das kleine, völlig verqualmte Wohnzimmer trat.

»Komm rein«, sagte Balthasar. Er saß zurückgelehnt auf einem Sofa, das aussah wie nach einer Explosion. Pferdehaare und Schaumstoff quollen durch allerlei Risse im Bezug des völlig ramponierten Möbelstücks.

»Bitte entschuldige, Mehmet«, sagte Estelle, während sie ihn zu einem von zwei Stühlen führte, die an einem Tisch standen.

»Wir wohnen sehr beschränkt, aber wenigstens sind wir am Leben«, sagte ihr Mann. »Und noch wichtiger ist, dass Berekiah lebt. Dafür müssen wir alle dem Allmächtigen danken.«

»Ja.« Mehmet setzte sich. Trotz dieser trostlosen Umgebung fühlte er sich besser, seit Fatma angerufen und ihm mitgeteilt hatte, dass Çetin lebend gefunden worden war. Niemand hatte sich getraut, den Cohens von seinem Verschwinden zu erzählen, da man nicht davon ausging, dass sie zu diesem Zeitpunkt weitere schlechte Nachrichten verkraften konnten. Aber jetzt informierte Süleyman sie über das, was in Kappadokien geschehen war.

»Dem Allmächtigen sei Dank, dass Çetin Bey gerettet wurde«, sagte Balthasar genau in dem Augenblick, als das Schnarchen aus dem Schlafzimmer nebenan in ein Crescendo überging.

»Balthasar …«

Der kleine Mann beugte sich vor und sagte leise: »Es war sehr großzügig von Leon, uns aufzunehmen, aber … Mein anderer Bruder, Jak, hat aus England angerufen. Er kommt her. Er wird sich um alles kümmern.«

Jak Cohen, Balthasars älterer Bruder, war ein sehr erfolgreicher Nachtclubbesitzer. Er hatte eine Engländerin geheiratet, sich später jedoch von ihr scheiden lassen und betrieb jetzt eine Reihe von Clubs in London. Diese Etablissements hatten ihm genug Geld eingebracht, um seinen Sohn nach Cambridge auf die Universität schicken und jede Menge Immobilien kaufen zu können – darunter ein malerisches, aber noch nicht renoviertes Haus in Fener für Berekiah und seine Familie.

»Glaubst du, Jak wird Berekiah bei der Renovierung des Hauses helfen?«, fragte Mehmet, während Estelle ihm wortlos ein Glas Tee aus einem riesigen Samowar reichte, der auf dem Boden beim Fenster stand.

»Ich weiß es nicht«, erwiderte Balthasar achselzuckend. »Schwer zu sagen. Jak macht sich Sorgen um uns …«

»Um ehrlich zu sein, hoffen wir alle, dass Jak dafür sorgt, dass das Haus bewohnbar wird, damit wir dort eine Weile unterkommen können«, gab Estelle zu und setzte sich mit ihrem Teeglas neben Mehmet.

Ihr Mann zündete sich eine Zigarette an und seufzte. »Das stimmt«, sagte er. »Es ist ein großes Haus, und wenn wir alle dort wohnen könnten …«

»Nicht für immer«, unterbrach Estelle ihn, »nur so lange, bis unsere Wohnung repariert ist.«

»Falls sie jemals repariert wird ...«

Bei dem Gedanken an das, was sie durchgemacht hatten, und an die ungewisse Zukunft ihrer alten Wohnung, schwiegen die Cohens und Süleyman eine Weile. Hülya und das Baby waren bei den İkmens untergebracht, wo auch Berekiah nach seiner Entlassung aus dem Krankenhaus vermutlich wohnen würde. Zumindest hoffte Mehmet das. Die kaputten Möbel, der Rakigestank und die bloße Tatsache, mit einem Alkoholiker unter einem Dach zu leben, würden sicherlich nicht zur Genesung des jungen Mannes beitragen. Aber Mehmet wusste, dass er diese Gedanken jetzt beiseiteschieben musste; er hatte seine eigenen Gründe, warum er hier war, und die Zeit lief ihm davon. Am nächsten Morgen würde Abdullah Aydın aus der Stadt fortgebracht werden.

»Hört zu«, sagte er. »Ich brauche eure Hilfe.«

Balthasar runzelte die Stirn. »Schieß los. Was immer es ist, wir werden dir helfen. Das weißt du, Mehmet.«

Süleyman atmete tief durch. »Ich kann euch nicht sagen, warum, aber ich brauche einen plausiblen Grund, um heute Abend das Taksim-Krankenhaus aufzusuchen.«

»Was?«

»Ich muss mit jemandem dort sprechen, einem Patienten«, fuhr er fort.

»Warum gehst du dann nicht einfach ...«

»Ich darf mit dieser Person nicht sprechen«, entgegnete Mehmet. »Ardiç hat es mir verboten.« Er schaute Estelle an. »Aber ich muss es einfach tun.«

»Aus persönlichen oder aus beruflichen Gründen?«, hakte Balthasar nach.

»Aus beruflichen«, erwiderte der Inspektor. »Es geht um Leben und Tod. Ihr wisst doch: Wenn es nur mich beträfe, würde ich mich allein darum kümmern.«

Das laute Quietschen der Bettfedern im Nebenzimmer zeigte an, dass Leon Cohen sich entweder gerade umdrehte oder im Begriff war aufzustehen. Estelle schaute besorgt zur Tür.

»In Ordnung, was immer es ist, wir helfen dir, Mehmet«, sagte Balthasar. »Weil du es bist.«

»Danke.«

»Aber bitte überzeug du meine Frau davon, dass sie die Beruhigungsmittel nehmen muss, die der Doktor im Italienischen Krankenhaus ihr verschrieben hat. Ihre angespannten Nerven brauchen dringend etwas Ruhe.«

Doch ehe Mehmet antworten konnte, stolperte eine nach Raki stinkende, nur mit einer fleckigen Pyjamahose bekleidete Gestalt ins Zimmer.

»Wer zum Teufel ist das?«, fragte Leon Cohen und starrte Mehmet Süleyman mit blutunterlaufenen Augen an.

»So was habe ich schon immer mal machen wollen«, meinte İkmen zu Altay Salman, als die beiden Männer die Treppe zu Menşure Tokatlıs Restaurant hinaufstiegen. »Mein Vater war ein großer Agatha-Christie-Fan. Mit sechzehn hatte ich die meisten ihrer Bücher schon gelesen. Sogar auf Englisch. Ich glaube, dass mich das tief im Unterbewusstsein geprägt hat. Was meinst du?«

»Ich meine gar nichts«, erwiderte der Hauptmann düster. »Ich weiß nur, dass ich keinen Grund und keine Mittel habe, die hier versammelten Zivilisten davon abzuhalten, das Restaurant zu verlassen. Am Ende spielst du noch Hercule Poirot vor einem Publikum aus Polizeibeamten, deiner Cousine und ihrem schrecklichen Kater.«

»Oh, Arto, Atom und Tom werden auch da sein«, meinte İkmen. »Sie wissen Bescheid.«

»Ich kann doch nicht das ganze Dorf verhaften«, sagte Altay und blieb vor der Tür des Restaurants stehen.

»Ich bin sicher, das wird nicht nötig sein«, entgegnete İkmen lächelnd. »Übrigens, hast du mit dem Leichenschauhaus gesprochen?«

»Ja.«

»Und, war es so, wie ich vermute?«

»Anscheinend«, sagte sein Freund.

»Verstehe.«

Da die Sonne über Muratpaşa noch nicht untergegangen war, bedienten sich nicht alle Anwesenden von dem kostenlosen Tee und Kaffee, den Menşure Tokatlı bereitgestellt hatte. Dennoch waren alle geblieben, um zu sehen, was passieren würde. Schließlich hatte man den Polizisten aus Istanbul gefunden – lebendig und, wie es hieß, in Gesellschaft von ein paar grauenvollen menschlichen Überresten. Es waren sogar einige Dorfbewohner erschienen, die sich nicht an der Suche beteiligt hatten; zu ihnen gehörte auch Nazlı Kahraman.

Als İkmen an der Zitronenkönigin vorbeiging, lächelte er und sagte: »Ich war überrascht zu hören, dass Baha Ermis zusammen mit Turgut Senar aufgebrochen ist, um nach mir zu suchen. Ich fühle mich geschmeichelt, dass er sich offenbar solche Sorgen gemacht hat.«

»Ich habe Ermis geschickt«, fauchte die alte Frau. »Ich wollte, dass er Turgut Senar im Auge behält.« Sie schaute kurz zu dem ihr verhassten Mann hinüber und fuhr fort: »Ich traue Senar nicht. Ich dachte, er könnte Ihnen vielleicht etwas angetan haben, Inspektor.«

Turgut Senar grinste spöttisch.

»Aber jetzt, wo ich sehe, dass das nicht der Fall ist, bin ich beruhigt«, erklärte Nazlı Kahraman. »Es ist meine Schuld, dass Ermis in den Kampf verwickelt wurde. Ich habe ihn in diese Situation gebracht. Sie dürfen nicht schlecht von ihm denken, Inspektor.«

İkmen bemerkte, dass Baha Ermis noch immer den Kopf

hängen ließ. Er sah aus, als schäme er sich, trotz der beschwichtigenden Worte seiner Arbeitgeberin.

Der Inspektor ging zu dem Tisch, auf dem ein Samowar und eine Kaffeemaschine brodelten. Nachdem er sich ein Glas Tee eingeschenkt, ungewöhnlich viel Zucker hineingegeben und sich eine Zigarette angezündet hatte, bat er um Ruhe.

Sofort verstummten alle im Raum und schauten İkmen an.

Natürlich wäre Balthasar Cohen nur allzu gerne bereit gewesen, der Polizei inoffiziell Hilfe zu leisten, aber es erwies sich als zu schwierig, ihn aus Leons Wohnung im fünften Stock zum Krankenhaus zu bringen. Der Aufzug des Mietshauses war defekt und Leon war nicht imstande, Mehmet beim Hochheben und Tragen seines Bruders zu helfen. Schließlich stimmte Estelle Cohen, wenn auch widerwillig, zu, Mehmet Süleyman bei seinen mysteriösen Ermittlungen im Taksim-Krankenhaus behilflich zu sein. Sie war sich nicht sicher, ob es ihr gelingen würde, ein Ablenkungsmanöver für ihn zu inszenieren.

»Wenn du vom Wartebereich in den Krankenhausflur gehen willst, warum tust du es dann nicht einfach?«, fragte sie ihn, als sie neben ihm im Wagen saß.

»Ich darf das Krankenhaus nicht betreten«, erwiderte Süleyman und wiederholte geduldig, was er inzwischen schon mehrmals mit ihr durchgegangen war. »Jemand will nicht, dass ich mit einem der Patienten dort spreche. Aber genau das muss ich tun. Und deshalb brauche ich deine Hilfe, Estelle, und die von ...«, er schaute an dem schäbigen Holzhaus hinauf, vor dem sie standen, und seufzte, »... İbrahim.«

Genau in diesem Moment kam ein dunkler, schlaksiger, mit viel zu viel Schmuck behängter junger Mann aus dem schäbigen Haus und lächelte den Insassen des Wagens zu. İbrahim İnçesu war Berekiah Cohens bester Freund, seit sie als kleine Jungen in den Straßen von Karaköy zusammen gespielt hatten. Selbst nachdem die Familie İnçesu nach Hasköy umgezogen war, blieben Berekiah und İbrahim eng miteinander befreundet. Nicht einmal die Tatsache, dass İbrahim sich, sehr zum Leidwesen seiner armen Mutter, in letzter Zeit häufiger betrank und in Schlägereien verwickeln ließ, konnte ihrer Freundschaft sonderlich viel anhaben. Als Berekiahs »großer Bruder«, Mehmet Süleyman, İbrahim anrief und ihn um einen Gefallen bat, war der Sechsundzwanzigjährige sofort darauf angesprungen.

»Ist es gefährlich?«, hatte seine erste Frage gelautet.

Süleyman erwiderte, möglicherweise sei es gefährlich, aber vor allem seien lautes Geschrei und rüpelhaftes Benehmen gefragt. İbrahim hatte sich sofort einverstanden erklärt, alles zu tun, was der Polizist von ihm verlangte. Im Grunde war es eine heikle Angelegenheit, denn İbrahim war alles andere als ausgeglichen und umgänglich. Allein seine Stimme konnte einem das Blut in den Adern gefrieren lassen. Doch Süleyman brauchte jemanden, der von seiner Person ablenkte – jemanden, der laut war und sich unmöglich aufführte. Balthasar hätte natürlich genau die gleiche Wirkung erzielen können, indem er einfach nur herzzerreißend geschluchzt hätte, denn der Anblick eines weinenden Mannes ohne Beine ließ niemanden unberührt. Aber so musste es eben mit İbrahim gehen.

Sobald der junge Mann in Süleymans weißen BMW gestiegen war, fuhren sie in Richtung Taksim-Krankenhaus. Es war bereits spät am Nachmittag und in einer guten Stunde würde es Zeit sein fürs Iftar-Mahl. Süleyman wusste, wie unberechenbar der Fahrstil derjenigen sein konnte, die jetzt unbedingt nach Hause wollten, und fuhr vorsichtiger als gewöhnlich. Schließlich sollte Abdullah Aydın erst am nächsten Morgen aus dem Krankenhaus fortgebracht werden. Süleyman stand also theoretisch die ganze Nacht zur

Verfügung – vorausgesetzt, seine »Tante« Estelle schaffte es, überzeugend Schmerzen vorzutäuschen, und wurde nicht sofort von einem Arzt untersucht. Doch sobald Süleyman mit Estelle und İbrahim den Wartebereich des Krankenhauses betrat, schwanden seine Befürchtungen, man könne sich womöglich umgehend um sie kümmern.

»Was wollen Sie?«, fragte eine kleine Krankenschwester mit einem erstaunlich harten Gesichtsausdruck, als sich die drei der großen Zahl leidender Menschen anschließen wollten, die auf medizinische Versorgung warteten.

»Meine Tante wurde bei den Bombenanschlägen in Karaköy verletzt«, erklärte Süleyman und schaute Estelle liebevoll an. »Man hat sie damals ins Italienische Krankenhaus gebracht …«

»Die Ärzte waren sehr freundlich«, erklärte Estelle.

»Aber jetzt tut ihr der Arm wieder weh«, fuhr Süleyman fort.

»Und was macht sie dann hier?«, erwiderte die Krankenschwester. »Bringen Sie sie ins Italienische Krankenhaus.«

»Das geht nicht.« Süleyman schenkte der Krankenschwester einen, wie er hoffte, betörenden Blick. Dann trat er einen Schritt näher und sagte leise: »Meine Tante ist arm. Mein Bruder und ich haben sie hierhergebracht, weil wir nicht wollen, dass sie leidet. Aber wir können es uns nicht leisten, die Arztrechnungen für unsere ganze Familie zu bezahlen. Wir haben Eltern, Frauen …«

»Also gut, wir brauchen zuerst Fotokopien von ihren Papieren«, sagte die Krankenschwester und deutete müde auf eine endlose Menschenschlange. »Da drüben.«

»Ich nehme an, ich muss mich wohl für Tantchen anstellen«, sagte İbrahim, während er Süleyman dabei half, Estelle zu einer Gruppe von älteren Damen zu führen, die sich zu fünft drei Stühle teilten und trotzdem noch Platz für sie machten.

»Ja, bitte, lieber Bruder. Unsere Tante kann in ihrem Zustand unmöglich stehen.«

Als sie sich hinsetzte, bemerkte Süleyman, dass seine »Tante« sehr überzeugend vor Schmerz zusammenzuckte. Estelle Cohen war eine erstaunliche Frau. Nach all den schrecklichen Erlebnissen, die sie durchgemacht hatte, gab sie bei diesem kleinen Abenteuer wirklich ihr Bestes.

»Armes Tantchen«, sagte Süleyman, nahm ihre Papiere an sich und drückte ihr einen Kuss auf die Wange. Zusammen mit İbrahim stellte er sich in die Schlange voller missmutiger Leute, die darauf warteten, ihre Unterlagen kopieren zu können.

»Und wann soll ich anfangen zu schreien?«, fragte der junge Mann mit mehr Eifer, als Süleyman lieb war.

»Sobald ich es dir sage.«

»Und das wäre …«

»Ich gehe jetzt die Toilette suchen«, sagte Süleyman. »Du bleibst hier in der Schlange und verhältst dich vorerst ruhig. Okay?«

»Wenn du es so willst«, erwiderte İbrahim unbekümmert.

»Genau so will ich es, İbrahim.«

Süleyman stieg vorsichtig über Patienten, die offenbar die Hoffnung aufgegeben hatten und jetzt schlafend auf dem Boden lagen, und bahnte sich einen Weg in den vorderen Teil des Wartebereichs und weiter in den Flur, der zu dem von der Polizei bewachten Zimmer Abdullah Aydıns führte.

19

İkmen schaute aus dem Fenster zu den schneebedeckten Feenkaminen gegenüber von Menşures Hotel. Die Dämmerung hatte inzwischen eingesetzt und bald würde der Muezzin die Gläubigen zum Gebet rufen und damit das Fasten für diesen Tag beenden. Aber der Inspektor konnte sich nicht vorstellen, dass auch nur einer der im Restaurant Versammelten in dieser besonderen Situation nach Hause eilen würde, um zu essen. Er sah zu Altay Salman hinüber und sagte dann mit lauter Stimme: »Ehe wir anfangen, möchte ich Ihnen mitteilen, dass ich weiß, wer mich entführt hat und mich umbringen wollte. Und ich weiß auch, wer Aysu Alkaya vor zwanzig Jahren getötet hat.«

Verblüfft hielten alle den Atem an. Nur die gedämpfte Stimme von Arto Sarkissian, der İkmens Worte für Tom und Atom ins Englische übersetzte, störte die fast körperlich spürbare Stille im Raum. Hätte der Inspektor die Überreste von Aysu Alkaya, die Salmans Männer inzwischen ins Dorf gebracht hatten, auf einem der Esstische ausgebreitet, er hätte die Anwesenden nicht mehr schockieren können. Fast eine Minute verging, bevor die einzige Person sprach, die dazu in der Lage war.

»Dann nennen Sie uns die Namen, Inspektor«, sagte der betagte Dr. Ali in dem für ihn typischen, fast beiläufigen Tonfall.

İkmen lächelte. »Dazu kommen wir gleich. Aber zuerst werden wir alle zusammen eine Reise unternehmen, eine Reise in die entfernte und in die jüngere Vergangenheit des reizenden Muratpaşa.«

Menşure Tokatlı, der die Ironie von İkmens Worten nicht entgangen war, räusperte sich und fing an, ihren Kater Kismet zu kraulen, der auf ihrem Schoß lag. Eine Weile hörte man nur dessen Schnurren, bis Çetin İkmen schließlich zu sprechen begann.

»Also gut«, sagte er und warf zuerst Nazlı Kahraman einen Blick zu und dann Haldun Alkaya, der zusammen mit einem der Jandarma hinten im Raum stand. »Wir wollen in diesem Dorf der Geheimnisse ein paar Dinge ans Licht bringen. Ziya Kahraman hat Nalan Senar dafür bezahlt, dass sie sich gegen die Heirat von Kemalettin und Aysu Alkaya aussprach.« Er schaute sich um, ob Nalan anwesend war, konnte sie jedoch nicht entdecken. Aber Turgut saß mit finsterem Gesichtsausdruck neben seinem Widersacher Baha Ermis. »Ziya Bey wollte das Mädchen für sich, weil er glaubte, sie habe keine genetischen Defekte oder Missbildungen. Doch zu seinem Leidwesen wurde er von Haldun Alkaya hinters Licht geführt, denn Aysu war verunstaltet, und darüber war Ziya nicht besonders glücklich.«

Etliche der Versammelten drehten sich zu Aysus Vater um, der jedoch schwieg.

»Das Mädchen hatte an jedem Fuß sechs Zehen«, fuhr İkmen fort. »Ziya Bey muss in seiner Hochzeitsnacht einen ziemlichen Schock erlitten haben.«

»Er hat sie genommen!«, rief Nazlı Kahraman aufgebracht. »Das ganze Dorf hat ihr blutbeflecktes Laken gesehen!«

Einige der Anwesenden murmelten zustimmend.

»Ich bezweifle nicht, dass ein blutbeflecktes Laken präsentiert wurde, und ich bezweifle auch nicht, dass die Hochzeitsfeier sehr ausgelassen war«, sagte İkmen. »Aber ob Ziya Bey Aysu Alkaya geschwängert hat, ist eine andere Frage. Wenn sie von ihm schwanger war, scheint es unwahrscheinlich, dass er sie umgebracht hat – es sei denn, man ist der Überzeugung, dass der perfektionistische Zitronenkönig die Vorstellung verabscheut hat, Vater eines missgebildeten Kindes zu werden.«

»Ziya Bey hätte nie …«

»Oder Vater eines Kindes zu werden, das gar nicht von ihm stammte«, unterbrach İkmen Nazlı Kahraman. »Für den Augenblick wollen wir jedoch einmal dahingestellt lassen, wer der Vater von Aysu Alkayas Kind war. Ich weiß nur, dass Sie, Nazlı Hanım, von der Schwangerschaft des Mädchens wussten.«

Die alte Frau schaute ihn hasserfüllt an.

»Als wir beide das erste Mal miteinander sprachen, sagten Sie mir, Sie hätten Aysus Wäsche mit Ihren eigenen Händen gewaschen.«

»Nicht jeden Tag.«

»Das mag sein«, räumte İkmen ein. »Aber wenn Sie die Wäsche gewaschen haben, dann wussten Sie auch, wer im Haus seine Monatsblutung hatte und wer nicht. Sie sind eine Frau, Nazlı Hanım, zwar wesentlich älter als Aysu Alkaya, aber Sie wussten mit Sicherheit, ob das Mädchen schwanger war oder nicht.«

»Das wusste ich nicht …«

»Und trotzdem« – İkmen hob eine Hand, um sie erneut zum Schweigen zu bringen –, »trotzdem glaube ich nicht, dass Sie sie umgebracht haben, Nazli Hanım. Ich glaube auch nicht, dass Sie wissen, wer sie umgebracht hat.«

Alle Augen waren jetzt auf Nazlı Kahraman gerichtet. »Zumindest in diesem Punkt haben Sie recht, Inspektor«, sagte sie.

»Ich glaube, Sie machen sich Sorgen, die Leute könnten denken, Ihr Vater habe seine junge Frau getötet …«

»Aber das hat er nicht.«

İkmen schwieg. Einige Augenblicke vergingen, in denen man nur Arto Sarkissian etwas auf Englisch flüstern hörte.

Schließlich sprach İkmen weiter, dieses Mal an Turgut Senar gewandt: »Was ist so Besonderes an dem Vater von Dolores Lavell?«

Soweit İkmen erkennen konnte, war die Amerikanerin nicht im Raum, aber er sah, dass Turgut Senar sich suchend nach ihr umblickte, ehe er antwortete.

»Nichts.«

»Das sehe ich anders«, entgegnete İkmen.

Alle schauten ihn an.

»Sie haben diese Frau über Jahre kommen und gehen sehen. Sie haben ihr nicht die geringste Beachtung geschenkt. Dann zeigt sie Ihnen ein Foto ihres Vaters und plötzlich sind Sie ihr bester Freund.«

Turgut Senar zuckte die Achseln. »Wollen Sie damit sagen, dass ich jemanden umgebracht habe, oder ...«

»Nein, ich will sagen, dass Sie Dolores' Vater aus der Zeit kannten, als er vor vielen Jahren als Armeeangehöriger hierherkam. Ich glaube, dass seine Anwesenheit hier eine Bedeutung für Sie hatte.«

»Was meinen Sie damit?«

İkmen ließ seinen Blick durch den Raum schweifen. »Wissen Sie, mit welcher Waffe Aysu Alkaya getötet wurde?«

»Nein ...«

»Mit einer Pistole vom Typ Colt .45«, sagte İkmen. »Eine Waffe, die amerikanische Soldaten Ende der fünfziger und Anfang der sechziger Jahren trugen.«

Turgut Senar wandte den Blick ab.

»Eine solche Waffe sieht man in der Türkei nicht jeden Tag.« İkmen drückte seine Zigarette aus und zündete sich sofort die nächste an. »Zumindest nicht an einem Ort wie Muratpaşa. Natürlich haben wir nur die Kugel, die 1983 abgefeuert wurde. Wie alt die Waffe tatsächlich ist, weiß ich nicht, aber ich vermute, dass sie aus den fünfziger Jahren stammt.« Dann schaute er sich nach dem blassen Gesicht von Inspektor Erten um und fragte: »Haben Sie schon nähere Informationen von den Ballistikern, Inspektor?«

»Äh, nein, noch nicht.«

İkmen lächelte. »Macht nichts.« Dann wandte er sich erneut an Turgut Senar. »Ich beschuldige Sie nicht, jemanden mit einer Pistole getötet zu haben. Ich möchte nur wissen, ob Sie Dolores Lavells Vater und dessen Freunde in den sechziger Jahren kannten.«

»Nein.«

»Was sagt er über mich?«, fragte eine Stimme in amerikanischem Englisch.

Dolores Lavell stand auf der obersten Treppenstufe, noch ganz außer Atem von dem Aufstieg.

»Ich habe Mr Senar nur gefragt, ob er Ihren Vater kannte, Miss Lavell«, erwiderte İkmen auf Englisch. »Er behauptet, er habe ihn nicht gekannt. Glauben Sie, er sagt die Wahrheit?«

Sie zuckte die Achseln und kam dann näher. »Ich weiß es nicht. Warum fragen Sie nicht seinen Bruder?«

»Kemalettin?«

»Ja.«

»Warum sollte ich Kemalettin fragen, Miss Lavell?«

Dolores Lavell setzte sich fast genau gegenüber von Turgut Senar, der sie mit großen Augen anstarrte. »Kemalettin hat mir heute gesagt, ich solle mich nach Möglichkeit von Turgut fernhalten. Er meinte, sein Bruder sei nur an mir interessiert, weil er meinen Vater kannte, als er noch ein Kind war. Ich habe Kemalettin gefragt, wie das sein könne, wie ein kleiner türkischer Junge einen erwachsenen Schwarzen wie meinen Vater gekannt haben soll, aber er meinte, das könne er mir nicht sagen.«

»Warum nicht?«

»Weil sein Bruder und seine Mutter ihm verboten hätten, darüber zu sprechen. Natürlich kann Kemalettin sich das alles auch ausgedacht haben … ich weiß es nicht …«

İkmen stellte sich vor Turgut Senar und fragte: »Wo ist Ihr Bruder jetzt, Herr Senar?«

Vor dem Krankenzimmer von Abdullah Aydın saß noch immer ein Polizist. Wieder war es jemand, den Süleyman nicht kannte. Auch wenn der Mann nichts sagte, als er an ihm vorbeiging – er schien nicht besonders helle zu sein –, wusste der Inspektor, dass der Beamte ihn bemerkt haben musste. Also ging er unbeirrt weiter zur Herrentoilette.

Es wäre angenehmer für Süleyman gewesen, hätte er alleine auf der Toilette sein können. Aber das Krankenhaus war überfüllt und daher war es nur logisch, dass dies auch für die Toiletten galt. Mehrere der anwesenden Männer bluteten, einige davon ins Waschbecken und einer sogar auf den Fußboden. Überall hörte man Stöhnen und lautes Husten, was aber selbstverständlich niemanden vom Rauchen abhielt. Süleyman lehnte sich gegen die Wand und schloss die Augen. Um den Polizeibeamten von Abdullahs Zimmer wegzulocken, musste İbrahim eine so fürchterliche Szene machen, dass er dafür vermutlich anschließend ein paar Jahre ins Gefängnis wanderte. Es war ziemlich weit bis zu Abdullah Aydıns Zimmer und es würde nicht reichen, wenn İbrahim im Wartebereich ausrastete, dachte Süleyman und stieß einen ungeduldigen Seufzer aus.

»Ich habe Kemalettin zuletzt vor dem ›Cappudocia Coffee Bean‹ gesehen«, wandte Rachelle Jones sich an İkmen. »Das war vor ungefähr einer halben Stunde. Er ließ sich einfach den Schnee auf den Kopf rieseln. Sah aus wie ein Schneemann.«

»Geht bitte los und seht, ob ihr ihn finden könnt«, sagte İkmen zu der kleinen Gruppe von Jandarma, die sich um ihn versammelt hatte. »Oh, und bringt möglichst auch seine Mutter her. Wir brauchen jetzt alle Akteure dieses Dramas.«

»Wird gemacht, Inspektor.«

Nachdem die Jandarma den Raum verlassen hatten, wandte İkmen sich wieder an Turgut Senar, der noch immer angespannt neben Baha Ermis saß. »Wissen Sie, ich glaube, bei dieser ganzen Geschichte geht es um Geld.«

»Hatten Sie nicht gesagt, Sie wissen, wer Aysu Alkaya getötet hat?«, entgegnete Turgut Senar. »Und wer Sie entführt hat?«

»Ich verstehe nicht, warum Sie es uns nicht einfach sagen«, warf Nazlı Kahraman ein. »Mir scheint, unser Unbehagen bereitet Ihnen Vergnügen, Inspektor.«

»Man hat mich mit einer halb verbrannten Leiche in einem eisigen Tal ausgesetzt!«, erwiderte İkmen wütend. »Man hat mich zusammengeschlagen. Natürlich will ich, dass Sie leiden, Nazlı Hanım!«

Im Raum wurde es sehr still. İkmen fing Altay Salmans nervösen Blick auf. Und Menşure Tokatlı räusperte sich auf eine Art, die nur als drohend beschrieben werden konnte.

»Die Leute, die mich entführt haben, wollten Aysu Alkayas Leichnam verbrennen«, sagte İkmen, nun wieder etwas ruhiger. »Doch ich konnte Teile ihrer Leiche aus den Flammen retten und diese Überreste werden Dr. Sarkissian und mich nach Istanbul begleiten, um analysiert zu werden.« Er ließ seinen Blick kurz durch den Raum schweifen. »Wegen meiner Entführung wird jeder in diesem Dorf sich einem DNA-Test unterziehen. Und sollte es irgendwelche Übereinstimmungen mit Spuren auf den Überresten von Aysus Leichnam oder meinen Kleidern geben, wird die betreffende Person dafür Rechenschaft ablegen müssen ...«

»Ich frage Sie noch einmal, Inspektor«, unterbrach ihn Nazlı Kahraman, »warum sagen Sie es uns nicht einfach? Sie wollen diesen Verbrecher doch bestimmt verhaften ...«

»Die*se* Verbrecher«, berichtigte İkmen die Zitronenkönigin. »Es waren ziemlich viele Personen an meiner Entführung beteiligt, Nazlı Hanım. Eine davon trug sehr auffällige Kleidung.«

Im nächsten Moment ertönte der Ruf des Muezzin, doch erstaunlich wenige der fastenden Anwesenden gingen zum Samowar hinüber, um sich Tee zu holen; dafür zündeten sich viele umgehend eine Zigarette an.

»Mein Gott, ist das aufregend«, flüsterte Tom Chambers seinem armenischen Reisegefährten zu. »Der Inspektor ist großartig.«

»Çetin versteht es, den Eindruck, den seine kleine, ärmliche Erscheinung manchmal erweckt, vergessen zu machen«, erwiderte Arto Sarkissian. »Ich hoffe nur, dass alle anderen genauso von Ehrfurcht ergriffen sind wie Sie, Mr Chambers.«

»Wieso?«

Sarkissian beugte sich näher zu dem Engländer hinüber. »Wenn sie von ihm geblendet sind, fragen sie sich nicht, ob er ihnen die Wahrheit sagt über das, was er weiß.«

»Oh.«

»Er spielt eine Art Spiel, wenn Sie so wollen«, erklärte der Pathologe.

İkmen verfolgte das Kommen und Gehen am Samowar genau. Ferdinand Müller warf ihm einen wissenden Blick zu. Zumindest interpretierte İkmen es so.

»Ja, ich weiß, ich werde noch darauf zu sprechen kommen«, sagte er auf Englisch zu dem deutschen Ballonfahrer.

»Vielleicht ist es nichts von Bedeutung …«

»Vielleicht, aber wir werden sehen«, entgegnete İkmen. Er hätte wohl mehr gesagt, hätten nicht in dem Moment die Jandarma eine sehr blasse Nalan Senar in den Raum geführt. Sie hielt den vom Schnee durchnässten Kemalettin an der Hand. Die beiden gingen direkt zu Turgut und setzten sich neben ihn. İkmen versuchte nicht, sie daran zu hindern.

Süleyman ließ İbrahim zehn Minuten warten, bevor er ihn aufforderte, sich auf den Weg zur Toilette zu machen. Der Inspektor folgte dem jungen Mann in einigem Abstand und hoffte nur, sein Schützling würde mit seiner Darbietung nicht zu weit gehen.

Wegen der großen Entfernung zwischen dem Wartebereich und Abdullah Aydıns Zimmer hatte Süleyman beschlossen, ein räumlich näheres Ablenkungsmanöver sei vielversprechender. Wenn İbrahim einen Streit mit einem der Männer auf der Toilette vom Zaun brach, war die Wahrscheinlichkeit, dass der wachhabende Beamte darin verwickelt werden würde, wesentlich größer. Schließlich war er ein junger Mann, und wichtiger Einsatz hin oder her, er würde sich die Gelegenheit wohl kaum entgehen lassen, bei einer anständigen Schlägerei mitzumischen. Süleyman folgte İbrahim bis zu dem Knick im Flur kurz vor Aydıns Zimmer und den schräg gegenüberliegenden Toiletten. Schwitzend lehnte er sich gegen die ekelerregend grün gestrichene Wand. Er wusste, dass İbrahim nicht aufzuhalten sein würde, sobald die Schlägerei losging, und der Beamte war bewaffnet. Obwohl Süleyman unbedingt erfahren wollte, was Abdullah über den Spanner wusste, war er ziemlich nervös und fragte sich, was wohl als Nächstes passieren mochte. Eine Zeit lang herrschte völlige Stille.

Dann erfolgte der abendliche Ruf zum Gebet. Der Polizeibeamte vor dem Krankenzimmer seufzte, holte einen großen Sesamring aus der Jackentasche und biss hinein. Erst als er sein Abendessen zur Hälfte beendet hatte, ging es in der Toilette zur Sache.

Am Anfang ließ sich unmöglich sagen, was geschrien wurde und von wem. Ein Durcheinander männlicher Stimmen drang auf den Flur hinaus, was den Polizeibeamten jedoch nur zu einem flüchtigen Blick veranlasste. Genau wie Süleyman wusste er, dass es in Krankenhäusern schon einmal laut werden konnte und dass Streitereien zwischen Patienten oder zwischen Patienten und Personal meist schnell verebbten. Dieser Streit hörte jedoch nicht auf. Über eine Minute verging und dann hörte Süleyman deutlich İbrahims wütende Stimme heraus.

»Das hast du mit Absicht gemacht, du mieses Schwein!«, brüllte er.

Jemand anderer sagte etwas, woraufhin der Junge entgegnete: »Von Blut kann man Aids kriegen! Wenn du mich mit Aids angesteckt hast …«

Der Polizeibeamte schaute von seinem Sesamring auf.

»Ich hab kein Aids!«, gab eine laute, erboste Stimme zurück. »Nur Schwuchteln kriegen Aids!«

»Vielleicht bist du ja 'ne Schwuchtel!«

Allah – wenn İbrahim etwas machte, dann machte er es gründlich! Süleyman hatte keine Vorstellung von der Größe und dem Aussehen des Mannes, den Berekiahs Freund offenbar bezichtigt hatte, ihn mit seinem Blut bespritzt zu haben. Aber wenn er so groß war, wie seine Stimme vermuten ließ, dann steckte İbrahim jetzt in Schwierigkeiten.

»Schwuchtel!«

»Dreckskerl!«

Jemand oder etwas knallte auf den harten Betonboden und das brachte den Polizeibeamten dazu, von seinem Stuhl aufzuspringen und den Schlagstock zu ziehen. Einen Moment lang blieb er vor der Toilettentür stehen und lauschte auf die Kampfgeräusche. Süleyman, der schon beim Zuhören zusammenzuckte, hielt den Atem an, während er darauf wartete, dass der Beamte den Toilettenraum betrat. Mach schon, dachte er und beobachtete, wie der Polizist zuerst zur Toilettentür und dann zurück zu Abdullah Aydıns Zimmer schaute. Man hatte ihm offensichtlich befohlen, seinen Posten unter keinen Umständen zu verlassen, aber würde er diese Anweisung auch befolgen? Süleyman konnte fast sehen, wie der arme Mann das Für und Wider abwog. Doch genau in dem Moment, als es so schien, als würde er zu seinem Stuhl zurückkehren, stieß er die Tür zum Toilettenraum auf und ging hinein.

»Was ist hier los?«, brüllte er. »Seid ihr verrückt geworden?«

Nachdem Süleyman sich vergewissert hatte, dass ihn sonst niemand sehen konnte, lief er schnell zur Tür von Abdullah Aydıns Zimmer.

»Wenn du mich noch einmal schlägst ...«, hörte er İbrahim schreien, als er das schwach beleuchtete Zimmer betrat und einen Augenblick innehielt, um Atem zu holen.

Der Junge lag im Bett und schien zu schlafen. Er hatte das Gesicht dem Fenster zugewandt und atmete ruhig und gleichmäßig. Keines der Geräte, die Süleyman bei seinem ersten Besuch an diesem Ort gesehen hatte, war an Abdullahs Körper angeschlossen. Die Männer auf der Toilette brüllten noch immer herum und Süleyman machte rasch einen Schritt auf das Bett zu.

»Abdullah«, flüsterte er.

Der Schmerz, der ihn durchschoss, als sein Arm auf den Rücken gerissen wurde, war so stark, dass es ihm einen Moment lang den Atem verschlug.

»Ah, Sunel Bey«, sagte eine auf unheimliche Weise vertraute Stimme, »wir haben Sie schon erwartet.«

20

İkmen lächelte. »Gut, jetzt, da die meisten, die ich hier haben will, hier sind, können wir weitermachen.«

Turgut und Nalan Senar blickten zu Boden, während Kemalettin wie üblich vor sich hin starrte. Alle Anwesenden erwarteten, dass İkmen nun Nalan Senar und ihre Söhne befragen würde, aber das tat er nicht.

»Inspektor Erten.« İkmen sah zu dem Mann aus Nevşehir hinüber und winkte ihn nach vorne.

»Ja?« Umständlich erhob sich Erten von seinem Stuhl und ging lächelnd auf İkmen zu.

»Würden Sie uns bitte erklären, wie es passieren konnte, dass der Leichnam von Aysu Alkaya aus dem Leichenschauhaus in Nevşehir entwendet wurde?«

»Nun, ich weiß es nicht ...«

»Bitte setzen Sie sich«, sagte İkmen und machte neben sich Platz. »Wann genau ist sie verschwunden?«

»Am Samstag«, erklärte Erten. »Ich habe sie, kurz bevor ich hierhergekommen bin, noch gesehen ...«

»Aber warum sind Sie hierhergekommen?«, fragte İkmen. »Wir hatten doch vereinbart, dass Dr. Sarkissian und ich Sie im Leichenschauhaus in Nevşehir treffen würden.«

»Also, wie schon gesagt, Inspektor, ich dachte, ich sollte mich zumindest nach der Möglichkeit erkundigen, die Dorfbewohner einem DNA-Test zu unterziehen ...«

»Ja, aber das mussten Sie doch nicht zu dem Zeitpunkt tun, oder?«

»Ich dachte, Dr. Sarkissian hätte vielleicht diese Abstrichtupfer bei sich, die man dafür braucht ...«

»Sie sind am Samstag früh um sechs Uhr ins Leichenschauhaus gegangen«, sagte İkmen. »Das haben wir überprüft.«

Erten blickte verwirrt auf. »Überprüft?«

»Ja, wir haben mit den Verantwortlichen gesprochen. Der Wachmann vor Ort hatte bald Schichtende, als Sie eintrafen. Seine Ablösung wurde gegen sechs Uhr dreißig erwartet und Sie sagten dem Mann, er könne nach Hause gehen; Sie würden ihn so lange vertreten.«

»Das habe ich auch gemacht.«

»In der Tat.«

»Zu dem Zeitpunkt habe ich die Leiche von Aysu Alkaya zum letzten Mal gesehen. Ich wollte mich davon überzeugen, dass alles in Ordnung ist.«

»Ich glaube nicht, dass das ganz der Wahrheit entspricht«, sagte İkmen.

»Aber ...«

»Ich glaube, Sie haben Aysu Alkayas Leiche gestohlen, Inspektor Erten. Dann sind Sie mit ihr hierher nach Muratpaşa gefahren und haben sie zusammen mit jemand anderem versteckt, um sie später zu entsorgen.«

Das Gesicht des Provinzpolizisten war zwar blass, aber er wirkte nicht beunruhigt. »Und warum sollte ich so etwas tun?«

»Weil jemand Ihnen die beiden Dinge gegeben hat, nach denen Sie sich meiner Meinung nach am meisten sehnen, Inspektor«, erwiderte İkmen.

»Und die wären?«

»Das Wissen, wer das Verbrechen begangen hat, das Sie zeit Ihres Berufslebens verfolgt hat, und Geld. Ich denke, Sie wurden dafür bezahlt, dafür zu sorgen, dass Aysu Alkayas Leiche nie in Istanbul ankommt. Außerdem weiß ich, Inspektor, dass Sie maßgeblich an meiner Entführung beteiligt waren.«

Einige Leute im Raum schauten einander verwirrt an.

Erten, der in seinem grauen Regenmantel dasaß und angefangen hatte zu zittern, sagte: »Wieso? Wieso wissen Sie das oder glauben, es zu wissen?«

İkmen blickte hinunter auf Ertens Füße. »Ihre Schuhe sind wirklich eine Schande, Inspektor. Ich finde sie sogar noch schlimmer als meine. Selbst unter diesen bescheidenen ländlichen Verhältnissen sind sie haarsträubend. Solche Schuhe vergisst man nicht so schnell und ich habe sie aus ziemlicher Nähe gesehen, als jemand mir im Wagen einen Schlag auf den Kopf verpasst hat. Es hat eine Weile gedauert, bis sich mein armes altes Gehirn daran erinnert hat ...«

»Das beweist gar nichts und das wissen Sie auch!«

»Wollen Sie das Risiko eingehen, dass wir Spuren Ihrer DNA auf meiner Kleidung finden oder auf dem, was von Aysus Leichnam noch übrig ist?«, fragte İkmen.

»Ich war oft in Ihrer Nähe, Inspektor ...«

»Ja, aber Sie waren nicht ohne Handschuhe in der Nähe der Leiche, oder? Es sei denn, Sie haben sie zu Ihrem Wagen getragen, sich über sie gebeugt und dabei ein paar Haare verloren, die auf ihr Gesicht gefallen sind, Hautpartikel, die an ihren Kleidern haften blieben. Der Kopf, Inspektor, ist unversehrt, ebenso wie einige Gliedmaßen, Teile des Wandteppichs und einiges andere, was ich aus dem Feuer gezogen habe ...«

»Also gut!« Erten vergrub das Gesicht in den Händen und einen Moment schien es, als würde er weinen. Doch als er den Kopf wieder hob, waren seine Augen trocken.

»Jemand musste die Leiche zu den verlassenen Höhlen von Nevşehir bringen. Den Aufzeichnungen zufolge sind Sie die letzte Person, die das Leichenschauhaus betreten hat, ehe Aysus Leiche als vermisst gemeldet wurde – und zwar von Ihnen, am Sonntagmorgen. Niemand ist nach Ihnen hineingegangen oder herausgekommen. Wissen Sie, was ich glaube?«

Erten starrte ihn stumm an.

»Ich glaube, dass Dr. Sarkissian und ich am Samstagmorgen, wenn wir Sie ins Leichenschauhaus begleitet hätten, feststellen sollten, dass die Leiche verschwunden ist. Ich glaube, Sie hatten sich bereits eine hübsche kleine Geschichte bereitgelegt, damit Sie uns mit in die Stadt nehmen konnten. Aber als Ihnen klar wurde, dass der Doktor es vor Sonntag nicht schaffen würde, mussten Sie Ihren Plan ändern. Deshalb statteten wir der Familie Senar diesen nutzlosen Besuch ab.« İkmen hustete. »Ich will nicht behaupten, dass Sie etwas damit zu tun haben, aber dieser terroristische Anschlag in Istanbul kam Ihnen sicherlich gelegen, nicht wahr? Ich wäre vielleicht etwas misstrauischer gewesen, wenn das nicht passiert wäre. Möchten Sie wirklich die Ergebnisse der kriminaltechnischen Untersuchung abwarten, die Sie noch mehr belasten könnten, oder sagen Sie mir jetzt, wer Sie dafür bezahlt hat, sich an diesem kleinen Abenteuer zu beteiligen?«

Erten schaute zuerst zu İkmen, dann zu den Senars und schließlich zu Nazlı Kahraman.

»Also?«

Abgesehen von Abdullah Aydın waren noch drei weitere Männer mit ihm im Raum. Aber noch ehe Süleyman umgedreht wurde und direkt in Mürsels harte, nüchterne Augen blickte, hatte der dritte Mann den Jungen schon in ein anderes Zimmer gebracht.

Der elegante Homosexuelle ging zu dem inzwischen leeren Bett hinüber und setzte sich darauf. »Lass seinen Arm ein kleines bisschen lockerer, Haydar«, sagte er zu dem Mann, der Süleyman so fest im Griff hatte, dass er kaum atmen konnte. »Bring ihn hier rüber.«

Während der Mann Süleyman zum Bett schubste, lockerte er seinen Griff ein wenig.

»Nun, Inspektor Süleyman«, sagte Mürsel, als er den Polizisten überraschend sanft von Haydar übernahm. »Ich muss Sie bitten, nicht einmal an Flucht zu denken. Ich möchte Haydar nicht bitten müssen, Sie zu töten.«

Es bestand kein Zweifel daran, dass er es ernst meinte.

Süleyman sah ihn an. »Wer sind Sie?«

»Jemand, der sich viel besser darauf versteht, seine Identität zu verbergen, als Sie«, entgegnete der Mann. »Jetzt werden Sie zuhören und ich werde reden. Und wenn ich fertig bin, geben Sie mir Ihr Wort, dass Sie mit niemandem über das sprechen werden, was Sie von mir gehört haben. Wenn Sie sich weigern, werde ich Sie töten. Wenn Sie Ihr Wort brechen, werde ich Sie und jeden töten, mit dem Sie darüber gesprochen haben. Ist das klar?«

»Wer sind Sie?«, wiederholte Süleyman.

Der Mann, der sich ihm als Mürsel vorgestellt hatte, nahm eine Waffe aus der Jackentasche und hielt sie ihm an den Kopf. »Ist das klar?«

»Ja ...«

Der Mann lächelte wieder. »Gut. Wer in den Hamam geht, mein Lieber, muss bereit sein zu schwitzen, wie das Sprichwort sagt.« Er legte seine Waffe weg. »Also, Mehmet, Sie müssen wissen, dass ich ein Mann bin, der sein Land liebt. Ich liebe es so sehr, dass ich es als eine Ehre betrachten würde, mein Leben dafür zu geben. Ich habe fast mein ganzes Erwachsenenleben dem Schutz und den Belangen meines Landes gewidmet.«

»Und ...«

»Ich rede, Mehmet.« Er legte dem Polizisten einen Finger auf die Lippen. »Sie hören zu. Nun, wie die meisten arbeite auch ich nicht allein. Haydar ist beispielsweise schon seit vielen Jahren für mich tätig.«

Süleyman sah zu dem großen, ziemlich hageren Mann hinüber, der inzwischen den Weg zur Tür versperrte. Irgendwie kam er ihm bekannt vor.

»Es gibt viele Leute wie uns, sowohl hier als auch im Ausland.«

Es war offensichtlich, wovon er redete. Er arbeitete für den MIT, den türkischen Geheimdienst. Süleyman erschauderte bei dem Gedanken. CIA, Mossad, MIT – diese Organisationen mochten in jedem Land der Erde einen anderen Namen tragen, aber das, was sie taten, lief im Grunde immer auf das Gleiche hinaus.

»Es ist hinlänglich bekannt«, fuhr der Mann fort, »dass hin und wieder jemand aus unseren Reihen das Gefühl hat, das, was wir tun, nicht mehr verkraften zu können. Sich um die Belange der Nation zu kümmern ist eine unglaubliche Belastung. Meistens werden solche Leute über ihre, sagen wir, ›mangelnde Tauglichkeit‹ in Kenntnis gesetzt, lange bevor ihr Zustand für den Rest von uns zum Problem wird, Mehmet. Aber wenn jemand lange Zeit im Ausland gearbeitet hat, insbesondere in einem Spannungsgebiet, kann es passieren, dass gewisse frühe Warnzeichen übersehen werden. Leider ist das in einem Fall geschehen, der jetzt zu einer sehr spektakulären Angelegenheit zu werden droht.«

Süleyman schluckte.

»Sie wissen, was jetzt kommt, nicht wahr, Mehmet? Sie wissen es, weil Sie bei Ihren Ermittlungen über die Person, die Sie den Spanner nennen, plötzlich auf Granit beißen. Das liegt an mir, Mürsel – auch bekannt unter dem Namen Inspektor Doğan, der so freundlich zur Familie Aydın war.« Er lächelte. »Armer Polizeipräsident Ardiç. Er hat sein Bestes getan, Sie zu bremsen, und ich habe Sie tagelang nicht aus den Augen gelassen, aber Sie mussten ja unbedingt weiterbohren. Dafür mache ich Çetin İkmen verantwortlich.«

»Woher wissen Sie ...«

»Mund halten!« Der Mann schlug Süleyman heftig ins Gesicht. Es brannte höllisch. »Wir waren nicht hundertprozentig sicher, dass Ihr Spanner einer von unseren Leuten ist, aber Abdullahs Beschreibung des Täters scheint unsere Befürchtungen zu bestätigen. Es handelt sich um ein sehr gefährliches und sehr gestörtes Individuum. Leute, die mehr als die meisten darüber wissen, auf welche Arten man einen Menschen töten kann, haben ihm beigebracht, diejenigen zu beseitigen, die eine Bedrohung darstellen. Machen Sie keinen Fehler; Sie werden ihn nicht fassen. Er wird andere töten und er wird Sie töten. Haydar und ich haben zusammen mit unserem anderen Kollegen den Auftrag erhalten, dieses Individuum zu neutralisieren. Und das werden wir tun. Schließlich haben wir dieselbe Schule besucht wie diese Person. Aufgrund der besonderen Natur der Verbrechen dieses Mannes und der Angst, die er in der Bevölkerung ausgelöst hat, ist es jedoch wichtig, dass die Polizei ihre Arbeit fortsetzt. Man darf nicht vergessen, dass Leute wie Haydar und ich, ebenso wie unser Freund, der jegliches Augenmaß verloren hat, beruflich normalerweise nicht mit dem einfachen Mann auf der Straße zu tun haben. Mürsel geht jeden Tag der Arbeit in seinem Import-Export-Unternehmen nach. Er hat sogar eine Frau, wenn auch keine Kinder; in diesem Punkt habe ich Sie angelogen.« Und dann lächelte er plötzlich wieder und sagte: »Jetzt können Sie reden.«

Nazlı Kahraman brach in Tränen aus. »Ich weiß nicht, warum Sie mich anschauen!«, wandte sie sich an Erten. »Ich habe keine Leiche gestohlen! Ich habe diesen Idioten Baha Ermis gefragt, ob er es war, aber er hat nein gesagt.«

»Ich habe Aysu nicht umgebracht!« Kemalettin Senar schüttelte den Kopf, als seine Mutter und sein Bruder ihn mit angsterfüllten Augen ansahen. »Ich hab sie vor Ziya Beys Haus getroffen und in den Feenkamin mit dem Bild von der Mumie an der Wand gebracht, und …«

»Kemalettin!«

»Ich habe Ihnen doch gesagt, dass ich ihn vor Ziya Beys

Haus gesehen habe, aber Sie wollten mir ja nicht glauben.« Baha Ermis zeigte anklagend mit dem Finger auf Inspektor Erten.

Kemalettin Senar wandte sich an seine Mutter. »Und dann ist sie verschwunden.«

»Ich glaube Ihnen, Kemalettin«, sagte İkmen. »Ich denke nicht, dass Sie Aysu getötet haben. Sie haben sie geliebt, nicht wahr?«

»Ja.« Er ließ den Kopf hängen. »Sie war schwanger«, murmelte er.

»War es Ihr Kind, Kemalettin?«

»Sie haben nicht das Recht, ihn das zu fragen!«, protestierte Nalan Senar und sprang auf. »Mein armer Sohn ist schwachsinnig, wie mein Vater. Er weiß nicht, was er sagt.«

»Lassen Sie mich das beurteilen, Nalan Hanım«, entgegnete İkmen und wandte sich dann wieder ihrem Sohn zu. »Nun?«

»Aysu hat gesagt, es ist von mir.«

Einige der Anwesenden atmeten hörbar ein. Menşure Tokatlı schüttelte traurig den Kopf und eine alte Frau rief: »Schande!«

»Wir wollten zusammen weglaufen«, fuhr Kemalettin fort. »Aysu war so unglücklich mit Ziya Bey.«

»Also gingen Sie in jener Nacht zum Haus der Kahramans und brachten Aysu in den Feenkamin mit der Mumie, der für Sie eine besondere Bedeutung hatte.«

»Ja. Es war unser Geheimnis. Wir sind in die Höhle gegangen und dann habe ich sie mit etwas zu essen und zu trinken zurückgelassen.«

»Und was ist dann passiert?«, fragte İkmen.

»Ich bin nach Hause gegangen und hab mich ins Bett gelegt«, sagte Kemalettin. »Am nächsten Morgen bin ich zu unserer Höhle zurückgegangen. Wir wollten nach Istanbul, aber Aysu war nicht mehr da.«

Was bedeutete, dass Aysus Mörder ihre Leiche in einen anderen Feenkamin gebracht haben musste.

İkmen wandte sich an Inspektor Erten, der mit gesenktem Kopf neben ihm saß. »Ich nehme an, Sie wissen, wer Aysu Alkaya getötet hat, Inspektor. Im Gegensatz zu Kemalettin. Würden Sie ihn bitte aufklären?«

Der Polizist ließ seinen müden Blick durch den Raum schweifen und sagte dann: »Inspektor İkmen, Sie müssen verstehen, dass …«

»Ist Ziya Kahraman seiner Frau und ihrem Geliebten ins Tal der Mönche gefolgt oder war jemand anderer daran beteiligt?«

»Mein Vater hat das Haus die ganze Nacht nicht verlassen!«, schrie Nazlı Kahraman. »Wie können Sie es wagen, eine solche Anschuldigung gegen einen Toten zu erheben!«

İkmen sah Erten eindringlich an. »Also? Wir werden es sowieso herausfinden, Inspektor. Tun Sie sich selbst einen Gefallen und sagen Sie es uns. Die Kluft, die dieses Dorf spaltet, muss irgendwann überwunden werden. Wer hat Aysu Alkaya getötet?«

Inspektor Erten seufzte. Aber ehe er etwas sagen konnte, kam ihm eine andere Stimme zuvor, die Stimme einer Frau. »Ich war es.«

»Es war Kemalettins Mutter«, übersetzte Sarkissian für Tom und Atom. »Gütiger Gott!«

»Sie wollen also sagen,« setzte Süleyman an, »dass der MIT …«

»Ich habe nicht gesagt, dass ich beim MIT bin, oder?«, unterbrach ihn der Mann mit ernster Miene und schaute hinüber zu seinem Kollegen. »Haydar, habe ich jemals gesagt, dass wir für den MIT arbeiten?«

»Nein, Mürsel Bey.«

»Nein.« Er wandte sich wieder an Süleyman. »Wir sind

Patrioten, die dafür bezahlt werden, dass sie patriotisch sind, Inspektor. Wir wollen keine Namen nennen, von denen wir nichts verstehen.«

Süleyman atmete tief ein und versuchte, seine angespannten Nerven unter Kontrolle zu bekommen. »Okay, wie Sie möchten. Also ... Wenn Sie den Spanner kennen, dann beantworten Sie mir eine Frage: Warum macht er das?«

»Schwule umbringen? Keine Ahnung«, erwiderte Mürsel achselzuckend. »Ich habe zwar eine Vermutung, die werde ich Ihnen jedoch nicht verraten.«

»Ja, aber wenn Sie sagen, dass der Einsatz der Polizei noch immer notwendig ist ...«

»Ich habe Ihnen schon erklärt, Inspektor, dass *wir* diese Person festnehmen werden, nicht Sie.« Er bot Süleyman eine Zigarette an und nahm sich dann selbst eine. Süleyman stellte überrascht fest, dass Mürsel sogar einen Aschenbecher mitgebracht hatte. »Sie werden Ihre Ermittlungen in diesem Fall natürlich fortsetzen. Die Öffentlichkeit darf nicht auf die Idee kommen, dass hier irgendetwas nicht stimmt. Man wird sogar von Ihnen verlangen, sämtliche Untersuchungsergebnisse mit uns zu teilen. Aber der Informationsfluss geht nur in eine Richtung. Ich stelle Ihnen eine Frage und Sie beantworten sie. Umgekehrt werden Sie mich nichts fragen.«

»Wir sollen Ihnen also assistieren?«

»Wenn Sie es so sehen wollen, ja«, entgegnete Mürsel. »Aber Sie werden diese Person nicht verhaften. Sollte es wider Erwarten irgendwann so aussehen, als ob es dazu kommen könnte, werden Sie uns sofort kontaktieren. Damit wir uns richtig verstehen: Sie werden diese Person nicht verhaften, Sie werden sie weder verletzen noch töten, Sie werden nicht einmal mit ihr sprechen. Aufgrund dessen, was Abdullah uns erzählt hat, wissen wir inzwischen, dass unser Verdacht richtig war. Seit einiger Zeit folgen wir Hinweisen auf diese Person. Er gehört zu uns, er ist in höchstem Maße gefährlich und wir werden uns um ihn kümmern.«

Süleyman rauchte schweigend und versuchte, das Gesagte zu begreifen.

»Unser Ziel ist es, ihn aus dem Verkehr zu ziehen. Anschließend werden diese Verbrechen aufhören. Zum Leidwesen der Polizei werden die Straftaten unaufgeklärt bleiben. Das wirft zwar kein gutes Bild auf Sie, aber es ist nicht zu ändern.«

»Was werden Sie mit der betreffenden Person tun?«, fragte Süleyman. »Wenn Sie ...«

»Das geht Sie nichts an«, unterbrach Mürsel ihn. »Ich werde Ihnen jedenfalls keinen Leichnam liefern, falls es das ist, was Sie wissen wollen. Der Spanner wird einfach verschwinden. So etwas geschieht andauernd.«

Süleyman lief ein eiskalter Schauer über den Rücken. Mürsel redete so beiläufig über diese Dinge. Aber das war wohl typisch für jemanden wie ihn.

»Ich gebe Ihnen jetzt eine Nummer, die Sie jederzeit anrufen können«, fuhr Mürsel fort. »Geben Sie mir Ihr Mobiltelefon, dann trage ich sie ein.«

Süleyman reichte ihm sein Handy.

Während Mürsel die Nummer eintippte, meinte er: »Ich speichere sie unter ›Haydar‹ ab, der nie sehr weit von Ihnen entfernt sein wird.« Er blickte auf und lächelte. »Vielleicht wissen Sie es ja schon: Es war Haydar, der Sie zuerst vor dem Hamam gesehen hat. Wir waren uns sofort einig, dass Sie ein Polizist sein müssen.«

Süleyman senkte den Kopf ein wenig und zuckte die Achseln.

»Oh, ärgern Sie sich nicht!«, lachte Mürsel. »Sie haben ihn selbst eine ganze Weile angestarrt. Wie er sich da in diesem Hauseingang herumgedrückt hat, sah er aus wie ein Perverser.«

Also dort hatte er Haydar schon mal gesehen, vor dem Hamam in Karaköy.

»War das auch Haydar im Garten meines Hauses?«

»Nein, aber ich weiß, wer es war«, erwiderte Mürsel.

»Und?«

»Und ich werde es Ihnen nicht sagen«, meinte er. »Dazu bin ich nicht verpflichtet.« Dann gab er Süleyman sein Mobiltelefon zurück. »Ich werde Ardiç über unsere Unterhaltung informieren und ich könnte mir vorstellen, dass er Sie sehen möchte. Sie werden Ihre Ermittlungen fortsetzen, aber ich schlage vor, Sie versichern Ihren Kollegen, dass alles in Ordnung ist. Der junge Aydın hatte nichts Brauchbares über seinen Angreifer zu sagen und morgen wird er von hier verschwinden, um sich an einem hübschen Ort an der Südküste zu erholen.«

»Und genau dort wird er natürlich nicht sein, nehme ich an?«

»Wir bringen Herrn Aydın in Sicherheit, bis diese unschöne Angelegenheit beendet ist.«

Plötzlich fiel Süleyman auf, dass keine Geräusche vom Flur mehr hereindrangen. »Äh, ich habe einen Freund ...«, setzte er an.

»Sie haben die liebe Frau Cohen mitgebracht, die noch immer ansteht, um ihre Unterlagen zu fotokopieren, und irgendeinen Verrückten, dem Sie wohl gesagt haben, er soll in der Toilette Randale machen.«

»Also?«

»Wenn Sie mir versprechen, sich nicht vom Fleck zu rühren, bitte ich Haydar, mal nachzuschauen, was unser junger Wachmann unternommen hat.«

Süleyman nickte. Mürsels Waffe reichte als Einschüchterung voll und ganz aus.

»Ich nehme an, Ihrem Verrückten fehlt nichts », sagte Mürsel, nachdem Haydar das Zimmer verlassen hatte. »Sie werden ihm und Frau Cohen erzählen, dass Sie mit der Person, die Sie sehen wollten, gesprochen haben, aber dass sie Ihnen nichts Nützliches sagen konnte.«

»Ja ...«

Mürsel drückte seine Zigarette in dem mitgebrachten Aschenbecher aus und beugte sich dann zu Süleyman vor. »Wissen Sie, ich habe unseren Drink im ›Büyük Londra‹ sehr genossen. Sie können vielleicht nicht gut verbergen, wer Sie sind, aber Sie lügen recht überzeugend.« Seine Augen funkelten bedeutungsvoll. »Und der Kuss war wunderbar.«

»Oh, in dieser Hinsicht haben Sie also nicht gelogen ...«

»Ich mag schöne Dinge«, erwiderte Mürsel. »Ich gebe mich dem sexuellen Vergnügen hin, wann immer sich die Gelegenheit dazu bietet. Seit einigen Jahren bin ich verheiratet – es kommt mir und dem, was ich zu sein vorgebe, sehr gelegen. Aber wenn sich die Umstände ändern sollten, würde ich meine Frau ohne weiteres verlassen. Sie ist nur eine Übergangslösung. Ich mag Frauen, aber ich mag auch Männer. Es hat mir gefallen, wie es zwischen uns geknistert hat.«

»Ich bin nicht schwul, Mürsel Bey«, sagte Süleyman empört.

»Ich auch nicht, aber ich bin sicher, dass wir beide es trotzdem genießen würden, Sex miteinander zu haben.« Er legte seine große Hand auf Süleymans Oberschenkel.

»Mürsel Bey ...«

»Oh, keine Angst, ich werde Sie nicht zwingen«, sagte Mürsel amüsiert, als er das Entsetzen in Süleymans Gesicht sah. »Das würde keinen Spaß machen. Aber ich glaube, Sie werden sich eines Tages meiner Meinung anschließen, mein lieber Sunel Bey. Es kann doch kein Zufall sein, dass Sie sich mehr für mein Problem interessiert haben, als Sie sollten. Manchmal glaube ich, dass ich es vielleicht so arrangiert habe. Als ich Sie gesehen habe ...«

»Der Verrückte ist wieder zu seiner Tante in den Wartebereich gebracht worden«, berichtete Haydar, der in dem Moment ins Zimmer zurückkehrte. Mürsel ließ seine Hand noch einen kurzen Moment auf Süleymans Oberschenkel liegen, ehe er sie wegzog. Es schien, als wolle er aus irgendeinem Grund, dass Haydar es sah.

»Danke, Haydar«, sagte er, schaute dann wieder Süleyman an und lächelte. »Jetzt müssen Sie eine Menge Leute beruhigen, nicht wahr, Inspektor? Tante Estelle, Ihren Verrückten und diesen Tölpel İzzet Melik, das hübsche Mädchen, das für Çetin İkmen arbeitet …«

Schon wieder İkmen. »Woher kennen Sie ihn?«

Haydar lachte. »Oh, jeder kennt Çetin İkmen«, sagte er. »Sie mögen ein attraktiver Mann sein, aber er ist eine Legende.«

Turgut versuchte, seine Mutter zum Schweigen zu bringen, doch sie schob ihn energisch von sich. »Es ist vorbei, Turgut«, sagte Nalan Senar mit einer Erschöpfung in der Stimme, die İkmen sofort als echt erkannte. »Es ist Schicksal. Ich habe viele Sünden begangen und jetzt muss ich dafür bezahlen.«

»Ja, Mutter, aber …«

»Und du auch, mein Sohn«, sagte sie mit einem mitleidigen Blick auf Turgut. Dann fügte sie an İkmen gewandt hinzu: »Nicht, dass Sie denken, Turgut hätte Aysu Alkaya getötet. Das habe ich ganz allein getan.«

»Du hast Aysu umgebracht?« Kemalettins Unterlippe zitterte vor Trauer und Wut. »Ich habe sie geliebt. Warum …«

Und im nächsten Moment ging er auf sie los, schlug und boxte sie und schrie seinen Kummer in ihre entsetzten Ohren. Altay Salman und zwei seiner Männer mussten ihn von ihr wegzerren. Als sie es endlich geschafft hatten, zitterte Kemalettin am ganzen Körper, und seine Mutter blutete am Mund. Turgut Senar, der ebenfalls versucht hatte, seinen

Bruder zu stoppen, musste von einem der Männer festgehalten werden.

»Du Tier!«, schrie er Kemalettin an. »Das ist alles deine Schuld!«

»Halten Sie den Mund und beherrschen Sie sich!«, brüllte İkmen und stand auf, um seine Autorität zu unterstreichen. Dann reichte er Nalan Senar ein Taschentuch; die Verletzung an ihrem Mund war nicht so schlimm, aber die Blutung musste gestillt werden, ehe sie fortfahren konnten. Als der Inspektor schließlich wieder zu seinem Platz zurückkehrte, schaute er aus dem Fenster und sah zu seinem Entsetzen, dass das Schneegestöber seit Einbruch der Dunkelheit stärker geworden war. Ich kann noch immer nicht nach Istanbul zurück, dachte er düster. Aber würde das bei den vielen Kriminellen, mit denen er es offenbar in Muratpaşa zu tun hatte, überhaupt jemals möglich sein?

»Nalan Hanım?«

Nachdem sie zuerst ihrem jüngeren und dann ihrem älteren Sohn einen Blick zugeworfen hatte, stand Nalan Senar auf. »Turgut hat seinen Bruder mit Aysu Alkaya im Tal der Mönche gesehen, einmal vor ihrer Hochzeit mit Ziya Kahraman und einmal danach. Sie haben einander in dieser Höhle mit der Mumie ... beigewohnt.« Die alte Frau blickte beschämt zu Boden. »Nach dem zweiten Mal hat er Kemalettin zur Rede gestellt. Aysu gehörte zu Ziya Bey und er hatte kein Recht, sie zu nehmen. Da erzählte er Turgut, dass Aysu ein Kind von ihm erwartete.«

»Mutter, wenn du nicht aufhörst, wird niemand mehr da sein, der sich um diesen Wahnsinnigen kümmern kann!«, schrie Turgut Senar und zeigte auf seinen Bruder. »Wir werden alles verlieren!«

Aber seine Mutter ignorierte ihn einfach. »Turgut erzählte es mir und natürlich war ich entsetzt. Erst wollte ich Kemalettin bestrafen, doch dann sagte Turgut, mein jüngerer

Sohn und Aysu hätten vor, zusammen wegzulaufen. Ich bat ihn herauszufinden, wann es so weit sein sollte.«

»Du hast mir versprochen, dass du mit niemandem darüber redest!«, schrie Kemalettin seinen Bruder an. »Ich sollte der Polizei sagen, dass wir alle die ganze Nacht zu Hause bei Vater waren. Aber ich habe gehört, wie du weggegangen bist, Turgut, ich hab dich gehört. Du hast gelogen!«

»Ja, Kemalettin«, fuhr Nalan fort, »er hat gelogen. Turgut hat mir Bescheid gesagt, als du dich davongestohlen hast. Er wusste, dass du mit Aysu ins Tal der Mönche wolltest, in die Höhle mit der Mumie an der Wand. Und als du zurückgekommen und ins Bett gegangen bist, hab ich mich hinausgeschlichen. Ich bin zu der Höhle mit der Mumie gelaufen und habe Aysu entdeckt. Ich wünschte, ich könnte sagen, dass ich mit ihr gesprochen habe, dass es zu einem Streit kam und dass die Pistole, die ich zum Schutz vor Wölfen mitgenommen hatte, versehentlich losging. Aber so war es nicht. Ich habe Turguts Pistole mitgenommen und bin zu eurer Höhle gegangen, um Aysu zu töten. Ich habe sie in der Höhle mit der Mumie erschossen und dann bin ich in Panik geraten. Was, wenn außer Turgut noch jemand von eurem Treffpunkt wusste?« Sie seufzte. »Also rannte ich nach Hause, holte Turgut aus dem Bett und lief mit ihm zurück ins Tal der Mönche, um ihm zu zeigen, was ich getan hatte. Er war entsetzt. Sein Vater lag damals im Sterben und ich dachte, er würde verrückt werden, genau wie sein Großvater …«

»Aber das ist nicht passiert, oder, Hanım?«

»Nein. Nein, er hat mir geholfen, Aysus Leiche wegzuschaffen. Wir versteckten sie in einem winzigen, düsteren Feenkamin ein Stück von der Höhle mit der Mumie entfernt. Als das Tal später durchsucht wurde, brachte Turgut sie woandershin, aber am Ende haben wir sie wieder in die Höhle mit der Mumie gelegt, weil das der einzige Ort war, an dem Kemalettin nicht nach ihr suchen würde. Er hatte viel zu viel Angst, die Höhle noch einmal zu betreten.«

»Am nächsten Morgen wollte ich zu Aysu zurück«, sagte Kemalettin. Sein Gesicht wirkte jetzt ruhiger, fast ein bisschen verträumt. »Aysu ...«

Altay Salman konnte Kemalettins Hand, die bereits zum Reißverschluss seiner Hose wanderte, gerade noch festhalten. »Nein.«

»Natürlich hat mir Kemalettin nichts von Aysus Verschwinden gesagt«, fuhr Nalan fort. »Aber er erzählte es seinem Bruder. Der beruhigte ihn und sagte, sie müsse sich verlaufen haben. Er dürfe aber nichts verraten, weil Ziya Bey ihn sonst töten würde.«

»Also warteten Sie darauf, dass die Kahramans Alarm schlugen«, warf İkmen ein.

»Ja.«

Nazlı Kahraman, die wie alle anderen Anwesenden mit wachsendem Entsetzen zugehört hatte, fragte nun: »Wie konnten Sie so sicher sein, dass das Kind nicht von meinem Vater stammte, Nalan Senar? Ich gebe zu, dass ich von Aysus Schwangerschaft wusste und selbst Zweifel hatte, ob das Kind wirklich von ihm war, aber auf dem Hochzeitslaken war Blut ...«

»Kemalettin hat Turgut erzählt, dass Aysu sich den Arm aufgeritzt und Blut auf das Laken geschmiert hat, um das Ansehen Ihres Vaters zu wahren«, erwiderte Nalan Senar. »Als Ziya Bey ihre Füße erblickte, verlor er seine ganze Leidenschaft und rührte das Mädchen nie wieder an. Das Kind musste von meinem Sohn sein.«

Nazlı Kahraman schüttelte ungläubig den Kopf. »Warum hat mein Vater sich dann nicht einfach von ihr scheiden lassen? Warum hat er mir nichts davon erzählt?«

Eine ganze Weile hing diese Frage in der Luft, ohne dass jemand darauf geantwortet hätte. Schließlich sagte Haldun

Alkaya mit seiner dünnen Stimme: »Weil er sich geschämt hat. Er war alt und man hatte ihn hinters Licht geführt. Ich hatte ihn hinters Licht geführt.«

»Mein Vater war der mächtigste Mann im Dorf!«

»Und deshalb durfte man nicht über ihn lachen«, sagte İkmen. »Ich nehme an, dass er deshalb auch erst mal einige Zeit vergehen lassen wollte, ehe er sich von seiner jungen Frau scheiden ließ, vermutlich mit der Begründung, sie sei unfruchtbar.«

»Sie trug mein Kind unter dem Herzen«, sagte Kemalettin Senar verträumt.

»Deshalb musste sie weglaufen«, sagte İkmen. »Warum haben Sie sie nicht gehen lassen, Nalan Hanım? Offiziell wussten Sie doch gar nicht, dass Aysu schwanger war. Sie hätten die beiden zusammen durchbrennen lassen können, Sie hätten Ihr eigenes Enkelkind, Ihr eigenes Fleisch und Blut leben lassen können.«

»Ziya Bey hätte unsere Familie bestraft«, erwiderte Nalan. »Sobald bekannt geworden wäre, dass Kemalettin mit ihr zusammen war ...«

»Und selbst jetzt, wo Ziya Bey bereits viele Jahre tot ist, wollten Sie noch immer vertuschen, was passiert ist«, meinte İkmen. »Indem Sie versuchten, Aysus Leiche zu vernichten, indem Sie versuchten, mich zu töten ...«

»Das ist nicht wahr! Wie ...«

»Was für ein Pech für Sie, dass ich überlebt habe«, fuhr İkmen fort und ging auf die ängstlich dreinblickende Frau zu. »Warum haben Sie mich nicht umgebracht, Nalan Hanım? Es wäre so einfach für Sie gewesen, sich Turguts alten Colt zu beschaffen und ihn mir an den Kopf zu halten. Ich nehme an, Sie haben die Waffe noch ...«

Mehmet Süleyman kehrte nicht direkt nach Hause zurück, sondern ging erst bei den İkmens vorbei. Auf Anweisung von

Mürsel hatte er Estelle Cohen, İbrahim (der ein blaues Auge und eine aufgeplatzte Lippe davongetragen hatte und hochzufrieden schien) und am Telefon auch İzzet Melik angelogen. Er war nicht in der Lage, jetzt auch noch seine Frau zu belügen. Deshalb wollte er Fatma und ihren Kindern einen Besuch abstatten. Von ihnen wusste keiner, in was er da hineingeraten war. Wer konnte sich, außer in Büchern oder Filmen, so eine Geschichte überhaupt vorstellen? Ein »Spion«, falls das die richtige Bezeichnung war, der irgendwie »auf Abwege geraten« war! Eine unglaubliche, zutiefst beunruhigende Geschichte, und wenn Ardiç nicht irgendwie darin verwickelt gewesen wäre, hätte Süleyman das Ganze als Fantasie eines offensichtlich wohlhabenden und gelangweilten Freigeistes abgetan. Aber es war die Wahrheit und die Bedrohung, der er ausgesetzt war, erschien ihm sehr real.

Während Fatma in der Küche hantierte, um Tee zu machen, gleichzeitig mit ihrem jüngsten Sohn Kemal schimpfte und Hülyas Baby Timur beruhigte, dachte Süleyman über den Spanner nach. Mürsel hatte angedeutet, die betreffende Person habe eine Zeit lang im Ausland gearbeitet oder eher gedient. Er fragte sich, wo das gewesen sein mochte. Spione wurden natürlich überallhin geschickt, selbst in befreundete Länder, wo ihre Anwesenheit nicht nur bekannt war, sondern auch toleriert wurde. Aber Mürsel hatte davon gesprochen, dass der Ort, an den man den Spanner geschickt hatte, gefährlich war – ein »Spannungsgebiet«, wie er sich ausgedrückt hatte. Wo war dieser Mann gewesen? In einer der wilderen ehemaligen Sowjetrepubliken? In Afghanistan, vielleicht sogar im Irak ...?

»Arto Sarkissian hat mir gesagt, dass es dort immer noch schneit«, meinte Fatma, während sie ihrem Gast ein Glas Tee und einen Aschenbecher hinstellte.

»Hm?«

»In Kappadokien.« Sie setzte sich mit einem müden Seufzer ihm gegenüber an den Tisch. »Dass Çetin in seinem dünnen Anzug in einer so feindseligen Landschaft überlebt hat, ist ein Wunder, für das wir Allah danken müssen.«

Süleyman nickte zustimmend. »Weißt du, wann er nach Hause kommt?«

»Nein. Arto sagt, da draußen ist es wie im Januar oder Februar. So schlimm.« Sie schüttelte den Kopf. »Und natürlich will Çetin wissen, was genau passiert ist.«

Süleyman lächelte.

»Sie haben versucht, ihn umzubringen, diese Landbewohner!«, sagte Fatma. »Arto meint, es sei sehr aufregend, dass Çetin ein jahrzehntealtes Geheimnis lüftet. Aber ich bin trotzdem wütend auf ihn, Mehmet.«

Süleyman war sich sicher, dass sie nichts von Alison wusste, daher konnte sie das nicht meinen. »Warum?«

»Weil er sich von Menşure Tokatlı manipulieren lässt. Diese Frau hat nie Hilfe gebraucht, wenn es um ihr Geschäft ging, aber was erzählt er mir? Irgendeinen Unsinn, dass sie nicht alleine zurechtkommt. Ich verstehe nicht, warum er nicht einfach gesagt hat, Menşure Tokatlı habe ihn gebeten, einem alten Mordfall auf den Grund zu gehen. Bin ich ein Ungeheuer, dass er mit mir nicht über diese Dinge spricht?«

Als Fatma sich kopfschüttelnd abwandte, tauschten Mehmet und Hülya einen amüsierten Blick. Nein, Fatma war kein Ungeheuer, aber sie wussten beide, dass Çetins Frau es nicht gerne sah, wenn ihr Mann die Stadt verließ, aus welchen Gründen auch immer.

»Und wie üblich hat er andere in die Sache hineingezogen«, fuhr Fatma fort. »Ich weiß noch nicht, wieso, aber Arto Sarkissian ist in Muratpaşa und musste nach Çetin suchen. Und dann wäre da noch sein Cousin Atom aus Deutschland.« Sie schaute Hülya an, die jetzt grinste. »Du lachst, aber für unschuldige Menschen ist es nicht besonders lustig, in die Ermittlungen deines Vaters verwickelt zu werden.«

»Es klingt aber doch so, als würde Çetin in Kappadokien gute Arbeit leisten«, sagte Süleyman.

»Also …«

»Der Polizei stehen an einem solchen Ort nicht viele Mittel zur Verfügung«, fügte er hinzu. »Manchmal brauchen sie Hilfe von Kollegen aus der Stadt.«

»Aber die Leute da draußen geraten doch dauernd aneinander!«, entgegnete Fatma. »Ich lese schließlich auch Zeitung. Wenn ich dort Polizist wäre, würde ich diese Barbaren einfach machen lassen, was sie wollen! Aber Çetin …«

»Als Außenstehender kann er sich ein nüchternes, objektives Urteil bilden …«

»Selbst wenn sie versuchen, ihn umzubringen?« Wie üblich verbarg Fatma ihre Liebe und die Sorge um ihren Mann nur schlecht.

»Natürlich«, meinte Süleyman. »Du weißt doch, wie Çetin ist. Er kümmert sich.«

»Ich weiß nicht, warum. Diese Dörfler … Was haben die mit uns zu tun? In der Zeitung steht, dass es Leute vom Land waren, die die Synagogen in die Luft gejagt und Berekiah fast umgebracht haben.«

Süleyman schaute zu Hülya hinüber. Das Mädchen wandte schnell das Gesicht ab.

»Diese Hinterwäldler behaupten, sie würden für den Islam kämpfen. Aber ich bin auch Muslima, ich liebe den Propheten, Friede sei mit ihm, und ich weiß, er würde solche Metzeleien verurteilen …«

»Mama!«

Hülya hatte sich wieder umgedreht und Süleyman sah, dass Tränen in ihren Augen standen.

Doch statt ihre Tochter zu trösten, wandte Fatma sich, ebenfalls mit tränenfeuchten Augen, an Süleyman: »Berekiah wird wieder gesund, aber er wird seinen Beruf nicht mehr ausüben können. Seine rechte Hand ist nicht mehr zu gebrauchen. Die Ärzte haben es den Eltern noch nicht gesagt, aber Hülya haben sie es gesagt, nicht wahr, Hülya?«

Das Mädchen nickte nur stumm.

»Es tut mir so leid«, sagte Süleyman. Die Tatsache, dass er dabei geholfen hatte, Berekiah aus der zerstörten Wohnung zu retten, änderte nichts daran, dass er seither so wenig Zeit mit dem jungen Mann verbracht hatte. Wenn der arme Berekiah nicht mehr als Goldschmied arbeiten konnte, was sollte er dann tun? Süleyman wusste, dass er den Ermittlungen rund um den Spanner viel zu viel Zeit gewidmet hatte – und der Tragödie der Familien İkmen und Cohen viel zu wenig.

»Ich bin erst beruhigt, wenn Çetin wieder zu Hause ist, das verstehst du doch, Mehmet«, sagte Fatma. »Ich will ihn hier haben, wo ich ihn im Auge behalten kann. Was für eine Welt existiert da draußen, außerhalb unserer Stadt? Was für ein Ort ist das?«

»Einen Tag, nachdem ich Aysu Alkaya getötet hatte, warf ich Sergeant Lavells Waffe in den Kızılırmak«, erklärte Nalan Senar. »Dafür bin ich extra nach Avanos gefahren.«

Es war nur zu verständlich, dass die örtliche Polizei und die Jandarma den Colt .45 vor all den Jahren nicht gefunden hatten. Bei der Suche hatte man sich hauptsächlich auf Muratpaşa konzentriert und sich wahrscheinlich gar nicht erst die Mühe gemacht, woanders nachzuforschen. Der Colt .45, wenn er überhaupt noch existierte, befand sich vermutlich inzwischen in den Händen irgendeines alten Schäfers, der ihn bei einem seiner einsamen Streifzüge mit seiner Herde gefunden hatte.

»Sie haben also Miss Lavells Vater auf dem Foto wiedererkannt?«, wandte İkmen sich an Turgut Senar.

Der Fremdenführer nickte und schaute rasch zu seiner Mutter hinüber. »Sergeant Lavell war ein netter Mann.«

İkmen winkte Dolores Lavell zu sich. »Turgut hat mir gerade gesagt, dass er Ihren Vater kannte, Miss Lavell.«

»Dann hatte Kemalettin also recht.« Sie warf Turgut Senar einen Blick zu.

»Ich war ein Kind«, erklärte Turgut auf Englisch. »Mein Vater war nie zu Hause. Sergeant Lavell war sehr freundlich zu mir, er hat mir das Schießen beigebracht.«

»Und Ihnen eine Waffe geschenkt, mit der Sie üben konnten«, sagte İkmen, ebenfalls auf Englisch.

»Ja.«

»Das erklärt aber nicht, warum Sie dann plötzlich die Nähe seiner Tochter gesucht haben …«

»Nein, nein.« Turgut Senar ließ den Kopf hängen und sagte dann auf Türkisch: »Es ist einfach passiert.«

Und vielleicht stimmte das ja auch. Vielleicht hatte er ihr einfach nahe sein wollen, weil sie mit einem Mann verwandt war, den er geschätzt hatte. Eine derartige Heldenverehrung würde erklären, warum Turgut so angewidert reagiert hatte, als Kemalettin versuchte, vor Dolores zu masturbieren. Aber als İkmen sah, wie Nalan ihrem Sohn einen fast drohenden Blick zuwarf, wusste er, dass er sich auch irren konnte. Hier war möglicherweise noch etwas anderes im Spiel, das er noch nicht verstand. Allerdings musste eine Frau, die wissentlich ihr eigenes Enkelkind umbrachte, schon allein aufgrund ihres gestörten Charakters vollkommen rätselhaft sein.

İkmen bat Dolores Lavell, neben ihm Platz zu nehmen, und wandte sich dann wieder an Nalan Senar. »Kemalettin ist also unschuldig?«

»Ja.«

»Wusste er etwas von Ihrem Plan, mich zu töten?«

»Ich habe nicht geplant, Sie zu töten, Inspektor! Und Turgut auch nicht!«

»Oh, mir mehrmals auf den Hinterkopf zu schlagen und

mich dann liegen zu lassen, damit ich erfriere, ist also kein Anschlag auf mein Leben?«, fragte İkmen mit einem zynischen Lächeln. »Ich bitte Sie, Nalan Hanım!«

»*Er* wollte, dass Sie sterben!« Die Frau zeigte verächtlich auf Inspektor Erten. »Und der da«, fügte sie mit einem Nicken in Richtung von Baha Ermis hinzu. »Aber ich habe gesagt, ›nein, ihr dürft während des Ramadans niemanden töten.‹«

İkmen schaute zu Arto, Atom und Tom, die ganz hinten im Raum saßen, und sagte auf Englisch: »Das Landleben – diese Ruhe, diese Stille, diese Natur, diese Bosheit! Allah, oder welchem Gott auch immer, sei Dank für Istanbul!«

Die beiden Armenier und der Engländer lächelten. Aber in dem Moment, als İkmen weiterreden wollte, wurde er von einem klatschenden Geräusch abgelenkt. Nazlı Hanım hatte Baha Ermis mit der flachen Hand ins Gesicht geschlagen.

»Du hast also doch die Leiche gestohlen!«, schrie sie. »Lügner! Und auch noch zusammen mit den Senars!«

»Da wusste ich noch nicht, was ich jetzt weiß«, jammerte Ermis. »Ich habe es getan, um den guten Ruf von Ziya Bey ein für alle Mal zu retten.«

»Lügner! Du hast es für Geld getan!«, stieß Nalan Senar höhnisch hervor und wandte sich dann an ihre Rivalin Nazlı Kahraman. »Wenn du deine Leute nicht mit Ziegendung bezahlen würdest, wären sie auch loyal!«

»Ich habe gesehen, wie Turgut Senar Sie aus dem Feenkamin am Rand des Dorfes zog, nachdem er Ihnen auf den Kopf geschlagen hatte«, sagte Baha Ermis zu İkmen. »Sie haben ihn überrascht, als er die Leiche holen wollte. Ich kam zufällig vorbei. Es stimmt, dass die Senars Geld haben. Und ich habe keins. Turgut und ich haben ein Geschäft gemacht.«

»Das aber platzte, als ich überraschenderweise überlebte«, sagte İkmen, schaute zu Ferdinand Müller hinüber und fügte hinzu: »Was sagten Sie noch gleich, als Sie den

Heißluftballon sahen, Herr Senar? Kismet. Und damit meinten Sie nicht den Kater meiner Cousine. Sie wussten, dass es unweigerlich vorbei war. Kismet – Schicksal.«

»Er fuhr viel zu dicht an die Stelle heran, an der wir Sie zurückgelassen hatten!«, stieß Ermis hervor und warf Turgut Senar einen verächtlichen Blick zu. »Ich habe es ihm gesagt und da hat er versucht, mich zu töten – vor den beiden Fremden!«

»Sie haben es einzig und allein meiner Mutter und mir zu verdanken, dass Sie überhaupt noch am Leben sind«, erklärte Turgut Senar İkmen. »Ermis und Ihr schmuddeliger Freund aus Nevşehir wollten, dass Sie sterben!«

İkmen wandte sich an Inspektor Erten. »Stimmt das?«

Einen Moment sah es so aus, als würde Erten versuchen zu leugnen, doch dann seufzte er nur. »Ja.« Er wandte den Blick nicht ab, sondern schaute İkmen in die Augen. »Nalan Senar hat mir Geld angeboten, damit ich Aysu Alkayas Leiche hole und ihr und ihrem Sohn helfe, sie endgültig verschwinden zu lassen. Ich bin zu ihr gegangen, kurz nachdem Sie ins Leichenschauhaus gekommen waren. Ich wollte sie verhören, aber sie merkte, dass ich finanziell in der Klemme stecke. Und dann bot sie mir so viel Geld ...«

»Dann war es also der Hund der Senars, den ich im Hintergrund bellen hörte, als ich Sie anrief, um Ihnen von Dr. Sarkissians Verspätung zu erzählen«, sagte İkmen. »Aber was ist mit Ihrem Job, mit Ihrem Beruf?«

»Was soll damit sein? Was hat mir der denn schon eingebracht? Ich wollte Sie nicht umbringen, Inspektor, ich habe es nicht geplant. Aber als Sie drohten, sich zwischen mich und das Geld zu stellen ... Mir war klar, dass wir Sie töten und Ihre Leiche vernichten mussten. So viel weiß ich mittlerweile über DNA-Tests, dank Ihnen. Aber die Senars wollten nichts davon hören. Zu religiös, zu abergläubisch, zu hinterwäldlerisch. Sie hielten Ermis und mich davon ab, das zu tun, was wir hätten tun müssen. Ich wusste, dass die Kälte Sie nicht unbedingt umbringen würde.« Er räusperte sich. »Sie sind nicht gestorben und meine ärmlichen Schuhe haben mich verraten. Aber diese Schuhe sind nur ein schwaches Abbild meines Lebens. Ich habe nie geheiratet. Ich konnte es mir einfach nicht leisten, obwohl ich einen Abschluss an der Erciyes-Universität gemacht habe. Mein Vater war fast sein ganzes Leben lang krank und jemand musste seine Behandlung bezahlen. Ich bin ein gebildeter Mann und trotzdem esse ich fast immer nur Pilaw, rauche die billigsten Zigaretten. Ich besitze nichts! Ich bin fünfzig Jahre alt und wohne noch immer mit meiner Mutter und meiner unverheirateten Schwester in einer Dreizimmerwohnung in Avanos ...«

»Genau wie fünfzig Prozent der ländlichen Bevölkerung Anatoliens«, entgegnete İkmen scharf. »Wenn die Polizeiarbeit in Nevşehir Ihnen nicht glamourös und einträglich genug war, warum sind Sie dann nicht nach Istanbul oder Ankara gezogen? Millionen Menschen tun das. Sie schicken Geld nach Hause.«

»Meine Mutter ...«

»Ich habe mich um meinen Vater gekümmert, bis er so alt war, dass er nicht mehr wusste, wie er hieß!«, unterbrach İkmen seinen Kollegen energisch. »Ich habe neun Kinder, Inspektor Erten, eine Frau, ein Enkelkind, einen Schwiegersohn, der im Moment nicht arbeiten kann, und eine Katze. Ich arbeite für das alles und trotz alledem. Die Menschen in meinem Leben halten mich aufrecht. Istanbul ist eine harte Stadt.«

»Ja, aber Sie kriegen mehr Geld ...«

»Weil in Istanbul alles viel teurer ist!«, entgegnete İkmen. »Sie tun mir irgendwie leid, Erten, aber mein Leben ist auch kein Zuckerschlecken. Ich kann mir kein neues Auto oder neue Möbel leisten, meine Frau trägt seit fünf Jahren denselben Wintermantel, und wie Sie sehen, bin ich selbst auch nicht gerade ein Armani-Model.« Und dann packte er Erten plötzlich am Kragen. »Trotzdem käme ich nicht auf die Idee, einen Mann halbtot im Schnee liegen zu lassen, um an ein bisschen Geld zu kommen! Ich verbrenne keine Leichen und keine Beweisstücke!«

»Lass gut sein, Çetin.«

İkmen blickte auf und schaute in das Gesicht von Altay Salman, der ihm eine Hand auf die Schulter gelegt hatte.

»Nehmt ihn fest«, sagte İkmen und zeigte auf den Polizisten aus Nevşehir. »Und die drei auch.« Er deutete mit dem Kopf auf Turgut, Nalan und Baha Ermis.

»Aber mein Sohn hat niemanden umgebracht«, sagte Nalan Senar, als einer von Altay Salmans Männern auf sie zukam.

»Sie, Turgut, Baha und diese Kreatur hier«, sagte İkmen mit einem verächtlichen Blick auf Inspektor Erten, »haben versucht, mich umzubringen. Ich werde dafür sorgen, dass Sie alle die volle Härte des Gesetzes zu spüren bekommen.«

Und dann setzte er sich wieder auf seinen Stuhl, das Gesicht grau vor Anspannung, und fing an zu zittern. Dolores Lavell, die ihm am nächsten saß, legte einen Arm um seine Schultern, bis Arto Sarkissian herbeikam, um seinen Freund zu trösten.

»Und Alison habe ich immer noch nicht gefunden«, sagte İkmen niedergeschlagen.

»Alison?«

»Ich hatte eine Tante, die Alison hieß«, sagte Tom Chambers, der hinter die beiden Männer getreten war. »Sie starb vor meiner Geburt. Sie ist auch mal in Kappadokien gewesen.«

21

Als Menşure Tokatlı die Vorhänge in ihrem Wohnzimmer zuzog, schauderte sie, denn das Schneegestöber vor dem Fenster wurde immer dichter. Wenn es noch lange so weiterschneite, würden Çetin, Arto und Atom wochenlang im Dorf festsitzen.

»Unglaublich!«, sagte Tom Chambers, als er seinen Tee getrunken und das leere Glas auf dem Couchtisch vor dem Kamin abgestellt hatte. »Mum hat immer rausfinden wollen, in wen Tante Alison sich hier unten verliebt hatte.«

»Bis vor kurzem wusste ich selbst nicht, dass sie mich geliebt hat«, erwiderte İkmen und musste beim Gedanken an seinen alten britischen Schwarm lächeln.

»Und wie haben Sie es erfahren?«, fragte Tom.

»Das ist eine lange Geschichte«, seufzte İkmen. »Es gab noch einen Mann, einen englischen Freund von mir, der in Ihre Tante verliebt war, und er hat es mir gesagt. Aber was ist mit Alison passiert? Sie sagten, Ihre Mutter habe gewusst, dass ihre Schwester in Kappadokien war?«

»Sie hat meinen Großeltern eine Karte aus Ürgüp geschickt.«

»Bis dahin habe ich Alisons Spur noch verfolgt«, sagte İkmen, »und die Polizei in Kayseri hat ebenfalls Nachforschungen angestellt, aber dann war sie plötzlich wie vom Erdboden verschluckt.«

»Nicht ganz.« Traurig schüttelte Tom den Kopf. »Offenbar hat sie hier zwei Typen kennen gelernt, weiße Südafrikaner mit einem Auto und viel Geld. Sie hatte schon immer nach Indien gewollt und die Männer boten ihr an, sie mitzunehmen. Sechs Monate später tauchte ihre Leiche in Pakistan auf, in der Stadt Peschawar.«

»Aber niemand hat ihre Ausreise registriert«, warf İkmen ein. »Das habe ich damals überprüft. Die Polizei in Kayseri hat den Fall noch jahrelang im Auge behalten.«

»Sie müssen illegal in den Iran eingereist sein. Tante Alison schickte meiner Mum eine Postkarte aus Teheran«, erklärte Tom. »Diese Südafrikaner waren Drogenhändler, Inspektor. Ein paar Leute in Pakistan konnten sich später an sie erinnern. Zwei gut aufgelegte weiße Jungs und eine hübsche Blondine mit rosa Militärstiefeln. Sie haben Alison beim Dealen benutzt, um von sich abzulenken.«

»Und wie ist sie zu Tode gekommen?«

»Die Behörden in Pakistan glauben, dass Alison lange nicht merkte, was die zwei trieben. Mum meint, sie sei etwas naiv gewesen. Irgendwann kriegte sie es aber wohl doch mit und war entsetzt. Sie nahm nämlich keine Drogen.«

»Ich weiß«, sagte İkmen.

Tom senkte leicht den Kopf. »Jedenfalls haben die pakistanischen Behörden meinen Großeltern mitgeteilt, Alison habe vermutlich nicht mehr mitmachen wollen, und die beiden Männer hätten sie deshalb umgebracht.«

»Und wie?«

»Sie haben ihr eine Überdosis Heroin gespritzt. Die Polizei sollte wohl glauben, sie sei eine von diesen üblichen Junkies aus dem Westen. Meine Großeltern hatten damals allerdings schon ein paar Wochen lang Nachforschungen in Pakistan anstellen lassen, nachdem sie eine kurze Nachricht von Alison aus Islamabad erhalten hatten. Ich weiß nicht, ob sie zu dem Zeitpunkt schon von dem Drogenhandel wusste, jedenfalls wuchs ihr die Sache wohl über den Kopf. Mum hat mir den Brief einmal gezeigt. Eine traurige Geschichte. Dadurch haben wir überhaupt erst von Ihnen erfahren.«

İkmen runzelte die Stirn.

»Meine Tante schrieb, sie wolle zurück in die Türkei. Sie habe in Istanbul jemanden kennen gelernt, den sie sehr möge. Einen Polizisten. Er sei allerdings verheiratet und habe drei Kinder ...«

»Von all dem wisst ihr nichts, verstanden?«, wandte İkmen sich auf Türkisch an Menşure und Arto. »Fatma ...«

»Wenn du Fatma nie untreu geworden bist, kannst du es ihr doch erzählen«, warf Arto ein.

İkmen schaute seinem Freund fest in die Augen. »Bist du ganz sicher? Sag mir, dass du das wirklich glaubst.«

Es verging ein Moment, bis Arto schließlich seufzte. »Nein, du hast recht, Çetin. Vielleicht bleiben manche Dinge besser ungesagt.«

»Ich habe fast dreißig Jahre lang mit niemandem darüber gesprochen, Çetin.« Menşure Tokatlı setzte sich neben Atom Boghosian. »Und ich werde es auch in Zukunft nicht tun.«

İkmen schüttelte den Kopf, blickte dann zu dem jungen Briten auf und lächelte. »Hat Alison denn ein Grab?«, fragte er.

»Ja, auf dem Friedhof von Guildford, in Surrey, wo meine Großeltern früher gewohnt haben. Manchmal geht meine Mutter noch hin, legt Blumen auf das Grab ...«

Plötzlich brach İkmen in Tränen aus. Bis zu dem Moment war ihm gar nicht danach zumute gewesen, doch nun überwältigten ihn die Gefühle – vielleicht, weil Tom von Alisons Grab erzählt hatte, in dem ihr Körper nun für immer ruhte. Alison war tot, und obwohl ihm schon lange klar gewesen war, dass sie tot sein musste, traf ihn diese traurige Erkenntnis sehr. Die arme Alison war ziemlich verwirrt gewesen, als sie abreiste, um ihren Trip nach Indien fortzusetzen. Sie hatte die Avancen von İkmens englischem Freund Maximilian abwehren und sich gleichzeitig von dem Mann fortreißen müssen, den sie liebte – von ihm. Wenn er doch bloß noch nicht gebunden gewesen wäre! Doch damals war er nicht nur bereits verheiratet, sondern hatte auch schon mehrere Kinder. Nur einmal war es zwischen ihm und dem hübschen blonden Mädchen mit den rosa Militärstiefeln zu einem Kuss gekommen, in ihrer Pension, ehe sie die Stadt verließ. Außer für Fatma hatte er nie wieder so viel Leidenschaft für jemanden empfunden und bis heute träumte er manchmal von ihr.

Keiner der Anwesenden sagte etwas. Selbst Arto zog es vor, den Kummer seines Freundes nicht zu teilen, denn was auch immer in dessen todmüdem traurigen Kopf vor sich ging, es betraf nur ihn selbst und die Erinnerung an dieses Mädchen, das ihn anscheinend so nachhaltig beeindruckt hatte. Wie er überhaupt so lange hatte durchhalten können, nach allem, was er in den letzten Tagen durchgemacht hatte, war allen ein Rätsel. Hilflos und besorgt beobachteten sie, wie İkmen seinen Tränen freien Lauf ließ.

»Er ist der Sohn Ihres Bruders«, zischte Altay Salman der verhüllten Frau an der Tür durch das Schneetreiben zu. »Ihr eigenes Fleisch und Blut!«

»Eine Ausgeburt des Satans ist er!«, entgegnete die Alte verängstigt. »Genauso verrückt wie der Vater seiner Mördermutter! Die Frau, die mein Bruder geheiratet hat, sitzt jetzt mit ihrem Ältesten, diesem Teufelsbraten, im Gefängnis.«

»Vorläufig sitzen Nalan und Turgut Senar nur in Untersuchungshaft hier auf der Wache«, erklärte Altay und beobachtete, wie Sebla Eks winzige schwarze Augen nervös hin- und herhuschten. »Solange es so schneit, kann sowieso niemand das Dorf verlassen. Danach werden die beiden zusammen mit Baha Ermis und Inspektor Erten nach Nevşehir überführt.«

Die Alte blickte den Hauptmann und seinen Schützling

mit dem ausdruckslosen Gesicht an und winkte ab. »Ich weiß nur das, was mein Sohn mir erzählt hat. Kemalettin hat das Alkaya-Mädchen geschwängert, Nalan hat sie umgebracht und Turgut wusste davon. Sie sind alle verflucht.« Sie beugte sich ein wenig vor und flüsterte dem Hauptmann zu: »Wissen Sie, ich werde auch mal mit meinem Anwalt reden. Mir ist es immer schon merkwürdig vorgekommen, dass mein Bruder gestorben ist, während diese Frau ihn versorgt hat.«

»Frau Ek …«

»Und schaffen Sie den Irren von hier weg, bei Allah!«, brummte sie und schloss die Tür.

Altay Salman wandte sich an Kemalettin Senar. »Dann muss ich Sie wohl nach Hause bringen«, seufzte er. »So leid es mir tut.«

Es war drei Uhr morgens und der Hauptmann konnte sich nicht mit der Idee anfreunden, Kemalettin, das einzige nicht inhaftierte Mitglied der Familie Senar, allein zu lassen. Nach allem, was Kemalettin erfahren hatte, und mit dem Hund seiner Mutter als einziger Gesellschaft, bestand die Gefahr, dass er sich oder dem Haus irgendetwas antun würde. Sebla Ek war Altays letzte Hoffnung gewesen. Er hatte mit allen anderen Verwandten von Kemalettin im Dorf gesprochen, sogar mit Turguts Frau. Doch niemand wollte Nalans Sohn aufnehmen, auch wenn manch einer einräumte, er könne verstehen, warum sie so gehandelt habe. Ein Verwandter meinte sogar, er sei Nalan dankbar, denn schließlich habe sie den Namen Senar lange Jahre vor dieser Schande bewahrt.

»Kommen Sie«, sagte Altay und legte Kemalettin eine Hand auf die Schulter.

Schweigend gingen sie am oberen Rand des Steilhangs entlang; ihre Stiefel knirschten in dem nun mindestens fünfzehn Zentimeter hohen Schnee. In dieser hoch gelegenen Straße lebten die reicheren Bewohner von Muratpaşa – die

Eks, die ursprüngliche Familie Senar, Menşure Tokatlıs alter Onkel Fatih Tokatlı und schließlich die Kahramans, Eigentümer des größten Anwesens. Das Licht der Straßenlaternen war selbst in diesem vornehmeren Teil des Dorfs so trübe, dass Altay Salman aufatmete, als sie schließlich das Haus der Kahramans mit seiner bombastischen Außenbeleuchtung erreichten.

»Endlich kann man was sehen«, brummte er Kemalettin Senar zu.

»Ja ... Aysu wurde ermordet, oder?«

»Ja, Kemalettin. Es tut mir sehr leid.«

»Hm.«

Im nächsten Moment zerriss plötzlich ein Krachen die Stille der Nacht und das große Holztor des Kahramanschen Anwesens flog auf. Der Hauptmann und sein sonderbarer Begleiter zuckten erschreckt zusammen.

»Oh!«

Nazlı Kahraman wirkte betrunken, als sie leicht schwankend vor ihnen stand. Sie war nur mit einem wallenden Spitzennachthemd bekleidet und hatte ein knallrosa Tuch um den Kopf gewickelt. Wortlos rauchte sie zunächst weiter, während die beiden Männer sie durch das Schneegestöber anstarrten.

»Nazlı Hanım?«

»Ich hab Sie reden gehört«, sagte sie in einem Ton, der eher verträumt als betrunken klang.

»Ich bringe Kemalettin heim, Hanım«, entgegnete der Hauptmann.

»In das leere Haus?«

»Was soll ich machen?« Altay breitete hilflos die Arme aus. »Ich habe versucht, ihn bei seinen Verwandten unterzubringen, aber die weigern sich, ihn aufzunehmen. Also bleibt mir nichts anderes übrig.«

Nazlı Kahraman seufzte.

»Gute Nacht, Hanım«, sagte Salman und wandte sich ab. Es war so kalt und er war so müde, dass er nur noch eines wollte – wenigstens für ein paar Stunden nach Hause ins Bett.

Doch ehe er sich in Bewegung setzen konnte, sagte Nazlı Kahraman: »Kemalettin kann hier bleiben. In so einer Situation darf man ihn nicht allein lassen.«

Salman runzelte die Stirn. »Hanım, Sie waren doch selbst bei Menşure Hanım und haben gehört, was …«

»Sicher, er hat meinem Vater Hörner aufgesetzt.« Sie zog noch einmal an ihrer Zigarette und drückte den Stummel dann mit ihrem rosa Flauschpantoffel im Schnee aus. »Aber er und Aysu waren jung und mein Vater hätte das Mädchen nie heiraten dürfen. Wissen Sie, mein Vater war kein besonders netter Kerl. Er hat Aysu zwar nicht umgebracht und ist genau wie Kemalettin zu Unrecht beschuldigt worden, aber ein guter Mensch war er nicht.«

»Hanım …«

»Ich war ihm nie genug.« Sie winkte Kemalettin mit ausgestreckter Hand zu sich. »Ich habe ihn angebetet, aber ich war nun mal nur ein Mädchen, und das reichte ihm nicht. Mein Vater wollte einen Sohn, und zwar einen perfekten.«

»Ich bin nicht perfekt«, sagte Kemalettin und stapfte durch den dicken Schnee auf sie zu. »Meine Mutter sagt immer, ich bin gestört.«

»Deswegen bist du aber noch lange kein schlechter Mensch«, sagte Nazlı Kahraman.

»Sind Sie auch ganz sicher, dass Sie ihn über Nacht aufnehmen wollen, Hanım?«, fragte Salman, als Kemalettin bereits neben der alten Dame zwischen den wuchtigen Holzpfosten des Hoftors stand.

»Wenn Sie glauben, ich würde an diesem armen Teufel Rache nehmen, können Sie beruhigt sein. Ihm geschieht nichts, versprochen.«

Der Hauptmann wollte sich gerade verabschieden, als Nazlı Kahraman sagte: »Einer muss damit anfangen, die Wunden dieses Dorfes zu heilen. Und weil – oder obwohl – ich von allen hier das meiste Geld habe, sollte ich wahrscheinlich den Anfang machen. Möglicherweise wäre ja manches nicht geschehen, wenn ich mich mehr um andere gekümmert, mit Aysu geredet oder Baha Ermis ein ordentliches Gehalt gezahlt hätte. Gute Nacht, Hauptmann Salman.«

Damit legte sie Kemalettin eine Hand auf die Schulter, zog das Tor hinter sich zu und stapfte zurück zu ihrem Haus. Salman zündete sich eine Zigarette an und ging den Berg hinunter nach Hause, in der Hoffnung auf ein paar Stunden Schlaf.

22

Polizeipräsident Ardiç redete mehr mit sich selbst als mit Mehmet Süleyman. »Wir leben in einer furchtbaren Zeit«, sagte er und klemmte sich eine kalte Zigarre zwischen die Lippen. »Doch wenn es Allahs Wille ist, dass wir so leiden sollen ...«

Süleyman, der noch immer vor dem Schreibtisch seines Vorgesetzten stand, schwieg.

Einen Moment lang sah Ardiç stumm zu ihm auf, dann sagte er: »Nun setzen Sie sich doch!«

Süleyman nahm Platz und wartete darauf, dass sein Chef als Erster das Thema anschnitt, über das sie nun wohl oder übel reden mussten.

»Ihnen ist sicher klar, dass ich versucht habe, Sie vor Mürsel Bey und dem, was Leute wie er tun, zu schützen«, eröffnete Ardiç leicht widerwillig das Gespräch.

»Ja, Herr Polizeipräsident.«

»Aber Sie«, fügte er achselzuckend hinzu, »sind Ihre eigenen Wege gegangen. Also müssen wir nun beide aktiv mit Mürsel zusammenarbeiten und ...«

»Soweit ich ihn verstanden habe, sollen wir ihm unsere Informationen zukommen lassen, erhalten umgekehrt aber keine.«

»Richtig«, sagte Ardiç.

»Also wird der MIT ...«

»Wir wollen keine Namen nennen, von denen wir nichts verstehen«, unterbrach Ardiç ihn. Süleyman kam es vor wie ein eisiges Echo von Mürsels Worten. »Sie wissen nicht, für wen Mürsel arbeitet, und ich dürfte es Ihnen auch dann nicht sagen, wenn ich es selbst wüsste. Das sehen Sie doch ein, oder?«

Süleyman war zwar anderer Meinung, stimmte aber um des lieben Friedens willen zu.

»Sie arbeiten also weiter an dem Fall – warum, hat Mürsel Ihnen sicher schon erklärt«, führte Ardiç aus. »Aber er und seine Leute werden, genau wie beim letzten Verbrechen des Spanners, vor unseren eigenen Spezialisten Zugang zu Leichen und relevantem Beweismaterial haben.«

»Aber Herr Polizeipräsident, wie sollen wir denn jemanden wie Dr. Sarkissian vom Tatort fernhalten? Letztes Mal mit Dr. Mardin ...«

»Das letzte Mal war ein Fehler, ein Riesenchaos, für das ich die volle Verantwortung übernehme«, räumte Ardiç ein, senkte den Blick und fixierte die glänzende Oberfläche seines Schreibtischs. »Zukünftig wird die Arbeit nur noch von Mürsels Team erledigt. Sarkissian und der Leiter der Spurensicherung erfahren gerade so viel, wie sie wissen müssen. So etwas wie am Samstag wird nicht wieder vorkommen. Samstag ist einfach eine Menge passiert ...«

Süleyman schwieg. Ja, am Samstag war einiges passiert. In den beiden größten und ehrwürdigsten Synagogen der Stadt und in ihrem jeweiligen Umfeld waren viele Menschen ums Leben gekommen.

»Berekiah Cohen ...«

»... ist auf dem Weg der Besserung.«

Ardiç nickte. »Gut. İkmen war sicher sehr beunruhigt. Es gefällt mir nicht, wenn meine Mitarbeiter Sorgen haben.«

Süleyman musste insgeheim lächeln. Ardiç gab sich gerne hart und herzlos und tat immer, als besäße er weder Feinsinn noch Humor. Aber hin und wieder blitzte in ihm so etwas wie ein Funken Verständnis für seine Mitarbeiter auf. İkmen war sogar der Meinung, Ardiç zeige mehr Sympathie für seine Leute als für seine eigene Familie – schließlich sprach er nur selten von seinen Angehörigen, und wenn, dann meist ziemlich entnervt.

»Mutterseelenallein in der Wildnis Kappadokiens.« Ardiç schüttelte verständnislos den Kopf. »Ich wäre ernsthaft wütend gewesen, wenn İkmen da draußen umgekommen wäre! Erst sagt er, er fährt nur der Familie wegen hin, und dann lässt er sich in irgendeinen uralten Mordfall verwickeln. Ich nehme an, Sie ...«

»Nein, darüber weiß ich nichts«, versicherte Süleyman. Und das stimmte sogar weitgehend, denn seit seiner Abreise hatte er nicht mehr mit İkmen gesprochen. Er hatte auch nur eine sehr vage Vorstellung von dem, was seinem Freund widerfahren war, ganz zu schweigen von dem Warum. »Haben Sie eine Ahnung, wann Inspektor İkmen zurückkommt?«

Ardiç verzog das Gesicht. »Sie wissen ja, wie es im Winter da draußen aussieht«, seufzte er. »Schnee, Schnee und nochmals Schnee. Sobald das Wetter sich bessert, machen İkmen und Dr. Sarkissian sich auf den Heimweg, doch bis dahin ...« Er zuckte die Achseln. »Offenbar hat er einen Inspektor aus Nevşehir wegen versuchten Mordes verhaften lassen. Als Nächstes wollen diese Höhlenbewohner bestimmt, dass er bei ihnen mal richtig aufräumt!« Er lachte, doch es klang ziemlich freudlos. »Wenn Sie mich fragen, sollten Polizisten lieber in ihren Heimatorten bleiben. Wir in Istanbul sind aus einem anderen Holz geschnitzt und niemand versteht uns so, wie wir selbst uns verstehen.« Er schaute Süleyman durchdringend an. »Wie macht sich İzzet Melik?«

Süleyman wog seine Antwort sorgsam ab. Im Zusammenhang mit der Beweismittelmanipulation, auf die sein Assistent und Dr. Mardin gestoßen waren, hatte sich der Mann aus Izmir als ehrlich und vertrauenswürdig erwiesen. Ansonsten war er aber sich selbst treu geblieben: oberflächlich, unkultiviert und unbelehrbar. Süleyman nahm an, dass er sich auch in Zukunft hin und wieder über ihn aufregen würde: Schon allein die Art, wie Melik ein Sandwich aß, stieß ihn ab. Andererseits sprach er italienisch und er hatte mit Süleyman an Berekiahs Krankenbett gesessen und dem jungen Juden von der kleinen Synagoge in Izmir erzählt und von all seinen Freunden, die dort regelmäßig beteten.

»Früher oder später wird er es schaffen«, beantwortete Süleyman schließlich die Frage seines Vorgesetzten.

Ardiç nickte weise und deutete ein Lächeln an. »Gut.«

Kurz vor dem Morgengrauen hatte es endlich aufgehört zu schneien. Trotz der Aussicht auf einen weiteren Fastentag standen die Einwohner von Muratpaşa deshalb gut gelaunt auf – zumindest die meisten. İkmen konnte es kaum erwarten, nach Istanbul zurückzukehren. Zwar hatte er mit seiner Frau, mit seiner Tochter Hülya und seinem Sohn Orhan telefoniert, aber das genügte ihm nicht; er wollte bei ihnen sein.

Erst musste er jedoch noch zu Protokoll geben, was ihm zugestoßen war; deshalb machte er sich nach dem Frühstück zu der winzigen Polizeiwache am Rand des Dorfes auf. Die drei jungen Jandarma, die sich nicht bei den Arrestzellen im hinteren Teil des Gebäudes aufhielten, begrüßten ihn herzlich, ebenso wie Altay Salman, der gegen Mittag eintraf. Die Straßen seien allmählich wieder passierbar, berichtete er, und die Polizei in Nevşehir brenne darauf, die vier Häftlinge in die dortige Polizeiwache zu überführen. Ein Fahrzeug sei offenbar schon unterwegs. Einer der jungen Beamten überbrachte die Neuigkeit auch den Häftlingen. Als er zurückkam, bestellte er İkmen von Nalan Senar, sie wolle ihn gern unter vier Augen sprechen, ehe man sie nach Nevşehir bringe.

»Sie müssen nicht mit ihr reden, wenn Sie nicht möchten«, meinte Ferhat, der Neffe von Hauptmann Salman. »Ehrlich gesagt, wäre es auch etwas umständlich, denn wenn Sie allein mit ihr reden wollen, müssen wir die Männer erst alle hierherholen.«

Doch wie zu erwarten war İkmens Neugier geweckt. Außerdem gingen ihm noch ein paar Fragen zum Fall Aysu Alkaya durch den Kopf, die er unmittelbar nach seiner Rettung nicht hatte stellen können. Daher bat er Ferhat und seine Kollegen, die Männer aus ihren Zellen zu holen, und ging anschließend allein nach hinten zu Nalan Senar.

»Sie haben ganz rote Augen, Nalan Hanım«, bemerkte er und setzte sich auf einen kleinen Stuhl gegenüber der verhüllten Frau.

»Es ist kalt und ich habe nicht geschlafen.«

İkmen zuckte die Achseln. »Das hier ist eine Zelle, Nalan Hanım, keine Pension.«

»Das weiß ich selbst!«, fauchte sie. »Ich weiß …«

»Was wollen Sie denn von mir, Nalan Hanım?«, fragte İkmen, holte seine Zigaretten hervor und zündete sich eine an. »Wollen Sie sich vielleicht dafür entschuldigen, dass Sie versucht haben, mich umzubringen?«

»Ich habe nicht versucht, Sie umzubringen, Inspektor«, widersprach sie. »Es ist doch Ramadan. Ich habe Sie gerettet und auch die Seelen derjenigen, die Ihren Tod wünschten.«

»Ich wäre fast erfroren und das wissen Sie.«

»Ich habe Sie nie da hineinziehen wollen.« Sie zuckte die Achseln. »Das war einfach Pech.«

»All das Blut wurde also nur um der Ehre Ihrer Familie willen vergossen …«

»Es ging nicht nur darum«, sagte sie. »Ich hatte Angst vor Ziya Bey und seiner Rache, wenn er gemerkt hätte, was Kemalettin mit Aysu trieb. Aber da war noch was anderes.« Sie blickte auf und sah İkmen direkt an. »Etwas, was ich außer Turgut bisher keiner Menschenseele erzählt habe.«

»Etwas, von dem Sie möchten, dass ich es für mich behalte?«

Unbehaglich rutschte sie auf ihrer schmalen Pritsche hin und her. »Ja ...«

»Ich weiß nicht, ob ich das kann«, sagte İkmen. »Aber ...«

»Inspektor, Sie wissen, dass es um mehr ging als nur um die Ehre meiner Familie, nicht wahr?«

İkmen nahm einen tiefen Zug von seiner Zigarette. »Ich vermute es, ja.«

»Was ich Ihnen erzählen will, ändert nichts an dem, was geschehen wird. Man wird mich trotzdem für meine Taten bestrafen; damit habe ich mich abgefunden.«

»Warum wollen Sie es mir dann sagen?«

Sie seufzte. »Weil Sie nicht von hier sind und ich es jemandem anvertrauen muss. Und für Sie ist es vielleicht hilfreich. Was Sie durchmachen mussten, geschah meiner Meinung nach nicht aus einem banalen Grund.«

Er zuckte die Achseln. »Dann schießen Sie los.«

»Werden Sie mein Geheimnis denn für sich behalten? Sie ...«

»Ich höre mir an, was Sie zu sagen haben, Hanım, und entscheide anschließend«, erklärte İkmen.

Einen Moment lang schien sie zu überlegen, was er damit meinen könnte. Dann sagte sie: »Also gut. Kemalettin ist nicht Tatars Sohn. Turgut war nicht der Einzige, der sich mit Sergeant Lavell angefreundet hatte. Als meine jugendliche Schönheit schwand, hat mein Mann mich meistens zurückgewiesen. Später nannte er mich sogar ›Tochter des Irren‹ und lief zu den Huren nach Kayseri und Nevşehir.«

»Ja, aber Turgut ...«

»Er ist der Einzige, der davon weiß«, erklärte Nalan. »Ich musste es ihm sagen, als Aysu von Kemalettin schwanger wurde.«

»Warum das?«

»Wegen der Hautfarbe!« Sie rang verlegen die Hände. »Als Kemalettin zur Welt kam, fiel mir ein Stein vom Herzen, weil er weiß war. Ich machte mir sogar jahrelang vor, er sei doch von meinem Mann, was auch hätte sein können. Als er aber größer wurde, bemerkte ich es – seine Locken, die Haare, die noch dunkler waren als die meines Vaters, die Gesichtszüge ... Und als dann Aysu schwanger wurde ... Damals ging ich wegen meines Mannes zu Dr. Ali. Tatar lag bereits im Sterben und der Doktor sagte, er wolle mich sprechen. Er meinte, da ich ja bald allein sein würde, sollte ich doch überlegen, mich auf die Krankheit testen zu lassen, an der mein Vater vermutlich gestorben sei. Für mich war der Schock nicht ganz so schlimm, wie er wahrscheinlich befürchtet hatte.«

İkmen erinnerte sich an sein Gespräch mit Dr. Ali. »Chorea Huntington.«

»Ja, woher ...?« Verblüfft starrte sie ihn an.

»Erzählen Sie bitte weiter.« Es war kalt, und obwohl er zufrieden feststellte, dass hier tatsächlich mehr auf dem Spiel stand als einfach nur die Familienehre, machten ihn die Nachwirkungen der jüngsten Strapazen und die Undurchschaubarkeit mancher zwischenmenschlicher Beziehungen regelrecht krank.

»Der Bruder meines Vaters ist auf die gleiche Weise gestorben, und ...« Nalan schluckte. »Ich wollte den Test nicht machen. Aber Dr. Ali erklärte mir, wie sich diese Dinge vererben und dass bestimmte körperliche Merkmale oder Krankheiten in einer Familie plötzlich wieder auftreten können. Wie ein Fluch, so als würde Allah seine gerechte Strafe vollstrecken. Als dann Aysu schwanger wurde ...«

»... befürchteten Sie, das Kind könnte dunkelhäutig sein. Sie hatten Angst, Ihr Seitensprung käme nun ans Tageslicht.«

Sie blickte zu Boden. »Ja.«

»Mich wundert, dass Turgut Ihnen geholfen hat«, wandte

İkmen ein. »Brachte er damit nicht Schande über seinen Vater?«

»Wenn Tatar oder seine Familie es je herausgefunden hätten, hätten sie mich umgebracht und meine Söhne enterbt. Selbst Turguts Stellung in der Familie hätte auf dem Spiel gestanden. Er wäre der Sohn einer Ehebrecherin gewesen. Turgut hat immer schon praktisch gedacht. Er liebt mich nicht und er ist mit seiner Familie aus meinem Haus ausgezogen, um von mir und meinem Bastard wegzukommen.« Sie schaute mit Tränen in den Augen zu ihm auf. »Und was meinen Sie wohl, warum er sich Sergeant Lavells Tochter genähert hat? Nur um es mir heimzuzahlen! Turgut und mir war schon vor Jahren ihr Name aufgefallen, aber da sie weiß war, dachten wir, sie kann unmöglich Lavells Tochter sein. Als Turgut dann das Foto von Dolores' Vater sah, wusste er Bescheid. Also hat er sich an mir gerächt, indem er mir zeigte, dass auch er Ausländer verführen kann. Sogar die Schwester seines eigenen Bruders!«

»Halbschwester.«

»Ja, ja, ich weiß.«

Doch als der arme, unbedarfte Kemalettin dann vor Dolores zu masturbieren versucht hatte, war Turgut vor Wut und Ärger über das bestürzend inzestuöse, wenn auch unbewusste Handeln seines Bruders explodiert.

»Haben Sie bei dem Mord an Aysu denn nicht daran gedacht, dass Kemalettin auch später noch Frauen begehren oder vielleicht sogar heiraten würde? Was hätten Sie dann getan?«

Nalan zuckte die Achseln. »Damals war es mir nicht klar. Nach Aysus Tod war Kemalettin sehr deprimiert.« Sie sah auf. »Und auch sehr seltsam. Wie mein Vater.«

»Und deshalb ließen Sie ihn auf Chorea Huntington untersuchen?«

»Ja.«

»Mit positivem Befund, richtig?«

»Ja. Seine Schwester, die Amerikanerin, hat es allerdings nicht.«

»Natürlich nicht, Hanım, wenn es doch von Ihrem Vater vererbt wurde.« İkmen runzelte die Stirn.

»Aber auch von ihrem«, erklärte sie. »Sergeant Lavell und ich haben uns durch Turgut kennen gelernt. Wir haben viel über meinen Vater geredet. Sergeant Lavell interessierte sich für ihn, weil er Ähnlichkeiten zwischen seiner und meiner Familie sah. Sein Vater und dessen Schwester hatten den Veitstanz, wie er es nannte.«

İkmen erinnerte sich auf einmal an das, was Dolores Lavell ihm über die Krankheit ihres Vaters erzählt hatte, und an Dr. Alis Erläuterungen.

»Turgut hat es nicht, aber Kemalettin ... irgendwann war das klar. Erst die Trauer und Verwirrtheit wegen Aysu und dann sein seltsames Benehmen, da war ich überzeugt, dass er nie heiraten würde. Mein Geheimnis war sicher, bis ...«

»... bis Aysu Alkaya wieder auftauchte und Ihnen keine Ruhe ließ«, ergänzte İkmen. »Warum haben Sie ihre Leiche nicht schon vor Jahren verbrannt?«

»Inspektor, wir sind Muslime, genau wie Sie. Sie wissen doch, dass wir unsere Toten nicht verbrennen. Es kommen zwar viele Fremde ins Tal der Mönche, aber die Höhle mit der Mumie ist sehr schwer zugänglich, und die abenteuerlustigsten Touristen hat Turgut immer an andere Orte geführt.«

»Wenn Sie doch so gute Muslime sind, warum brannte dann Aysus Leichnam, als ich nach dem Schlag auf den Kopf wieder zu mir kam?«

»Inspektor, das war Baha Ermis. Er ist hoffnungslos ungläubig!«

»Aber Sie haben ihn gewähren lassen!« Ikmen rückte dicht an die alte Frau heran und sah ihr ins Gesicht: »Bei

Allah, Nalan Hanım, Sie mussten wirklich viele Fehlschläge wegstecken! Erst taucht Aysu plötzlich fast unversehrt wieder auf. Ziya Kahraman hätte bestimmt von der konservierenden Wirkung der Höhle gewusst und diesen Fehler nicht gemacht. Aber Sie? Ihnen blieb nur noch eine Möglichkeit, um zu verhindern, dass die Leiche gerichtsmedizinisch untersucht wurde – sie musste restlos vernichtet werden. Das wussten Sie und Turgut genau! Ich hatte Sie ja geradezu darauf gestoßen und Erten natürlich auch. Dass Baha Ermis das Feuer angezündet hat, glaube ich Ihnen vielleicht noch, aber Sie haben ihn nicht daran gehindert, sondern sogar ermutigt!«

»Seine Seele ist nicht …«

»Ja, richtig, er ist schließlich nur ein raffgieriger kleiner Heide, nicht so ein aufrechter Mensch wie Sie!« İkmen trat seine Zigarette aus und zündete sich sofort die nächste an. »Wenn Sie glauben, dass Allah alles sieht, können Sie doch nicht annehmen, Ihr Betrug würde ihm entgehen!«

»Aber Aysu Alkaya war ein Flittchen!«

»Aysu Alkaya war wie Sie, Hanım, eine junge Frau, die von ihrem Mann nicht geliebt wurde und sich in einen netten Kerl verliebt hat. Allah, was für Familien, die Senars und die Kahramans!« Fassungslos schlug er sich mit der Hand vor die Stirn. »Ob Geld oder körperliche Merkmale, alle redet ihr nur vom Vererben. Und lacht über Leute wie diesen Teppichhändler, der auf seinen Kelims schläft. Alle lacht ihr ihn aus und behauptet, seine Eltern seien Cousins gewesen. Ziya Kahraman, der reichste Mann im Dorf, wollte die perfekte Frau. War er noch ganz bei Trost? Wenn er sich solche Sorgen über Inzucht machte, warum hat er sich dann nicht eine Frau aus einem anderen Dorf genommen? Damals gab es hier sogar schon ein paar Touristinnen. Mit so viel Geld in der Tasche hätte er sich die perfekte Frau doch einfach aussuchen können, egal ob Türkin oder Touristin.«

»Ich weiß es nicht!« Nalan Senar begrub den Kopf in den Händen, um nicht in İkmens wütendes Gesicht sehen zu müssen. »Vielleicht ist es ja falsch, jemandem beizuwohnen, der nicht zu uns gehört. Schauen Sie mich an!«

»Sie waren schon verheiratet!«, schnaubte İkmen. »Und unglücklich. Wie es scheint, war Dolores' Vater ein netter Mensch ...«

»Ja, er war sehr nett! Er hat Turgut so viele Dinge geschenkt.« Sie schaute wieder hoch und sah ihn an. »Einmal, als Tatar in Kayseri war, kam Sergeant Lavell zu Besuch und brachte Turgut im Hof das Schießen bei. Als Turgut dann zu Freunden spielen ging, kam er ins Haus. Ich gab ihm ein Glas Wasser. Wir ... waren einander schon vorher aufgefallen. Es ging alles so schnell, beinahe ohne mein Zutun. Ich habe ihn geliebt ... Möge Allah mir vergeben!« Sie blickte wieder zu Boden.

İkmen , der sich nach seinem Gefühlsausbruch etwas beruhigt hatte, meinte nur: »Ja, ich glaube Ihnen, dass Sie ihn geliebt haben. Sie haben viel riskiert. Es tut mir leid.«

Nalan Senar schaute erneut auf. »Es war ein furchtbarer, furchtbarer Fehler ...«

»Verraten Sie mir eins, Hanım«, hakte İkmen nach, »weiß Dolores Lavell davon?«

»Um Himmels willen, nein!«

»Ich frage Sie deshalb, weil ich weiß, dass Dolores keine Angehörigen hat. Wenn sie erführe, dass sie einen Bruder hat ...«

»Kemalettin?« Nalan schüttelte den Kopf. »Den will keiner. Mein Sohn ist verrückt und sein Zustand kann nicht mehr besser, sondern nur noch schlimmer werden.«

»Ich finde, Dolores Lavell sollte das selbst entscheiden«, wandte İkmen ein.

»Wenn man es der Amerikanerin sagt, muss man es auch Kemalettin sagen. Nein, nein, er darf es nie erfahren.« Sie sah den Inspektor scharf an. »Er hat seinen Vater geliebt, Tatar meine ich. Und er liebt mich und seinen Bruder. Reißen Sie uns nicht aus seinem Leben, behalten Sie es für sich, ihm zuliebe.«

Die alte Frau beugte sich flehend vor, aber İkmen schüttelte nur traurig den Kopf. »Ich weiß nicht. Ich weiß es wirklich nicht.«

»Sie dürfen niemandem davon erzählen«, beharrte Nalan Senar. »Hören Sie, wenn es Ihnen um Geld geht, kann ich Sie für Ihr Schweigen bezahlen. Ich habe noch …«

»Ich will Ihr Geld nicht!« Instinktiv rückte İkmen von ihr ab.

»Oder …«

İkmen sprang auf. »Ich muss hier raus«, sagte er. »Ich muss weg von hier, zurück in meine eigene Welt.«

»Ja, aber Sie dürfen auf keinen Fall …«

»Sie …«, der Inspektor zeigte barsch mit dem Finger auf Nalan, »… werden jetzt einige Zeit raten müssen, ob ich Ihr Geheimnis bewahre oder nicht. Das ist meine persönliche Strafe für Sie«, fügte er zornig hinzu.

»Wofür?«

»Dafür, dass Sie versucht haben, mich umzubringen«, rief İkmen, während er mit der Faust gegen die Tür hämmerte, um einen der Jandarma aus der Wachstube herbeizurufen. »Vor allem aber, weil meine Frau und meine Kinder sich solche Sorgen machen mussten. Mein Schwiegersohn ist bei einem Anschlag in Istanbul schwer verletzt worden; sie hatten also schon genug Kummer. Wie konnten Sie nur …«

»Ich wollte nur die Ehre meiner Familie retten!«

»Und das Geld der Senars behalten.« Die Tür wurde geöffnet und İkmen verließ den Raum. Doch dann drehte er sich noch einmal zu der Frau um, die zusammengesunken auf ihrer Pritsche saß. »Übrigens, ich habe auch ein Geheimnis. Und das werde ich allen verraten, sogar Ihnen.«

»Was meinen Sie damit?«

»Ich wusste gar nicht, wer Aysu Alkaya getötet hat, als ich Sie alle gestern mit meinem detektivischen Spürsinn verblüfft habe. Ich hatte einfach nur gehofft, jemand würde sich verraten oder aufgeben. Sich sozusagen selbst ans Messer liefern.«

Der Jandarma zog die Tür zu und verriegelte sie.

23

»Jak!«

Mehmet Süleyman schloss die kleine, dunkle Gestalt, die vor ihm stand, fest und beinahe dankbar in die Arme. Obwohl Jak Cohen wesentlich gepflegter und wesentlich gesünder wirkte als sein Bruder Balthasar, sah er ihm erstaunlich ähnlich.

»Mehmet«, sagte Jak in merkwürdig englisch eingefärbtem Türkisch, »schön, dich wiederzusehen, wenn auch unter so traurigen Umständen.«

»Jak, ich …«

»Oh Jak, Gott sei Dank!« Estelle, die zwischen Mehmet und Zelfa Süleyman in der Ankunftshalle gewartet hatte, warf sich ihrem Schwager in die Arme und begann, hysterisch zu schluchzen.

»Es war wirklich nett von Leon, Estelle und Balthasar in seiner Wohnung aufzunehmen«, erklärte Mehmet. »Aber du kennst ja Leon …«

»Verstehe«, sagte Jak und streichelte Estelle übers Haar. »Keine Sorge, Mehmet, ich kümmere mich darum.«

Mehmet nickte und nahm erleichtert die Hand seiner Frau. »Wir sind mit dem Wagen hier. Wollen wir los?«

»Okay.«

Die Süleymans gingen vorneweg. Hinter ihnen unterhielten Jak und Estelle sich in einer Sprache, die Mehmet als Ladino erkannte, die alte Sprache von Istanbuls sephardischen Juden. Er musste lächeln. Fast automatisch verfielen die meisten Menschen in schwierigen Situationen in die Sprache ihrer Kindheit. Auch Leidenschaft konnte die Muttersprache wieder hervorholen. So sprach Zelfa, wenn sie sich liebten, stets nur Englisch. Beim Gedanken daran, dass sie das vor nicht einmal vierundzwanzig Stunden zuletzt getan hatte, drückte er zärtlich ihre Hand.

»Was ist?« Sie schaute ihn fragend an.

Er lächelte. »Ach, nichts, ich bin einfach nur glücklich. Weil wir beide, wie soll ich sagen, zusammen sind ...«

»Verheiratet«, meinte sie. »Ich würde es als verheiratet bezeichnen, oder?«

»Nun ja, das hoffe ich.«

»Komm, wir bringen die Cohens nach Hause, fahren heim und gehen früh ins Bett.« Sie grinste. »Papa spielt heute Abend Bridge in seinem Club und Yusuf ist bei deinem Bruder ...«

Mehmet legte einen Arm um Zelfas Taille und zog sie an sich. Die Flughafentür öffnete sich leise und die Süleymans blieben kurz stehen, um sich zu vergewissern, dass Jak und Estelle noch hinter ihnen waren. Inzwischen war es dunkel geworden und die ohnehin verwirrte Estelle würde das Auto auf dem Parkplatz sicher nicht allein wiederfinden. Das Ehepaar wartete also, bis Yak und seine Schwägerin sie eingeholt hatten.

»Morgen machen Çetin und Dr. Sarkissian sich auf den Heimweg«, sagte Mehmet. »Sie brechen in aller Frühe in Muratpaşa auf.«

»Du kannst es bestimmt kaum erwarten, dass er zurückkommt, oder?«

Er küsste sie sanft auf den Mund. »Ja, ich habe ihn wirklich vermisst.«

Zelfa lächelte. Es war ein zweischneidiges Schwert, Mehmet wieder in ihrem Leben zu haben. Sie wusste nicht immer, wo er steckte, geschweige denn, woran er dachte. Doch sie musste zugeben, dass er sich inzwischen wenigstens Mühe gab, aufmerksamer zu sein. Außerdem spürte sie, dass ihn wegen seines noch nicht abgeschlossenen Falles tiefe Selbstzweifel plagten. Und die Dinge, die er bei der Explosion an der Neve-Şalom-Synagoge erlebt hatte, verfolgten ihn nach wie vor. Als Psychologin wie als liebende Ehefrau begriff sie, dass das auch noch eine Weile so bleiben würde. Berekiah war schwer verletzt worden, die Cohens standen unter Schock, viele Unschuldige waren ums Leben gekommen. Mehmet würde sicher noch lange zornig sein und unter Alpträumen leiden.

Doch zumindest kehrte İkmen nun bald von dieser doch sehr mysteriösen Kappadokienreise zurück. Mehmet hatte lange und sehr erregt mit ihm telefoniert, aber Zelfa wusste nur wenig über die genaueren Umstände. Jedenfalls freute sie sich, dass der Freund ihres Ehemanns zurückkam und Mehmet sich bald wieder etwas sicherer fühlen würde. Denn Süleyman vertraute in vielerlei Hinsicht auf İkmen, eine Tatsache, der sich der ältere Inspektor wahrscheinlich gar nicht bewusst war. Mehmets Selbstbild und sein Selbstvertrauen schienen sehr eng mit İkmens Ansichten und Meinungen verknüpft zu sein. Zelfa schaute ihren Mann von der Seite an und dachte daran, wie gut es Yusuf tat, dass sein Vater wieder eine Rolle in seinem Leben spielte. Der Junge schlief jetzt viel besser. Und was sie selbst betraf, so wusste sie, dass sie ihren Mann liebte, ungeachtet aller Bedenken. Natürlich würde sie ihn manchmal auch hassen. Als er mit einer anderen Frau geschlafen hatte, hatte sie ihn verabscheut. Doch jetzt liebte sie ihn wieder, sein Lächeln, seine Stärke, seine unendliche Großzügigkeit. Außerdem war er – und bei dem Gedanken hätte sie beinahe laut losgelacht – verdammt gut im Bett.

Als die Cohens sie eingeholt hatten, legte Mehmet einen Arm um Estelles Schulter und führte Jak und »seine« beiden Frauen nach draußen zum Wagen.

Es waren viele Leute gekommen, um sich von dem Inspektor aus Istanbul und den zwei Armeniern zu verabschieden. Altay Salman schien besonders traurig, dass seine Freunde aus der »Zivilisation« nun wieder in die Großstadt zurückkehrten, und Rachelle Jones vergoss sogar ein paar Tränen.

»Ohne euch Jungs wird es hier ganz schön still werden«, sagte sie und umfasste liebevoll İkmens Hände.

İkmen lächelte. Zumindest was die nächste Zeit anging, dürfte sie recht behalten. Sobald die Senars allerdings vor Gericht kämen, würden sicher etliche Medienleute aufkreuzen, um den Fall zur Sensation aufzubauschen.

»Ich habe euch Börek und Pide eingepackt«, erklärte Menşure und drückte İkmen eine gigantische Plastiktüte in die Hand. »Wenn ihr unterwegs Pause macht, seid ihr wenigstens nicht auf das grauenhafte, unhygienische Essen irgendwelcher Restaurants angewiesen.«

»Danke, Menşure.«

İkmen trat einen Schritt vor, um seine Cousine zum Abschied zu küssen. Sie wich ihm jedoch aus und deutete mit dem Kopf nach unten: »Verabschiedet euch erst mal von Kismet.«

İkmen und Arto Sarkissian blickten ebenfalls zu Boden.

»Auf Wiedersehen«, sagte İkmen. Der Pathologe winkte dem Kater zu, wobei ihm der Abscheu jedoch ins Gesicht geschrieben stand. Kismet schenkte den beiden ein breites hämisches Grinsen.

»Also, Inspektor, jetzt ist es wohl so weit«, rief eine gut gelaunte Stimme auf Englisch.

»Tom!« Beim Gedanken an den Abschied von Tom Chambers krampfte sich İkmens Magen zusammen. Der junge Mann war ihm sehr ans Herz gewachsen; schließlich bildete er so etwas wie eine greifbare, lebendige Erinnerung an Alison. Er umarmte den Engländer und klopfte ihm auf die Schulter. »Und, was haben Sie jetzt vor?«

Tom befreite sich sanft aus İkmens Umarmung und deutete auf die beiden Frauen an seiner Seite. »Emily, Dolores und ich bleiben noch eine Weile hier und dann fahren wir zusammen in den Süden.«

»Ein bisschen Sonne tanken, ehe der Winter richtig zuschlägt«, fügte Emily Bronstein hinzu, während sie erst İkmen und dann den beiden Armeniern die Hand schüttelte. »Schade, dass Sie nicht mit von der Partie sind, Inspektor.«

»Das finde ich auch.« Lächelnd wandte İkmen sich an Dolores Lavell. »Und Sie, Miss Lavell, freuen sich auch auf ein paar Sonnenstrahlen?«

»Ja.« Sie nahm seine Hand. »Nochmals vielen Dank, Inspektor.«

»Dolores kommt anschließend wieder hierher zurück, nicht wahr?«, sagte Tom.

»Ja.«

»Sie will sehen, was sie für Kemalettin tun kann, den armen Kerl«, erklärte Tom. »Anscheinend hat er die gleiche Krankheit wie damals ihr Vater.«

»Stimmt genau«, sagte sie und schaute İkmen dabei tief in die Augen.

»Zufälle gibt's«, meinte Tom.

Doch Dolores Lavell wusste genau wie Çetin İkmen, dass es alles andere als ein Zufall war. Der Inspektor hatte ihr von Kemalettin und seiner Verwandtschaft mit ihr erzählt. Die Nachricht hatte sie zunächst schockiert, wenn auch nicht sonderlich überrascht. Schließlich war ihr Vater in jungen Jahren ein ziemlicher Frauenheld gewesen.

»Ich werde für Kemalettin alles tun, was in meiner Macht steht. Vielleicht nehme ich ihn sogar mit in die Staaten. Wer weiß, welche medizinischen Möglichkeiten es heutzutage gibt«, flüsterte sie und küsste İkmen auf die Wange. »Und seien Sie beruhigt, er wird nie erfahren, wer ich bin.«

Aus verschiedenen Gründen, aber hauptsächlich Kemalettin zuliebe, hatte İkmen beschlossen, dass außer Dolores Lavell niemand von Nalan Senars Schande erfahren sollte. Überraschenderweise hatte Nazlı Kahraman den ehemaligen Rivalen ihres Vaters bei sich aufgenommen, und mit seinem kindlichen Gemüt schien er sich bei der alten Frau und ihrem gemächlichen jungen Ehemann wohl zu fühlen. Geheilt werden würde er nie und letztlich würde er an der Krankheit sterben, doch zumindest hatte er Gesellschaft, und dank Dolores Lavell würde er die denkbar beste Pflege erhalten. Das hatte sie ihm und İkmen versprochen.

»Çetin, komm jetzt«, rief Arto, während er sich auf den Fahrersitz seines schwarzen Mercedes zwängte. »Atom!«

Der junge Armenier, der sich auf der Straße gegenüber dem Hotel mit Ferdinand Müller unterhielt, bedeutete ihm, noch einen Augenblick zu warten.

»Also dann …«, seufzte İkmen und blickte in die inzwischen vertrauten Gesichter um ihn herum.

»Ich danke Ihnen!«, rief eine brüchige Stimme, die İkmen nicht mehr gehört hatte, seit er das Dorf zwecks Aufklärung des Falls versammelt hatte.

İkmen drehte sich um. »Haldun Bey!«

»Danke, dass Sie herausgefunden haben, wer meine Tochter getötet hat, Çetin Bey.«

»Es tut mir nur leid, dass Sie sie noch nicht beerdigen können, Haldun Bey. Aber sobald die Gerichtsmediziner ihre Arbeit erledigt haben, sorge ich dafür, dass Sie sie zurückbekommen«, versicherte İkmen.

Ursprünglich hatte Arto Sarkissian den Leichnam Aysu Alkayas im Wagen nach Istanbul bringen sollen. Da er sich jedoch inzwischen in einem derart kritischen Zustand befand, dass ein Transport zu Lande nicht mehr möglich war, würde er am nächsten Tag mit dem Flugzeug von Kayseri aus nach Istanbul gebracht werden.

»Ich wusste, dass Sie mit der DNA den Mörder meiner

Tochter finden würden«, fuhr Haldun Alkaya fort. »Es war vorherbestimmt.«

İkmen nahm die Hand des Alten und führte sie ehrerbietig erst an die Lippen, dann an die Stirn. »Haldun Bey, es war mir eine Ehre, Sie kennen zu lernen.«

Dann verabschiedete İkmen sich ein weiteres Mal von allen Anwesenden und ging zu Artos Wagen. Plötzlich fiel ihm noch etwas ein. Er machte auf dem Absatz kehrt und wandte sich erneut an Tom.

»Tom«, sagte er, etwas nervös, wie der Engländer bemerkte.

»Ja?«

»Könnten Sie mir einen Gefallen tun, wenn Sie wieder in England sind?«

»Kein Problem. Falls Sie gern mal zu Besuch kommen möchten, nur zu, Sie haben ja meine Adresse.«

»Oh danke, das wäre sicher sehr schön, aber ...« İkmen schluckte und beobachtete, wie Atom Boghosian in den Wagen stieg. »Könnten Sie nach Guildford fahren und Blumen für mich auf Alisons Grab legen? Ich würde es gern selbst tun, aber ...«

»Natürlich.« Tom umarmte İkmen ein letztes Mal und drückte ihn an sich. »Blumen hat sie immer geliebt ... und Sie natürlich.«

İkmen stieg eilig in Artos Wagen und wischte sich mit dem Ärmel seines Jacketts die verräterisch feuchten Augen. Schneematsch spritzte von der Straße hoch, als sie Muratpaşa verließen. İkmen schaute sich noch einmal nach den bizarren phallischen Felsformationen und nach den Menschen um, die gekleidet waren wie zu biblischen Zeiten. Uralte Fehden um Ehre und eingebildete oder reale Verletzungen konnten an Orten wie diesem eine unvorstellbar große Bedeutung annehmen. İkmen ließ sich in die Polster der bequemen Rückbank sinken und fragte sich, was wohl aus dem herrlichen Fresko werden würde, das Tom und er in der Mumienhöhle gesehen hatten. Würde der Konservator aus Ankara auch ohne Ertens Zutun kommen, um es zu retten? Hoffentlich, dachte İkmen. Denn wie grausig die Ereignisse in der Höhle auch gewesen sein mochten, mit dem Wandbild hatte all das nichts zu tun gehabt. Was immer das Bildnis darstellte, es war wert, dass man es der Öffentlichkeit zugänglich machte.

Als der Wagen die Hügel hinauffuhr, deutete Arto Sarkissian plötzlich nach links in die karge Landschaft. »Großer Gott, was …«

İkmen schaute in die Richtung, in die Arto zeigte, und sah die einsame Gestalt einer Frau mit einem leuchtend bunten Poncho, die sich zur aufgehenden Sonne hin verneigte und sich dann langsam wieder aufrichtete.

»Ach, die Peruanerin«, sagte er beiläufig. »Sie betet den Sonnengott an.«

»Kennst du sie etwa?«

»Nein, nicht persönlich, aber ich habe so einiges über sie gehört.« İkmen nahm sich eine Zigarette, zündete sie an und meinte nachdenklich: »Das Landleben – exzentrisch, wild und tendenziell tödlich. Mir kann es gestohlen bleiben. Los, Arto, gib Gas!«

»Von mir aus …«

»Ich muss zurück nach Istanbul und Mehmet Süleyman in einer sehr vertrackten Angelegenheit helfen.« İkmen seufzte genüsslich, und nachdem er die Zigarette ausgedrückt hatte, nickte er ein und träumte von der großen Stadt am Bosporus, wo an jeder Ecke ein Verbrechen lauerte. Das war sein Zuhause, sein Istanbul.

Nachwort

Die Idee zu diesem Buch kam mir während einer Reise nach Kappadokien im November 2003. Eine meiner Freundinnen, die dort wohnt, wollte verreisen, und ich erklärte mich bereit, einen Monat lang auf Haus und Katzen aufzupassen. Es war ein sehr interessantes Erlebnis, zumal mein Aufenthalt größtenteils in die Zeit des islamischen Fastenmonats Ramadan fiel. In dieser Gegend zu leben und sie mit Einheimischen oder dort ansässigen Ausländern zu erkunden hat mir große Freude gemacht und mich viele neue Dinge gelehrt. Der Alltag in einem türkischen Dorf sieht ganz anders aus als in Istanbul: Alles geht wesentlich langsamer vonstatten und es ist sehr ruhig (vor allem dann, wenn man sich, wie ich, außerhalb der Touristensaison dort aufhält). Das Fasten ist eine sehr intensive Erfahrung, wie ich feststellen konnte, als ich versuchte, tagsüber nichts zu essen, nichts zu trinken und nicht zu rauchen. Auf jeden Fall richtet es den Geist auf höhere Dinge, was in der bizarren Landschaft Kappadokiens überaus verwirrend sein kann. Einige einsame Spaziergänge durch die Täler bescherten mir, auf nüchternen Magen, höchst außergewöhnliche Erlebnisse!

Während meines Kappadokien-Aufenthalts wurde ich immer sehr freundlich und zuvorkommend behandelt. Da ich in praktischen Dingen eher unbeholfen bin, half man mir beim Wechseln von Gasflaschen und auch beim Stromsparen, indem man mich immer sofort darauf aufmerksam machte, wenn bei mir mehr als eine Glühbirne brannte. Das Dorf, in dem ich vorübergehend wohnte, ist nicht das fiktive Muratpaşa. Allerdings weisen einige entlegenere

Dörfer, die ich besucht habe, mehr als nur eine vage Ähnlichkeit mit dem von mir erfundenen Ort auf. Abgelegene Dörfer in aller Welt dürften eine gewisse Ähnlichkeit mit Muratpaşa besitzen.

Zwar sind fast alle Figuren in diesem Krimi frei erfunden, doch manche Ereignisse entstammen der Realität. Die Bombenanschläge auf die Synagogen Neve Şalom und Beth Israel am 15. November 2003 und die Anschläge auf das britische Konsulat und die HSBC-Bank (allesamt in Istanbul) eine Woche später erschütterten das ganze Land. Der Umstand, dass einige meiner fiktiven Personen gegenüber der Neve-Şalom-Synagoge wohnen, ist reiner Zufall. Doch aus dieser Tatsache und auch wegen des Ausmaßes der Explosion musste ich das Neve-Şalom-Attentat zwangsläufig thematisieren. Vermutlich bin ich trotz allem dem Leiden nicht annähernd gerecht geworden, das an diesem Unglückstag seinen Anfang nahm, genauso wenig, wie ich angemessen den Heldenmut derjenigen beschreiben könnte, die sich um die Verletzten und Toten gekümmert haben – Ärzte, Sanitäter, Polizisten, Feuerwehrleute und Soldaten. Selbst im weit entfernten Kappadokien brachen Leute, die weder mit den Ereignissen selbst noch mit Istanbul irgendetwas zu tun hatten, beim Anblick der Bilder, die wir alle an diesen beiden schlimmen Wochenenden im Fernsehen sahen, in Tränen aus.

Wer sich nun fragt, welche Figur ich denn *nicht* erfunden habe, dem verrate ich gerne: Es ist Kismet, der Kater. Allerdings hat er in Wirklichkeit keinen rechten Besitzer und er konnte die Katzen, auf die ich aufpasste, gelegentlich ziemlich erschrecken. Aber ich kenne ihn und habe ihn immer mit größtem Respekt behandelt!

Danksagung

Dieses Buch hätte ohne die Unterstützung und die Anregungen der Menschen in Kappadokien niemals geschrieben werden können. Einheimische wie Zugezogene waren überaus großzügig und freundlich zu mir und dafür möchte ich ihnen von ganzem Herzen danken.

Zu besonderem Dank bin ich Ruth, Faruk, Jeyda und Hüseyin von *Tribal Collections* verpflichtet, für ihr unerschöpfliches Wissen über Kappadokien und ihre wundervolle Gesellschaft. Ruth danke ich darüber hinaus, dass sie sich die Zeit genommen hat, die Fahnen für mich Korrektur zu lesen. Zu meinen persönlichen Helden gehören außerdem Dawn und ihre Familie von der »Köse Pansiyon« sowie Ali von den Kelebeks, meinen Nachbarn während meines Aufenthalts im Land der Feenkamine.

Ein großer Dank geht auch an Pat, die den Roman ebenfalls Korrektur gelesen und viele hilfreiche Hinweise gegeben hat. Außerdem möchte ich mich bei ihr sehr herzlich dafür bedanken, dass sie mich in ihrem wundervollen Haus wohnen ließ – zusammen mit Baris, Zeytin und Aslan, dem Wesen, das ich Arthur nannte, sowie hin und wieder dem geheimnisvollen Kismet.

Ich hatte viel Spaß mit der zauberhaften Caroline, genoss bei mehreren Gelegenheiten die Gastfreundschaft von Faruks wundervoller Familie und erlebte eine unvergessliche Fahrt mit dem Heißluftballon, organisiert von *Kapadokya Balloons*. Danke, Lars und Kaili, dass ihr diesen Flug für mich – und in gewisser Weise für Çetin İkmen – zu etwas ganz Besonderem gemacht habt.

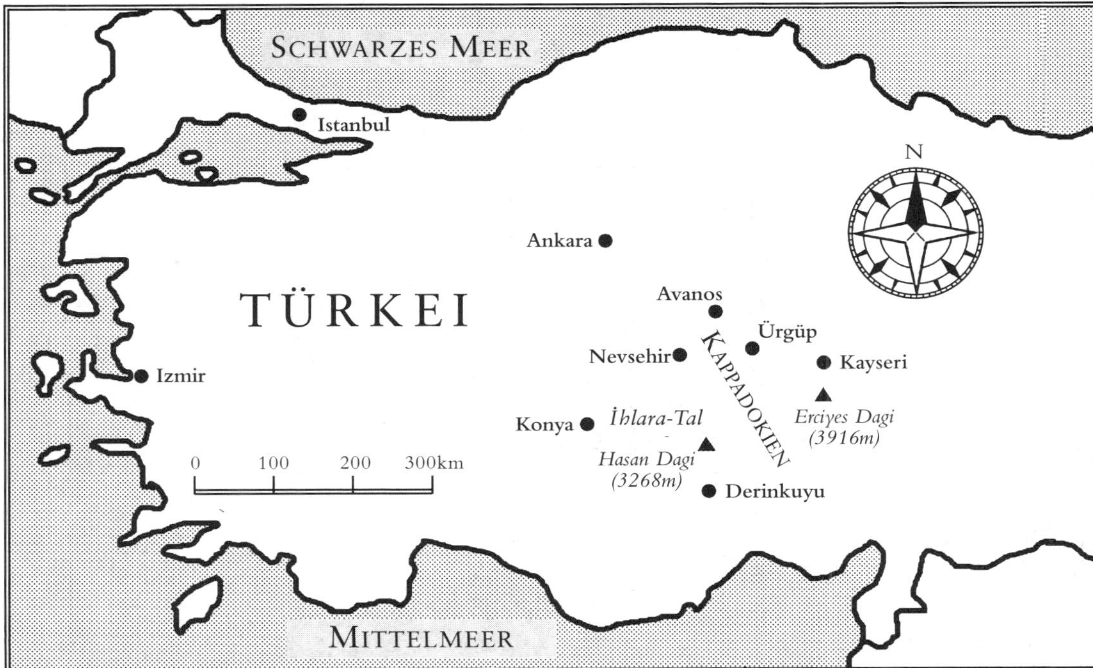
SCHWARZES MEER
Istanbul
N
Ankara
TÜRKEI
Avanos
Ürgüp
Nevsehir
KAPPADOKIEN
Kayseri
Izmir
Konya
İhlara-Tal
Erciyes Dagi
(3916m)
Hasan Dagi
(3268m)
0
100
200
300km
Derinkuyu
MITTELMEER

Barbara Nadel
Arabeske

Deutsche Erstausgabe
Roman. www.list-taschenbuch.de
ISBN 978-3-548-60397-1

In den Straßen Istanbuls herrscht ein buntes Treiben. Touristen und Straßenhändler bevölkern die Altstadt und die lauten Klänge der türkischen Popmusik schallen aus vielen Häusern. Da wird die junge kurdische Frau eines Popstars ermordet aufgefunden. Nur widerstrebend begeben sich Inspektor İkmen und sein Nachfolger Süleyman, Spross einer Adelsfamilie, in diese grelle und fremde Welt der arabesken Musik ...

List Taschenbuch

L90

Barbara Nadel
Stille Wasser

Roman. www.list-taschenbuch.de
ISBN 978-3-548-60431-2

Die Leiche eines jungen Mannes, ein blutiges Hemd im Fenster eines Hauses und eine rätselhafte Frau ohne Gesicht: Inspektor Çetin İkmen sieht sich mit einem verwickelten Fall voller psychologischer Abgründe konfrontiert – in den bald auch seine elfköpfige Familie hineingezogen zu werden droht.

»Die Donna Leon von Istanbul, die Martha Grimes vom Bosporus« *Die Welt*

»Nadels große Stärke sind die Stimmungen einer multinationalen Großstadt mit ihren zwischenmenschlichen, sozialen und kulturellen Spannungen.« *HÖRZU*